연세 한국어 4

연세대학교 한국어학당 편

연세대학교 출판부

前言

　　在韓國享譽盛名的延世大學韓國語學堂擁有韓國語教育 50 年的優良傳統，為韓語教學，曾經編著許多優質的教材。近來，由於全世界人民對韓國和韓國文化的關心程度不斷提高，致力於學習韓語的海外人士也大幅增加，於此同時，學生對於韓語教材的要求也不斷變得更多元化。因此延世大學韓國語學堂針對多樣化的學生，出版本系列教材，不僅可以培養韓語能力，同時可以了解韓國文化的新教材。

　　《最權威的延世大學韓國語》教材的內容，不僅包括不同韓語學習階段所要求的內容為主題的會話，以及對語彙和文法的系統性訓練，更包括為實踐聽、說、讀、寫能力培養發展而編寫的多樣練習題與情境活動等，是一套多元、綜合性的教材。本系列教材以學生為學習中心，以其感興趣的主題和情境為基礎，完成各種語言溝通的任務，進而精熟韓語。

　　希望《最權威的延世大學韓國語》對於所有致力於正確了解並使用韓語的學生都能有所幫助。

延世大學韓國語學堂

教材編輯委員會

일러두기

● '연세 한국어 4' 는 한국어를 배우려는 외국인과 교포 성인 학습자를 위한 중급 단계의 책으로 내용은 총 10개의 과로 이루어져 있으며, 각 과는 5개의 항으로 되어 있다. '연세 한국어 4' 는 중급 수준의 한국어 숙달도를 지닌 학습자가 꼭 알아야 할 주제를 중심으로 구성되었으며 이와 함께 필수적인 어휘와 문법, 문화와 사고방식을 소개함으로써 한국에 대한 이해를 넓히고자 하였다.

● 각 과의 앞에는 해당 과의 제목 아래에 각 항의 제목과 어휘, 문법, 과제, 문화를 제시하여 각 과에서 다룰 내용을 한 눈에 알아보기 쉽게 하였다. 그리고 마지막 항은 '읽기' 라는 이름으로 제시하였다. 문화 부분은 각 과의 주제와 관련된 내용을 선정하여 다루었다.

● 각 과의 제목은 주제에 해당하는 명사로 제시하였으며, 각 항의 제목은 본문 대화 부분에 나오는 중요 문장으로 제시하였다.

● 각 항은 제목과 학습 목표, 도입 그림이나 사진, 도입 질문, 본문 대화, 어휘, 문법 연습, 과제로 구성되어 있다.

● 학습 목표에는 학습자들이 학습해야 할 의사소통적 과제와 어휘, 문법을 제시하였다.

● 도입 질문은 주제와 기능을 쉽게 이해할 수 있는 도입 그림이나 사진과 함께 제시하여 학습자로 하여금 주제와 과제에 대한 흥미와 호기심을 가질 수 있도록 하였다.

● 본문 대화는 각 과의 주제와 관련된 가장 전형적이고 대표적인 대화 상황을 8명의 주요 인물과 그 주변 인물들의 일상생활을 중심으로 설정하고자 하였으며 각각 3개의 대화 쌍으로 구성하였다.

● 어휘는 각 과의 주제나 기능과 관련된 어휘 목록을 선정하여 제시하고 연습 문제를 통해 확인하도록 하였다.

● 문법 설명 부분에서는 해당 문법에 대해 설명을 붙이고 각각의 예문을 제시하였다.

● 문법 연습은 각 과에서 다루어야 할 핵심 문법 사항을 추출하여 문법의 의미와 기능을 중심으로 연습할 수 있도록 구성하였다.

● 과제는 학습 목표에서 제시한 의사소통 기능에 부합되는 것으로 제시하였다. 과제에서는 말하기, 듣기, 읽기, 쓰기의 네 기능을 적절히 제시하였다.

● 문화는 각 과의 주제와 관련된 한국 문화를 학습자의 눈높이에 맞추어 쉽게 설명하는 방식으로 기술하였다. 또 각 나라의 문화와 비교해 보거나 자신의 경우를 말하게 하는 등 비교문화적인 관점을 바탕으로 언어 학습 활동과 연계하도록 구성하였다. 그리고 그 내용이 문화적 지식에 그치지 않고 한국어 능력과 통합적으로 학습될 수 있도록 하였다.

● 색인에서는 각 과에서 다룬 문법과 어휘를 가나다 순으로 정리하였으며 해당 본문의 과와 항을 함께 제시하였다.

內容介紹

- 《延世韓國語 4》是為學習韓語的僑胞和外國人準備的中級階段教材，內容共有 10 課，每課各有 5 個小單元，以中級階段必須掌握的主題為中心編寫，包括該階段必需的語彙和文法，並通過對文化及思考方式的介紹使學生們增加對韓國的了解。

- 每一課開頭為主題，在主題之下列出每個小單元的題目、語彙、文法、練習題和文化內容，使每一課的內容能一目了然。每一課的最後都以「閱讀」為題，在文化部分，選定與該課內容相關的文化主題。

- 每一課的題目使用與主題相關的名詞，每個小單元的題目則使用在對話中出現的重要句子。

- 每一課以題目、學習目標、插畫或照片導入、課文對話、語彙、文法說明、文法練習、練習題為順序組成。

- 學習目標的部分，列出了學習者們必須掌握的溝通課題、語彙及文法。

- 導入提問與有助於簡單了解主題的插畫或照片放在一起，使學習者增進對主題和溝通技巧的興趣和好奇心。

- 課文對話的部分，致力於列出與主題相關的最典型、最具代表性的對話情境，與 8 名主要人物及周邊人物一起，設定以日常生活為中心的主題，每篇課文以三組對話組成。

- 語彙部分，補充與各課主題或溝通技巧相關的語彙，透過練習題使學生們近一步確認語彙的用法。

- 文法說明部分，針對該文法加以說明，並列舉各個例子。

- 文法練習部分，對每課中必須掌握的核心語法，以文法的意義和技巧為中心構成練習。

- 練習題部分，與學習目標中的溝通技巧相結合，練習題的部分適當地運用了聽、說、讀、寫四種技能。

- 文化部分，選擇與每一課的主題相關的韓國文化，配合學習者的水準以淺而易懂的方式撰寫，同時構成以比較各國文化或述說自身情況等文化比較觀點為底，連接語言學習交流。其內容不僅傳遞文化知識，還可以與韓語能力做統合性學習。

- 索引部分，對每一課出現的文法及語彙以字母的順序排列，並標明所屬的章節。

차례

目錄

YONSEI KOREAN 4

제목	소제목	과제	어휘	문법	문화
01 나의 생활	살다가 보니 적응이 됩니다	살고 있는 곳 소개하고 추천하기	주거 환경 관련 어휘	-다가 보니 -긴 하는데	서울의 외국인 마을
	저희 어머니나 다름없는 분이에요	회고록 쓰기	감정 관련 어휘	-었더라면 이나 다름없다	
	시간을 낭비하지 않도록 계획을 세우세요	시간 관리, 계획하기	계획 관련 어휘	-도록[1] -는다고 해서	
	다른 사람도 도와 가면서 살아야겠어요	가치 기준 이야기하기	가치 기준 관련 어휘	-는다 -는다 하는 게, -어 가면서	
	향기 나는 여자, 느낌이 좋은 남자				
02 사람의 성격	수줍음을 많이 타는지 말이 없어요	성격 묘사하기	성격 관련 어휘	-는지 -다가 보면	체질과 성격
	상상력만 풍부하면 뭘 해요?	적성 알아보기	직업 관련 어휘	-더니[1] -으면 뭘 해요?	
	일을 시작했다 하면 끝까지 해요	성격과 환경과의 관계 토론하기	환경 관련 어휘	-을 게 아니라 -었다 하면	
	귀 기울여 듣지 않으세요	뉴스 듣고 요점 파악하기	질병 관련 어휘	-을 뻔하다 -는다기에	
	우물에 가서 숭늉 찾는다				
03 일상의 문제	교환을 하고 싶어요	교환이나 환불하기	교환, 반품 관련 어휘	-기에는 -고 보니	이웃사촌
	그렇게 시끄러워서야 어디 쉴 수 있겠어요?	인터넷 답글 쓰기	피해 관련 어휘	-어서야 어디 -겠어요?,-는다고 해도	
	도대체 잠을 잘 수가 있어야지	이웃과의 분쟁 해결 하기	분쟁 관련 어휘	-었더니 -을 수가 있어야지	
	하숙비 반을 돌려 주셔야지요	계약 때 주의사항 충고하기	계약 관련 어휘	-어야지 그렇지 않으면 -었으면 -고 얼마나 좋았겠어요?	
	노래와 일상				
04 현대 한국의 문화	스트레스도 풀 겸 노래방에 갈까요?	놀이 문화 비교하고 소개하기	놀이 관련 어휘	-을 겸 -는다던데	한국의 말맛
	이젠 저도 뜨거운 음식에 익숙해졌는걸요	음식문화에 대해 발표하기	맛 관련 어휘	-는걸요 에 비하면	
	무슨 말인지 알아듣기 어렵던데요	설명문 읽고 정리하기	인용 관련 어휘	-는다고들 하다 -건 -건	
	바쁠 텐데 동호회 활동도 해요?	여가 생활에 대한 인터뷰하기	여가생활 관련 어휘	이며 여간 -지 않다	
	'우리' 중심의 동양인				
05 시간과 변화	기술이 나날이 발전하고 있어요	과거와 현재 비교하여 설명하기	시간 관련 어휘	만 해도 -다가는	한국의 가족
	요즘은 맞벌이를 안 하고 서는 생활하기 힘들어요	결혼관 조사하여 발표하기	결혼 관련 어휘	에 의하면 -고서는	
	감시카메라로인해스트레스를 받는사람들도많다는데요	무인감시카메라 설치에 대해 토론하기	권리 관련 어휘	로 인해 에 달려 있다	
	오래 있다 보면 변화를 못 느끼는 법이에요	의식 변화에 대해 이야기하기	사고방식 관련 어휘	-더니[2] -는 법이다	
	일한다는 것				

課程
大綱

	主題	小單元名稱	課程目標	語彙	文法	文化
06	知識和社會	因為錯誤的資訊也可能造成失誤。	指點情報使用方式	撰寫報告相關語彙	만으로는 –는 수가 있다	網路禮節
		不管是連續劇或新聞，我都不挑，都會看。	閱讀、討論電視的影響	廣播相關語彙	–는 축에 들다 –든 –든	
		就感覺好像面對面對話似的。	在網路尋找情報	網路相關語彙	마치 –는 것 처럼 –는다고	
		看報紙的話，可豐富常識。	討論報紙的功能	報紙相關語彙	–는가 하면 –는 게 틀림없다	
		各國相異的@符號。				
07	迷信	我每次只要看足球賽就會輸。	推論並閱讀	命運相關語彙	따라 –을걸 그랬다	韓國的民間信仰
		名字用紅色寫不行嗎？	介紹禁忌	迷信相關語彙	–는다더라 –네 –네 해도	
		我也去四柱咖啡館看看如何？	聽取預兆後寫作	一生相關語彙	–는 김에, 설마 –는 건 아니겠지요?	
		今天做了一個好夢。	閱讀夢境用語並整理	夢境相關語彙	도 이지만 –는다면야	
		食物的含意。				
08	生活經濟	恭喜您得到儲蓄獎。	介紹存錢的方法	消費、支出相關語彙	–을 따름이다 –으니만큼	韓國諺語中出現的經濟意識
		銀行儲蓄是最好的。	閱讀經濟用語並比較	費用相關語彙	–자면 대로	
		因為我的信用卡不能結帳，非常慌張。	聽取信用卡優缺點後，掌握要點	信用卡相關語彙	–는 바람에 –었으면야	
		看到廣告的話當然會產生想買的心情。	理解廣告的特性並製作廣告	廣告相關語彙	–으나마나 –게 마련이다	
		精打細算族。				
09	節日和慶典	道賀「福運長存」的吉祥話。	閱讀、理解節日典故	過年相關語彙	–으라고 –는다든가	元宵節
		中秋節時，高速公路十分擁擠。	查詢節日並發表	發語詞	왜 –지 않겠어요? 으로 봐서는	
		我去了在江陵舉行的端午祭。	閱讀慶典用語並整理	慶典相關語彙	–던가요? –도록2	
		在韓國，5月很多紀念日的樣子。	聽取關於紀念日的意見並討論	紀念相關語彙	그러고 보니, 그렇다고 –을 수는 없지요	
		麟蹄冰魚節。				
10	生活在現代的人們	我有常常看手錶的習慣。	聆聽並談論憂慮	工作狂相關語彙	–게 –을까 보다	韓國人的餘裕
		金錢萬能主義雖不是一兩天的事。	掌握段落主題	思想相關語彙	–는 셈이다 이라야	
		費心經營，健康地生活。	整理核心內容	健康相關語彙	으로는 –을 필요가 없다	
		因為溝通的隔閡，出現很多問題。	邏輯寫作	談話標記	–고자 –음에 따라	
		開起美麗世界的人們。				

톰슨 제임스
미국 기자

요시다 리에
일본 은행원

제임스의 하숙집 친구

츠베토바 마리아
러시아 대학생

제임스의 반 친구

왕 웨이
대만 회사원 (연세 무역)

제임스의 반 친구

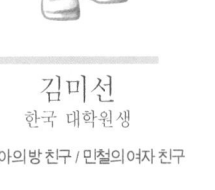

김미선
한국 대학원생

마리아의방 친구 / 민철의여자 친구

정민철
한국 여행사 직원

미선의 남자 친구

이영수
한국 대학생

제임스와 리에의 하숙집 친구

오정희
한국 회사원 (연세무역)

웨이의 회사 동료

제 1 과 나의 생활

1-1 살다가 보니 적응이 됩니다

학습 목표 ● 과제 살고 있는 곳 소개하고 추천하기 ● 어휘 주거 환경 관련 어휘 ● 문법 - 다가 보니, - 긴 하는데

위 사진을 보고 여러분은 어디에 살고 싶은지 이야기해 보십시오.
지금 살고 있는 곳은 외국인이 살기에 편합니까?

🔊 001~002

마리아 　안녕하세요? 이렇게 만나게 돼서 반가워요. 외국생활이
　　　　처음이라고 하던데 불편한 것은 없어요?

반 친구 　글쎄요, 처음에는 외국 생활에 겁이 많이 났었는데, 살다가
　　　　보니 어느 정도 적응이 되는 것 같아요.

마리아 　다행이네요. 그런데 집이 이태원이라고 하셨지요? 거긴
　　　　시내와 가까워서 살기 편하시겠어요.

반 친구 　편하긴 한데 좀 시끄러워요. 그래서 다른 데로 옮길까 생각
　　　　중이에요.

마리아 　그럼 저희 집 근처로 오세요. 아주 조용하고 주변에 외국인이
　　　　편하게 이용할 수 있는 시설들이 많아요.

반 친구 　그래요? 그럼 한번 가 봐야겠군요.

겁 (怯) 害怕　　적응 (適應) 適應　　다행이다 (多幸 -) 幸好　　시설 (施設) 設施

어휘

<table>
<tr><td>도심</td><td>주택가</td><td>도시 근교</td><td>고층건물</td></tr>
<tr><td>편의시설</td><td>한적하다</td><td>번화하다</td><td>쾌적하다</td></tr>
</table>

01 지금 살고 있는 곳과 앞으로 살고 싶은 곳을 표현하는 어휘를 쓰십시오 .

<지금 살고 있는 곳-도심>	<앞으로 살고 싶은 곳-주택가>
• 복잡하다 •	• 편리하다 •
• •	• •

02 빈 칸에 알맞은 어휘를 쓰십시오 .

저는 조용한 주택가보다는 **고층건물**이나 / 나 사람이 많은 ＿＿＿＿＿＿ 은 / ㄴ 곳을 좋아해서 ＿＿＿＿＿＿ 의 오피스텔에 삽니다 . 차가 많아서 좀 복잡하고 시끄럽긴 하지만 근처에 쇼핑센터나 영화관 , 은행 , 병원 등 ＿＿＿＿＿＿ 이 / 가 많아 아주 편리합니다 .

여기는 제가 사는 곳이에요 . 저희 집은 도심에서 좀 떨어진 ＿＿＿＿＿＿ 에 있어요 . 시내까지 나가려면 시간이 많이 걸려서 좀 불편해요 . 하지만 사람이나 차가 많지 않아 복잡하지 않고 ＿＿＿＿＿＿ 어서 / 아서 / 여서 참 좋습니다 . 거리도 깨끗하고 공기도 맑아 정말 환경이 ＿＿＿＿＿＿ 습니다 / ㅂ니다 .

01 - 다가 보니

在做某個行為的過程中，領悟了新的事實或成為某種狀態時使用。'- 다가' 可縮寫成 '- 다'。

- 계속 같은 음식만 먹다 보니 이젠 싫증이 나서 못 먹겠어요.
- 한눈 안 팔고 열심히 살다 보니 돈도 벌고 성공도 하게 됐습니다.
- 너무 피곤해서 지하철에서 졸다가 보니 다음 역이 벌써 내려야 할 역이었다.
- 많은 사람들을 만나다가 보니 이제는 얼굴만 봐도 그 사람의 성격을 알 수 있을 정도가 됐어요.

02 - 긴 하는데 / 한데

認定前文的事實，連接後文相反的事實或和期待相反的結果，在動詞語幹後連接 '- 기는 하는데'，形容詞語幹後連接 '- 기는 한데'，'- 기는' 也可縮寫成 '- 긴'。

- 가 : 아드님이 공부를 잘 하지요?
  나 : 네, 잘 하기는 하는데 몸이 약해서 좀 걱정이에요.
- 가 : 요즘 살 빼려고 운동을 열심히 하신다고요?
  나 : 네, 운동을 열심히 하기는 하는데 살은 잘 안 빠져요.
- 가 : 한국생활은 어떠세요?
  나 : 힘들긴 한데 이젠 친구들도 많아지고 익숙해져서 지낼 만해요.
- 가 : 큰 집으로 이사하셔서 좋으시겠어요.
  나 : 네, 좋긴 한데 집이 크니까 청소하기가 힘들어요.
- 가 : 도서관에서 공부하면 조용해서 좋죠?
  나 : 조용하긴 한데 환기가 잘 안 돼서 공기가 좀 안 좋아요.

문법 연습

-다가 보니

01 매일 하는 일이 있습니까? 그런 일에 대해 이야기해 보십시오.

매일 하는 일	결과
1) 아침을 안 먹고 학교에 다닌다.	건강이 많이 안 좋아졌다.
2) 매일 신문을 읽는다.	
3) 매일 쉬지도 못하고 일만 한다.	
4) 한국말 연습을 매일 한다.	
5) 매일 같은 음식만 먹는다.	

1) 아침을 안 먹고 학교에 다니다가 보니 건강이 많이 안 좋아졌어요.

2) 매일 신문을 읽다가 보니

3)

4)

5)

02

- 긴 하는데 / 한데

좋은 점과 나쁜 점을 쓰고 이야기해 보십시오 .

	좋은 점	나쁜 점
1) 외국 생활	자유롭다	외롭다
2) 인터넷 쇼핑		물건이 배달될 때까지 기다려야 해서 불편하다
3) 기숙사	값이 싸고 학교에서 가깝다	
4) 도시 생활		복잡하고 시끄럽다
5) 여러분의 친구	친절해서 친구들을 잘 도와준다	

외국에서 생활하시기가 어때요 ?

혼자 생활해서 자유롭긴 한데 외로울 때도 있어요 .

과제 1 말하기

여러분의 한국 생활에 대해서 [보기] 와 같이 이야기해 보십시오 .

안녕하세요 ? 마리아 씨 , 한국에 오신 지 1 년쯤 됐는데 한국에서의 생활은 어떠세요 ?

[보기]

아주 재미있어요 . 한국 생활이 저한테 잘 맞는 것 같아요 . 지금 사는 곳은 시내 중심가가 아니라서 **불편하긴 한데** 이웃 사람들이 정이 많아서 참 좋아요 . 처음에는 음식이 입에 안 맞아서 좀 힘들었는데 **먹다가 보니** 이젠 익숙해졌어요 . 그리고 학교 친구들과 자주 **만나다가 보니** 이젠 친해져서 형제 같아요 .

과제 2 읽고 말하기

01 여러분은 지금 어디에 살고 있습니까 ?

1) 다음 표에 여러분이 사는 곳에 대해 간단히 써 보십시오 .

내가 사는 곳	편리한 점	불편한 점
신촌	• 음식점이 많다 • 외국사람을 위한 하숙집이 있다	• 시끄럽다 •
	•	•
	•	•
	•	•

2) 위에 쓴 것을 이용해서 여러분이 사는 곳을 소개해 보십시오 . 여러분이 한국에 처음 왔다면 어디에 살겠습니까 ?

02 다음은 서울에서 외국인이 많이 사는 곳에 대한 소개입니다.
여러분은 소개된 동네 중에서 어디에 살고 싶습니까?

 이곳은 일본 사람들이 많이 모여 살아 '리틀도쿄'라고도 불리는 동부이촌동입니다. 이곳은 아파트가 많습니다. 간판도 일본어로 표시된 곳이 많고, 가게에서 일본어가 통해 일본 사람들은 고향처럼 편안함을 느낀다고 합니다.

 이곳은 한옥이 많이 모여 있는 안국동입니다. 한옥은 아파트보다 좀 불편할 수 있지만 요즘은 현대식으로 고친 곳들이 많아서 옛날보다 좋아졌습니다. 이곳에서 살면 한국의 문화를 몸으로 느낄 수 있고, 종로 등 시내가 가까운 데다가 아주 조용합니다.

 이곳은 외국인 관광객들이 구경도 하고 쇼핑을 하기 위해서 꼭 한번 들르는 이태원입니다. 세계 여러 나라의 음식점들이 있어서 어느 나라 사람이나 살기가 편합니다. 하지만 항상 사람들이 많아서 복잡합니다.

 이곳은 서울의 작은 프랑스라고 하는 서래마을입니다. 간판이나 표지판이 한국어와 프랑스어로 쓰여 있고, 프랑스 음식을 파는 곳이 많아서 프랑스에 온 것 같은 느낌이 듭니다. 사람이 별로 많지 않아서 동네가 조용하며 크고 넓은 집이 많습니다.

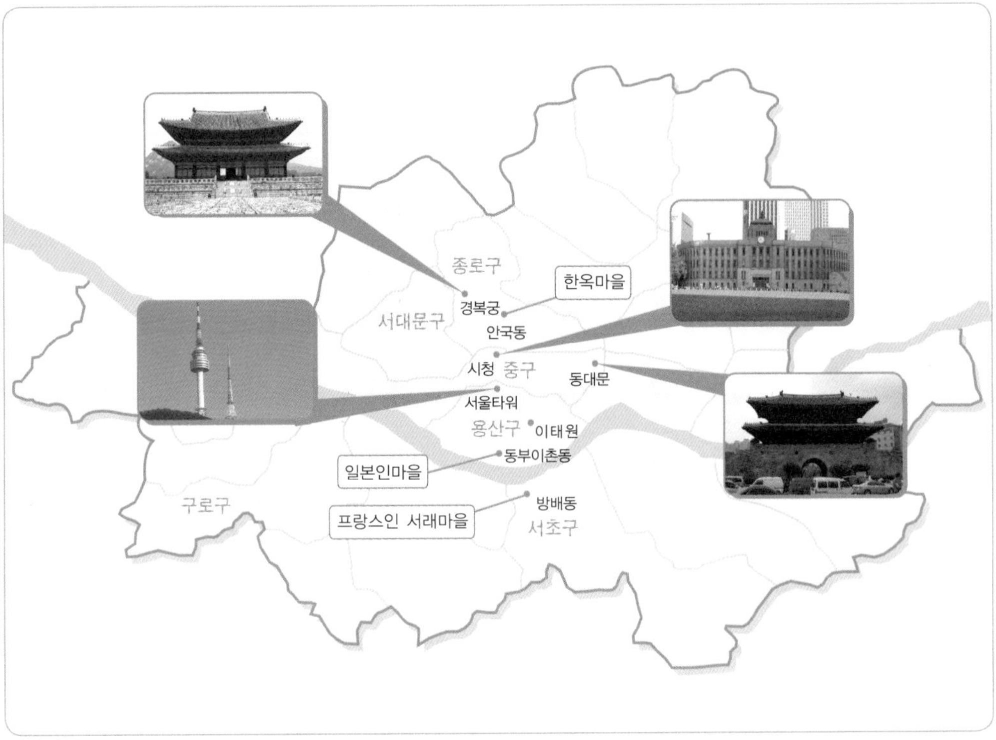

종로구

한옥마을

서대문구

경복궁
안국동

시청 중구

동대문

서울타워
용산구 이태원

동부이촌동

일본인마을

구로구

방배동
서초구

프랑스인 서래마을

 03 여러분 나라에도 외국인들이 많이 사는 곳이 있습니까? 소개해 보십시오.

1-2 저희 어머니나 다름없는 분이에요

학습 목표 ● 과제 회고록 쓰기 ● 어휘 감정 관련 어휘 ● 문법 – 었더라면 , 이나 다름없다

여러분도 위와 같이 기억에 남는 때가 있습니까 ?
지금까지 여러분에게 가장 큰 영향을 준 사람은 누구입니까 ?

◀ 003~004

마리아 제임스 씨 , 오늘 저한테 아주 중요한 분을 만나는데 같이
가실래요 ? 소개해 드리고 싶어서요 .

제임스 마리아 씨가 그렇게 말하니 궁금하네요 . 어떤 분인데요 ?

마리아 제가 힘들고 외로울 때마다 큰 도움을 주셨던 분이에요 . 그
분이 없었더라면 아마 지금의 저도 없었을 거예요 .

제임스 그래요 ? 마리아 씨의 인생에 아주 큰 영향을 끼치신
분이군요 .

마리아 네 , 그 분은 정말 저희 어머니나 다름없는 분이에요 .

제임스 그런 분이 계시다니 마리아 씨가 정말 부러운데요 . 가면서
그 분에 대해 좀 더 얘기해 주세요 .

인생 (人生) 一生   영향 (影響) 影響   끼치다 造成   부럽다 羨慕

어휘

궁금하다	뿌듯하다	섭섭하다	안타깝다
초조하다	당황스럽다	부담스럽다	짜증스럽다

다음과 같은 상황에서는 어떤 기분일 것 같습니까? 빈 칸에 알맞은 어휘를 쓰십시오.

대학 생활을 함께 했던 친구들과 헤어졌다.

섭섭하다

나에 대한 부모님의 기대가 크다.

에어컨도 없는 사무실에서 일해야 한다.

아르바이트를 해서 내 힘으로 등록금을 벌었다.

친구의 소식을 10년동안 듣지 못했다.

버스를 탔는데 지갑이 없었다.

취직시험을 본 후 합격자 발표를 기다리고 있다.

팔을 다쳐서 도와 주지 못한다.

문법
설명

01 -었더라면 / 았더라면 / 였더라면

對過去的事情用與事實相反的狀況假設，其後預測會發生某種結果。主要出現於對過去的事情感到後悔或惋惜。

● 좀 더 일찍 치료를 했더라면 수술을 하지 않아도 됐을 텐데.

● 내가 그때 그의 편지에 답장을 했더라면 아마 헤어지지 않았겠지.

● 평소에 열심히 공부했더라면 지금 이렇게 밤새워 공부하지 않아도 됐을 거야.

● 선생님께서 그 때 제 잘못을 지적해 주지 않으셨더라면 저는 정말 나쁜 길로 가게 됐을 겁니다.

04 이나 / 나 다름없다

幾乎和某個東西相似或是換句話說時。在無尾音名詞後面接 '나'，有尾音名詞後面接 '이나'。

● 가 : 그 아이는 어머니, 아버지가 안 계세요?

　나 : 아버지가 살아 계시기는 하지만 아이를 고아원에 맡기고 한 번도 찾아오지 않았어요. 저 아이는 거의 고아나 다름없죠.

● 가 : 김 선생님이 친형이세요?

　나 : 친형은 아니지만 어려운 일이 있을 때마다 형처럼 저를 도와줘요. 저에겐 친형이나 다름없어요.

● 가 : 이 구두는 새 거예요?

　나 : 아니요, 새 구두는 아니에요. 하지만 사서 몇 번 안 신었으니까 거의 새 구두나 다름없어요.

● 가 : 이 학교를 김 선생님이 세웠어요?

　나 : 아니요, 세우기는 홍 이사님이 세웠죠. 하지만 김 선생님이 없었다면 지금처럼 학교가 발전하지 못했을 거예요. 김 선생님이 세운 것이나 다름없죠.

● 가 : 그 섬은 사람이 살지 않는 무인도예요?

　나 : 예전에는 사람이 살았죠. 하지만 지금은 모두 도시로 떠나고 없어요. 무인도나 다름없어요.

문법 연습

01 다음은 성공한 남자의 이야기입니다. 만약 다음과 같은 일이 없었다면 어떻게 되었을까요? 이야기해 보십시오.

저희 부모님이 그렇게 부자가 아니었기 때문에 성공하기 위해서 열심히 공부 했습니다. 사회에 나와서 여러 번 실패를 경험했기 때문에 성공의 기쁨도 알게 되었습니다. 또 힘들 때마다 제 옆에는 친구가 있어서 전혀 외롭지 않았습니다. 하지만 부모님이 일찍 돌아가셔서 제가 성공한 모습을 보지 못하신 것이 안타깝습니다. 그리고 젊었을 때 건강에 신경을 쓰지 못해서 지금 건강이 많이 안 좋아진 것이 좀 후회스럽습니다.

1) 저희 부모님이 부자였더라면 성공하기 위해서 그렇게 열심히 공부하지 않았을 겁니다.

2) 여러 번 실패를 경험하지 않았더라면

3)

4)

5)

이나 / 나 다름없다

02 빈 칸에 쓰고 이야기해 보십시오 .

부모님이나 친형제와 같다고 생각하는 사람	새 것과 같다고 생각하는 물건	거절과 같다고 생각하는 말
• 우리 고모	• 작년에 산 옷	• "한번 생각해 볼게요."
•	•	•
•	•	•

친구에게 부탁을 했을 때 "한번 생각해 볼게" 라고 대답하는 것은 거절이나 다름없어요 .

과제 1 쓰기

여러분이 60살이 되어 회고록을 쓴다면 어떤 점이 후회가 될 것 같습니까? 표를 채우고 [보기]와 같이 써 보십시오.

	잘한 일	후회되는 일
10대	• 친구를 많이 사귀었다. •	• 책을 많이 읽지 못했다. •
20대	• 좋은 회사에 취직했다. •	• 대학에 다니면서 취직 준비만 하면서 보냈다. •
30대	• •	• •
40대	• •	• •
50대	• •	• •

[보기]

이제 60살이 되어 나의 삶을 돌아보니, 기쁜 일도 많았고 슬픈 일도 많았던 것 같다. 또 그 때 정말 그렇게 하기를 잘했다고 생각되는 일도 있지만 후회되는 일도 참 많다. 내가 중·고등학교에 다니던 시절에는 꿈도 많았다. 중·고등학교를 다니면서 친구를 많이 사귄 일은 지금 생각해도 잘했다. 하지만 친구들과 노느라고 책을 많이 읽지 못했다. 학창시절에 많은 책을 **읽었더라면** 좀 더 현명한 사람이 되었을 것 같다.

과제 2　　　읽고 말하기

01　다음은 아내를 만나 인생이 바뀌게 된 남편의 이야기 중 앞부분입니다. 읽고 질문에 답하십시오.

> 　집안이 가난해서 고등학교만 졸업하고 공장에 취직한 한 청년이 있었습니다. 그는 가고 싶은 회사에 취직하지 못했고 하고 싶은 일을 하지 못했기 때문에, 매일 술만 마시며 시간과 돈을 낭비했습니다. 회사에 자주 지각하고 열심히 일하지 않았습니다.
>
> 　이런 그를 안타깝게 바라보는 여자가 있었습니다. 그녀는 착하고 예쁜 여자였습니다. 두 사람이 결혼하게 됐을 때 다들 여자가 아깝다고 했지만 그녀는 그를 정말 사랑했고 자랑스럽게 생각했습니다. 그는 좋은 직업을 가지고 있지 않았지만 정이 많고 자상하며 순수한 사람이었기 때문입니다.
>
> 　결혼 후 남편은 착한 아내에게 기름 때 묻은 옷과 적은 월급 봉투를 내놓는 게 늘 미안했고, 아내는 그런 남편의 힘없는 어깨를 보는 게 마음이 아팠습니다. 그래서 매일 아침 그의 도시락에 특별한 반찬 한 가지를 더 싸 주었습니다. 그건 남편에게 용기를 주기 위한 아내의 편지였습니다.
>
> '여보, 나는 당신이 아주 자랑스러워요.'

"여보 나는 당신이 아주 자랑스러워요."

1) 남편에 대한 설명으로 맞는 것에 모두 ✔ 하십시오.

❶ 남편은 집안이 가난해서 대학교에 다니지 못했다. ☐

❷ 남편은 공장에서 일하지 않고 사무실에서 일했다. ☐

❸ 남편은 열등감이 심해서 매일 술을 마시며 시간과 돈을 낭비했다. ☐

❹ 남편은 회사에서는 열심히 일했다. ☐

❺ 남편은 정이 많고 자상한 사람이었다. ☐

2) 남편은 나중에 어떻게 되었을까요? 이야기해 보십시오.

3) 다음은 이야기의 뒷부분입니다. 글을 읽고 여러분의 이야기와 어떻게 다른지 비교해 보십시오.

> 그는 아내의 편지를 볼 때마다 정말 자랑스러운 남편이 되도록 열심히 일해야겠다고 생각했습니다. 그 후로 그는 눈에 띄게 달라졌습니다. 다른 직원들보다 매일 두 시간씩 일찍 출근해서 공장 여기저기를 청소하기 시작했습니다. 아내는 10년간 계속 사랑의 편지를 썼고 남편도 그런 아내를 실망시키지 않으려고 열심히 일했습니다.
>
> 세월이 많이 지난 어느 날, 그날도 남몰래 열심히 공장을 청소하고 있는데 문이 열리고 사장님이 들어왔습니다.
>
> "내가 10년 전부터 자네를 쭉 지켜봤네."
>
> 사장님은 그를 공장의 책임자로 승진시켰습니다. 아내의 사랑이 담긴 도시락 편지가 그를 변화시켰고 자랑스러운 남편이 될 힘을 주었던 것입니다.

4) 남편의 인생에 영향을 준 사람은 누구입니까?

5) 왜 남편의 행동이 바뀌게 되었을까요? 맞는 것에 모두 ✔ 하십시오.
   ❶ 두 사람이 결혼하게 되었을 때 남들이 여자가 아깝다고 해서 ☐
   ❷ 아내가 남편을 자랑스럽게 생각해서 ☐
   ❸ 기름 때 묻은 옷과 적은 월급 봉투를 내놓는 게 미안해서 ☐
   ❹ 자신의 축 처진 어깨를 보이는 게 마음이 아파서 ☐
   ❺ 매일 아내가 편지를 써서 남편에게 용기를 주어서 ☐

02 앞의 이야기처럼 여러분의 삶에 가장 큰 영향을 준 사람이나 사건이 있었습니까?

부모님 ☐	형제 ☐	선생님 ☐	친구 ☐	기타 ....
가족의 죽음 ☐	이성친구와의 만남/결혼 ☐	유학 ☐	대학입학 ☐	기타 ....

1-3 시간을 낭비하지 않도록 계획을 세우세요

학습 목표 ●과제 시간 관리 계획하기 ●어휘 계획 관련 어휘 ●문법 – 도록[1], – 는다고 해서

여러분은 현재를 어떻게 살고 있습니까? 계획적으로 살고 있습니까?
계획적으로 사는 생활이 항상 좋다고 생각합니까?

◀》 005~006

웨이　전 요즘 할 일이 너무 많아서 정신을 차릴 수가 없어요. 어떤
　　　때는 할 일을 잊어버리는 경우도 있어요.

마리아　그럴 때는 시간을 낭비하지 않도록 계획을 세워야 돼요.

웨이　저도 계획을 세우기는 하죠. 그런데도 하지 못한 일이
　　　산더미처럼 쌓일 때가 있어요.

마리아　무조건 계획만 세운다고 해서 좋은 건 아니에요. 시간이 부족할
　　　것 같으면 덜 중요한 일은 버리세요.

웨이　그래야겠어요. 전 일을 할 시간이 있는지 없는지 잘 살펴보지도
　　　않고 계획만 세웠거든요.

마리아　그리고 계획을 세울 때에는 제일 중요한 일부터 순서를 정해
　　　놓는 게 좋아요.

정신 (精神) 精神　　차리다 打起 (精神)　　산더미 (山 --) 堆積如山　　쌓이다 堆積　　살펴보다 觀察

어휘

계획적   효율적   비효율적   미루다

포기하다   목표를 정하다   시간에 쫓기다   시간을 관리하다

01 계획을 세웠을 때와 계획을 안 세웠을 때로 나누어 알맞은 어휘를 쓰십시오.

<계획을 세웠을 때>	<계획을 안 세웠을 때>
• 효율적	• 비효율적
• 계획적	• 미루다
•	•
•	•

02 빈 칸에 알맞은 어휘를 쓰십시오.

우리는 항상 새해가 되면 한 해의 계획을 세운다. 왜 그럴까? 계획을 세우지 않는다면 오늘 해야 할 일을 내일로 **미루게** 되고, 하고 싶었던 일을 결국 _____ 게 되거나 그런 일을 한꺼번에 하게 되어 _____ 는 경우도 있기 때문이다. 따라서 계획적인 삶은 아주 중요하다. 계획적인 삶은 미래를 준비하는 것이며, 항상 _____ 으로/로 미래를 준비한 사람은 성공을 하게 된다. 또 계획을 세우면 시간을 _____ 으로/로 관리할 수 있다. 계획을 세울 때는 우선, 날마다 또는 한 달마다 구체적으로 _____ 는/은/ㄴ 것이 좋다. 그리고 중요한 일부터 목록을 만드는 것도 좋다. 우리도 이번 기회에 계획을 세워보는 것이 어떨까?

나의 계획

• 올해의 목표

• 이 달의 목표

• 이 주의 목표

문법
설명

01 – 도록 [1]

前文出現的行為成為目的或理由，出現後文的結果。

● 음식은 상하지 않도록 냉장고에 넣는 게 좋겠다 .
● 다시는 이런 일이 생기지 않도록 주의해야 한다 .
● 필요할 때 잘 찾아볼 수 있도록 정리를 잘 해 놓아야 한다 .
● 모든 걸 한 눈에 볼 수 있도록 종이 한 장에 정리해 놓는 게 좋겠다 .
● 많은 사람들이 평등한 교육을 받을 수 있도록 학교를 많이 세워야 한다 .

02 – 는다고 / ㄴ다고 / 다고 해서

聽取其他人的理由或根據，針對他反駁或出現相反意見時使用。在無尾音動詞後面接 '- ㄴ다고'，有尾音動詞後面接 '는다고'，形容詞或 '- 었 -' 後面接 '- 다고'。

● 가 : 운동을 많이 하면 건강해지겠지요 ?
　　나 : 운동을 많이 한다고 해서 건강해지는 건 아니에요 . 적당하게 해야죠 .
● 가 : 대학에 떨어졌으니 이제 제 인생은 실패했어요 .
　　나 : 대학에 떨어졌다고 해서 인생이 실패한 건 아니에요 . 대학이 인생의 전부는
　　　　아니잖아요 .
● 가 : 나이가 많으시니까 이런 일은 못하실 거야 .
　　나 : 나이가 많다고 해서 못할 일은 없다고 봅니다 . 노인도 하겠다는 의지만
　　　　있으면 어떤 일이든지 할 수 있습니다 .
● 가 : 올해부터는 교통 위반을 하면 벌금을 많이 내서 교통 위반이 줄 것 같아 .
　　나 : 벌금을 많이 낸다고 해서 교통 위반이 줄까 ? 내 생각에는 사람들의 생각이
　　　　바뀌어야 교통 위반이 줄 것 같아 .

문법 연습

-도록

01 다음과 같은 문제가 있을 때 여러분은 어떻게 말하겠습니까?

1) 내일 발표를 해야 하는데 실수를 할까 봐 걱정이다.

2) 요즘 정신이 없어서 친구와의 약속을 자주 잊어버린다.

3) 요즘 늦잠을 자서 학교에 제 시간에 못 간다.

4) 나는 손이 커서 음식을 만들면 항상 너무 많이 남는다.

5) 도자기를 미국에 보내려고 하는데 도자기가 깨질 것 같아서 걱정이다.

내일 발표를 해야 하는데 실수를 할까 봐 걱정이에요.

그럼, 발표할 때 실수하지 않도록 필요한 말을 정리
해서 가지고 들어가세요.

-는다고 / ㄴ다고 / 다고 해서

02 다음과 같은 생각을 가진 사람들이 많습니다 . 여러분은 어떻게 생각하십니까 ?

	그렇다	아니다
머리가 좋으면 다 공부를 잘 할 것이다 .	☐	☐
단어만 외우면 외국어를 잘 할 수 있다 .	☐	☐
능력이 있으면 성공할 수 있다 .	☐	☐
돈이 많으면 행복하다 .	☐	☐
남자는 여자보다 수학을 잘 한다 .	☐	☐

맞아요 . 저도 그렇게
생각해요 .

저는 머리가 좋으면 다
공부를 잘 할 것이라고
생각해요 .

아니예요 . 머리가 좋다
고 해서 다 공부를 잘
하는 것은 아니예요 .
공부를 못하는 사람도
있어요 .

과제 1   듣고 말하기 [🔊 007]

남자와 여자의 이야기를 듣고 남자의 생각인지 여자의 생각인지 ✔ 하십시오 .
여러분은 남자의 생각에 동의하십니까 ? 아니면 여자의 생각에 동의하십니까 ?
[보기] 와 같이 이야기해 보십시오 .

	남자	여자
인생이 항상 계획대로 되는 것은 아니다 .	☐	☐
계획을 세우면 인생의 목적이 분명해진다 .	☐	☐
계획을 세우는 것은 시간 낭비이다 .	☐	☐
계획대로 일이 이루어지지 않으면 스트레스를 더 많이 받는다 .	☐	☐
계획을 세우면 정해진 일을 좀 더 효율적으로 빨리 할 수 있다 .	☐	☐
책상에 계획표를 붙여두면 언젠가는 그 일을 하게 된다 .	☐	☐
가끔 계획에 없었던 여유를 가지는 것도 좋다 .	☐	☐
계획을 세우면 주어진 똑같은 시간에 더 많은 일을 하게 된다 .	☐	☐

[보기]

가 : 저는 남자의 생각에 동의합니다 . 매일 매일 계획을 세우는 것은 너무 귀
찮은 일이에요 .

나 : 계획을 세우는 것이 **귀찮다고 해서** 계획을 세우지 않을 수는 없지요 . 여
자가 얘기한 것처럼 계획 없이 사는 것은 목적 없이 사는 것과 같아요 .

가 : 매일 계획을 **세우지 않는다고 해서** 인생에 목적이 없는 것은 아니에요 .
또 남자의 얘기처럼 계획을 세우는 것은 시간 낭비예요 . 그 시간에 다른
일을 하는 것이 더 나을 거예요 .

나 : 아니에요 . 시간을 **낭비하지 않도록** 계획을 세우는 게 좋지요 . 계획을 세
우면 같은 시간에 더 많은 일을 하게 되니까요 .

01 다음을 읽고 질문에 답하십시오.

　　범죄에 대해 연구를 하는 어떤 심리학자가, 살인죄로 평생을 감옥에서 보내야 하는 어떤 남자를 찾아가 인터뷰를 했다. 심리학자는 그 남자에게 왜 지금과 같은 생활을 할 수 밖에 없었는지 물었다. 그 사람은 다음과 같이 대답했다.

"저희 아버지는 알코올 중독자였고 항상 저를 때렸어요. 그런 아버지 밑에서 자란 제가 어떻게 살아야 했겠습니까?"

　　그런데 심리학자는 그 남자에게 쌍둥이 동생이 있다는 것을 알게 되었다. 그 동생은 성실하게 일해서 돈도 많이 벌었고 사회를 위해서 훌륭한 일도 많이 한 사람이었다. 심리학자는 그 쌍둥이 동생에게 같은 질문을 했다. 놀랍게도 동생의 대답은 다음과 같았다.

"저희 아버지는 알코올 중독자였고 항상 저를 때렸어요. 그런 아버지 밑에서 자란 제가 어떻게 살아야 했겠습니까?"

　　똑같은 상황에서 출발한 쌍둥이 형제의 인생은 이렇게 크게 달라진 것이다.

1) 위 이야기의 주제는 무엇입니까? 그리고 왜 그렇게 생각하는지 이야기하십시오.

아버지가 어떤 사람이냐에 따라 아이들의 인생이 달라질 수 있다. ☐

같은 상황에서도 어떤 방법으로 사느냐에 따라 인생이 달라질 수 있다. ☐

2) 쌍둥이 형과 동생은 어떻게 살았을까요? 이야기해 보십시오.

02 앞의 이야기와 같이 인생의 목표를 가지고 시간 관리를 잘 하면 성공한다고 합니다. 여러분은 어떻게 시간 관리를 하고 있습니까 ? 다음을 읽고 ✔ 하십시오 .

	그렇다	아니다
1) 규칙적인 생활을 한다 .	☐	☐
2) 인생에 장기적인 목표가 있다 .	☐	☐
3) 하루 또는 1 주일 , 한 달의 계획을 세운다 .	☐	☐
4) 한번에 많은 일을 할 때 순서를 정해서 한다 .	☐	☐
5) 계획에 맞춰 일을 다 했을 때 나에게 상을 준다 .	☐	☐
6) 오늘 할 일을 뒤로 미루지 않는다 .	☐	☐
7) 내가 할 수 없는 일은 다른 사람에게 부탁할 수 있다 .	☐	☐
8) 하기 어렵거나 불가능하다고 생각되면 거절하기도 한다 .	☐	☐
9) 안 해도 될 일과 꼭 해야 할 일을 구분한다 .	☐	☐
10) 어려운 일이 있어도 쉽게 포기하지 않는다 .	☐	☐

'그렇다' 가 많을수록 시간 관리를 잘 하는 사람입니다 . 여러분은 시간 관리를 잘 하는 사람입니까 ? 잘 못하는 사람입니까 ?

1-4 다른 사람도 도와 가면서 살아야겠어요

학습 목표 ●과제 가치 기준 이야기하기 ●어휘 가치 기준 관련 어휘 ●문법 -는다 -는다 하는 게, -어 가면서

위 그림의 사람들은 인생을 어떻게 사는 것 같습니까?
여러분은 어떤 인생을 살고 싶습니까?

◀》 008~009

미선 　이번 토요일에 시간이 있으면 저하고 양로원에 가지
　　　않을래요?

마리아 　양로원이라니요? 봉사 활동 다니세요?

미선 　봉사 활동이라고까지 말할 정도는 아니에요. 그냥 한 달에 한
　　　번 정도 시간을 내서 외로운 할머니, 할아버지와 놀아 드리는
　　　거지요, 뭐.

마리아 　좋은 일 하시네요. 저도 봉사 활동을 한다 한다 하는 게 용기가
　　　안 나서 아직 못 하고 있어요.

미선 　보통 다 그렇지요. 함께 살아가는 세상이라고 하지만 자신의
　　　행복만 생각하고 생활할 때가 많아요.

마리아 　맞아요. 저도 이젠 다른 사람을 좀 도와 가면서 살아야겠어요.

양로원 (養老院) 養老院　　봉사 활동 (奉仕活動) 志工活動　　용기 (勇氣) 勇氣　　살아가다 活下去

어휘

| 명예 | 미모 | 봉사 | 재력 | 지혜 | 출세 | 학식 |

01 여러분에게 세 가지만 선택하라고 한다면 여러분은 무엇을 선택하겠습니까? 그리고 여러분의 배우자나 자녀는 어떤 사람이었으면 좋겠습니까? 이야기해 보십시오.

나	배우자	자녀
• 건강	•	•
•	•	•
•	•	•

02 빈 칸에 알맞은 어휘를 쓰십시오.

제 인생에서 가장 중요한 것은 우리 가족입니다. 제 아내는 빼어난 **미모** 을/를 가지지는 않았지만 정이 많아서 어려운 이웃을 보면 그냥 지나치지 못합니다. 그래서 주말마다 고아원이나 양로원에 가서 _____ 을/를 하고 있습니다.

제 아들은 체력이 조금 약해서 운동을 많이 시키고 있습니다. 저는 제 아들이 사회에 나가서 _____ 하거나 _____ 이/가 있는 부자가 되기를 바라지는 않습니다. 다만 힘들고 어려운 일을 만나도 포기하지 않으며 지식이 많기보다는 _____ 이/가 있는 사람이 되기를 바랍니다.

01 – 는다 / ㄴ다 – 는다 / ㄴ다 하는 게

好幾次計畫、試圖做的事情無法按照計畫完成時使用。
'- 는다' 前使用相同的動詞，在無尾音動詞後面接 '- 다'，有尾音動詞後面接 '- 는다'。

- 극장에 가서 영화를 본다 본다 하는 것이 시간이 없어서 아직 못 봤어요 .
- 병문안을 한 번 간다 간다 하는 것이 시간이 없어서 못 갔어요 . 미안해요 .
- 겨울옷 정리를 한다 한다 하는 것이 미루다 보니 벌써 봄이 됐어요 .
- 부모님께 전화를 한 번 한다 한다 하는 것이 벌써 세 달이 지났어요 .
- 그 친구를 미국 유학 가기 전에 한 번 만난다 만난다 하는 것이 결국 못 만나고 ,
  그 친구는 유학을 가고 말았어요 .

02 – 어 / 아 / 여 가면서

前面行為持續進行的同時，後面行為也在進行時使用。

- 일의 진행을 봐 가면서 다음 계획을 세웁시다 .
- 간이 짜지지 않도록 맛을 봐 가면서 찌개를 끓였어요 .
- 취미 생활도 해 가면서 살아야 인생을 보람되게 살 수 있어요 .
- 그 문제에 대해서는 앞으로 같이 이야기해 가면서 해결하도록 합시다 .
- 저는 책의 내용을 잊어버리지 않으려고 중요한 문장은 적어 가면서 읽어요 .

문법 연습

-는다 / ㄴ다 -는다 / ㄴ다 하는 게

01 미선 씨는 요즘 하려고 했는데 하지 못한 일이 아주 많습니다 . 질문에 맞게 대답하십시오 .

이가 아프다고 했는데 치과에 갔다 왔어요 ?

봉사 활동을 해 보고 싶다고 했는데 시작했어요 ?

우리 집에 놀러 온다고 하고 왜 오지 않아요 ?

보고 싶은 영화가 있다고 했는데 봤어요 ?

이메일을 보냈는데 왜 답장을 안 하세요 ?

치과에 간다 간다 하는 게 시간이 없어서 아직 못 갔어요 .

- 어 / 아 / 여 가면서

02 다음과 같은 경우에 어떻게 해야 할까요 ? 이야기해 보십시오 .

1) 신문을 읽고 발표를 해야 한다 . 그런데 모르는 단어가 너무 많다 .

2) 친구 집에 초대를 받았다 . 그런데 친구가 사는 동네까지 가는 길을 모른다 .

3) 음식을 할 때마다 맛이 점점 짜진다 . 그래서 요리에 자신이 없다 .

4) 휴일도 없이 일만 했다 . 그래서 건강이 안 좋아진 것 같다 .

5) 매일 같은 친구와 옆자리에 앉아 있으니까 지루하다 .

신문을 읽고 발표를 해야 하는데 모르는 단어가
너무 많아요 . 어떻게 하면 좋지요 ?

그럼 , 사전을 찾아 가면서 읽으세요 .

　읽고 말하기 ●

01 행복한 삶은 어떤 삶일까요? 여러분은 행복한 삶을 위해 어떻게 하고 있습니까? 다음을 읽고 여러분의 삶을 [보기] 와 같이 이야기해 보십시오 .

세계의 유명한 작가 밀턴 , 단테가 모두 장님이었다는 것을 알고 있습니까? 셰익스피어도 교육을 받지 못했지만 혼자 공부해서 훌륭한 작품을 남겼습니다 . 행복은 가지고 있는 조건에 따라 결정되는 것이 아닙니다 . 어떻게 사느냐에 따라 결정됩니다 . 여러분은 어떻게 살고 있습니까? 행복하게 살기 위해서는 이렇게 사는 것이 좋다고 합니다 .

- 도움이 필요한 사람을 도와 주세요 .
- 다른 사람을 진심으로 칭찬해 주세요 .
- 과거를 잊고 현재에 충실하게 살아가세요 .
- 나와 마음이 통하는 친구를 만드세요 .
- 모든 일을 긍정적으로 생각하세요 .
- 화내지 말고 다른 사람을 용서하세요 .
- 욕심 부리지 말고 그것이 나에게 꼭 필요한 것인지 다시 한번 생각하세요 .

[보기]

저는 지금까지 제 자신의 성공을 위해서 살았습니다 . 그래서 부모님이나 가족들과 자주 함께 시간을 보내지 못했습니다 . 이제 어느 정도 성공을 했지만 이것이 제 삶을 행복하게 만들어 주지 못했습니다 . 오히려 가족들과 멀어져서 요즘은 외로움도 느낍니다 . 앞으로는 가족들과 좀 더 많은 시간을 보내면서 살고 싶습니다 . 그리고 도움이 필요한 사람을 **도와** 가면서 살겠습니다 .

02 다음 기사를 읽고 질문에 답하십시오 .

한국 대학생, 건강이 최고

지난 달 5일 서울지역 10개 대학 재학생 800명을 대상으로 설문조사를 했는데 '인생에서 가장 중요한 것은 무엇인가 ? 라는 질문에 대해 대부분의 학생이 건강 (57.5%) 과 가족 (50.5%) 이라고 대답했다 . 사회적인 성공 (43.4%) 을 중요한 가치로 생각하는 학생들은 상대적으로 적었다 .

1) 대학생들이 인생에서 중요하게 생각하는 것을 빈 칸에 쓰십시오 .

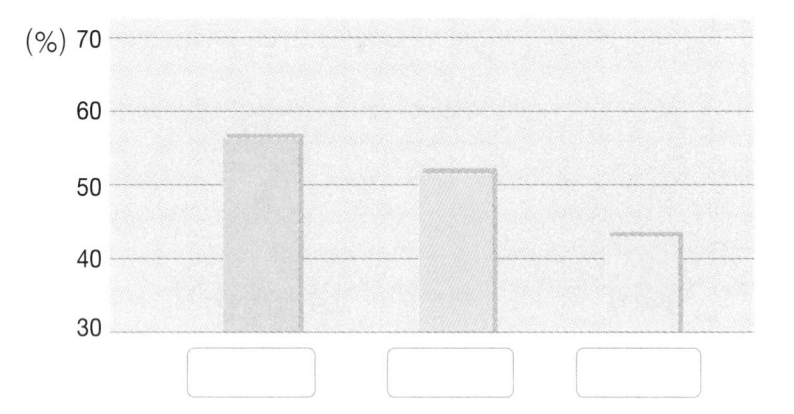

2) 위에서 말한 의견 외에 또 어떤 의견이 있었을까요 ?

과제 2   듣고 말하기 [◀ 010]

인터뷰 내용을 듣고 질문에 답하십시오 .

1) 이 부부는 인생에서 무엇이 가장 중요하다고 생각한 것 같습니까 ?

사랑 ☐   돈 ☐   명예 ☐   건강 ☐

2) 들은 내용과 같은 것에 모두 ✔ 하십시오 .

❶ 두 사람은 모두 일본 사람이다 .   ☐
❷ 두 사람은 스페인에서 처음 만났다 .   ☐
❸ 박영재 씨는 호텔에서 일을 하던 사람이다 .   ☐
❹ 하나코 씨 아버지는 외교관이다 .   ☐
❺ 하나코 씨 부모님은 두 사람의 결혼을 반대했다 .   ☐

3) 하나코 씨의 아버지가 한 이야기가 무엇입니까 ? (   )

❶ 용기를 내서 이야기하면 결혼을 허락해 주겠다 .
❷ 두 사람을 세상 누구보다 행복하게 해 주겠다 .
❸ 스스로의 선택에 후회하지 않도록 열심히 살아야 한다 .
❹ 부모님을 생각하면서 열심히 살아가야 한다 .

읽기 : 향기 나는 여자 , 느낌이 좋은 남자

🔊 011

　가끔씩 라디오 방송 프로그램에 게스트로 출연하면 주로 여성들의 시간 관리 방법에 대해 이야기해 달라는 요청을 받는다 . 이럴 때 내가 가장 강조하는 것은 계획을 세울 때는 무엇보다 자기 자신을 위한 시간을 먼저 배치하라는[1] 것이다 . 그러면 보통 진행자가 "그 시간에 여성들 특히 주부는 무엇을 하는 게
5 좋을까요 ?" 라고 묻는다 .

　자기 자신을 위한 시간대에 무엇을 하면 좋겠냐고 ? 그건 온전히[2] 자신의 가치관이나 적성 , 흥미와 관련된 문제이다 . 그러니 그 결정은 자기 자신 이외에는 누구도 할 수 없다는 게 내 생각이다 . 그런데도 많은 사람들이 이것 자체를 무척 궁금해 하다 보니 그런 질문에 보다 구체적이고 현실적으로 답변해
10 주어야 하는 게 내 의무가 아닐까 라는 생각을 하게 된다 .

내가 좋아하는 탤런트 최 모 씨가 소설가 김 모 씨와 결혼을 발표했을 때의 일이다 . 기자들이 김 모 씨에게 "최 모 씨의 어떤 점이 좋았습니까 ?" 라고 묻자 , 그는 "최 모 씨는 향기가 나는 여자" 라고 대답했다 . 최 모 씨에게 똑같이 묻자 , 그녀는 "김 모 씨는 느낌이 좋은 남자" 라고 대답했다 .
15 　향기가 나는 여자 , 느낌이 좋은 남자 , 항상 공부하고 자신을 연마하는[3] 지성적인 사람 , 자유로운 영혼을 가진 감성이 풍부한 사람 , 소박하고 겸손하고 마음이 따뜻한 사람 , 이런 식으로 사람들은 누구나 되고 싶어 하는 자신의 모습을 갖고 있다 . 그것은 현재의 자기에 만족하지 않고 보다 나은 미래 , 멋진 삶을 꿈꾸기 때문에 갖게 되는 인간으로서의 자연스러운 마음이다 . 그리고 그 욕구를
20 위해 누구나 시간과 노력을 투자한다 . 따라서 자기 자신을 위한 시간이란 자신의 신체와 정신을 발전시키기 위한 시간 , 곧 자기 쇄신[4] 의 시간이다 .

　자기 쇄신은 신체와 정신의 양 측면[5] 에서 이루어져야 한다 . 신체적 쇄신은 말 그대로 몸을 강건하게[6] 단련하는 것이다 . 특히 요즈음은 공기도 물도 온갖 먹거리도 너무 오염되어서 의식적으로 노력하지 않으면 건강을 지키기도

1)	배치하다	사람이나 물건을 적당한 자리에 놓다 .	(配置 --) 分配、安排
2)	온전히	제대로 , 완전하게 .	(穩全 -) 完全地
3)	연마하다	몸 , 마음 , 지식 , 기능 등을 훈련해서 익숙하게 하다 .	(研磨 --) 磨練
4)	쇄신	정신이나 관습 , 습관 등의 오래된 것이나 나쁜 것을 버리고 새롭고 좋게 하는 것 .	(刷新) 更新
5)	양 측면	양쪽의 면 .	(兩 側面) 兩面
6)	강건하다	힘이 있고 씩씩하다 .	(剛健 --) 健壯

힘들어졌다. 오래 살 수 있어서 하고 싶은 일을 할 기회가 그만큼 많아진다면 얼마나 좋은 일인가. 하지만 단지 그것이 생리적⁷⁾ 수명만 연장⁸⁾이 되는 것이라면 아무 의미도 없을 것이다.

신체적 쇄신을 위해서는 등산도 좋고, 자전거 타기도 좋고, 걷기도 괜찮고, 수영도 근사하다. 가장 좋은 운동은 걷기라고 하니, 하루에 30분쯤 걸어 보는 것은 어떨까? 중요한 것은 지속적⁹⁾으로 신체 단련을 위해 시간을 투자하는 것이다.

다른 하나는 정신적 쇄신인데, 사실 신체에 비하면 우리가 관심도 노력도 덜 들이는 쪽이다. 정신적 쇄신은 취미 생활이나 컴퓨터 익히기 정도에서 그치는 것이 아니다. 정신적 쇄신은 그 이상의 무엇이다. 그것은 곧 인간적인 성숙¹⁰⁾을 말하는 것으로 인생을 더 풍부하게 느끼고 어려움을 이길 수 있는 용기와 능력을 키우고 주변의 사람들을 사랑하고 사랑받을 수 있는 힘을 키워 나가는 것을 의미한다.

책을 읽어라. 신문의 행간¹¹⁾도 읽어 내라. 대화하고 또한 명상해라. 기도하고 글을 써라. 정신적 쇄신을 위해서는 그 무엇보다도 정기적인 자기반성을 행해라. 그러면 인격도 지성도 우리를 비껴가지¹²⁾ 않는다. 내가 아는 선배 한 분은 연말이면 혼자 여행을 떠난다. 떠날 시간을 내기 어려우면 서울에 있는 호텔에 2박 3일쯤 투숙한다¹³⁾. 선배의 준비물은 간단한 옷가지와 세면도구, 그리고 1년간 사용한 수첩과 일기장이다. 완전히 자기만의 시간에 그 선배는 한 해를 정리하고 평가하고 반성한다. 그리고 새로운 한 해를 위한 계획을 세운다. 좋다는 건 다 알지만, 시간이 없어서 혹은 다른 일이 너무 바빠서 혹은 자꾸 미루게 돼서 못 한다고? 그럼 할 수 없다. 근사한 미래를 꿈꿀 자격이 없으니 억울해하지¹⁴⁾ 말고 그냥 그대로 사는 수밖에.

시간 관리 컨설턴트로서 조언한다. 자기를 발전시키고 싶다면 최소한 하루에 30분씩 운동을 하고, 일주일에 한 번은 일기를 쓰고, 한 달에 한 권은 책을 읽고, 계절에 한 번 씩은 자연과 벗하고¹⁵⁾, 일 년에 한 번은 혼자 여행을 해라.

7)	생리적	생명을 이어 나가기 위한 신체 기관들이 작용하는 것과 관련된 것.	(生理的) 生理的
8)	연장	길이나 시간을 늘이는 것.	(延長) 延長
9)	지속적	어떤 일이나 상태가 끊어지지 않고 계속 되는 것.	(持續的) 持續的
10)	성숙	몸과 마음이 다 자라는 것.	(成熟) 成熟
11)	행간	겉으로 보이지 않는 글 속에 들어 있는 뜻.	(行間) 字裡行間
12)	비껴가다	무엇이 다른 것에 비스듬히 지나가다.	閃過
13)	투숙하다	호텔이나 여관 등에 들어가서 묵다.	(投宿 --) 投宿
14)	억울해하다	공정하지 못한 일을 당해 속상해 하다.	(抑鬱 ---) 受委屈
15)	벗하다	친구로 만들거나 가까이 지내다.	交朋友

35

내용 이해

1) 이 글의 내용에 맞게 .... 에 알맞은 말을 쓰십시오 .

> 사람들은 누구나 되고 싶어하는 자신의 모습을 갖고 있다. 그것을 이루기 위해서
> 는 .... 의 시간이 필요한데, 이는 .... 과/와 .... 의
> 양측면에서 이루어져야 한다.

2) 다음 표를 완성하십시오 .

	정의	글쓴이가 권하는 것
.... 쇄신	몸을 강건하게 단련하는 것	
.... 쇄신		

3) 글쓴이의 직업은 무엇입니까? 그리고 어떤 일을 합니까?

직 업 : ....

하는 일 : ....

4) 빈칸에 알맞은 말을 쓰십시오 .

> 글쓴이는 자기 발전을 위해
>
> 하루에 .... 고
>
> 일주일에 .... 고
>
> 한달에 .... 고
>
> 계절에 .... 고
>
> 일년에 .... 라고 말한다.

5) 이 글의 내용과 같으면 ○ , 다르면 X 하십시오 .

❶ 계획을 세울 때 자기 자신을 위한 시간을 가장 먼저 배치하는 것이 좋다. (   )

❷ 사람들은 보통 신체적 쇄신보다 정신적 쇄신에 신경을 더 많이 쓴다. (   )

❸ 글쓴이는 사람들에게 자기 발전을 위해 일기를 하루에 한 번씩 쓸 것을 권한다. (   )

서울의 외국인 마을

혜화동 필리핀거리
종묘 네팔인거리
동대문 중앙아시아촌
연희동 차이나타운
광희동 몽골타운
동부이촌동 일본인마을
이태원 무슬림/나이지리아거리
방배동 서래마을
가리봉동 중국동포타운

<서울의 주요 외국인 마을>

　　서울에 사는 외국인이 지난 10 년 전에 비해 세 배 이상 늘었습니다 . 이에 따라 서울에서 외국인들이 모여 사는 마을이 열 군데 이상이나 됩니다 . 1990 년대까지만 해도 서울 반포대교 남단의 ' 작은 프랑스 ' 라 불리는 서래 마을 , 이촌동의 일본인 마을 등 몇 군데밖에 없었으나 2000 년대에 들어서면서 러시아나 중앙아시아 , 중국 동포촌 , 몽골 , 네팔 , 필리핀 , 나이지리아 거리 등 많은 외국인 밀집 지역이 생겨났습니다 . 서래마을은 1985 년 한남동에 있던 주한 프랑스 학교가 반포 쪽으로 이전하면서 그 곳에 자연스럽게 마을이 형성되었고 , 용산구 이촌동의 일본인 마을은 1970 년대 외국인 아파트가 들어서면서 생겼다고 합니다 . 또 지하철 7 호선 남구로역에서 가리봉 시장 쪽으로 가다 보면 중국말로 된 간판이 많이 보이는데 , 이 곳이 가리봉 중국동포타운 (옌벤 거리) 입니다 . 이 곳은 1990 년대 초반 중국 동포들이 몰려들면서 자연스럽게 형성되었는데 중국 음식점과 노래방 , 중국 술집 등이 밀집해 있어 마치 중국에 온 것 같은 느낌을 들게 합니다 . 또 지하철 2 호선

동대문역 근처 광희동 일대는 몽골 사람들이 많은데 이곳은 1999년 한국 대통령의 몽골 방문을 계기로 몽골인 700여 명 가량이 이곳에 터를 잡은 후에 생긴 곳입니다. 이 몽골 마을 인근에는 중앙아시아촌이 있는데 88 서울 올림픽 이후 러시아, 중앙아시아의 상인들이 동대문 의류 시장을 오가면서 만들어졌습니다. 이곳에는 정통 중앙아시아 요리를 하는 식당이 꽤 많습니다. 지하철 1호선 종묘역 부근의 네팔인 거리는 2000년 문을 연 네팔 음식점을 중심으로 형성되었는데 명절이면 본국에서 유명 가수, 탤런트, 코미디언들이 찾아와 이곳에서 공연을 한다고 합니다. 혜화동 대학로는 혜화동 성당을 중심으로 일요일이면 작은 마닐라로 변하는데 필리핀 신부가 주재하는 미사를 드리고 필리핀의 과일과 채소, 햄, 생선 등을 사고팔기도 합니다. 용산구 이태원동에는 무슬림 거리와 나이지리아 거리가 있는데, 1976년 무슬림 사원이 생기면서 인도와 파키스탄 등 무슬림들이 부근에 모여 살면서 형성되었습니다. 또한 서대문구 연희동에는 서울에 사는 화교의 절반 정도가 모여 살고 있는 중국인 마을이 있습니다. 이들 화교들은 주로 이곳에서 음식점, 상점, 무역회사 등을 운영하고 있습니다.

1) 서울의 외국인 마을은 어디에 있습니까? 그리고 그 곳은 처음에 어떻게 생겼습니까?

2) 여러분 나라에도 외국인 마을이 있습니까? 소개해 보십시오.

제 2 과 사람의 성격

2-1 수줍음을 많이 타는지 말이 없어요

학습 목표 ● 과제 성격 묘사하기 ● 어휘 성격 관련 어휘 ● 문법 – 는지 , – 다가 보면

이 사람들은 성격이 어떨 것 같습니까 ?

성격은 얼굴에 나타날까요 ?

🔊 012~013

리에　　요즘 학교생활이 어때요 ? 이제 반 친구들하고 많이 친해졌어요 ?

마리아　네 , 반 친구들이 모두 성격이 좋아서 금방 친해졌어요 . 특히 에릭
　　　　씨는 성격이 참 좋던데요 .

리에　　맞아요 . 그 분은 성격이 활달하고 적극적이어서 사람들을 금방
　　　　사귀어요 .

마리아　참 , 그런데 요코 씨는 어떤 분이에요 ? 수줍음을 많이 타는지
　　　　말이 별로 없어요 .

리에　　네 , 요코 씨는 낯을 좀 가리는 편이에요 . 처음엔 친해지기
　　　　어렵지만 지내다가 보면 정이 많은 사람이라는 걸 알게 될
　　　　거예요 .

마리아　그래요 ? 첫인상은 좀 차가워 보였는데 그렇지 않은가 봐요 .

활달하다 (豁達 --) 大方　　적극적 (積極的) 積極的　　수줍음 害羞、靦腆　　낯 臉孔
가리다 怕生　　정 (情) 感情　　첫인상 (- 印象) 第一印象

어휘

| 내성적 | 외향적 | 느긋하다 | 명랑하다 |
| 소심하다 | 솔직하다 | 덜렁거리다 | 변덕스럽다 |

01 여러분의 성격과 친구의 성격을 쓰십시오.

| 나의 성격 | 친구의 성격 |

02 여러분은 어떤 성격의 상대방을 찾습니까? 결혼 정보 회사에 보낼 글을 [보기] 와 같이 간단히 써 보십시오.

[보기]

안녕하십니까? 저는 YS 전자에 다니고 있는 29 살 남자입니다. 제 성격이 좀 소심하고 내성적인 편이기 때문에 명랑하고 외향적인 성격의 여성을 소개 받고 싶습니다. 그리고 제가 꼼꼼한 성격이기 때문에 덜렁거리는 여성보다는 저처럼 꼼꼼한 사람이면 좋겠습니다. 하지만 무엇보다도 참을성이 많고 솔직한 여성이어야 합니다. 이런 여성을 소개해 주시면 감사하겠습니다.

01 - 는지 / 은지 / ㄴ지

後文呈現句子中不確定的茫然理由。動詞或 '- 었' 後面接 '- 는지'，有尾音的形容詞後面接 '- 은지'，無尾音的形容詞後面接 '- ㄴ지'。

● 가 : 철수 씨 요즘 어떤 것 같아요 ?
　나 : 글쎄요 , 요즘 바쁜지 통 소식이 없네요 .
● 가 : 오늘은 집이 조용하네요 .
　나 : 네 , 아이들이 오늘은 일찍 자는지 조용해요 .
● 가 : 수미 씨 집에 전화하셨어요 ?
　나 : 네 , 했는데요 . 집에 아무도 없는지 전화를 받지 않으시네요 .
● 가 : 시내에서 사고가 났는지 너무 차가 밀렸어요 .
　나 : 그런 게 아니라 시내 백화점 세일이 있어서 그래요 .

02 - 다가 보면

如果持續某種行為或狀態，會發現新的事實或成為某種狀態。'- 다가' 也可縮寫成 '- 다'。

● 사람이 살다가 보면 예상하지 못했던 일들이 많이 일어난다 .
● 이 책을 읽다가 보면 옛날 사람들의 생활과 사고방식에 대해 잘 알게 될 것이다 .
● 그렇게 자기 주장만 하다가 보면 불이익을 당할 수도 있습니다 .
● 처음엔 적응이 어렵겠지만 꾸준히 노력하다 보면 차차 적응이 될 것이다 .
● 처음에는 서로를 이해하기 어려워도 자주 만나 얘기하다 보면 서로를 잘 이해하게 될 거예요 .

문법 연습

- 는지 / 은지 / ㄴ지

01 요즘 우리 반 학생들의 행동입니다 . 이유를 추측해서 말해 보십시오 .

1) 며칠 전부터 리에 씨에게 연락이 되지 않는다 .

2) 제임스 씨는 어제 일찍 집에 갔다 .

3) 웨이 씨는 매일 여자 친구를 만났는데 요즘 만나지 않는다 .

4) 마리아 씨는 요즘 한국말 실력이 아주 많이 좋아졌다 .

5) 영수 씨는 요즘 학교에 나오지 않는다 .

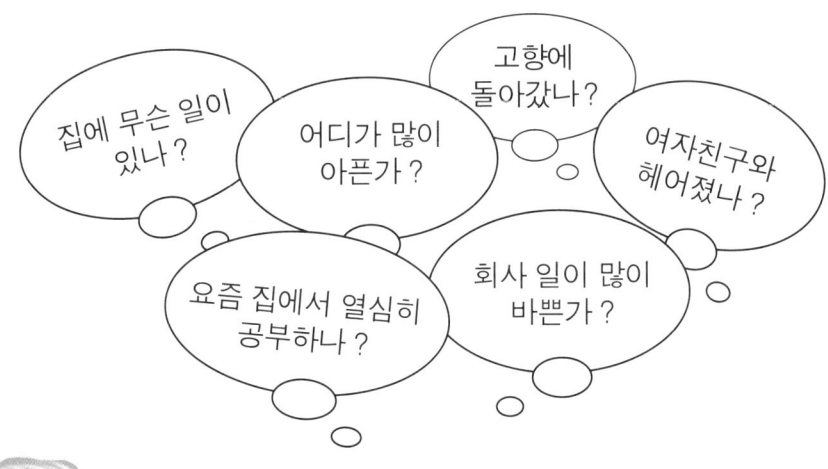

집에 무슨 일이 있나 ?

어디가 많이 아픈가 ?

고향에 돌아갔나 ?

여자친구와 헤어졌나 ?

요즘 집에서 열심히 공부하나 ?

회사 일이 많이 바쁜가 ?

리에 씨에게 연락해 봤어요 ?

고향에 돌아갔는지 며칠 전부터 리에 씨에게 연락이 되지 않아요 .

02 · 다가 보면

앞과 뒤를 연결하여 서로 이야기해 보십시오 .

1) 세상을 살다가 보면   생각하지 않았던 일들을
경험하기도 합니다.

2) 일에 쫓겨 바쁘게 생활을 하다가
보면

3) 매일 같은 일만 하다가 보면

4)   여행을 떠나고 싶을 때도
있습니다.

5)   힘들 때도 있습니다.

1) 세상을 살다가 보면 생각하지 않았던 일들을 경험하기도 합니다 .

2) 일에 쫓겨 바쁘게 생활을 하다가 보면

3)

4)

5)

과제 1 · 말하기

여러분이 이 남자의 여자 친구라면 뭐라고 말할지 이야기해 보십시오.

얼마 전에 만난 나의 남자 친구
- 내 친구들 모임에 가서 말을 거의 하지 않았다.
- 조그만 일에도 화를 잘 낸다.
- 물건을 잘 잃어버린다.
- 친구들을 만나면 항상 자기가 돈을 낸다.
- 영화를 보면서 자주 존다.

이 사람은 얼마 전에 만난 제 남자 친구예요. 정말 잘 생겼죠? 그런데, 성격을 좀 알 수 없는 사람이에요. 얼마 전에 제 친구들 모임에 같이 갔는데, 이 남자는 **수줍음을 많이 타는지** 제 친구들에게 말을 거의 하지 않았어요. 그리고

과제 2 읽고 쓰기

01 다음의 음식물을 좋아하는 사람은 어떤 성격의 사람일 것 같습니까? 왜 그렇게 생각합니까?

(1) 매운 음식을 좋아하는 사람   (2) 기름진 음식을 좋아하는 사람

(3) 해산물을 좋아하는 사람   (4) 고기를 좋아하는 사람

(5) 과일을 좋아하는 사람

(ㄱ) 성격이 좀 예민하지만 친구를 좋아해서 친구가 많은 편입니다. 하지만 일을 끝까지 하지 못하는 성격입니다.

(ㄴ) 성격이 좀 급한 편이어서 친구들과 자주 싸우지만 재주가 많습니다. 하고 싶은 것은 곧바로 하려고 하지만 다시 곧 그만두는 좀 변덕스러운 성격입니다.

(ㄷ) 침착하고 참을성이 많아 일을 끝까지 합니다. 내성적이어서 말이 없는 편이며 겉으로 보기에는 부드러워 보이지만 사실은 강한 사람입니다.

(ㄹ) 모험을 좋아하고 아주 적극적인 성격입니다. 그러나 고집이 세서 하려고 하는 일은 꼭 해야 합니다.

(ㅁ) 활달하고 바쁜 생활을 좋아해서 이러한 사람들 중 회사에서 성공하는 사람이 많습니다. 그러나 속마음을 그대로 밖으로 나타내어 다른 사람의 기분을 나쁘게 하기도 합니다.

02 입사 지원서를 내려고 합니다 . 다음을 읽고 [보기] 와 같이 자기소개서를 써 보십시오 .

자기 소개서 쓰는 방법

1) 문장을 간결하게 쓴다 .

2) 내용을 솔직하게 쓴다 .

3) 자신의 장점을 자신있게 표현한다 .

4) 자신의 단점을 고치려는 노력을 보여주면서 장점이 될 수 있게 표현한다 .

5) 업무에 도움이 될 수 있는 자신의 성격을 적극적으로 나타낸다 .

[보기]

　저는 대학교에 입학한 후 적극적으로 동아리 활동을 하면서 폭넓은 인간관계를 가지게 되었습니다 . 그리고 처음 보는 사람들과도 쉽게 가까워질 수 있고 곧 친한 친구가 될 수 있는 것이 제 성격의 장점입니다 . 성격이 좀 급하긴 하지만 이러한 성격은 일이 주어지면 시간 내에 빨리 끝내는 장점으로도 발전될 수 있을 것이라고 생각합니다 . 그리고 저는 모험을 좋아해서 새로운 것에 관심이 많아 다양한 언어도 배우고 여러 곳에 여행도 많이 다녔습니다 . 그래서 다방면으로 많은 지식을 가지고 있습니다 .

　이러한 성격은 귀사에서 원하는 영업 업무를 하는 데 많은 도움이 될 것으로 생각됩니다 .

2-2 상상력만 풍부하면 뭘 해요?

학습 목표 ● 과제 적성 알아보기 ● 어휘 직업 관련 어휘 ● 문법 – 더니[1], – 으면 뭘 해요 ?

위 직업을 가진 사람들의 성격은 어떨까요 ?
직업과 성격은 관계가 있을 것 같습니까 ?

014~015

마리아 　영수 씨 , 지난 주말에 면접 보러 가시더니 어떻게 됐어요 ?

영수 　　열심히 하긴 했는데 아직 결과는 몰라요 . 그런데 마리아 씨는
　　　　대학교 졸업하고 취직하실 거예요 ? 계속 공부하실 거예요 ?

마리아 　글쎄요 , 전 아직 결정을 못 했어요 . 남들과 똑같이 회사에
　　　　취직하고 싶지는 않고요 .

영수 　　마리아 씨는 호기심도 많고 상상력도 풍부하니까 그런 점을
　　　　살려서 직업을 선택하면 좋을 것 같아요 .

마리아 　상상력만 풍부하면 뭘 해요 ? 회사 생활이 제 적성에 안 맞는데요 .

영수 　　요즘은 여러 가지 직업이 있잖아요 . 마리아 씨가 바라는 것처럼
　　　　자유롭게 일할 수 있는 직업이 있을 거예요 .

취직하다 (就職 --) 就業　　남 別人　　호기심 (好奇心) 好奇心
상상력 (想像力) 想像力　　풍부하다 (豐富 --) 豐富　　살리다 發揮、突顯

어휘

01 여러분이 알고 있는 직업을 써 보십시오.

-사	-가	-수	-원	-자	기타
마술사	사업가	선수	승무원	기자	연예인
판사	건축가	목수	공무원	성직자	프로게이머

02 빈 칸을 채우고 그 이유를 [보기]와 같이 이야기해 보십시오.

앞으로 없어질 것 같은 직업	우편배달원,
앞으로 인기가 있을 것 같은 직업	컴퓨터 프로게이머,
미래에 새로 생길 직업	인공지능 로봇 프로그래머,

[보기]

제 생각에는 **우편배달원** 같은 직업은 앞으로 없어질 것 같아요. 미래에는 모든 우편 업무를 인터넷이나 이메일로 할 수 있을 테니까요. 또한 소포같은 우편물도 로봇이 배달할 수 있을 거라고 생각해요.

문법
설명

01 - 더니 [1]

回首過去或對聽到事實之後的發展感到疑問，或是那樣的事實成為理由和原因，而產生某種結果。

● 어제 면접 보러 가시더니 면접 잘 보셨어요?.
● 여자친구와 영화 보러 가더니 영화는 재미있게 봤니?
● 그 애가 빨리 뛰어가더니 넘어지고 말았다.
● 그 아이가 열심히 공부하더니 역시 수석을 차지했군요.
● 아이가 하루 종일 밖에서 놀더니 피곤한 모양인지 잠이 들고 말았다.

02 - 으면 / 면 뭘 해요?

具備那樣的條件也沒用，或是沒有價值。有尾音之用言前接 '- 으면'，無尾音之用言前接 '- 면'。

● 가 : 영석 씨는 얼굴도 잘 생기고 멋있어서 좋으시겠어요.
　 나 : 얼굴이 잘 생기고 멋있으면 뭘 해요? 공부를 잘 해야지요.
● 가 : 그 분은 요즘 사업이 잘 되어서 좋겠어요.
　 나 : 사업이 잘 되면 뭘 해요? 요즘 가정 문제 때문에 얼마나 힘든데.
● 가 : 마이클 씨는 한국어 발음이 아주 정확하시군요.
　 나 : 발음만 정확하면 뭘 해요? 어휘나 문법을 잘 모르는데.
● 가 : 미선 씨는 친구가 많아서 좋으시겠어요.
　 나 : 친구가 많으면 뭘 해요? 어려울 때 도와주는 친구가 없는데.
● 가 : 시험 공부를 좀 더 열심히 할 걸 그랬어요.
　 나 : 이제야 후회하면 뭘 해요?

문법 연습

-더니 [1]

01 오랜간만에 동창회에서 친구들을 만났습니다 . 그 친구들에게 뭐라고 말할까요 ?

옛날 우리 반 친구들 중

1) 마이클 씨는 항상 열심히 공부했다 .

2) 유진 씨는 유엔에서 일할 거라고 했다 .

3) 샐리 씨는 졸업하자마자 결혼할 거라고 했다 .

4) 유카 씨는 세계일주 여행을 해 보고 싶다고 했다 .

5) 스티븐 씨는 가수가 되려고 학원에 다니며 열심히 연습했다 .

마이클 씨 , 항상 열심히 공부하더니 좋은 회사에 취직했어
요 ?

-으면 뭘 해요 ?

02 동건 씨는 좀 부정적인 사람입니다 . 동건 씨가 뭐라고 말할까요 ?

1) 동건 씨는 돈이 많아서 좋겠어요 . 부러워요 . →

2) 동건 씨 집은 정말 크고 좋네요 . →

3) 동건 씨는 노래도 정말 잘하시는군요 . →

4) 동건 씨 동생이 1 등을 했다면서요 ? →

5) 동건 씨 여자 친구는 정말 예뻐요 . →

돈이 많으면 뭘 해요 ? 건강해야지요 .

과제 1 　쓰고 말하기

다음은 오랜만에 동창회에 간 정우 씨의 이야기입니다. 친구들이 어떻게 되었습니까?

어제는 고등학교를 졸업하고 20년 만에 친구들을 만났다. 다들 이제는 중년의 아저씨들이 되어 있었다. 각자 자신의 직장에서 자리를 잡고 이제는 어느 정도 여유도 있어 보였다. 그런데 재미있는 것은 친구들의 성격에 직업이 그대로 나타나는 것이었다. 대학병원에서 의사로 일하는 병철이는 식당에 오자마자 화장실에 가서 손을 씻고 왔다. 그리고는 의자와 식탁을 휴지로 깨끗이 닦았다. 20년 동안 헤어디자이너로 일을 해 온 희수는 다른 사람의 머리 모양에 관심이 많았다. 인호한테는 지금 머리가 어울리지 않는다고 머리를 조금 더 짧게 잘라 보라고 충고했다. 아나운서가 된 인호는 친구의 발음이 정확하지 않다고 발음을 고쳐 주었다. 요리사가 된 호동이는 음식 맛을 보고는 요리에 대해 이런저런 이야기를 많이 했다. 또 은행원으로 10년 넘게 일을 해 온 민수는 계산이 아주 빠르고 정확해졌다. 우리는 모두 계산이 잘못 된 것을 모르고 그냥 나오려고 했는데, 민수 덕분에 계산을 바로 하고 나올 수 있었다.

1) 병철이는 대학병원에서 의사로 **일하더니** 위생을 중요하게 생각하게 되었어요.

2)

3)

4)

5)

과제 2   말하기

01   여러분의 성격에는 어떤 직업이 맞을까요 ? 성격에 맞는 것을 고르십시오 .

		그렇다	그렇지 않다
1	물건을 정리해 두는 것을 좋아한다.	A	
2	무슨 일이든지 빨리 결정한다.		A
3	다른 사람의 문제에 관심이 없다.	B	
4	약간의 스트레스가 있어야 일을 잘 한다.	B	
5	새로운 일에 도전하는 것을 즐긴다.		A
6	여러 사람들 앞에서 내 생각을 말하는 것이 어렵다.	B	
7	결정을 하기 전에 다른 사람의 의견을 많이 듣는다.	C	
8	내가 한 일을 다른 사람에게 자랑하는 편이다.		C
9	자연의 아름다움에 자주 감탄한다.		B
10	어떤 일을 할 때 항상 이기고 싶어한다.		C
11	일할 때 꼼꼼하지 못해서 자주 실수를 한다.		A
12	남들이 하는 말에 별로 신경 쓰지 않는다.		C

A 대답 수	개
B 대답 수	개
C 대답 수	개

A가 많다	언어와 관계된 일	변호사, 공무원, 목사
B가 많다	자료와 관계된 일	은행원, 회계사, 컴퓨터 프로그래머
C가 많다	사람을 돌봐 주는 일	의사, 교사, 사회복지사

02 직업 적성 검사 결과가 맞는 것 같습니까? 다음과 같은 직업은 어떤 성격을 가진 사람에게 좋을까요? 이유를 말해 보십시오.

직업	성격	이유
사람을 돌봐 주는 일 (의사, 사회복지사, 교사)		
영향력이 있는 일 (감독, 경영자)		
언어와 관계된 일 (변호사, 공무원, 목사)		
자료와 관계된 일 (은행원, 회계사, 컴퓨터 프로그래머)		
예술과 관계된 일 (작가, 음악가, 연예인)		

03 성공한 사람들은 보통 다음과 같은 성격을 가지고 있다고 합니다. 여러분은 이 중에서 몇 가지 성격을 가지고 있습니까? 여러분의 성격에 ✔ 하십시오.

1) 용기가 있다. ☐

2) 자신감이 있다. ☐

3) 자기 자신을 믿고 존중한다. ☐

4) 이해심이 많고 이해력이 좋다. ☐

5) 성취할 목표를 항상 가지고 있다. ☐

6) 남에게 관심을 가지고 그들을 배려한다. ☐

7) 자신의 잘못, 결점까지도 있는 그대로 받아들인다. ☐

2-3 일을 시작했다 하면 끝까지 해요

학습 목표 ● 과제 성격과 환경과의 관계 토론하기 ● 어휘 환경 관련 어휘 ● 문법 – 을 게 아니라 , – 었다 하면

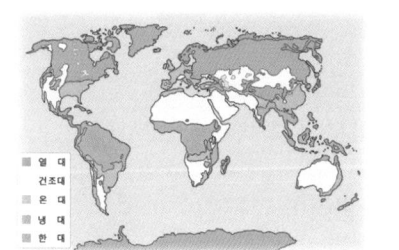

사람의 성격은 변하지 않는 것일까요 ? 아니면 환경에 따라 달라지는 것일까요 ?
태어난 순서나 기후와 같은 환경은 성격에 영향을 미칠까요 ?

◀ 016~017

정희 　 어제 생일 파티 정말 즐거웠어요 . 어제 보니까 , 마리아 씨 친구 분이 참 많던데요 .

마리아 　 제가 사람 만나는 걸 좋아하거든요 . 정희 씨도 너무 일만 할 게 아니라 사람들과 모임을 자주 만들어 보세요 .

정희 　 전 마리아 씨가 참 부러워요 . 성격도 명랑하고 처음 만나는 사람들 하고도 잘 어울려서 친구가 많으시잖아요 .

마리아 　 제가 형제가 많은 집에서 자라다 보니 성격이 그렇게 됐나 봐요 .

정희 　 전 외동딸로 자라서 다른 사람을 도와주거나 남에게 양보하는 마음이 좀 부족해요 . 어릴 때는 친구들하고도 많이 싸웠지요 .

마리아 　 그래도 정희 씨는 저와는 달리 한번 일을 시작했다 하면 끝까지 열심히 하시잖아요 .

즐겁다 愉快　자라다 成長　외동딸 獨生女　부족하다 (不足 --)
싸우다 吵架　달리 不同

어휘

| 장남 | 차남 | – 남 – 녀 | 습하다 | 건조하다 |
| 부유하다 | 빈곤하다 | 서늘하다 | 쌀쌀하다 | 화창하다 |

01 기후 , 가족관계 , 생활 환경과 관련된 어휘를 쓰십시오 .

<기후>	<가족 관계>	<생활 환경>
춥다, 덥다, 선선하다,	장녀, 외아들,	가난하다, 부유하다,

02 여러분은 성격이 다음과 같은 환경에 영향을 받는다고 생각합니까 ? [보기] 와 같이 이야기해 보십시오 .

기후	[보기] 저는 사람들의 성격이 기후의 영향을 받는다고 생각합니다 . 온화하고 더운 기후의 사람들은 기후의 영향을 받아 성격도 온화하고 느긋하며 추운 지방의 사람들은 부지런하고 적극적인 것을 알 수 있습니다 .
가족 관계	
생활 환경	

문법 설명

01 - 을 / ㄹ 게 아니라

是 '- 을 것이 아니라' 的縮寫，不選擇前文的行動而建議選擇後者，或是選擇前者比選擇後者好，而產生後悔或埋怨。有尾音之動詞後接 '- 을 게 아니라'，無尾音之動詞後接 '- ㄹ 게 아니라'。

● 이렇게 날씨 좋은 날, 집에만 있을 게 아니라 공원에 산책이라도 가자.
● 전화로 사과할 게 아니라 직접 찾아가서 사과를 하세요.
● 읽기를 잘 하고 싶으면 교과서만 읽을 게 아니라 신문이나 잡지 같은 것도 읽어 보세요.
● 회사가 별로 마음에 안 들어도 무조건 그만둘 게 아니라 다른 직장을 먼저 알아보고 그만두는 게 좋았을 거예요.

02 - 었다 / 았다 / 였다 하면

如果做前文的行為，往往會變成後文的結果。後句常接 '항상'、'으레' 等副詞。

● 저는 그 친구를 만났다 하면 항상 집에 늦게 들어가요.
● 그 사람은 약속을 했다 하면 으레 늦어요.
● 저는 지하철에서 자리에 앉았다 하면 으레 졸아요.
● 저는 비오는 날 우산을 가지고 나갔다 하면 항상 잃어버려요.
● 그 사람은 노래방에서 마이크를 잡았다 하면 혼자 열 곡을 불러요.

문법 연습

-을 / ㄹ 게 아니라

01 문제에 대해 충고해 주십시오 .

잠이 안 와서 밤 늦게까지 텔레비전을 봤는데 오히려 잠이
더 안 오더군요 .

너무 더워서 에어컨을 오래 켜 놓으니까 머리가 아프 더군
요 .

숙제를 열심히 하는데도 성적이 별로 오르지 않아요 .

싸고 좋은 하숙집을 인터넷으로 찾고 있어요 .

제 방 친구와 성격이 너무 안 맞아서 고민이에요 .

잠이 잘 안 올 때는 텔레비전을 볼 게 아니라 조용한 음악
을 듣는 게 좋아요 .

- 었다 / 았다 / 였다 하면

02 다음 표를 채우고 이야기해 보십시오 .

이름	좋아하는 일	얼마나 합니까?
1) 마이클	운동	너댓 시간 정도 합니다.
2) 샐리	쇼핑	한 달 월급을 다 쓰기도 합니다.
3) 영수	컴퓨터 게임	
4) 스티븐	노래 부르는 것	
5) 유카	친구와 이야기하는 것	

1) 마이클 씨는 운동을 좋아해서 운동을 한번 했다 하면 너댓 시간 정도 합니다.

2) 샐리 씨는 쇼핑을 너무 좋아해서

3)

4)

5)

과제 1　　　말하기　●

여러분의 형제는 모두 몇 명입니까? 형제들의 성격이 어떻습니까? [보기] 와 같이
이야기해 보십시오 .

나의 형제	여러분의 형제

형
- 공부를 잘 함.
- 책임감이 강함.
- 부모님 말씀을 잘 들음.

나
- 공부를 잘 못함.
- 호기심이 많음.
- 친구들과 노는 것을 좋아함.

동생
- 공부를 잘 함.
- 고집이 셈.
- 성격이 활달함.

[보기]

저희 형제는 형하고 저 , 동생 모두 세 명입니다. 형은 공부도 잘하고 부모님
말씀도 잘 듣고 해서 부모님께 사랑을 많이 받았어요 . 또 책임감도 강해서 한번
일을 시작 **했다 하면** 끝까지 하지요 . 하지만 저는 공부도 별로 못 하고 친구들과
노는 것만 좋아하고 해서 부모님께 많이 혼났어요 . 그렇지만 호기심이 많아서
신기한 것만 **봤다 하면** 궁금증이 풀릴 때까지 잠을 못 자기도 합니다. 제 동생은
공부도 잘하고 성격도 활달해요. 고집이 좀 세서 한번 하겠다고 마음먹은 일은
끝까지 하지요 .

과제 2 읽고 말하기

01 다음 어휘의 설명으로 맞는 것과 연결하십시오.

열대 기후　●　　　　　　　　　●　열대와 온대의 중간 기후

한대 기후　●　　　　　　　　　●　1년 내내 더운 기후

온대 기후　●　　　　　　　　　●　1년 내내 추운 기후

아열대 기후　●　　　　　　　　●　사계절의 변화가 뚜렷하고 온화한 기후

냉대 기후　●　　　　　　　　　●　온대와 한대 사이의 기후

02 다음 글을 읽고 질문에 답하십시오.

　　인간의 몸은 기후의 영향을 받는다고 합니다. 한대 기후에 사는 사람들은 열대 기후에 사는 사람보다 손과 발에 흐르는 피의 양이 많다고 합니다. 이는 추위를 이기기 쉽게 하기 위해서라고 합니다. 열대 지방 사람들은 땀샘의 수가 추운 지방 사람보다 많은데, 이는 땀을 많이 흘려서 체온이 높아지는 것을 방지하기 위해서라고 합니다.

　　기후는 사람의 성격에도 영향을 주는데, 햇빛이 강한 곳에 사는 사람들은 일반적으로 밝고 명랑하지만 기후 때문에 다소 게으른 경향이 있고, 햇빛이 별로 나지 않고 추운 곳에 사는 사람들은 좀 어둡고 우울하지만 끈기가 있다고 합니다. 유럽의 경우, 독일 북부의 사람들은 좀 어둡고 무뚝뚝하지만 햇빛이 강한 남쪽으로 갈수록 밝고 명랑하며 흥분을 잘 한다고 합니다. 그리고 온난한 기후에 사는 사람들은 야외에서의 생활이 많아서 활동적이지만, 아주 춥거나 아주 더운 지방에 사는 사람들은 날씨 변화가 단순하기 때문에 좀 덜 활동적이라고 합니다.

1) 위 글에서 성격과 관계있는 어휘를 찾아보십시오 .

2) 햇빛은 사람의 성격에 어떤 영향을 미친다고 했습니까 ? 여러분도 그렇게 생각합니까 ?

3) 온난한 기후와 아주 덥거나 추운 기후는 사람의 성격에 어떤 영향을 미친다고 했습니까? 여러분도 그렇게 생각합니까?

4) 여러분 나라에서는 지방마다 사람들의 성격이 다릅니까?

03 여러분은 성격이 환경의 영향을 받는다고 생각합니까 ? 아니라고 생각합니까 ? 다음에 대해 토론해 보십시오 .

	그렇다	아니다
• 기후는 사람의 성격에 영향을 미친다.		
• 태어난 순서는 사람의 성격에 영향을 미친다.		
• 살아온 생활환경은 성격에 영향을 미친다.		
• 태어나면서 성격은 정해진다.		
• 쌍둥이의 성격은 같다.		
• 남자와 여자의 성격은 태어나면서 정해진다.		

2-4 귀 기울여 듣지 않으세요

학습 목표 ● 과제 뉴스 듣고 요점 파악하기 ● 어휘 질병 관련 어휘 ● 문법 – 을 뻔하다 , – 는다기에

"소심한 성격, 암에 더 잘 걸린다."

소심하면 암에 잘 걸린다는 통설이 동물 실험에서 입증돼 과학적 근거가 있는 것으로 나타났다. 미국 시카고대 연구팀은 22일 의학저널에서 소심하고 적극적...
쥐들보...

~~소심한 성격, 암에 더 잘 걸린다~~

...더 성격에 따라 분류 사육하면서 암...걸리는 빈도와 수명 등을 조사했다. 그 결과 어려서 새로운 경험을 두려워하던 암컷은 성격이 성장 후에까지 계속됐으며 용감한 성격의 암컷보다 유방과 뇌하수체

"암 잘 걸리는 성격은 없다."

지나치게 외향적인 성격이나 신경질적인 성격을 가진 사람이 암에 잘 걸린다는...자들의 가설이 근거 없는 것...다. 암 전문지 캔서...구진의 보...이, 두...가진 사람들이...설은 입증되지 않았으니...지 성격을 모두 갖춘 사람들조차...암 발병률이 더 높지는 않은 것으로 드러났습니다.

~~암 잘 걸리는 성격은 없다~~

위의 기사에 대해 어떻게 생각합니까?
성격이 건강에 영향을 준다고 생각합니까? 아니면, 건강과 성격은 관계가 없다고 생각합니까?

◀ 018~019

마리아　아버님께서 병원에 입원하셨다고 했는데 좀 어떠세요 ?

미선　조금만 늦었으면 큰일 날 뻔했어요 . 치료가 잘 끝나서 어제 퇴원하셨어요 .

마리아　다행이네요 . 아버님이 쓰러지셨다고 해서 많이 걱정했거든요 .

미선　저희 아버지는 혈압이 높으신데 성격도 급하셔서 가끔 화를 내시면 쓰러지실까 봐 식구들이 걱정하곤 해요 .

마리아　저희 아버지도 미선 씨 아버님하고 성격이 비슷하세요 . 그런 분들은 명상을 하면 좋다기에 한번 해 보시라고 했는데도 별로 귀 기울여 듣지 않으세요 .

미선　저희 아버지도 타고난 성격이 어디 고쳐지겠냐고 하시면서 다른 사람들 말을 잘 안 들으세요 . 그러시다가 또 쓰러지실까 봐 걱정이에요 .

쓰러지다 摔倒　　혈압 (血壓) 血壓　　명상 (冥想) 冥想　　귀 기울이다 傾聽　　타고나다 天生

어휘

01 신체의 부위를 써 보십시오. 다음 병은 어느 부위와 관계가 있는 병입니까?

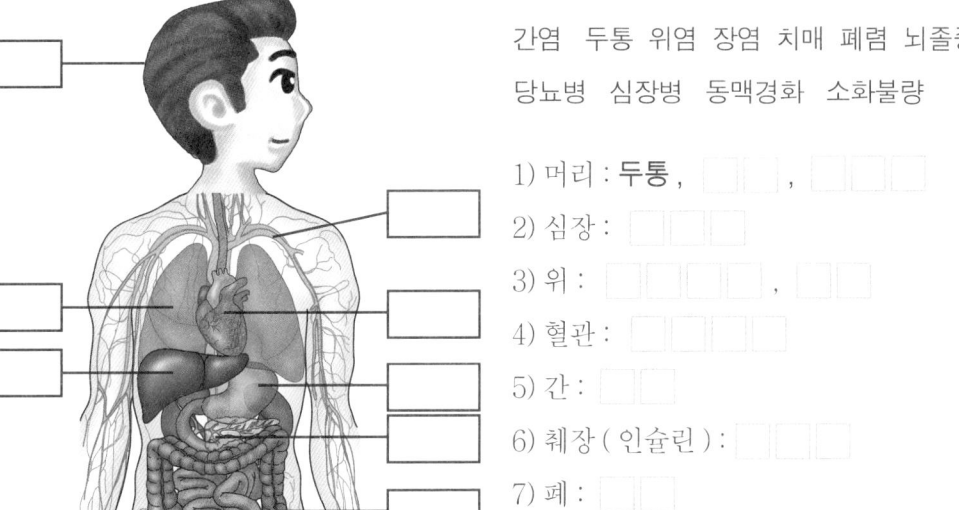

간염 두통 위염 장염 치매 폐렴 뇌졸중
당뇨병 심장병 동맥경화 소화불량

1) 머리 : **두통**, ☐☐, ☐☐☐
2) 심장 : ☐☐☐
3) 위 : ☐☐☐☐, ☐☐☐
4) 혈관 : ☐☐☐☐
5) 간 : ☐☐
6) 췌장 (인슐린) : ☐☐☐
7) 폐 : ☐☐
8) 장 : ☐☐

02 다음 기사의 빈 칸에 알맞은 어휘를 쓰십시오.

한국인이 가장 걱정하는 질환 1 위는 지난해에 이어서 올해도 암이었고, 실제로 이것이 한국인의 사망 원인 1 위라고 한다. 2 위는 고혈압이고, 3 위가 **당뇨병** 인데 이는 인슐린 부족으로 생기는 **병으로**, 식이요법과 운동요법을 같이 해야 한다. 그 다음으로 한국인이 걱정하는 질병은 심장과 관련된 질병이다. 예전에는 나이가 많은 노인들에게서 주로 나타나던 _____ 이나 / 나

한국인이 가장 걱정하는 질환 (단위:%)

암	☐☐		심장질환	뇌졸중	치매
34.6	10.1	6.9	6.5	6.4	3.4

이 / 가 요즘은 젊은 사람 중에서도 나타나고 있다. 이는 유전적인 원인도 있지만 식생활의 변화 때문에 생기는 경우도 있다고 한다. 따라서 이를 예방하기 위해서는 비만을 가져올 수 있는 식사와 생활 습관을 조절하는 것이 무엇보다도 중요하다.

문법
설명

01 - 을 / ㄹ 뻔하다

一不小心就會變成那樣的狀況，但幸好沒有變成那樣。常出現 '거의, 잘못하면, 까딱하면, 하마터면' 等副詞，有尾音的動詞後接 '- 을 뻔하다'，無尾音的動詞後接 '- ㄹ 뻔하다'。

- 조금만 늦었으면 기차를 놓칠 뻔했어요.
- 오늘 늦잠을 자서 하마터면 지각할 뻔했어요.
- 급하게 나가다가 들어오는 사람과 부딪칠 뻔했다.
- 영수 씨는 후다닥 몸을 일으키다 줄에 걸려 넘어질 뻔했다.
- 지난 여름 휴가 때 바다에 놀러 가서 깊은 물속까지 잘난 척하고 헤엄치고 갔다가 물에 빠져 죽을 뻔했어요.

02 - 는다기에 / ㄴ다기에 / 다기에

'- 다고 하기에' 的縮寫，前文和後文引用他人的話語，以理由連接兩句。形容詞和 '- 었 -'、'- 겠 -' 後面接 '- 다기에'，有尾音的動詞後接 '- 는다기에'，無尾音的動詞後接 '- ㄴ다기에'，引用的前文如果是疑問句，使用 '- 냐기에'，命令句用 '- 라기에'，勸誘句則用 '- 자기에'。

- 네가 바쁘다기에 도와주러 왔어.
- 친구가 한국으로 돌아왔다기에 그 친구를 보러 갔다 왔어요.
- 백화점에서 할인 행사를 한다기에 백화점에 갔다 왔어요.
- 부장님이 내일까지 이 일을 끝내라기에 밤을 꼬박 새웠어요.
- 친구가 영화를 보러 가자기에 영화관에 갔다 왔어요.

문법 연습

-을 / ㄹ 뻔하다

01 다음 만화를 보고 대화를 완성하십시오 .

- 는다기에 / ㄴ다기에 / 다기에

02 다음은 변명을 많이 하는 사람의 이야기입니다 . 다음과 같은 경우에 이 사람은 어떤 변명을 할까요 ? 이야기해 보십시오 .

경 우	이 유
1) 오늘 학교에 늦었다.	뉴스에서 오늘은 차가 별로 안 막힌다고 했어요.
2) 숙제를 안 해 가지고 왔다.	친구들이 오늘 선생님이 안 오신다고 했어요.
3) 약속시간에 늦게 나왔다.	
4) 내일 시험이 있는데 극장에 가서 영화를 보고 왔다.	
5) 돈이 없는데도 백화점에 가서 카드로 물건을 많이 샀다.	

오늘 학교에 왜 늦었어요 ?

뉴스에서 오늘은 차가 별로 안 막힌다기에 다른 때보다
좀 늦게 나왔죠 . 뭐 .

여러분이 건강에 대한 이야기를 듣고 그대로 한 후의 결과에 대해 [보기] 와 같이
이야기해 보십시오 .

내가 들은 건강 이야기	결과
성격이 예민한 사람에게는 단 음식이 좋다.	성격이 좀 느긋해진 것 같다.
아이에게 안경을 씌우면 눈이 더 나빠진다.	아이의 눈이 더 나빠졌다.
명상을 하면 급한 성격을 고칠 수 있다.	
머리를 자주 감으면 머리가 더 잘 빠진다.	

[보기]

저는 성격이 좀 예민하고 신경질이 많은
편이었습니다 . 그런 사람들에게는 단 음식
이나 과일이 **좋다기**에 자주 먹었습니다 .
그렇게 해 보니 확실히 성격이 많이 느긋해진
것 같습니다 . 여러분도 짜증이 날 때는 과일
이나 초콜릿을 드셔 보세요 .

[보기]

저희 아이는 눈이 나쁩니다 . 너무 어렸을 때부터
안경을 씌우면 눈이 더 **나빠진다기**에 의사가
안경을 씌우라고 했는데도 안경을 씌우지
않았습니다 . 그런데 한 1 년쯤 있다가 안과에
가 보니 처음 시력보다 눈이 많이 나빠져
있었습니다 . 여러분은 저 같은 실수를 하지
마세요 . 아이의 눈이 나빠진 것 같으면 빨리
안과에 가서 의사가 하라는 대로 하세요 .

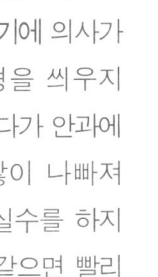

과제 2　　듣고 말하기 [🔊 020]

01 여러분은 다음에 대해 어떻게 생각합니까? 그리고 왜 그렇게 생각하는지 이야기해 보십시오.

	그렇다	아니다
• 성격이 급하면 심장병에 더 잘 걸린다.	☐	☐
• 작은 일에도 신경을 많이 쓰는 사람은 위장병에 잘 걸린다.	☐	☐
• 내성적이고 말이 없는 사람은 암에 더 잘 걸린다.	☐	☐
• 성격이 낙천적인 사람은 더 오래 산다.	☐	☐
• 뭐든지 완벽해야 하고 고집이 센 사람은 변비에 잘 걸린다.	☐	☐

02 1. 다음 뉴스들은 성격과 건강의 관계에 대한 것입니다. 맞는 것에 ✔ 하십시오.

	성격은 건강과 관계가 있다	성격은 건강과 관계가 없다
뉴스 1		
뉴스 2		
뉴스 3		
뉴스 4		
뉴스 5		

2. 뉴스를 다시 듣고 들은 내용과 같은 것에 ✔ 하십시오.

1) ❶ 이 조사는 미국 시카고 시민을 대상으로 이루어졌다. ☐

   ❷ 소극적인 성격의 쥐가 모험심이 강한 쥐에 비해 암에 더 많이 걸렸다. ☐

2) ❶ 성격이 예민한 사람들이 암에 잘 걸린다는 말은 사실이 아니다. ☐

   ❷ 외향적인 사람은 다른 사람에 비해 암이 더 잘 생긴다. ☐

3) ❶ 수줍음을 많이 타는 남자는 심장마비에 걸릴 위험이 높지 않다. ☐

   ❷ 수줍음을 많이 타는 남자는 잘 움직이지 않고 집에만 있는 경우가 많다. ☐

4) ❶ 꼼꼼한 성격은 암에 잘 걸린다는 말은 사실이 아니다. ☐

   ❷ 우울증이나 불안증이 있으면 유방암에 걸릴 가능성이 높다. ☐

5) ❶ 느긋하고 낙천적인 사람은 살찔 가능성이 많다. ☐

   ❷ 외향적인 사람은 내성적인 사람보다 마른 편이다. ☐

03 여러분은 들은 뉴스에 동의합니까? 그 이유는 무엇입니까? [보기] 와 같이 이야기해 보십시오.

요약	예시
1) 소심한 쥐가 암에 잘 걸린다.	선배 중 소심한 선배가 있는데, 성격이 예민해서 스트레스를 많이 받는 것 같다.
2)	
3)	

[보기]

저는 소심한 쥐가 암에 잘 걸린다는 애기가 어느 정도 맞다고 생각합니다. 왜냐하면 제 선배 중 소심한 선배가 있는데, 그 선배는 성격이 예민해서 스트레스를 많이 받는 것 같았습니다. 제가 듣기에 암이 생기는 가장 큰 원인 중 하나가 스트레스라고 하니까, 아무래도 소심하고 예민한 성격이 암에 잘 걸릴 것 같습니다.

2-5 읽기 : 우물에 가서 숭늉 찾는다

🔊 021

　　외국인들이 한국에 와서 가장 먼저 배우는 말이 "빨리 빨리!" 라는 이야기를 들은 적이 있습니다. 한국인들의 성격에 대해 이야기할 때 자주 나오는 표현이지요. 하는 일마다 서두르는 한국 사람들의 성격 때문에 그런 것 같습니다. 이런 한국인의 모습을 보여 주는 말로 '우물1)에 가서 숭늉 찾는다' 라는 속담이
5　있습니다.

　　숭늉을 아시나요? 요즘은 밥을 먹고 보리차나 생수를 마시지요. 예전엔 주로 숭늉을 마셨답니다. 숭늉이란 밥솥에 밥을 지어 밥을 다 푼2) 다음에 솥바닥에 눌어붙은3) 누룽지4)에 물을 부어 끓인 물입니다. 지금도 그 구수한5) 맛을 좋아해서 전기밥솥을 쓰지 않고 일부러 일반 밥솥으로 밥을 해서 숭늉을 끓여 마시는
10　사람들도 있습니다. 식당에서도 옛 맛을 그리워하는 손님들을 위해 준비해 놓기도 합니다. 그런데 밥이 다 되어야 끓여 낼 수 있는 숭늉을 쌀 씻을 물을 준비하는 우물에 가서 달라고 하다니요? 정말 성격이 급한 사람이지요. 이렇게 옛사람들은 일상생활에서 나타나는 인간의 행동을 관찰하여 사람들이 쉽게 기억할 수 있게 재치 있는 속담을 만들어 냈습니다.

15

---

1)	우물	땅을 파서 땅속의 물을 쓰거나 마실 수 있도록 만든 것.	井
2)	푸다	그릇 속에 들어 있는 곡식 등을 떠내다.	盛 (飯)
3)	눌어붙다	조금 타서 바닥에 붙다.	黏在鍋底上
4)	누룽지	솥 바닥에 눌어붙은 밥.	鍋巴
5)	구수하다	잘 끓은 숭늉이나 감자의 맛처럼 맛이나 냄새가 입맛이 당길 만큼 좋다.	香噴噴的

급하다는 말은 빠르다는 말과도 통하겠지요? '번갯불에 콩 볶아 먹겠다'는 재미있는 표현도 있답니다. 번쩍하는 번갯불에 콩을 볶아서 먹을 만하다는 뜻으로, 행동이 정말 빠르고 민첩하다는[6] 말이랍니다. 그래서 어떤 일이 아주 빠르게 진행될 때 번갯불에 콩 볶듯이 어떻게 되었다는 표현들을 종종[7] 볼 수 있습니다. 전통혼례[8]와 달리 예식장에서 15분 만에 끝내는 요즘 결혼식도   5
번갯불에 콩 볶듯이, 갑자기 발표된 입시 정책도 번갯불에 콩 볶듯이……. 왠지 좀 불안한 느낌이 드나요?

이렇게 급하고 빨리 하는 성격을 나타내는 말들 속에서 부정적인 시각[9]을 엿볼[10] 수 있기도 하지만 빠르다고 해서 반드시 문제가 생기는 건 아닙니다. 빨리 하기를 좋아하는 한국인의 성격은 이 사회를 발전시키는 힘이 되기도   10
하였답니다. 부지런한 성격과 뭔가 하겠다는 의욕[11]은 남들이 2,3년 걸려서 하는 일을 1년에 해치우는 열정으로 나타나기도 하니까요.

---

6)	민첩하다	어떤 일이나 상황에 대한 행동이 빠르다.	(敏捷 --) 敏捷
7)	종종	가끔.	常常
8)	혼례	결혼식.	(婚禮) 婚禮
9)	시각	무엇을 보고 이해하고 생각하는 관점.	視角角度
10)	엿보다	다른 사람이 모르게 조금 보다.	偷看
11)	의욕	무엇을 하려고 하는 적극적인 마음.	(意欲) 慾望

내용 이해

1) 이 글에서 이야기한 내용이 아닌 것을 고르십시오. (   )

❶ 전통적으로 밥 짓는 방법

❷ 급한 성격에서 볼 수 있는 장점

❸ 빠르고 민첩함을 나타내는 속담

❹ 외국인이 제일 먼저 배우는 한국어 표현

2) '우물에 가서 숭늉 찾는다'는 어떤 경우를 비유하여 쓰는 속담일까요?

3) 이 글에서 다음 상황에 맞는 속담을 찾아 쓰십시오.

❶
> 아이가 학교 앞에서 노란 병아리를 사 가지고 왔다. 어떻게 키울 거냐는 엄마 말은 들리지도 않는지 이제 매일 신선한 계란을 먹게 될 거라고 신이 나 있었다.

❷
> 지난 주말에 언니는 친구 소개로 한 남자를 만났다. 그 사람은 언니가 정말 마음에 든다면서 올해가 가기 전에 결혼하고 싶단다. 지금이 11월인데 올해가 가기 전에 결혼하고 싶다니! 그런데 언니도 그 남자가 좋은지 그렇게 하겠다고 한다.

4) 한국인의 열정은 어디에서 나오는지 이 글에서 찾아 쓰십시오.

5) 이 글의 내용과 같으면 ○, 다르면 X 하십시오.

❶ 숭늉은 요즘은 맛볼 수 없는 전통 음료이다. ( )

❷ 속담은 일상생활에서 알게 된 사실을 재치 있게 표현한다. ( )

❸ 한국의 결혼식은 옛날이나 지금이나 빨리 끝내는 경우가 대부분이다. ( )

● 체질과 성격

　조선시대의 유명한 한의사인 이제마는 사람의 체질을 네 가지로 나누고 각 체질에 따라 치료를 달리 해야 한다는 사상의학의 창시자입니다. 이에 따르면, 사람의 체질은 크게 태양인과 태음인, 소양인과 소음인의 네 가지로 나눌 수 있다고 합니다.

　먼저 태양인은 목이 굵고 머리가 크며 가슴 윗부분이 발달하였지만 엉덩이가 작고 하체가 약해 오래 서 있거나 걷기를 힘들어 합니다. 잔병은 별로 없으나 한 번 병에 걸리면 심각한 병인 경우가 많습니다. 머리가 좋고 자존심이 강하고 지도력이 있으며, 진취적이어서 한 번 결정하면 뒤로 물러서지 않습니다.

　태음인은 대체로 뚱뚱하고 땀이 많습니다. 코나 기관지, 피부 등에 병이 많이 생기고 나이가 들어서는 고혈압이나 심장병 등을 조심해야 합니다. 참을성이 많고 성격이 느긋합니다. 그러나 몸을 움직이는 것을 싫어하여 게으르기 쉽고 사치나 도박을 좋아하는 편입니다.

소양인은 열이 많고 더위를 많이 탑니다. 허리가 약하고 변비에 걸리기 쉽습니다. 성격이 활달하고 사교적이어서 친구가 많습니다. 책임감과 명예심이 강하여 용감하고 일을 깔끔하게 처리합니다. 집안에 있는 것보다는 나가서 활동하는 것을 좋아합니다. 그러나 성격이 급해서 실수하는 경우도 많습니다.

소음인은 소화 기관이 약해 잘 체하고 찬 것을 먹으면 설사를 하기도 합니다. 추위를 잘 타고 한숨을 잘 쉬는 것도 소음인의 특징입니다. 꼼꼼해서 실수를 잘 하지 않으며 감성이 풍부합니다. 밖에서 활동하기보다는 집안에 있는 것을 좋아합니다. 친구도 여러 사람을 사귀는 것보다는 몇 사람과 깊이 사귑니다. 그러나 소심하고 우유부단한 경우가 많습니다.

1) 여러분은 어떤 체질입니까? 그리고 여러분의 체질에 따른 성격은 앞에서 설명한 것과 비슷합니까?

2) 여러분 나라에도 이와 비슷하게 체질과 성격을 관련지어 이야기합니까?

제3과 일상의 문제

3-1 교환을 하고 싶어요

학습 목표 ● 과제 교환이나 환불하기 ● 어휘 교환, 반품 관련 어휘 ● 문법 –기에는, –고 보니

텔레비전이 너무 큰가?

♥♥♥♥♥♥♥♥♥♥♥♥♥♥

교환이나 반품이 불가능한 경우

★ 제품 불량으로 교환을 하실 때는 같은 제품, 같은 사이즈로만 교환이 가능합니다.

★ 반품은 배송 받으신 후 1주일 안에 하셔야 합니다.

★ 반품할 때 배송비는 소비자가 부담하셔야 합니다.

★ 신중한 구매 부탁드립니다.

여러분은 샀던 물건을 교환하거나 돈으로 바꾼 적이 있습니까 ? 왜 그렇게 했습니까 ? 어떤 경우에 교환이나 환불이 불가능합니까 ?

🔊 022~023

고객　서울전자 고객센터지요 ? 지난주에 거기서 벽걸이 TV 를 샀는데 교환을 했으면 좋겠어요 . 우리 거실에 놓기에는 너무 커서요 .

직원　지난주에 사셨다고요 ? 이미 설치한 물건은 교환이 안 됩니다 .

고객　산 지 나흘밖에 안 되었는데요 . 사용하지도 않았고요 .

직원　인수증을 드릴 때 설치 후 교환이나 반품은 안 된다고 분명히 말씀드렸을 텐데요 .

고객　다른 방법은 없나요 ? 설치를 해 놓고 보니 거실 분위기에는 맞지 않아서요 . 매장에서 볼 때하고는 다르던데요 .

직원　죄송하지만 지금은 도와 드릴 방법이 없습니다 .

전자 (電子) 電子　　고객 센터 (顧客 --) 顧客中心　　벽걸이 (壁 --) 壁掛式　　교환 (交換) 交換
설치하다 (設置 --) 設置、安裝　　나흘 四天　　인수증 (引受證) 收據　　반품 (返品) 退貨
분명히 (分明 -) 分明地、清楚地　　매장 (賣場) 賣場

어휘

교환　구입　규정　반품　배송　판매　하자　환불　품질보증서

01 다음의 설명을 읽고 빈 칸에 맞는 어휘를 쓰십시오.

1) 물건을 파는 것 : ☐☐

2) 물건을 사는 것 : ☐☐

3) 물건의 흠 또는 잘못된 부분 : ☐☐

4) 물건을 산 후에 돈으로 바꾸는 것 : ☐☐

5) 물건을 산 후에 다른 물건으로 바꾸는 것 : ☐☐

6) 어떠어떠해야 한다고 법으로 정해 놓은 규칙 : ☐☐

7) 물건을 산 사람에게 그 물건을 보내 주는 것 : ☐☐

8) 물건을 산 후에 다시 물건을 판 곳으로 돌려보내는 것 : ☐☐

9) 물건을 만든 회사에서 물건을 최소 1년까지 고장 없이 쓸 수 있다는 것을 적어 준 종이 : ☐☐☐☐☐

02 빈 칸에 알맞은 어휘를 쓰십시오.

1) 홈쇼핑에서 물건을 산 경우에 30일 안에는 언제든지 **교환** 이나/나 ＿＿＿＿＿＿ 이/가 가능합니다. 옷은 15일 안에만 가능하며 가구는 설치했던 경우에는 불가능합니다. 비싼 제품은 상표와 ＿＿＿＿＿ 을/를 반드시 가지고 있어야 가능합니다.

2) 백화점에서는 영수증과 물건을 가지고 오면 14일 안에 교환이나 환불이 가능합니다. 그러나 14일이 지난 후에라도 물건에 ＿＿＿＿＿ 이/가 있으면 교환이나 환불이 가능합니다.

3) 온라인 쇼핑몰에서 물건을 ＿＿＿＿＿ 한 경우에도 교환이나 반품이 가능합니다. 그러나 물건을 ＿＿＿＿＿ 할 때 드는 비용을 고객이 부담해야 하는 경우가 대부분 이므로 제품을 고를 때 주의해야 합니다. 또 ＿＿＿＿＿ 시간이 너무 많이 걸리는 경 우에도 반품이 가능합니다.

01 – 기에는

以某種情況為基準時使用。

- 이 케이크는 저 혼자 먹기에는 너무 커요 . 좀 작은 걸로 주세요 .
- 이 방은 혼자 쓰기에는 좀 크고 두 사람이 쓰기에는 좀 작아요 .
- 이 소설책은 재미있지만 외국인 학생이 읽기에는 좀 어려울 것 같아요 .
- 요즘 날씨가 좀 춥긴 하지만 이제 10 월인데 겨울옷을 입기에는 좀 이르지 않아요 ?
- 오피스텔은 혼자 생활하기에는 편리하지만 가족들이 함께 생활하기에는 불편하다 .

02 – 고 보니

某種行為或事情發生之前並不知道會這樣，待事情發生後，因為此結果而在後句中有新的領悟。

- 나는 내가 잘못한 것이 하나도 없다고 생각했는데 , 네 얘기를 듣고 보니 내가 잘못한 것 같다 .
- 그 친구에게 얘기를 해 주는 게 더 좋을 줄 알았는데 , 막상 얘기하고 보니 괜히 얘기를 한 것 같아요 .
- 결혼하면 정말 행복할 거라고 생각했는데 결혼하고 보니 기대와는 달리 어려운 일들이 많아요 .
- 유학 생활이 힘들 거라고 예상은 했지만 직접 유학 생활을 시작하고 보니 생각보다 더 외롭고 힘들다 .
- 그 여자는 겉보기에는 아주 차가워 보였는데 막상 만나고 보니 마음이 따뜻하고 여린 여자였다 .

문법 연습

-기에는

01 다음 그림을 보고 대화를 완성하십시오.

가 : 우리 모두 여섯 명이니까 피자를 한 판 시키면 되겠지요?
나 : 글쎄요, **여섯 명이 먹기**에는 **좀 적지 않아요?**

가 : 이것은 제가 시킨 김밥이에요. 둘이 같이 먹으려 고 다섯 줄 시켰어요.
나 : _____ 기에는 _____ .

가 : 저는 한 달에 용돈 5만원으로 생활해야 해요.
나 : _____ 기에는 _____ .

가 : 저 두 사람은 만난 지 한 달 됐는데 다음 주에 결혼할 거래요.
나 : _____ 기에는 _____ .

가 : 저희 아이는 5학년이 되면 유학을 보낼까 해요.
나 : _____ 기에는 _____ .

가 : 이 일을 오늘 안으로 다 끝내고 퇴근하세요.
나 : _____ 기에는 _____ .

02 다음 표를 보고 뒤에 이어질 말을 쓰고 이야기하십시오.

전		후
1) 신촌으로 가는 버스인 줄 알았다	버스를 탔다	반대쪽으로 가는 버스였다
2) 처음 보는 사람인 줄 알았다	그 사람과 인사를 했다	
3) 이사할 집이 교통이 편리할 거라고 생각했다	이사했다	
4) 졸업하기 전에는 빨리 졸업하면 좋을 줄 알았다	졸업했다	
5) 친구인 줄 알았다	어깨를 쳤다	

1) 신촌으로 가는 버스인줄 알았는데 버스를 타고 보니 반대쪽으로 가는 버스였어요 .

2) 처음 보는 사람인 줄 알았는데 그 사람과 인사를 하고 보니

3)

4)

5)

과제 1   쓰기 ●──

물건을 샀는데 교환 혹은 환불을 해야 할 것 같습니다. 상황에 맞게 인터넷의 고객 난에 [보기]와 같이 글을 써 보십시오.

> 여름에 입을 치마가 없어서 인터넷으로 치마를 하나 샀다. 그런데 인터넷에서 본 색과 차이가 있었다. 그리고 치마가 좀 짧고 두꺼운 것 같았다. 그래서 교환하고 싶다.

[보기]

▶ 문의유형   :   교환   ∨

▶ 제   목   :   교환하고 싶어요   (35자 이내)

▶ 내   용   :   제가 지난 일요일에 치마를 하나 샀습니다. 그런데 **받고 보니** 제가 생각했던 색이 아니었고, 인터넷으로 봤던 색과 달랐습니다. 저는 선생님인데 **제가 입기에는** 치마 길이도 좀 짧은 것 같습니다. 그리고 저는 여름에 입으려고 치마를 샀는데 **여름에 입기에는** 옷감이 두꺼운 것 같습니다. 그래서 교환을 하고 싶은데 어떻게 하면 됩니까?

▶ 나의 email   :   @   ∨

인터넷으로 구두를 하나 샀다. 그런데 직접 신어 보니까 인터넷에서 본 것보다 모양이 안 예뻤다. 나는 백화점에서 일하기 때문에 오래 서 있어야 하는데 구두가 좀 높았다. 그리고 까만색 구두는 이미 너무 많고 봄에 신고 싶은데 색이 어두워서 밝은 색 구두로 바꾸고 싶다.

▶ 문의유형   :   ∨

▶ 제   목   :   (35자 이내)

▶ 내   용   :

▶ 나의 email   :   @   ∨

과제 2   말하기

여러분은 물건을 교환하거나 환불하고 싶을 때 어떻게 이야기합니까? 다음 상황에 맞게 [보기]와 같이 이야기해 보십시오.

> 인터넷으로 면 셔츠를 샀는데 치수가 맞지 않고 색도 인터넷에서 본 것과 달랐다. 그래서 환불을 하려고 고객센터에 전화를 걸었다. 고객센터에서는 상표를 떼지 않았기 때문에 환불이 가능하다고 했다. 그리고 택배 기사에게 반품할 옷을 주라고 했다.

[보기]

직원 : 안녕하십니까? 고객센터입니다. 뭘 도와드릴까요? 고객님.

고객 : 지난주에 인터넷으로 옷을 샀는데 환불을 하고 싶어서요.

직원 : 네, 무슨 문제가 있습니까?

고객 : 면 셔츠인데 치수도 맞지 않고 색도 인터넷에서 본 것과 달라서요.

직원 : 알겠습니다. 제품에 붙어 있는 상표는 떼지 않으셨지요?

고객 : 네, 떼지 않았습니다.

직원 : 그럼, 환불해 드리겠습니다. 내일 택배 기사님이 가면 물건을 주십시오.

고객 : 네, 고맙습니다.

[상황 1]

얼마 전 백화점에서 값은 좀 비싸지만 맛있다고 하는 사과를 한 상자 샀다. 그런데 집에서 먹어 보니까 별로 달지도 않고 맛도 없었다. 그리고 흠이 있는 사과도 몇 개 있었다. 사과를 두 개 먹었지만 남은 사과를 교환이나 환불을 하고 싶어서 백화점 고객센터에 전화를 걸었다. 백화점 고객센터에서는 환불은 할 수 없고 교환은 가능하다고 했다.

[상황 2]
인터넷 쇼핑몰에서 책을 주문했다. 책이 며칠 후에 배송되었는데 책을 펴니까 책이 반으로 뜯어졌다. 그래서 책을 교환하려고 고객상담센터에 전화를 걸었다. 고객상담 센터에서는 책을 쇼핑몰로 보내면 제대로 된 책으로 교환해서 보내 줄 수 있다고 했다.

[상황 3]
부모님을 모시고 제주도에 가려고 여행 상품을 예약하고 돈도 모두 지불했는데 갑자기 어머니가 편찮으셔서 못 가게 되었다. 그래서 여행을 취소하고 환불을 받으려고 여행사에 전화를 걸었다. 여행사에서는 하루 전 취소의 경우 30%의 취소 수수료를 뗀 후 환불이 가능하다고 했다.

3-2 그렇게 시끄러워서야 어디 쉴 수 있겠어요?

학습 목표 ● 과제 인터넷 답글 쓰기 ● 어휘 피해 관련 어휘 ● 문법 –어서야 어디 –겠어요?, –는다고 해도

▶ 여러분은 항상 많은 사람의 의견을 따라야 한다고 생각합니까?
여러 사람의 의견 때문에 여러분이 피해를 본 적이 있습니까?

🔊 024~025

직원   여보세요, 연세아파트 관리사무소입니다.

주민   안녕하세요? 전 지난주에 이사 온 사람인데요. 저녁마다
아파트 스피커에서 나오는 음악 소리가 너무 시끄러워서 전화
드렸어요.

직원   죄송합니다. 우리 아파트에서는 그 시간에 산책이나 운동을
하시는 주민들을 위해 음악을 켜 놓습니다.

주민   그래도 밤 아홉 시까지 음악을 틀어 놓는 건 너무 심하지요.
그렇게 시끄러워서야 어디 집에서 휴식을 취할 수 있겠어요?

직원   시간은 지난 번 주민 회의에서 결정된 겁니다. 전체 회의에서
정해진 것이기 때문에 어쩔 수가 없습니다.

주민   전체 회의에서 결정되었다고 해도 개인의 피해를 무시하면 안
되지 않습니까?

주민(住民)居民   틀다 開   휴식(休息)休息   취하다(取–)取得
어쩔 수 없다 沒有辦法   피해(被害)損失   무시하다(無視––)無視、輕視

어휘

| 해 | 손해 | 영향 | 피해 | 받다 | 보다 |
| 입다 | 주다 | 끼치다 | 미치다 | 입히다 | |

01 뒤에 올 수 있는 어휘를 쓰십시오.

| 해 | 손해 | 영향 | 피해 |
| 입히다 | 끼치다 | 미치다 | 주다 |

02 빈 칸에 공통으로 들어갈 어휘를 쓰십시오.

1) 이번 태풍으로 **피해** 을/를 입은 주민들이 많다.
   단체로 여행할 때 개인행동을 하는 것은 다른 사람에게 **피해** 을/를 주는 일이다.

2) 유학 생활은 그의 인생에 많은 .... 을/를 끼쳤다
   폭력 영화는 청소년들에게 나쁜 .... 을/를 줄 수 있다.

3) 미국에서 물건을 수입했는데 잘 팔리지 않아서 1 억 원 이상의 ....
   을/를 봤다. 회사 직원의 실수로 회사가 큰 .... 을/를 입었다.

4) 대기 오염은 사람의 건강에 .... 을/를 끼칠 수 있다.
   겨울철에 갑자기 기온이 내려가 농작물이 .... 을/를 입는 경우가 있다.

01 - 어서야 / 아서야 / 여서야 어디 - 겠어요 ?

在和前文相同的情況下，強調後文的內容絕對不會發生。

● 가 : 요즘 물가가 너무 많이 오르죠 ?

　　나 : 네 , 이렇게 물가가 많이 올라서야 어디 살 수 있겠어요 ?

● 가 : 요즘 날씨가 갑자기 추워졌죠 ?

　　나 : 네 , 정말 추워졌어요 . 이렇게 날씨가 추워서야 어디 밖에 나갈

　　　　수 있겠어요 ?

● 가 : 저는 여자 앞에만 서면 말을 한 마디도 못해요 .

　　나 : 그렇게 부끄럼을 타서야 어디 여자친구를 사귈 수 있겠어요 ?

● 가 : 영수는 오늘도 학교 끝나자마자 컴퓨터 앞에서 게임만 하고 있어요 . 정말

　　　　걱정 이에요 .

　　나 : 어휴 ! 저렇게 공부를 안 해서야 어디 대학교에 들어갈 수 있겠어요 ?

02 - 는다고 / ㄴ다고 / 다고 해도

不受前文內容的限制，主張後文內容。也可縮寫成 '- 는다 해도'，有尾音的動詞後接 '- 는다고'，無尾音的動詞後接 '- ㄴ다고'，形容詞或 '- 었' 後接 '- 다고'。

● 가 : 요즘은 바빠서 부모님께 전화도 못 드려요 .

　　나 : 아무리 바쁘다고 해도 부모님께는 가끔 전화 연락을 드려야지요 .

● 가 : 요즘은 너무 피곤하고 졸려서 하루에 커피를 대여섯 잔씩 마시게 돼요 .

　　나 : 아무리 피곤하고 졸린다고 해도 그렇게 커피를 마시면 몸에 해로워요 .

● 가 : 친한 친구니까 제가 무슨 일을 해도 이해하겠지요 ?

　　나 : 친한 친구라고 해도 이해하지 못하는 일도 있어요 .

● 가 : 이번에 시험이 어려워서 떨어질 사람이 많을 것 같은데 그래도 시험을

　　　　보시려고요 ?

　　나 : 시험에 떨어진다 해도 경험으로 한번 보려고 해요 .

문법 연습

| -어서야/아서야/여서야 | 어디 -겠어요? |

01 다음의 상황을 보고 대화를 만들어 보십시오.

친구의 계획	친구의 계획이 잘 안 될 것 같아요. 왜냐하면…
1) 옷가게를 하려고 한다.	경기가 안 좋다.
2) 외교관이 되고 싶다.	외국어 공부를 싫어한다.
3) 이번 주말에 교외로 놀러 가려고 한다.	차가 많이 밀린다.
4) 시험 공부를 하려고 한다.	밖이 시끄럽다.
5) 아나운서가 되고 싶다.	발음이 정확하지 않다.

저는 다음 달부터 옷가게를 하려고 해요.

요즘처럼 이렇게 경기가 안 좋아서야 어디 가게를
할 수 있겠어요? 경기가 좀 더 좋아지면 하세요.

-는다고/ㄴ다고/다고 해도

02 다음과 같은 상황에 대해서 여러분은 뭐라고 하시겠습니까? 이야기해 보십시오.

1) 제가 너무 바빠서 할 일을 못했어요.

 바쁘면 그럴 수도 있지요.

 바쁘다고 해도 자기가 할 일은 해야지요.

2) 한국말이 너무 어려워서 포기할까 하는 생각이 들어요.

3) 아이들이 말을 안 들으면 매를 들어서 가르쳐야 합니다.

4) 저는 장남이 부모님을 모셔야 한다고 생각합니다.

5) 직장 상사 때문에 기분이 나빠서 회사를 그만두겠다고 말해 버렸어요.

과제 1　말하기 ●─

안내문을 보고 [보기]와 같이 이야기해 보십시오.

아파트 부녀회에서 알려드립니다.

1. 아파트 안으로 학원버스는 절대로 다닐 수 없습니다.
2. 날씨가 더워지는 6월부터 9월까지는 에너지 절약을 위해 아파트 전체 난방을 하지 않습니다.
3. 재활용 쓰레기는 반드시 지정된 날에만 버려 주시기 바랍니다. 매주 월요일 오후 2시부터 12시까지입니다.

부녀회의 결정 사항 중

불만스러운 것

학원버스가 아파트 안으로 다닐 수 없다.

6월부터 9월까지 난방을 하지 않는다.

재활용 쓰레기는 지정된 날에만 버려야 한다.

[보기]

여자1 : 오늘 아침 1층 엘리베이터 옆에 붙어 있는 안내문 봤어요?

여자2 : 네, 아무리 부녀회에서 **정한 거라고 해도** 우리의 의견이 무시된 것 같아 좀 속상해요.

여자1 : 그래요. 하지만 결정 사항이 좀 **불만스럽다고 해도** 이미 결정된 거니까 어쩔 수 없이 따라야지요. 뭐.

여자2 : 학원버스를 **못 다니게 해서야** 어디 마음놓고 아이를 유치원에 **보낼 수 있겠** 어요?

과제 2	쓰고 말하기

01 여러분은 다수의 의견 때문에 피해를 본 적이 있습니까?

02 인터넷에 올라온 글을 읽고 답글을 쓰십시오. 그리고 여러분의 의견에 대한 댓글도 받으십시오.

◼ 자유게시판

글쓴이	하숙생		
글번호	104029	등록시간	2008/08/16 03:30:05
조회수	157	추천수	0
제목	하숙집에서 하숙생들끼리 모임을 하는데…		

저는 하숙생활을 하는데 하숙생들끼리 한 달에 한 번씩 모이는 날이 있습니다. 그런데 그날 모임에 나가지 않으면 벌금을 내게 하고 방마다 돌아가며 모임을 하자고 하네요. 저는 사실 사생활을 중요하게 생각하는 사람이라서 별로 친하지도 않은데 제 방에 다 모여서 노는 것이 불편해요.

목록보기	▲다음글	▼이전글

답글 :

댓글 :

■ 자유게시판

글쓴이	직원		
글번호	104030	등록시간	2008/08/16 04:30:05
조회수	146	추천수	0
제목	주말에 모든 직원이 체육대회를 하는데…		

저희 회사에서 한 달에 한 번 주말에 체육대회를 하는데 직원들이 모두 참석해야 한답니다. 저는 몸이 약해서 주말에는 좀 쉬어야 하는데, 회사에서는 체육대회에 나오지 않으면 안 된다고 합니다. 전에 일하던 회사는 아주 자유로운 분위기였는데, 이 회사는 분위기가 권위적이어서 회식 날짜나 장소도 일방적으로 잡아 놓고 참석 안 하면 회사생활에 영향이 있다고 해서 참 힘들어요.

목록보기 ▲다음글 ▼이전글

답글 :

댓글 :

03 여러분이 쓴 답글과 받은 댓글에 대해 이야기해 보십시오.

3-3 도대체 잠을 잘 수가 있어야지

학습 목표 ● 과제 이웃과의 분쟁 해결하기 ● 어휘 분쟁 관련 어휘 ● 문법 -었더니,
-을 수가 있어야지요

위 그림을 보면 두 사람 사이에 어떤 문제가 있는 것 같습니까?
여러분도 이와 같이 이웃 간에, 혹은 친구와 같이 살면서 문제가 생긴 적이 있습니까?

026~027

남자 1	내가 그동안 참았는데 오늘은 너한테 말을 해야겠어.
남자 2	무슨 얘긴데? 망설이지 말고 얘기해 봐.
남자 1	요즘 너 때문에 며칠 잠을 설쳤더니 병이 날 것 같아.
남자 2	왜? 무엇 때문에 그래? 난 조심한다고 음악도 헤드폰으로 듣는데.
남자 1	너는 음악도 너무 크게 듣잖아. 그런 데다가 기숙사에 늦게 들어와서 계속 부스럭거리니까 도대체 잠을 잘 수가 있어야지. 한 방에서 같이 지내려면 서로 맞춰 가야 한다고 생각해.
남자 2	그래, 알았어. 내가 본의 아니게 네 생활에 방해가 됐구나. 그런데 큰일이다. 난 밤 시간에 일이 더 잘 되는데…

참다 忍耐　　망설이다 猶豫、躊躇　　설치다 不足　　부수럭거리다 沙沙聲 (細碎吵雜聲)
도대체 (都大體) 到底　　맞추다 配合　　본의 아니게 (本意 ---) 無意中　　방해 (妨害) 妨礙

어휘

| 따지다 | 고발하다 | 고소하다 | 변명하다 | 부인하다 |
| 불평하다 | 사과하다 | 시인하다 | 합의하다 | 말다툼하다 |

01 다음 설명을 읽고 빈 칸에 맞는 어휘를 쓰십시오.

1) 잘못한 사실을 인정하다.

2) 잘못한 사실을 인정하지 않다.

3) 잘못한 사실에 대해 이유를 말하다.

4) 잘못한 사실에 대해 용서를 구하다.

5) 싸운 사람과 문제에 대해 이야기해서 하나의 의견으로 만들다.

02 빈 칸에 알맞은 어휘를 쓰십시오.

1) 소음 문제로 이웃집에 갔다가 **말다툼**하는 중에 화가 나서 이웃을 때리고 말았다. 그러자 그 이웃 남자는 나를 폭행죄로 법원에 ＿＿＿＿＿＿ 겠다고 했다.

2 많은 직원들이 하는 일에 비해 월급이 너무 적다고 ＿＿＿＿＿＿ 지만 그는 묵묵히 일만 했다.

3) 지금 저희 집 때문에 피해를 보셨다고 하는데, 사실 피해를 보고 있는 것은 저희 집입니다. 정말 누가 잘하고 잘못했는지 ＿＿＿＿＿＿ 아 / 어 / 여 볼까요?

4) 얼마 전에 수영장 1년 회원권을 끊었는데, 갑자기 외국으로 가게 되어 남은 금액을 환불해 달라고 수영장에 요청했다. 그런데 수영장에서는 절대로 돌려 줄 수 없다고 한다. 나는 할 수 없이 이 사실을 소비자보호센터에 ＿＿＿＿＿＿ 었다 / 았다 / 였다.

5) 그 친구는 자기가 잘못했다고 잘못을 ＿＿＿＿＿＿ 고 나에게 ＿＿＿＿＿＿ 었다 / 았다 / 였다.

문법 설명

01 - 었더니 / 았더니 / 였더니

　　和動詞連用，前文的行為完成後，回想後文的結果。前文的主語大部分是第一人稱，後文則是第三人稱。

● 찬 것을 너무 많이 먹었더니 배가 아파요.
● 어제 늦게 잤더니 아침에 일어나기가 정말 힘들었어요.
● 며칠 동안 화분에 물을 안 주었더니 꽃이 다 시들었어요.
● 일 좀 도와달라고 친구에게 전화했더니 친구가 시간이 없다면서 거절하더군요.
● 오늘 집에서 조금 늦게 나왔더니 차가 밀려서 한 시간이나 늦게 도착했어요.

02 - 을 / ㄹ 수가 있어야지요.

　　比 '- 을 수 없다' 的語意更強烈。

● 가 : 왜 이렇게 늦게 오셨어요?
　나 : 미안해요. 일이 너무 많아서 일찍 나올 수가 있어야지요.
● 가 : 이렇게 안 드시면 병이 빨리 낫지 않아요.
　나 : 입맛이 없어서 먹을 수가 있어야지요.
● 가 : 김 선생님을 만나서 제 이야기를 해 보셨어요?
　나 : 아직 못했어요. 김 선생님이 너무 바쁘셔서 만날 수가 있어야지요.
● 가 : 왜 이렇게 듣기 시험을 못 보셨어요?
　나 : 듣기 테이프 음질이 나빠서 도저히 들을 수가 있어야지요.
● 가 : 왜 이렇게 학교에서 조세요?
　나 : 아랫집이 얼마 전에 이사를 왔는데, 밤마다 너무 시끄러워서 잘 수가 있어야지요.

문법 연습

-었더니/았더니/였더니

01 다음 표를 채우고 이야기해 보십시오.

경험한 사실	결과
1) 우울해서 신나는 음악을 들었다.	기분이 좋아졌다.
2) 매일 20분씩 한국드라마를 봤다.	
3) 친구에게 사과를 했다.	
4) 친구에게 여행을 가자고 했다.	
5) 주말에 쉬지 못했다.	

1) 우울해서 신나는 음악을 들었더니 기분이 좋아졌어요.

2) 매일 20분씩 한국드라마를 봤더니

3)

4)

5)

-을/ㄹ 수가 있어야지요

02 다음과 같은 질문을 받으면 어떻게 대답할까요? 상황에 맞게 이야기해 보십시오.

왜 이렇게 늦었어요?

왜 친구들과 같이 휴가를 가지 않아요?

아까 왜 그렇게 화를 내셨어요?

친구들에게 왜 도와 달라고 말을 하지 않아요?

계획이 다 나왔는데 왜 아직 일을 시작하지 않아요?

상황1 : 사람이 너무 많아서 버스를 탈 수 없었다.
상황2 : 요즘 회사일이 많아서 휴가를 얻지 못했다.
상황3 : 너무 화가 나서 참을 수 없었다.
상황4 : 친구들도 다 바빠서 도와 달라고 할 수 없었다.
상황5 : 사장님의 결재를 못 받아서 일을 시작할 수 없었다.

사람이 너무 많아서 버스를 탈 수가 있어야지요.

과제 1   말하기

다음은 여러 사람과 같이 살면서 생기는 문제들입니다. 상황에 맞게 [보기]와 같이
이야기 해 보십시오.

요즘 윗집 아이들이 밤마다 뛰어다니는 소리때문에 잠을 잘 수 없다. 그래서 윗집에
얘기했는데 윗집 여자는 아이들이 어리니까 그럴 수도 있는 것 아니냐고 한다.

[보기]

가 : 요즘 많이 피곤해 보이세요.

나 : 그래 보여요? 요즘 통 잠을 못 자서 그래요.

가 : 아니, 왜요? 무슨 걱정거리라도 있어요?

나 : 그런 게 아니라 얼마 전에 윗집이 새로 이사를 왔는데, 아이들이 새벽까지 뛰고
　　놀아서 잠을 **잘 수가 있어야지요.**

가 : 가서 얘기를 좀 하시지 그랬어요?

나 : 윗집에 올라가서 얘기를 **했더니** 아이들이 어리니까 그럴 수도 있는 거 아니냐
　　고 해요.

아랫집에 피아노를 전공하는 여학생이 있는데 낮이고 밤이고 피아노를 쳐서 신경이
너무 쓰인다. 아랫집에 얘기를 하니까 알았다고 했지만 고쳐지지 않는다.

우리 주인집 할아버지는 내가 아침마다 받아 보는 신문을 항상 먼저 가져다가
읽으신다. 한 번 말씀 드리니까 알았다고 하셨지만 별로 달라지지 않았다.

과제 2   읽고 말하기

01 다음 신문 기사를 읽고 질문에 답하십시오.

아랫집 담배 연기 참을 수 없어

서울 강서구에 사는 김 모(31)씨는 한 달 전부터 집에만 오면 두통에 시달린다. 새로 이사 온 아랫집에서 올라오는 담배 연기 때문이다. 베란다를 막고 방 안에 공기청정기도 놓았지만 소용이 없었다. 아랫집에 몇 번 경고를 했지만 그때마다 "내 집에서 내가 피우는 것"이라는 말만 돌아왔다.

아파트, 빌라와 같은 공동 주택 내에서 담배를 피우는 것 때문에 이웃 간에 많은 문제가 나타나고 있다. 김 모 씨처럼 이웃집의 담배 연기와 냄새로 고통 받는 사람들이 많지만 흡연자 역시 자신의 권리를 주장하고 있어서 문제의 해결 방법을 찾기가 쉽지 않다.

김 모 씨는 나도 내 집에서 담배 연기를 맡지 않을 권리가 있다면서, 자기 집이라고 무조건 담배를 피워도 된다고 주장하는 것은 아파트에서 내 집이니까 24시간 쿵쾅거리겠다는 것과 다를 것이 없다고 말했다.

1) 김 모 씨는 아랫집과 어떤 문제가 있습니까?

2) 아랫집 사람은 김 모 씨의 경고에 대해 어떻게 했습니까?

3) 김 모 씨의 생각은 무엇입니까? 모두 ✔ 하십시오.

❶ 내 집에서 담배를 피우는 것은 내 권리이다 .

❷ 내 집에서 담배 연기를 맡지 않을 권리가 있다 .

❸ 내 집에서는 24시간 시끄럽게 해도 상관없다 .

❹ 공동 주택에서 담배 연기로 이웃에게 피해를 주어서는 안 된다 .

02 여러분은 어떤 사람이 옳다고 생각하십니까? 두 이웃은 이 문제를 어떻게 해결하는 것이 좋겠습니까?

03 다음과 같은 문제에 대해 여러분은 어떻게 생각합니까? 토론해 보십시오.

옆집에 새 이웃이 이사를 왔습니다. 그런데 옆집의 개소리 때문에 잠을 잘 수 없습니다. 어떤 날은 조용하지만 주인이 조금 늦는 날에는 주인이 들어올 때까지 낑낑거리는 소리가 계속 들립니다. 제가 그 문제에 대해 이야기하니까 옆집 사람은 너무 죄송하다고 사과를 하긴 했습니다. 하지만 개가 너무 불쌍해서 짖지 못하게 수술을 하기는 어렵다고 하면서 저에게 이해해 달라고 합니다.

3-4 하숙비 반을 돌려 주셔야지요

학습 목표 ● 과제 계약 때 주의사항 충고하기 ● 어휘 계약 관련 어휘 ● 문법 −어야지 그렇지 않으면, −었으면 −고 얼마나 좋았겠어요?

하숙비를 돌려 주셔야지요.

계약 위반인데…

집을 비워 주었으면 좋겠어요.

아직 6개월이나 남았는데요.

▶ 위 그림을 보면 두 사람 사이에 어떤 문제가 있는 것 같습니까?
여러분도 이와 같이 집 주인과 문제가 생긴 적이 있습니까?

◀ 028~029

리에 아주머니, 제가 다음 주부터 아르바이트를 하게 되어서 아르바이트 하는 곳 가까이로 하숙을 옮기려고 해요.

아주머니 그렇게 일을 하고 싶어 하더니 정말 잘 됐다. 그동안 정들었는데 섭섭하네.

리에 저도 그래요. 그동안 잘해 주셨는데 …. 그런데 제 하숙비 남은 것 좀 돌려 주셨으면 해요.

아주머니 그래야지. 지난달에 세 달치를 한꺼번에 냈으니까 두 달치를 빼고 한 달치를 돌려줄게.

리에 오늘이 15일이니까 이번 달 것도 반은 돌려 주셔야지 그렇지 않으면 새 하숙집 하숙비를 낼 수 없어요.

아주머니 그럴 때는 미리 말을 했어야지. 그랬으면 나도 빨리 새 하숙생을 구하고 얼마나 좋았겠어?

가까이 靠近   남다 剩餘   한꺼번에 一次、一起   −치 −份額   빼다 扣除

어휘

계약　월세　전세　계약금　계약서　보증금　세입자　부동산 중개소

01 다음의 설명을 읽고 맞는 어휘를 쓰십시오.

1) 집을 빌리거나 사겠다고 미리 정한 약속 : ☐☐

2) 계약을 할 때 쓰는 서류 : ☐☐☐

3) 집이나 방을 빌려 쓰고 매달 내는 돈 : ☐☐

4) 돈을 내고 남의 집이나 방을 빌려 쓰는 사람 : ☐☐☐

5) 집을 빌릴 때 집주인에게 맡기는 일정한 금액의 돈 : ☐☐☐

6) 집이나 땅을 사고 팔 때 중간에서 소개해 주는 곳 : ☐☐☐☐☐☐

7) 계약할 때 사거나 빌리는 사람이 집 주인에게 미리 주는 돈 : ☐☐☐

8) 집주인에게 일정한 돈을 맡기고 그 집이나 방을 일정 기간 동안 빌려 쓰는 것 : ☐☐

02 빈 칸에 알맞은 어휘를 쓰십시오.

집을 구할 때의 주의사항

1) 전세 ~~어나~~/나 　　　　　 을/를 구할 때는 시세보다 값이 많이 싼 방은 피하십시오. 시세보다 값이 싼 방은 문제가 있는 방이 많습니다.

2) 월세 　　　　　 은/는 1년으로 하십시오. 전세는 계약 기간이 보통 2년이지만 월세는 2년보다 1년으로 계약하는 것이 편리합니다.

3) 전기세, 수도세, 관리비 등을 꼼꼼히 확인하고 그 내용을 　　　　　 에 넣어 작성하십시오.

4) 인터넷에 나오는 　　　　　 의 광고 내용을 그대로 믿지 마십시오. 객관적으로 단점을 이야기해 주는 집주인이나 부동산 중개소는 없습니다. 그 집에 세를 들어 살고 있는 　　　　　 에게 직접 물어보는 것도 좋은 방법입니다.

문법 설명

01 -어야지 / 아야지 / 여야지 그렇지 않으면

前文的行為是一定需要的條件，後文是條件不遵守的話會產生的結果。

● 가 : 영어를 못해도 그 회사에 들어갈 수 있어요?
　나 : 아니요, 영어를 잘 해야지 그렇지 않으면 그 회사에 들어가기 어려울 걸요.
● 가 : 요즘은 일이 늦게 끝나서 저녁 식사를 늦게 할 때가 많아요.
　나 : 저녁 식사를 제 때 해야지 그렇지 않으면 건강을 해치게 될 거예요.
● 가 : 이제 봄도 되었으니까 코트는 안 입어도 되겠지요?
　나 : 그래도 아직 3월이니까 따뜻하게 입어야지 그렇지 않으면 감기에 걸릴
　　　 수도 있어요.
● 가 : 저희 집은 부자니까 취직을 안 해도 먹고 사는 데는 문제가 없어요.
　나 : 그래도 직접 돈을 벌어 봐야지 그렇지 않으면 돈이 소중하다는 것을
　　　 몰라요.

02 -었으면 / 았으면 / 였으면 -고 얼마나 좋았겠어요?

前文描寫和過去或現在情況相反的假設，後文描寫若完成此事，有可能會出現的好結果。

● 가 : 어제 동창회가 있다고 하시더니 갔다 오셨어요?
　나 : 동창회에 갔다 왔으면 반가운 얼굴들도 보고 얼마나 좋았겠어요?
● 가 : 지난 학기에 장학금을 받으셨어요?
　나 : 장학금을 받았으면 공부도 그만두지 않고 얼마나 좋았겠어요?
● 가 : 오늘 차가 많이 밀리던데 지하철로 오셨어요?
　나 : 웬걸요, 지하철로 왔으면 늦지 않고 얼마나 좋았겠어요?
● 가 : 졸업여행이 정말 재미있었다고 하던데 다녀오셨어요?
　나 : 저도 졸업여행을 갔으면 좋은 구경도 하고 얼마나 좋았겠어요?
● 가 : 자녀분들이 모두 공부를 잘 하죠?
　나 : 아이들이 공부를 잘 하면 걱정도 없고 얼마나 좋겠어요?

문법 연습

-어야지/아야지/여야지 그렇지 않으면

01 상황에 맞게 이야기해 보십시오.

저는 이번 주말에 제주도로 여행을 가는데 아직 호텔 예약을 안 했어요. 괜찮을까요?

요즘 날씨가 별로 덥지 않아서 어제 사 놓은 음식 재료를 냉장고에 안 넣었는데 괜찮을까요?

얼마 전부터 이가 많이 아픈데 너무 바빠서 치과에 갈 시간이 없어요.

요즘은 너무 피곤해서 커피를 많이 마시게 돼요.

아직 시간 여유가 좀 있으니까 천천히 출발합시다.

호텔 예약을 미리 해야지 그렇지 않으면 방을 구하기 어려울 거예요.

-었으면/았으면/였으면 -고 얼마나 좋았겠어요?

02 다음 대화를 완성하고 이야기해 보십시오.

가 : 어제 늦게까지 밤새워 보고서를 쓰느라고 정말 힘들었어.

나 : 미리 미리 준비해서 쓰지 그랬어?

가 : 글쎄 말이야. **미리 준비해서 썼**으면 **밤새우지 않아도 되**고 얼마나 좋았겠어?

가 : 기차역까지 한 시간이나 걸려 왔는데 오늘 기차가 운행을 못 한대요.

나 : 오늘 아침 뉴스에 사고 때문에 기차 운행이 잠시 중단될 거라고 했는데 못 들으셨어요?

가 : 못 들었어요. _____었으면/았으면/였으면 _____고 얼마나
　　좋았겠어요?

가 : 계약서를 꼼꼼하게 살펴보지 않고 계약했다가 보증금을 다 돌려 받지 못했어요.

나 : 계약하기 전에 계약서를 꼼꼼히 살펴봤어야지요.

가 : _____었으면/았으면/였으면 _____고 얼마나
　　좋았겠어요?

가 : 산의 날씨가 그렇게 변덕스러운 줄 모르고 얇은 옷만 입고 갔다가 감기에 걸렸어요.

나 : 제가 산에 갈 때는 항상 두꺼운 옷을 준비하라고 했잖아요.

가 : 네, 그럴 걸 그랬어요. _____었으면/았으면/였으면 _____고
　　얼마나 좋았겠어요?

가 : 동아리에 가입했는데 내 성격이나 적성과 맞지 않아 너무 재미없어.

나 : 가입하기 전에 선배들에게도 물어보고 여기저기 알아본 후에 가입하지 그랬어.

가 : _____었으면/았으면/였으면 _____고 얼마나
　　좋았겠어?

말하기

다음은 인터넷에 올라온 글입니다. 읽고 친구에게 조언해 주십시오.

오피스텔 구할 때의 주의사항

저는 한국에 온 지 얼마 안 되는 외국인입니다. 이번에 오피스텔을 구하려고 하는데 혹시 주의할 사항이 있으면 알려 주십시오.

답글: 오피스텔 구할 때의 주의사항

오피스텔을 구할 때는 다음과 같은 사항을 주의해야 합니다.

1. 오피스텔을 계약할 때는 반드시 집주인과 계약을 해야 합니다. 부동산과 계약을 했다가 보증금을 못 받을 수도 있습니다.
2. 집에 문제는 없는지, 또 실내가 밝은지 등은 직접 집에 가 보고 확인한 후 계약을 해야 합니다.
3. 계약서에 전기세, 수도세, 관리비 등에 대해서 구체적으로 써 놓으십시오.
4. 이사를 한 후에는 그 날로 바로 동사무소에 이사 왔음을 신고하십시오. 그렇게 해야 나중에 집주인에게 돈 문제가 생겨도 보증금을 돌려받을 수 있으니까요.

한국에서 오피스텔을 구하려고 하는데 꼭 알아
두어야 할 게 있어요?

집을 계약할 때는 반드시 집주인과 계약을 **해야지**
그렇지 않으면 나중에 보증금을 돌려받지 못할 수도
있어요. 그리고 시간이 없다고 해서 살 집에 가 보지
않고 계약하면 안 돼요.

다음과 같은 친구의 질문에 여러분이 알고 있는 것을 이야기해 주십시오.

요즘 하숙집을 구하고 있는데 꼭 알아두어야 할 게
있어요?

과제 2 듣고 말하기 [🔊 030]

01 다음을 듣고 맞는 것에 ✔ 하십시오.

1) ❶ 여자는 지난 토요일에 새 하숙집으로 이사를 했다. ☐
   ❷ 여자는 새로 이사한 하숙집이 마음에 든다. ☐
   ❸ 여자는 하숙집을 계약할 때 직접 가 보고 계약을 했다. ☐

2) ❶ 여자는 새로 이사 갈 오피스텔 집주인과 계약 문제로 다투었다. ☐
   ❷ 여자는 지금까지 살던 오피스텔의 집세를 꼬박꼬박 냈다. ☐
   ❸ 여자는 집 주인에게 집세를 직접 주고 영수증을 받았다. ☐

3) ❶ 여자는 한 달도 안 돼서 이사를 가려고 한다. ☐
   ❷ 여자의 집 주인은 이중 계약을 했다. ☐
   ❸ 여자는 부동산 중개인과 계약했다. ☐

02 여자는 집을 계약하면서 혹은 세 든 집에 살면서 무엇을 잘못했습니까? 쓰십시오.

  1) 집을 계약할 때 그 집에 직접 가서 확인하지 않았다.

  2)

  3)

03 여러분이 남자라면 어떻게 충고해 주겠습니까? 이 문제를 어떻게 해결하는 것이 좋겠습니까?

3-5 읽기 : 노래와 일상

🔊 031

　　여러분은 노래를 즐겨 듣거나 부릅니까? 한때 유행하다가 쉽게 잊혀지는
노래도 있고 노래 가사가 머릿속에 오랫동안 남는 노래도 있지요. 그 중에는
'노래하는 사람이 나 자신과 비슷한 상황이구나' 또는 '나도 저 노랫말의 내용처럼
살아야지'라는 생각을 하면서 공감할1) 수 있는 노랫말도 많습니다. 노래를 통해서
5　　우리의 일상생활을 들여다볼 수 있는 거지요. 다음 노래 가사를 함께 읽어 볼까요?

　　　　시험을 망쳤어2) 오, 집에 가기 싫었어

　　　　열 받아서 오락실에 들어갔어

　　　　어머, 이게 누구야 저 대머리 아저씨

10　　　내가 제일 사랑하는 우리 아빠

　　　　장난이 아닌 걸 또 최고 기록을 깼어

　　　　처음이란 아빠 말을 믿을 수가 없어

　　　　용돈을 주셨어 단 조건이 붙었어

15　　　엄마에게 말하지 말랬어

　　　　가끔 아빠도 회사에 가기 싫겠지

　　　　엄마 잔소리, 바가지3), 돈타령4) 숨이 막혀5)

　　　　가슴이 아파 무거운 아빠의 얼굴

20　　　혹시 내 시험 성적 아신 건 아닐까

---

1)	공감하다	다른 사람의 생각이나 감정에 대하여 자신도 그렇다고 느끼다 .	(共感 --) 同感
2)	망치다	일을 잘못하여 일이 안 되게 만들다 .	搞砸
3)	바가지	아내가 남편에게 불평하는 말 .	嘮叨話
4)	타령	어떤 물건이나 주제에 대해 자꾸 이야기하는 것 .	碎念
5)	숨이 막히다	답답하거나 긴장이 되다 .	憋氣、窒息

오늘의 뉴스 대낮부터 오락실엔

이 시대의 아빠들이 많다는데

혀끝을 쯧쯧 내차시는⁶⁾ 엄마와

내 눈치를 살피는⁷⁾ 우리 아빠

–한스밴드, <오락실> 중에서–

5

이 노래는 누가 부르고 있을까요? 이 사람과 아빠에게는 무슨 일이 생겼을까요? 요즘도 이런 문제 때문에 고민하고 힘들어하는 사람들이 우리 주변에 여전히 있습니다. 세상을 살아가는 것이 쉬운 일만은 아닌 것 같습니다. 다른 노래 가사도 볼까요?

10

나를 봐 내 작은 모습을

너는 언제든지 웃을 수 있니

너라도 날 보고 한 번쯤

그냥 모른 척해 줄 순 없겠니

하지만 때론 세상이 뒤집어진다고⁸⁾

15

나 같은 아이 한둘이 어지럽힌다고⁹⁾

모두가 똑같은 손을 들어야 한다고

그런 눈으로 욕하지 마

난 아무것도 망치지 않아

난 왼손잡이¹⁰⁾야

20

나나나나나나 ~

–이적, <왼손잡이> 중에서–

---

6)	내차다	밖으로 발을 뻗어 차다 .	使勁踢
7)	눈치를 살피다	다른 사람의 생각이나 행동을 조용히 살펴보다 .	使眼色
8)	뒤집어지다	안과 겉 , 또는 위아래가 뒤바뀌다 .	顛倒
9)	어지럽히다	어지럽게 하다 .	搗亂
10)	왼손잡이	왼손을 오른손보다 더 잘 쓰는 사람 .	左撇子

이 노래를 하는 사람은 남들과 다른 특징이 있습니까? 혹시 여러분은 보통 사람들과 많이 다른 모습을 가지고 있나요? 또는 남과 다르기 때문에 차별[11]을 받은 적이 있나요? 함께 생각해 봅시다. 이제 다른 노래 하나를 더 살펴보겠습니다.

5
    사노라면 언젠가는 밝은 날도 오겠지

    흐린 날도 날이 새면 해가 뜨지 않더냐

    새파랗게[12] 젊다는 게 한 밑천[13]인데

    째째하게[14] 굴지 말고 가슴을 쫙 펴라

    내일은 해가 뜬다 내일은 해가 뜬다

                                -들국화, <사노라면> 중에서-

10

이 노래는 힘든 상황에 놓여 있지만 희망을 갖고 싶어하는 사람의 마음을 표현하고 있습니다. 이 노래를 부르고 나면 힘이 나겠지요? 지금까지 함께 살펴본 노래들처럼 사소한 일상생활의 이야기도 노래가 되어서 불릴 수 있습니다. 이렇게 사람들이 즐겨 듣거나 부르는 노래는 우리들의 삶과 현실을 담고 있습니다. 우리는
15 그 노랫말을 통해서 위로를 받기도 하고 가슴 아파하기도 합니다. 희망을 얻거나 행복한 미래를 꿈꿀 수도 있고요. 아름다운 멜로디를 타고 우리 가슴으로 전해지는 노래는 마치 우리와 함께 삶을 살아가는 친구 같습니다. 이제 우리 서로에게 가르쳐 주고 싶은 노래가 있으면 한번 불러 볼까요? 새로 사귀게 된 좋은 친구를 소개하는 것처럼요!

---

11)	차별	차이를 두어서 구별함 .	(差別) 差別
12)	새파랗다	아주 파랗다 , 아주 젊다 .	❶ 蔚藍 ❷ 年輕
13)	밑천	사업이나 장사를 하는 데 필요한 돈이나 기술 .	本錢
14)	째째하다	'쩨쩨하다' 의 잘못 , 소심하고 용기 없이 행동하다 , 지나치게 아끼는 성격이다 .	吝嗇

내용 이해

1) 이 글의 주제와 관계가 없는 것을 고르십시오 . (   )

   ❶ 머릿속에 오랫동안 남는 노랫말이 있다 .
   ❷ 사소한 일상생활의 이야기도 노래로 만들어진다 .
   ❸ 사람들이 내용에 공감할 수 있는 노랫말이 많다 .
   ❹ 노래를 통해서 우리의 일상생활을 들여다볼 수 있다 .

2) 각 노래의 주제를 써 보십시오 .

노래 제목	노래의 주제
첫 번째 노래 : 오락실	시험 , 실업 , 실패
두 번째 노래 : 왼손잡이	
세 번째 노래 : 사노라면	

3) 다음의 노랫말은 무슨 뜻일까요 ?

   ❶ '오늘의 뉴스 대낮부터 오락실엔 이 시대의 아빠들이 많다는데 .'

   (   )

   ❷ '그런 눈으로 욕하지 마 .'

   (   )

   ❸ '흐린 날도 날이 새면 해가 뜨지 않더냐 .'

   (   )

4) 각 노래의 내용과 같으면 ○ , 다르면 × 하십시오 .

   ❶ 첫 번째 노래에 나오는 우리 엄마는 아빠한테 불만이 있다 .   (   )
   ❷ 두 번째 노래에서는 나 때문에 세상이 변하는 모습도 볼 수 있다 .   (   )
   ❸ 세 번째 노래에서 나는 소심하고 겁이 많은 사람이다 .   (   )

문화

이웃사촌

이웃사촌이라는 말을 들어보셨습니까? 서로 이웃에 살면서 정이 들어 친척이나 다름없는 가까운 이웃을 말하는 것으로, 멀리 있는 친척보다 가까운 이웃이 더 낫다는 뜻이지요.

한국에서는 예로부터 이웃과 서로 돕고 지내는 전통이 아주 강했습니다. 특히 농사를 짓는 사회였기 때문에 한 마을에 사는 이웃끼리 서로 돕는 상부상조의 전통이 있었는데 대표적인 것으로는 계, 두레, 품앗이, 향약이 있었습니다.

농경사회에서 산업사회로 변화해 오면서 이런 전통은 여러 다른 모임의 형태로 나타났습니다. 학교 동창회, 직장, 취미 활동, 종교생활 모임, 성(姓)과 본(本)이 같은 사람들의 모임인 종친회, 고향이 같은 사람들의 모임인 향우회인데 이런 모임들은 대개 사람들 사이의 친목도모는 물론이고 결혼이나 장례와 같은 일이 생길 때에 서로 도와주는 역할을 합니다. 또 온라인에도 상부상조의 예가 많이 있습니다. 온라인으로 공동구매를 해 물건을 싸게 산다거나, 인터넷 커뮤니티를 이용하여 같은 아파트 단지 주민들이 모여 아파트 단지의 공동문제를 해결하고 알뜰쇼핑의 지혜와 다양한 생활 정보를 공유하는 새 이웃문화도 생겨나고 있습니다. 새로운 의미의 이웃사촌이라고 할 수 있지요.

1) 이웃사촌이란 무슨 뜻입니까?

2) 이웃사촌이 어떻게 변했습니까? 예를 찾아서 표를 채우십시오 .

예전	지금
계, 두레	학교 동창회, 직장 모임

제4과 **현대 한국의 문화**

4-1 스트레스도 풀 겸 노래방에 갈까요?

학습 목표 ● **과제** 놀이 문화 비교하고 소개하기 ● **어휘** 놀이 관련 어휘 ● **문법** –을 겸, –는다던데

여러분은 친구들과 모이면 어떤 놀이를 합니까 ?

여러분은 특별한 취미나 즐겨하는 놀이가 있습니까 ?

032~033

영수 　시험이 끝났으니 스트레스도 풀 겸 오늘 노래방에 갈까요 ?

마리아 　네 , 좋아요 . 한국 사람들은 노래방을 좋아한다던데 영수 씨도 노래방에 자주 가세요 ?

영수 　친구들을 만나면 영화도 자주 보지만 친구들과 스트레스도 풀 겸 노래방에 갈 때도 많아요 .

마리아 　그런 걸 보면 한국 사람들은 노래 부르는 걸 아주 좋아하나 봐요 .

영수 　한국 사람들은 모였다 하면 음식도 잘 먹고 신나게 놀아야 모임이 잘 끝났다고 생각하지요 . 그런데 즐길 만한 놀이가 그렇게 많지는 않아요 .

마리아 　맞아요 . 저도 친구들을 만나서 주로 영화를 보거나 차를 마시는 거 말고는 별로 할 게 없어요 . 그래서 앞으로 사람들이 즐길 수 있는 놀이 종류나 공간을 더 개발해야 된다고 생각해요 .

즐기다 歡樂　　　주로 (主 -) 主要　　　종류 (種類) 種類　　　공간 (空間) 空間　　　개발하다 (開發 --) 開發

어휘

01 다음은 한국의 전통놀이입니다. 알맞은 놀이의 이름을 쓰십시오.

윷놀이 제기차기 연날리기 그네뛰기 씨름 널뛰기 줄다리기 강강술래

윷놀이

02 다음은 한국의 놀이에 대한 설명입니다. 알맞은 놀이의 이름을 쓰십시오.

1) **윷놀이** -은/는 주로 설부터 대보름 사이에 전국적으로 하는 놀이입니다. 설날에 가족들이 모여 두 편 또는 세 편으로 나누어서 놉니다.

2) ＿＿＿＿＿＿ 은/는 여자들이 둥글게 손을 잡고 원을 만들어 노래하면서 춤을 추는 여자들의 놀이입니다.

3) ＿＿＿＿＿＿ 은/는 발로 제기를 차 올리는 놀이로 음력 설 전후 겨울에 남자아이들이 하던 놀이입니다.

4) ＿＿＿＿＿＿ 은/는 여러 사람이 두 편으로 나누어 큰 줄을 양쪽에서 잡고, 상대편을 자기쪽으로 끌어당기면 이기는 놀이입니다.

5) ＿＿＿＿＿＿ 은/는 명절 때 여자들이 즐기던 놀이로 두 사람이 긴 판의 양 끝에 올라서서 한 사람씩 하늘로 뛰어오르는 놀이입니다.

문법
설명

01 - 을 / ㄹ 겸

後文的行為目的有兩種以上，像 '- 을 겸 – 을 겸' 可反覆使用。有尾音的動詞後接 '- 을 겸'，無尾音的動詞後接 '- 겸'。

● 돈도 벌 겸 경험도 쌓을 겸 아르바이트를 합니다 .
● 책장 정리도 할 겸 방청소도 할 겸 대청소를 할까 해요 .
● 한국말도 배울 겸 한국 문화도 배울 겸 한국에 왔어요 .
● 휴가도 보낼 겸 친척들도 만날 겸 제주도에 다녀왔어요 .
● 지난 주말에는 스트레스도 풀 겸 오랜만에 영화도 볼 겸 영화관에 갔다 왔어요 .

02 - 는다던데 / ㄴ다던데 / 다던데

是 '- 다고 하던데' 的縮寫，回想過去間接聽到的事實時使用。也可用於半語型態的終結語尾。有尾音的動詞後接 '- 는다던데'，無尾音的動詞後接 '- ㄴ다던데'，形容詞後接 '- 다던데'。

● 오늘은 하루 종일 비가 온다던데 어딜 가려고 하니 ?
● 김 선생님이 여행을 간다던데 어디로 가는지 아세요 ?
● 내일은 더 춥다던데 옷을 따뜻하게 입고 나가세요 .
● 요즘 장사가 잘 안 된다던데 왜 사업을 시작하려고 하세요 ?
● 이번에 새로 개봉한 영화가 재미있다던데 같이 보러 가실래요 ?

문법 연습

01 [가]와 [나]에서 문장을 골라 대화를 만들어 보십시오.

[가]	[나]
친구를 만나다	시내에 나갔다가 왔어요.
바람을 쐬다	
머리를 식히다	여행을 가려고 해요.
경험을 쌓다	
구경을 하다	한국 영화를 봐요.
스트레스를 풀다	
한국말 연습을 하다	아르바이트를 해요.
돈을 벌다	
친구 생일 선물을 사다	백화점에 가요.
옷 구경을 하다	

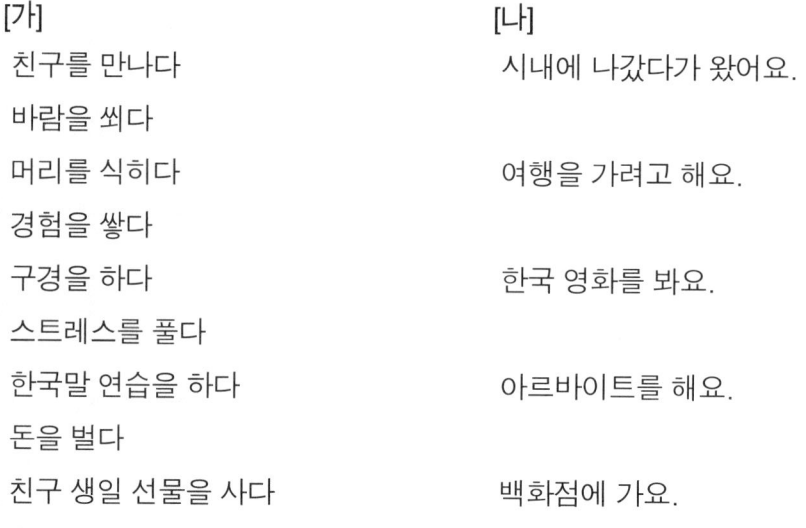

어제 왜 시내에 나갔다가 왔어요?

친구도 만날 겸 바람도 쐴 겸 시내에 나갔다가
왔어요.

-는다던데/ㄴ다던데/-다던데

02 각 나라에 대해 들은 것을 쓰십시오.

한국	매운 음식을 좋아한다.
중국	대중교통 수단으로 자전거를 많이 이용한다.
일본	온천을 즐긴다.
러시아	
친구의 나라	

	그렇다	아니다
1) 한국 사람들은 매운 음식을 좋아한다던데 정말 그래요?	☐	☐
2)	☐	☐
3)	☐	☐
4)	☐	☐
5)	☐	☐

말하기 ●────────────────────────────

다음 포스터를 보고 친구들과 어디에 가면 좋을지 [보기]와 같이 이야기해 보십시오.

[보기]

민철 : 서울 시청 광장에서 비보이 공연이 **있다던데** 같이 가는 게 어때요?

미선 : 그것도 좋겠지만 가수들 공연도 **볼 겸** 전통 음식도 **먹을 겸** 설악산에 단풍놀이
　　　　가는 건 어때요?

민철 : 설악산까지 길이 너무 막히지 않을까요? 단풍 축제를 하니까 사람들이 몰릴
　　　　것 같은데.

미선 : 머리도 **식힐 겸** 멀리 여행 갔다 오는 게 좋지 않겠어요? 서울 시내에만 있으면
　　　　좀 답답하잖아요.

민철 : 그럼. 미선 씨 말대로 스트레스도 **풀 겸** 설악산에 갔다 와요. 비보이 공연은
　　　　다음에 가기로 하고요.

01 여러분은 어렸을 때 어떤 놀이를 했습니까? 다음은 '나의 어린 시절 놀이' 에 대해 쓴 글입니다. 읽고 질문에 답하십시오.

저는 교사이신 아버지 덕분에 시골의 꽤 괜찮은 집에서 살았습니다. 그 집은 유리창이 유난히 커서 저와 형제들은 창밖을 내다보고 많은 이야기를 하며 놀았습니다. 여동생이나 누나는 인형놀이를 좋아해서 항상 인형놀이를 했고, 남자인 저와 형들은 밖에 나가서 노는 것을 더 좋아했습니다. 가끔 같이 놀 때는 학교놀이를 했는데, 제일 큰 누나는 항상 선생님 역할을 했고 저와 다른 형제들은 모두 학생 역할을 했습니다.

초등학교 때는 수업이 끝난 후 학교에 남아서 자주 놀았는데 우리는 항상 운동장에서 놀거나 산에 가서 뛰어 놀곤 했습니다. 그리고 여자 아이들은 고무줄놀이를 하거나 소꿉놀이를 많이 했습니다.

중학교 때는 운동경기를 많이 하며 놀았습니다. 축구 시합을 하다가 바지가 찢어져 어머니께 많이 혼났던 기억이 납니다. 학교에서 소풍을 가면 수건돌리기나 닭싸움을 하며 재미있게 놀았습니다.

고등학교에 들어가면서 점점 놀 수 있는 시간이 부족해졌습니다. 우연히 아버지에게서 바둑을 배웠습니다. 친구들 중에는 할아버지에게서 장기를 배우는 아이들도 있었습니다.

대학교에 들어가면서 고향을 떠나 서울로 오게 되었습니다. 첫 학기에는 신입생 환영회, 과별 모임 등으로 술을 마실 일이 많았습니다. 술을 마시면서 이런저런 이야기를 하다 보면 스트레스도 풀리고 기분도 좋아졌습니다. 대학에 들어와서는 도서관에서 공부를 하다가 전자오락실에 가서 시간을 보내는 경우도 있었는데 여러 가지 게임을 하며 머리를 식히기도 했습니다.

1) 이 사람은 어떤 놀이를 했습니까?

어렸을 때 : ....

초등학교 때 : ....

중학교 때 : ....

고등학교 때 : ....

대학교 때 : ....

2) 이 사람은 커 가면서 놀이가 어떻게 달라졌습니까? 맞는 것에 ✔ 하십시오.

● 커 가면서 점점 다른 사람들과 같이 하는 놀이가 많아졌다. ☐

● 커 가면서 점점 다른 사람들과 같이 하는 놀이가 적어졌다. ☐

02 여러분도 위와 같이 '나의 어린 시절 놀이' 라는 제목으로 글을 써 보십시오.

....

....

....

....

....

....

....

....

....

....

....

....

4-2 이젠 저도 뜨거운 음식에 익숙해졌는걸요

학습 목표 ● 과제 음식문화에 대해 발표하기 ● 어휘 맛 관련 어휘 ● 문법 –는걸요, 에 비하면

위 사진들은 어느 나라 음식들입니까?

각 나라 음식들은 어떤 특징이 있습니까?

034~035

미선 이 음식은 뜨거우니까 천천히 조심해서 드세요.

제임스 네, 고마워요. 하지만 이젠 저도 뜨거운 음식에 많이 익숙해졌는걸요. 한국 사람들은 맵고 뜨거운 음식을 아주 잘 먹는 것 같아요.

미선 그래서 뜨거운 음식을 먹을 때는 후후 불어 가면서 먹어야 해요. 그러다 보면 먹을 때 소리가 나기도 하지요.

제임스 그리고 먹으면서 시원하다고 말할 때는 재미있어요. 어떻게 뜨거운 음식을 먹는데 시원하다고 하는 거지요?

미선 그건 맵고 뜨거운 음식을 먹으면서 땀을 흘리고 나면 기분이 상쾌해지기 때문에 그런 것 같아요. 저도 어렸을 때는 몰랐는데 지금은 그 기분을 알 수 있어요.

제임스 한국에 처음 왔을 때에 비하면 한국 문화를 많이 이해하게 됐지만 아직 그런 느낌까지는 완전히 알기 어려워요.

후후 呼呼 (用嘴吹氣聲)　　흘리다 流　　완전히 (完全 -)完全地

어휘

달콤하다 쌉쌀하다 짭짤하다 매콤하다 새콤하다
담백하다 고소하다 느끼하다 떫다 비리다

01 다음 설명과 관계있는 어휘를 쓰십시오.

땅콩이나 깨의 맛이다.	☐☐☐☐☐	맛이 좋을 정도로 좀 달다. ☐☐☐☐
익지 않은 감의 맛이다.	☐☐	맛이 좋을 정도로 좀 맵다. ☐☐☐☐
익지 않은 생선의 냄새 또는 그 맛이다.	☐☐☐	맛이 좋을 정도로 좀 시다. ☐☐☐☐
기름기가 많다.	☐☐☐☐	맛이 좋을 정도로 좀 짜다. ☐☐☐☐
기름기가 별로 없고 맛이 깨끗하다.	☐☐☐☐	약간 쓴 맛이 있다. ☐☐

02 다음은 요리를 소개하는 글입니다. 빈 칸에 알맞은 어휘를 쓰십시오.

치즈 떡볶이

매콤한 은/는 떡볶이의 맛과 ＿＿＿＿＿ 은/ㄴ 단호박의 만남!!
여기에 치즈의 ＿＿＿＿＿ 은/ㄴ 맛이 더해져서 정말
맛있답니다.

해물 된장찌개

한국인의 힘! 구수한 된장찌개. 새우, 조개, 꽃게를 넣어 보세요.
해물이 많이 들어가 국물이 느끼하지 않고 ＿＿＿＿＿ 습니다/
ㅂ니다. 참, 해물은 물이 끓을 때 넣어야 ＿＿＿＿＿ 지 않습니다.

감자튀김

누구나 좋아하는 간식이죠. 소금을 조금 뿌리면 ＿＿＿＿＿ 어서/아서/
여서 술안주로도 좋습니다. 튀긴 후 기름은 완전히 빼 주세요.
그래야 ＿＿＿＿＿ 지 않습니다.

녹차

녹차 드시고 건강도 지키세요. 느끼한 음식을 먹은 후 녹차를
마시면 입안이 깨끗해지는 것 같죠. 또 녹차의 ＿＿＿＿＿ 은/ㄴ 맛과
＿＿＿＿＿ 은/ㄴ 맛은 위를 보호한대요.

문법
설명

01 -는걸요 / 은걸요 / ㄴ걸요

補充他人的話或回答疑問，同時輕微地反駁。動詞後接
'-는걸요'，有尾音的形容詞後接 '-은걸요'，無尾音的形容詞後接
'-ㄴ걸요'。

- 가 : 더우면 에어컨을 켜세요 .
  나 : 아니에요 . 그렇게 덥지 않은걸요 .
- 가 : 제 한국어 실력이 형편없지요 ?
  나 : 아니에요 . 한국말 정말 잘 하시는걸요 .
- 가 : 바쁘실 텐데 이렇게 와 주셔서 정말 감사합니다 .
  나 : 뭘요 . 초대해 주셔서 오히려 제가 감사한걸요 .
- 가 : 식사가 모자라면 말씀하세요 .
  나 : 아니에요 . 이걸로도 충분한걸요 .
- 가 : 그 친구는 집이 머니까 좀 늦게 도착할 거예요 .
  나 : 그분은 벌써 도착했는걸요 .

02 에 비하면

以某個基準判斷另一個基準。

- 나이에 비하면 키가 큰 편이에요 .
- 이 옷은 값에 비하면 질이 좋은 편이에요 .
- 지은 죄에 비하면 이 정도 벌은 아무 것도 아니야 .
- 소방관은 보수에 비하면 위험성이 너무 많은 직업이에요 .
- 지금까지 공부한 것에 비하면 이 정도의 성적은 그리 좋은 편이 아니에요 .

문법 연습

-는걸요/은걸요/ㄴ걸요

01 질문에 대답하십시오.

한국어 실력이 많이 좋아지셨어요?

방학을 해서 한가해졌지요?

시험 준비는 다 하셨어요?

제가 지난번에 부탁한 일을 다 끝내셨어요?

이번에 새로 들어간 직장은 분위기가 좋아요?

그랬으면 얼마나 좋겠어요? 아직도 뉴스를 들으
려면 많이 힘든걸요.

에 비하면

02 표를 채우고 이야기해 보십시오.

	비교1	비교2
건강이 좋은 편이에요?	나이	10년 전
요즘 아이들이 놀 시간이 많아요?	컴퓨터가 없었던 때	다른 나라
월급이 많아요?	일	지난 번 직장
집이 좋아요?	집값	
살기가 편해졌어요?	처음 한국에 왔을 때	

건강이 좋은 편이에요?

나 이 에 비 하 면 그 렇 게 건 강 한 편 은 아니에요. 운동을 해야 할 것 같아요.

과제 1   말하기

다음 도표를 보고 아래 표를 채우십시오. 그리고 [보기]와 같이 이야기해 보십시오.

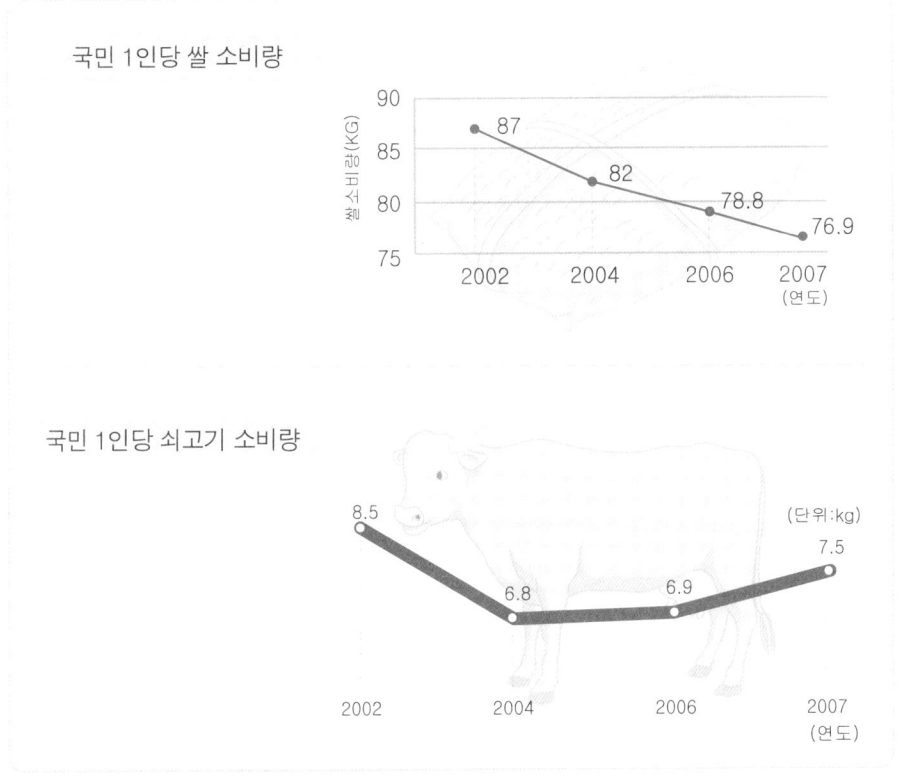

국민 1인당 쌀 소비량

국민 1인당 쇠고기 소비량

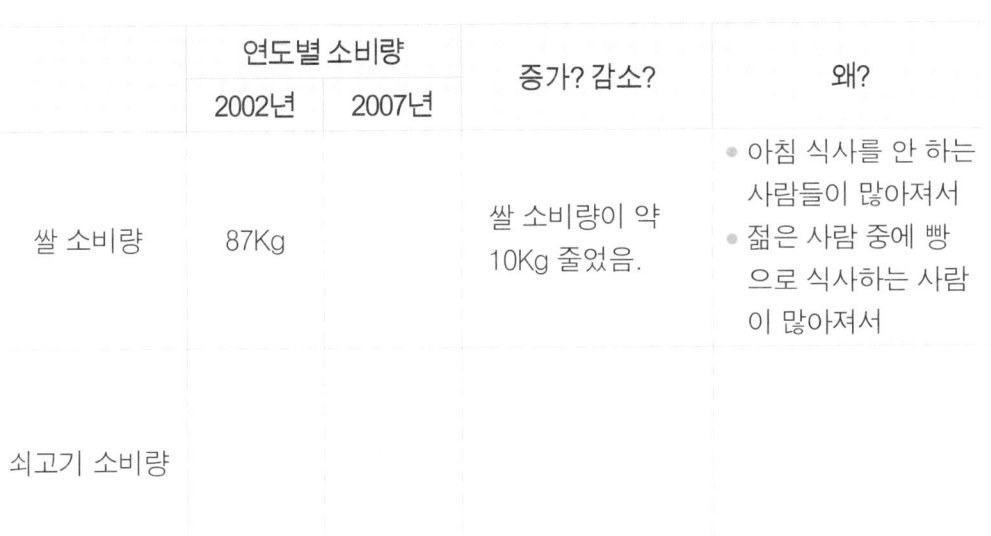

	연도별 소비량		증가? 감소?	왜?
	2002년	2007년		
쌀 소비량	87Kg		쌀 소비량이 약 10Kg 줄었음.	• 아침 식사를 안 하는 사람들이 많아져서 • 젊은 사람 중에 빵으로 식사하는 사람이 많아져서
쇠고기 소비량				

[보기]

2002년에 비하면 2007년에는 한국의 쌀 소비량이 약 10Kg 줄었습니다. 이것은 아마 요즘 아침을 안 먹는 사람들이 많아졌기 때문인 것 같습니다. 그리고 요즘 젊은 사람들은 빵을 좋아하는 사람이 많습니다. 그래서 쌀 소비량이 많이 줄었을 거라고 생각합니다.

과제 2   듣고 말하기 [🔊 036] ●────────────────

01 대화를 듣고 어느 나라의 음식 문화에 대한 설명인지 번호를 쓰십시오.

1)

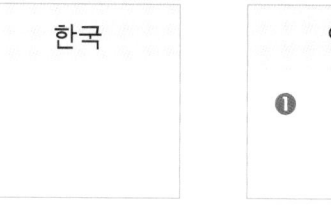

한국	일본 ❶	중국	프랑스

음식 재료와 조리방법

❶ 천연조미료를 사용한다.

❷ 떡, 국수, 두부 등 곡물을 이용한 조리법이 발달했다.

❸ 다양한 소스가 발달했다.

❹ 조리 기구가 간단하다.

❺ 저장 식품이 많이 발달했다.

❻ 지방에 따라 다양한 요리가 발달했다.

❼ 음식의 대부분이 기름에 튀기거나 조리거나 볶는 음식이다.

❽ 포도주, 치즈, 빵 등이 발달했다.

❾ 음식 재료의 자연적인 모양과 색을 살려서 요리한다.

❿ 장식을 하기 때문에 음식의 모양이 화려하다.

2)

한국	일본	중국	프랑스
❶			

식사 예절

❶ 음식이 처음부터 상에 차려져 나온다.

❷ 생선을 먹을 때는 머리 쪽에서 꼬리 쪽으로 먹는다.

❸ 초대했을 때 주인은 문 쪽에 앉고 손님은 안쪽에 앉힌다.

❹ 국그릇을 입에 대고 국물을 마신다.

❺ 전통적으로는 식사 중에 이야기를 하지 않는다.

❻ 아침 식사를 중요하게 생각한다.

❼ 식사 시간이 길고 대화를 많이 하면서 식사를 즐긴다.

❽ 탕을 먹을 때는 숟가락을, 밥을 먹을 때는 젓가락을 사용한다.

❾ 큰 접시에 나온 음식을 각자 개인 접시에 나누어 먹는다.

❿ 식사 시간을 중요하게 생각하여 점심시간이 2시간이다.

02 앞에서 들은 것 이외에 또 어떤 것이 있는지 이야기해 보십시오.

4-3 무슨 말인지 알아듣기 어렵던데요

학습 목표 ● 과제 설명문 읽고 정리하기 ● 어휘 인용 관련 어휘 ● 문법 –는다고들 하다, –건 –건

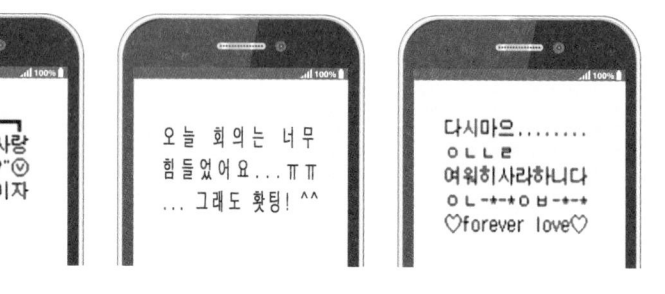

위에서 보이는 글은 어디에서 볼 수 있습니까? 무슨 뜻인지 알겠습니까?
위의 글의 특징은 무엇입니까? 여러분 나라에서도 휴대전화 혹은 메일로
보내는 글이 다릅니까?

🔊 037~038

정희   며칠 전에 버스를 타고 가면서 고등학생들이 하는 말을 우연히 듣게
       되었는데 정말 알아듣기 어렵던데요. 세대 차이를 많이 느꼈어요.

웨이   아니 뭐라고들 했는데 세대 차이가 난다고 그러세요?

정희   대화 내용은 주로 인터넷이나 연예인 이야기인데 사용하는 단어들을
       많이 못 알아듣겠던데요. 게다가 서로 이야기하면서도 어찌나 휴대
       전화로 문자를 주고받던지 그것도 놀라웠어요.

웨이   요즘 새롭게 나오는 인터넷 용어들은 이해하기가 좀 어려워요.

정희   웨이 씨 나라에서도 세대 간에 쓰는 말이 다릅니까?

웨이   한국이건 다른 나라건 다 마찬가지일 거라고 생각해요. 좀 더 있으면
       세대간 번역이 필요하다고들 할지도 모르지요.

우연히 (偶然 -) 偶然地	세대 차이 (世代差異) 世代差異	게다가 況且
용어 (用語) 用語	간 (間) 之間	마찬가지이다 相同	번역 (翻譯) 翻譯

어휘

거절하다 격려하다 고백하다 권하다 농담하다 재촉하다 칭찬하다 비난하다

01 빈 칸에 알맞은 어휘를 쓰십시오.

1) 그 친구는 내 일 좀 도와달라는 나의 부탁을 시간이 없어서 그럴 수 없다고 ☐☐☐☐.

2) 직장 문제 때문에 고민하고 있는 나에게 친구가 직업상담소에 한 번 가 보라고 ☐☐☐.

3) 그 친구는 시험에 떨어져서 낙심하고 있는 나에게 다음에는 꼭 붙을 수 있을

거라고 ☐☐☐☐.

4) 선생님은 나의 글을 보시더니 정말 글을 잘 썼다고 ☐☐☐☐.

5) 사람들은 정부가 문제를 해결하지 못해서 이런 상황까지 오게 되었다고 정부를

☐☐☐☐.

6) 친구는 비행기 출발 시간이 얼마 안 남았으니 나한테 빨리 서두르라고 ☐☐☐☐.

7) 그 남자는 그 동안 짝사랑을 해 왔던 여자에게 용기를 내서 사랑한다고 ☐☐☐☐.

02 다음은 우리가 대화를 할 때 필요한 예의입니다. 빈 칸에 알맞은 어휘를 쓰십시오.

사람들은 칭찬 받기를 좋아합니다. 따라서 그 사람의 잘못된 점을 **비난하**
기보다는 그 사람의 장점이나 잘한 일을 ＿＿＿＿ 는/은 것이 좋습니다. 칭찬을 할
때는 진심을 담아 칭찬을 해야 합니다. 진심이 담기지 않은 칭찬은 오히려
상황을 더 나쁘게 할 수도 있습니다. 성공을 한 사람의 뒤에는 항상 칭찬하고
용기를 주는 부모님이 계십니다. 시험을 못 봤거나 실패했을 때, 앞으로 더 잘 할
수 있을 것이라고 ＿＿＿＿ 으면/면 그 사람에게는 그 말이 큰 힘이 될 겁니다.

거절할 때도 기술이 필요합니다. 부탁을 받았을 때, 부탁을 들어주기
어려운 경우에는 그 자리에서 바로 ＿＿＿＿ 는/은 것이 좋습니다. 대답을
미루면 쓸데없이 기대를 하게 하니까요. 그러나 친구가 음식을 먹어보라고
＿＿＿＿ 을/ㄹ 때 '나는 이 음식 싫어해' 라고 직접적으로 거절하는 것은
상대방의 기분을 상하게 할 수도 있습니다.

또 유머는 사람들의 기분을 즐겁게 합니다. 하지만 지나친 농담은 상대방의
기분을 나쁘게 할 수도 있습니다. 따라서 ＿＿＿＿ 을/ㄹ 때는 분위기에 맞춰서
상대방의 기분을 생각해 가며 해야 합니다.

01 - 는다고들 / ㄴ다고들 / 다고들 하다

引用的 '- 는다고' 中加上 '- 들'，一般在引用「很多人這麼說」時使用。有尾音的動詞後接 '- 는다고들'，無尾音的動詞後接 '- ㄴ다고들'，形容詞或 '- 었 -' 後接 '- 다고들'。

● 신혼여행지로는 제주도가 제일 좋다고들 합니다.
● 올해 대학교 입학시험은 아주 어려웠다고들 해요.
● 요즘은 조기 유학을 떠나는 아이들이 많아졌다고들 합니다.
● 앞으로 지구 온난화 때문에 날씨가 점점 더워질 거라고들 합니다.
● 방학을 이용해 외국으로 배낭여행을 떠나는 대학생들이 많다고들 해요.

02 - 건 - 건

'- 거나 - 거나' 的縮寫，不管是比較前後可能的內容，或羅列相對的內容，結果都一樣。

● 월급이 많건 적건 하는 일은 똑같아요.
● 밉건 곱건 자식인데 어떻게 내쫓을 수 있겠어요?
● 돈이 있건 없건 어떤 가치관을 가지고 사느냐가 중요합니다.
● 네가 그 일을 하건 네 동생이 하건 아무튼 둘 중에 한 사람은 해야 할 거야.
● 한국어를 배웠건 안 배웠건 저희 학교에 입학하려면 시험을 봐야 합니다.

문법 연습

01 -는다고들/ㄴ다고들/다고들 하다

상황에 맞게 대답하십시오.

신혼여행을 가려고 하는데 어디가 좋을까요?

추석인데 부모님께 어떤 선물을 하면 좋을지 모르겠어요.

남자친구와 헤어진 후 공부도 잘 안 되고 너무 힘들어요.

입학시험에 떨어지니까 다시 시험 볼 용기가 안 나요.

내일부터 외국어를 배우기로 했는데 잘 배울 수 있을까요?

사람들의 얘기로는…
- 제주도가 신혼여행지로 좋다.
- 시작이 반이다.
- 다른 사람을 만나면 잊혀진다.
- 실패는 성공의 어머니이다.
- 나이 드신 분은 건강식품을 좋아하신다.
- 시간이 약이다
- 요즘은 선물로 현금을 좋아한다.

사람들이 신혼여행지로는 제주도가 좋다고들 해요. 제주도로 가 보세요.

-건-건

02 다음을 읽고 질문에 맞게 대답하십시오.

이 사람은 영화배우인 제 친구 김소희예요. 아주 성실하지요. 소희는 자신의 역할이 작아도 열심히 영화를 찍습니다. 영화를 찍지 않을 때도 항상 촬영장에 나와서 다른 사람이 연기하는 걸 보지요. 또 자신의 촬영이 늦게 있는 날에도 제일 먼저 촬영장에 도착합니다. 그리고 기쁠 때도 슬플 때도 항상 웃는 얼굴이어서 남을 즐겁게 하지요. 게다가 제 친구는 아주 효녀예요. 바쁠 때도 부모님께 전화를 드려요.

김소희 씨는 역할이 클 때만 영화를 찍어요?

김소희 씨는 영화 찍지 않는 날에는 촬영장에 안 옵니까?

소희 씨는 촬영이 늦게 있는 날은 좀 늦게 오기도 하지요?

소희 씨는 자기 기분이 별로 안 좋을 때는 잘 안 웃어요?

소희 씨는 바쁘면 가끔 부모님께 전화를 안 할 때도 있지요?

아니요, 제 친구 소희는 역할이 크건 작건 항상 열심히 영화를 찍어요.

과제 1   말하기

언어는 문화와 관계가 있습니다. 다음의 표를 보고 [보기]와 같이 이야기해 보십시오.

한국어에서는 내리는 눈, 쌓인 눈을 구별하지 않고 모두 '눈'이라고 한다.

에스키모어에서는 내리는 눈, 쌓인 눈 등을 모두 다른 단어로 말한다.

한국에서는 아랫사람의 이름은 부를 수 있지만 윗사람의 이름은 부르지 않는다.

미국에서는 윗사람의 이름을 부를 수 있다.

한국어에서는 생선과 짐승의 살을 모두 '고기'라고 한다.

영어에서는 생선의 살은 fish로, 짐승의 살은 meat라고 한다.

한국어에서는 엄마의 여자 형제는 '이모'로, 아빠의 여자 형제는 '고모'로 다르게 부른다.

영어에서는 모두 aunt이다.

한국어에서는 쌀이 되기 전에는 '벼'로, 음식의 재료는 '쌀'로, 익힌 쌀은 '밥'으로 다르게 부른다.

영어에서는 모두 rice이다.

[보기]

말은 문화와 관계가 많습니다. 한국어에서는 내리는 **눈이건** 쌓인 **눈이건** 구별하지 않고 모두 눈이라고 하지만 에스키모어에서는 이것을 모두 다른 단어로 말한다고 합니다. 그리고 한국에서는 윗사람의 이름을 부를 수 없지만, 미국에서는 **윗사람이건 아랫사람이건** 다 이름을 부를 수 있습니다.

과제 2 읽고 말하기

01 여러분은 통신 언어를 알고 있습니까? 다음을 읽고 질문에 답하십시오.

　요즘 청소년들은 인터넷 채팅, 게시판, 이메일, 문자 메시지 등을 이용하면서 독특한 언어를 사용하고 있다. 이러한 통신 언어의 특성을 살펴보면 다음과 같다. 첫째, 통신 언어는 실제 말하는 것을 그대로 흉내 내어 소리 나는 대로 적는 경우가 많다. 예를 들어 '좋아'를 소리 나는 대로 '조아'로 적거나, '그런데'는 줄여서 '근데'로 적는다.

　둘째, 통신 언어에는 그것을 쓰는 사람의 개성을 그대로 보이거나 자신들만의 통신 언어를 사용해서 서로가 아주 친하다는 것을 표시하기도 한다. 예를 들어 웃음 소리를 'ㅎㅎ, ㅋㅋ' 등으로 한다거나, 새로운 단어를 만들기도 한다.

　셋째, 문자로 이야기를 할 때는 얼굴을 볼 수 없으니까 표정도 볼 수 없고 상대방의 느낌을 알 수 없기 때문에 이것을 대신하기 위해 이모티콘을 사용하기도 한다. 지금 화가 나 있다거나 웃는 표정 등을 -_-^ , ^_^ 등 컴퓨터 자판의 기호를 이용해 표시하기도 한다.

1) 통신 언어는 무엇입니까?

2) 통신 언어의 특징은 무엇입니까? 그리고 그 예에는 어떤 것이 있습니까?

	특징	예
첫째		
둘째		
셋째		

02 통신 언어는 왜 만들어졌을까요? 다음을 읽고 질문에 답하십시오.

이러한 통신 언어가 나타나게 된 이유는 우선 빨리 자신의 생각이나 느낌을 전하기 위해서라고 할 수 있다. 또 청소년들이 그들만의 문화를 만들고 자신들끼리만 그 문화를 함께 나누고 친밀감을 느끼기 위해서라고 할 수 있다.

이러한 통신 언어에 대해 어떤 사람들은 한국어의 문법이 파괴되고, 어른들과 청소년들 간의 생각이 너무 달라져서 나중에는 서로의 생각을 이해할 수 없게 될 것이라고 걱정하기도 한다. 또 어떤 사람들은 통신언어는 청소년의 개성을 나타내는 것이고, 생각이나 느낌을 아주 짧게 전할 수 있기 때문에 오히려 효율적이라고 한다.

그러나 통신 언어가 일상적인 언어에까지 영향을 미치고 있는 것은 큰일이라고 할 수 있다. 초등학생들은 편지나 일기, 일상생활에서 통신 언어를 그대로 사용하기도 한다. 그리고 청소년의 생각에도 영향을 미쳐서 통신 언어를 많이 사용하는 학생들의 경우에는 생각하는 능력이 단순해지고 짧아질 수도 있다.

1) 통신 언어가 나타나게 된 이유는 무엇입니까? 두 가지를 쓰십시오.

2) 통신 언어에 대해 사람들의 생각은 어떻습니까? (   )
  그리고 이 글을 쓴 사람의 생각은 어떻습니까? (   )
  ❶ 어른들과 청소년들 간의 생각이 너무 달라져서 서로를 이해할 수 없게 될 것이다.
  ❷ 통신 언어는 생각을 짧게 전할 수 있어서 효율적이다.
  ❸ 통신 언어를 많이 사용하면 생각하는 능력이 단순해질 수도 있다.

4-4 바쁠 텐데 동호회 활동도 해요?

학습 목표 ● 과제 여가 생활에 대한 인터뷰하기 ● 어휘 여가 생활 관련 어휘 ● 문법 이며, 여간 -지 않다

저는 주말에는 동호회 회원들과 함께 새를 관찰하러 다녀요.

▶ 여러분 나라의 사람들은 어떻게 여가 시간을 보냅니까 ?

◀ 039~040

웨이 얼굴이 새까맣게 탄 걸 보니 어디 다녀온 모양이군요 .

정희 네 , 이번에 우리 동호회에서 전남 완도 쪽으로 답사를 갔다 왔어요 . 그쪽이 새를 관찰하는 데로는 그만이거든요 .

웨이 회사일이며 공부며 다 하려면 바쁠 텐데 동호회 활동도 해요 ? 너무 벅차지 않아요 ?

정희 동호회에 나가면 회원들하고 여러 가지 정보를 공유하면서 배우는 것도 많아요 .

웨이 그런데 정희 씨는 언제부터 그 취미를 가지고 있었어요 ? 색다른 취미인 것 같은데요 .

정희 저는 어렸을 때부터 새에 대해 관심이 많았어요 . 그래서 집에서 직접 키우기도 했고요 . 그리고 새를 키우면서 새에 대해 하나하나 알아가는 게 여간 재미있지 않아요 .

새까맣다 烏黑的　　답사 (踏查) 實地考察　　관찰하다 (觀察) 觀察　　그만이다 作為……是最好的
벅차다 吃力　　정보 (情報) 情報　　공유하다 (公有 --) 共有　　색다르다 (色 ---) 奇特、另類

어휘

체험하다   봉사하다   휴식을 취하다   자기계발을 하다   취미활동을 하다

01 다음의 여가 활동은 위의 어떤 어휘와 관계가 있습니까? 알맞은 어휘를 쓰십시오.

혼자 집에서 쉬기
집에서 비디오 보기

양로원 방문하기
불우이웃을 위해 김장하기

봉사하다

산악 자전거 타기
사진 찍기

여가 활동

가족과 주말 농장
방문하기
도자기 만들기

외국어 배우기
재테크 강좌 듣기

02 다음은 '최고의 새로운 여가 문화' 에 대한 글입니다. 빈 칸에 알맞은 어휘를 쓰십시오.

주5일 근무제가 시작된 이후 한국인의 여가 문화가 달라지고 있다. 주5일제를 시작한 처음에는 여가를 보내는 방법을 잘 몰라서 가정에서 TV를 보며 단순히 **휴식을 취하** 는 경우가 많았다. 그런데 점차 쉬는 여가에서 활동하는 여가로 바뀌고 있다. 다시 말해 여가 시간에 다양한 취미생활을 즐기거나 뭔가를 배우면서 ＿＿＿＿＿ 는 사람들도 늘고 있다.

최근에는 가족과 함께 하는 여가 활동도 증가하고 있다. 예전에는 주로 가족과 함께 영화나 스포츠 경기, 박물관 등을 구경하는 것이 전부였지만 이제는 주말 농장에 가거나 직접 도자기를 만드는 등 ＿＿＿＿＿ 는 여가가 늘어났다.

또 여가생활로 ＿＿＿＿＿ 는 사람도 많아지고 있다. 취미를 즐길 뿐만 아니라 그 취미를 전문적인 수준까지 발전시키기도 한다. 그리고 최근에는 자신뿐만 아니라 다른 사람을 위하여 ＿＿＿＿＿ 으면서/면서 기쁨을 얻는 사람들이 늘고 있다.

문법
설명

01 이며 / 며

列舉兩個以上的情況，'- 이며' 可重複出現在同一句子。有尾音的名詞後接 '- 이며'，無尾音的名詞後接 '- 며'。

- 가 : 지갑 안에는 뭐가 있었어요 ?
  나 : 운전면허증이며 주민등록증이며 다 들어 있었어요 .
- 가 : 민수 씨는 뭘 잘 해요 ?
  나 : 공부며 운동이며 못하는 것이 없어요 .
- 가 : 그 식당에 왜 자주 가세요 ?
  나 : 음식 맛이며 분위기며 다 좋아서 자주 가게 돼요 .
- 가 : 어떤 음식으로 준비할까요 ?
  나 : 저는 야채며 고기며 다 잘 먹으니까 아무 음식이나 준비하셔도 괜찮아요 .
- 가 : 휴대 전화를 찾으셨어요 ?
  나 : 아니요 , 사무실이며 집이며 다 찾아보았지만 어디에도 없어요 .

02 여간 – 지 않다

'여간' 後加否定的 '- 지 않다 , 아니다' 等 , 有「完全是那樣」的意思。

- 그 아이는 고집이 여간 세지 않아요 .
- 이번 홍수로 피해를 본 지역이 여간 많지 않습니다 .
- 날씨가 갑자기 추워져서 배추 값이 여간 비싸지 않아요 .
- 대학교에 입학하는 건 여간 어려운 일이 아니에요 .
- 공부하면서 돈을 버는 것은 여간 힘든 일이 아닙니다 .

문법 연습

01

이며/ 며

다음은 팔방미인 제 친구에 대한 설명입니다. 빈 칸에 알맞은 말을 쓰십시오.

춤, 노래, 그림 그리기 등 못하는 것이 없음.
모든 과목을 다 잘 함.
못하는 요리가 없음.
못하는 운동이 없음.
안 가 본 곳이 없음.

제 친구 사라는 팔방미인이에요. 춤이며 노래며 못하는 것이 없어요. 머리도 얼마나 좋은지 몰라요. ＿＿＿＿＿＿ 이며/며 ＿＿＿＿＿＿ 이며/며 못하는 과목이 없어요. 또 요리 솜씨도 좋아서 ＿＿＿＿＿＿ 이며/ 며 ＿＿＿＿＿＿ 이며/며 못하는 요리가 없어요. 그리고 운동도 얼마나 잘 하는지, ＿＿＿＿＿＿ 이며/며 ＿＿＿＿＿＿ 이며/며 못하는 운동이 없지요. 또 제 친구 사라는 여행하는 것도 참 좋아하지요. 그래서 ＿＿＿＿＿＿ 이며/며 ＿＿＿＿＿＿ 이며/며 안 가 본 곳이 없어요.

02 다음 그림을 보고 질문에 대답하십시오.

가 : 오늘 기온이 뚝 떨어진 것 같아요. 아주 춥지요?

나 : 네, 12월이 되니 날씨가 여간 춥지 않습니다.

가 : 주말에 집들이 한다고 하더니 잘 했어요?

나 : 10명을 초대했는데 혼자서 많은 음식을 하기란
여간 .

가 : 어제 대학입학시험 보는 날이었는데 어땠어요?

나 : 아주 중요한 시험이라서 여간 .

가 : 다음 주가 추석이라서 고향에 다녀와야겠어요.

나 : 기차를 타시는 게 좋을 거예요. .

가 : 직장도 다니고 아이도 키우시느라고 많이 힘드시죠?

나 : 네, .

과제 1   말하기

다음은 특별한 취미를 가진 사람들입니다. [보기]와 같이 인터뷰해 보십시오.

저는 주말이면 야외로 나와 무선 비행기를 날려요.

저는 제가 만든 보트로 세계여행을 할 거예요.

[보기]

기자 : 요즘 특별한 레포츠를 즐기는 사람이 늘고 있다고 하는데요. 이색 레포츠를 즐기는 사람들을 만나보겠습니다. 안녕하세요?

남자 : 네, 안녕하세요?

기자 : 레포츠용 소형자동차를 타고 이렇게 빠른 속도로 달리면 **여간 위험하지 않을 텐데요.**

남자 : 아니에요. 위험하지 않아요. 운전하기가 쉬워서 12살 이상이면 5분 정도 안전 교육을 받은 뒤 누구나 탈 수 있거든요.

기자 : 어떻게 해서 이런 취미를 갖게 되셨어요?

남자 : 제가 이전에 **암벽 등반**이며 **산악자전거 타기**며 안 해 본 취미 활동이 없어요. 그런데 이것만큼 재미있는 것은 없어요. 스트레스 받았을 때 타면 **여간 신나지 않아요.**

과제 2   듣고 말하기 [🔊 041]

01 다음은 한국인들 몇 사람이 서로의 취미와 여가 생활에 대해 이야기하는 것입니다. 잘 듣고 맞는 그림에 번호를 쓰십시오.

(   )   (   )

(   )   (   )

02 다시 듣고 맞는 것에 ✔ 하십시오.

1) 파티 비용은 파티에 참석하는 사람이 모두 나누어 낸다.   ☐

   직장에서 만나는 사람들을 파티에서 만나면 느낌이 달라서 좋다.   ☐

2) 이 사람은 아마 주말에 사람들을 많이 만날 것이다.   ☐

   드럼을 배우면 회사에서 쌓였던 스트레스가 풀리는 것 같다.   ☐

3) 이 사람은 주말에 편히 쉬고 싶어한다.   ☐

   이 사람은 자기계발을 하면서 주말을 보낸다.   ☐

4) 이 사람은 몸이 약해서 운동을 하기로 했다.   ☐

   이 취미활동은 취미도 즐길 수 있고 체력도 관리할 수 있어 일석이조이다. ☐

152

03 다음은 한국에서 공부하는 유학생들의 여가 생활에 대해 조사한 것입니다. 표를 보고 이야기해 보십시오.

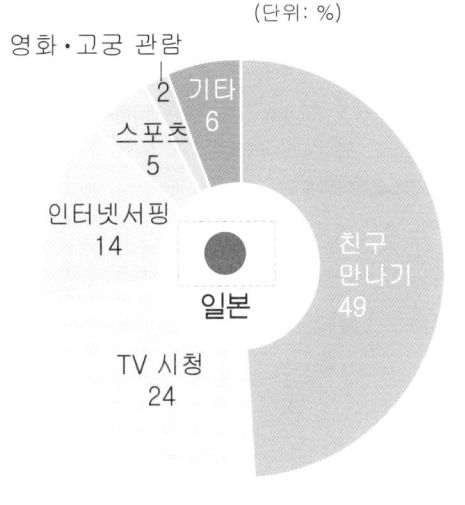

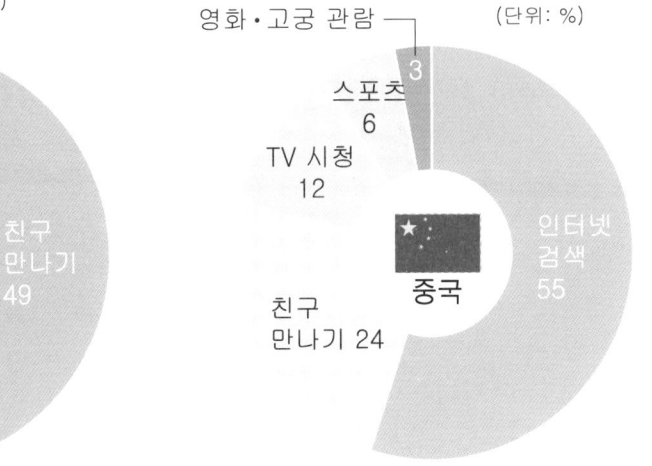

1) 한국에 있는 일본 유학생들은 여가 시간에 주로 무엇을 합니까?

2) 한국에 있는 중국 유학생들은 여가 시간에 주로 무엇을 합니까?

3) 여러분은 여가 시간에 주로 무엇을 합니까?

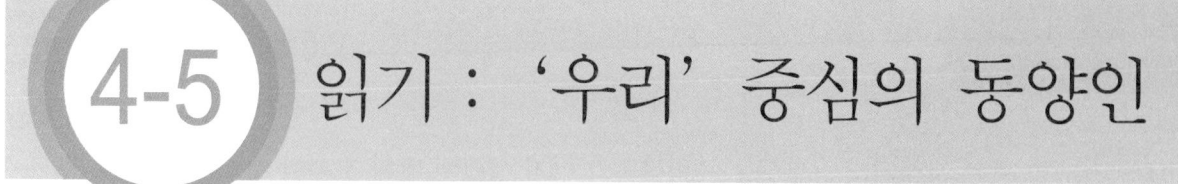

4-5 읽기 : '우리' 중심의 동양인

042

　다음 사진에 보이는 맥주병의 크기를 비교해 보자. 위쪽 사진은 일반적으로 동양인들이 즐겨 마시는 맥주이고 아래쪽 사진은 서양인들이 즐겨 마시는 맥주들이다.

　동양 맥주병의 표준[1] 크기는 여럿이 함께 나눠 마실 수 있는 크기이고, 서양

5　맥주병의 표준 크기는 한 사람이 한 병씩 마시도록 되어 있는 크기이다. 동양인은 우리, 즉 자신이 속한 집단을 최소 단위[2]로 여기지만 서양인은 나, 즉 개인을 최소 단위로 여긴다. 이러한 현상은 우리 생활 곳곳에서 나타난다. 한국인은 '우리나라', '우리 집', '우리 학교'

10　, '우리 회사'와 같이 '우리'라는 표현을 많이 쓴다. 심지어 '우리 남편'이라는 말까지 있을 정도다. 그러나 이를 'our husband'라고 영어로 직역한다면[3] 매우 어색한 표현이 된다. 이때는 'my husband'라고 부르는 것이 올바른 표현이다. 이렇듯 영어에서는

15　소유를 표현할 때 '우리' 대신 '나'라는 말을 쓰는 것이 일반적이다.

　서양인의 자아[4]는 대체로 개인에 한정된다[5]. 말 그대로 '나'는 '나'인 것이다. 그러나 동양인의 자아는 '나'라는 개인에 한정되지 않고 '우리'로 확장된다[6]. '우리'는 내가 속한 가족, 학교, 회사, 나라로까지 확장된다. 동양인은 특히 가족과 나를

20　동일시하는[7] 경향이 크다. 가족이 잘되어야 나도 잘되고, 나의 성공은 곧 가족의 성공이 된다.

---

1)	표준	일반적인 것, 또는 평균적인 것.	(標準) 一般水平
2)	단위	하나의 조직을 구성하는 기본적인 한 덩어리.	(單位) 單位
3)	직역하다	외국어를 글자 그대로의 뜻으로 번역하다.	(直譯 --) 直譯
4)	자아	타인과 구별되는 자기 자신.	(自我) 自我
5)	한정되다	한도가 정해지다.	(限定 --) 限定
6)	확장되다	늘어나고 넓혀지다.	(擴張 --) 擴張
7)	동일시하다	둘 또는 그 이상의 대상을 똑같은 것으로 보다.	(同一視 --) 一視同仁

이렇게 '우리'를 중심으로 생활하는 동양인과 '나'를 중심으로 생활하는 서양인은 인간관계 방식에서도 차이를 보인다. 일반적으로 동양인은 일대일로는 매우 친밀하고 깊은 인간관계를 추구하지만 8), 한번 집단을 형성하면 9) 그 집단에 속하지 않은 낯선 사람에 대해 배타적인 10) 태도를 취한다 11). 이는 집단의 경계 12) 가 분명하기 때문이다. 반면에 서양인은 낯선 사람과 빠른 인간관계를 맺는 데에는 능숙하지만 13), 속마음을 쉽게 털어놓을 수 있는 친밀하고 깊은 인간관계를 맺는 데에는 상대적으로 취약하다 14). 서양인은 개인의 경계가 분명하기 때문에 사적인 이야기를 타인과 공유하는 데 동양인에 비해 어려움을 느낀다. 서양인이 중요하게 생각하는 '사생활 보호'의 개념이 동양인에게 낯선 것은 이 때문이다.

서양의 학교에서는 아이들이 공동 작업을 해내는 데 어려움을 겪는 일이 종종 발생한다. 혼자서 배우고 스스로 방어하려는 15) 서양아이들의 독립적 성향 16) 때문이다. 동양 아이들은 잘 모르는 것이 있거나 어려움을 겪으면 스스럼없이 17) 친구에게 도움을 청하는데, 서양 아이들에게 이것은 열등함 18) 으로 비춰진다. 심지어 친구에게 도움을 청하는 행위를 부정행위로 받아들이기도 한다. 서양에 이민 온 지 얼마 안 된 동양 학생들은 동양 문화권에서 했던 것처럼 친구들과 함께 공동으로 과제를 해결하려고 했다가 서양 아이에게 "안 돼. 네 일은 네가 알아서 해." 하는 식의 제지 19) 를 당하는 일이 많다. 이것 역시 '우리' 중심의 문화와 '나' 중심의 문화 차이가 만들어낸 오해다.

---

8)	추구하다	어떤 것을 이루려고 계속 구하다.	(追求 --) 追求
9)	형성하다	어떤 조직이나 모양을 이루어 만들다.	(形成 --) 形成
10)	배타적	남의 사람이나 생각 등을 거부하는 경향이 있는.	(排他的) 排他的
11)	취하다	어떤 태도를 정하여 가지다.	(取 --) 採取
12)	경계	서로 다른 두 지점이 만나는 지점.	(境界) 界線
13)	능숙하다	어렵지 않고 매우 잘 하다.	(能熟 --) 熟練
14)	취약하다	강하지 못하고 약하다.	(脆弱 --) 脆弱
15)	방어하다	상대방의 공격으로부터 자기를 보호하다.	(防禦 --) 防禦
16)	성향	어느 한 쪽으로 치우친 성질이나 마음의 경향.	(性向) 性向
17)	스스럼없다	조심스럽거나 부끄러운 마음이 없다.	不分彼此
18)	열등하다	보통의 수준보다 낮다.	(劣等) 劣等
19)	제지	못하게 하는 것.	(制止) 制止

내용 이해

1) 이 글의 내용에 맞게 .... 에 알맞은 말을 쓰십시오 .

> 동양인은 우리, 즉 .... 을/를 최소 단위로 여기지만 서양인은 나, 즉 ....
> 을/를 최소 단위로 여긴다.

2) 이 글의 내용이 아닌 것을 고르십시오 . (   )

❶ 의식의 차이는 곳곳에서 나타난다.

❷ 동양인은 항상 집단적으로 행동한다.

❸ 사생활 보호에 대한 의식은 서양인이 더 강하다.

❹ 소유를 표현하는 경우에도 문화 차이가 나타난다.

3) 가족과 나를 동일시하는 동양인의 경향을 보여주는 예를 찾아 쓰십시오 .

4) 이 글에서 동서양의 차이를 보여 주는 예가 아닌 것을 고르십시오 . (   )

❶ 맥주병의 크기   ❷ 인간관계 방식

❸ 시험의 부정행위   ❹ 학교에서의 공동작업 과정

5) 이 글의 내용과 같으면 ○ , 다르면 × 하십시오 .

❶ 서양 아이들은 도와 달라고 부탁하는 것을 부정적으로 본다.   (   )

❷ 동양인에 비해 서양인이 사교적이기 때문에 개인적인 이야기도 잘 털어 놓는다. (   )

❸ 우리'중심의 동양인은 처음 만난 사람도 자신의 집단에 잘 받아들인다.   (   )

한국의 말맛 : '아 다르고 어 다르다'

한국 사람들은 말로 감정과 느낌을 아주 많이 표현합니다. 그래서 우리말에는 '아 다르고 어 다르다'는 속담이 있습니다.

한국어에서는 모음 하나만 바꿔도 그 말에 대한 느낌이 달라지고 말하는 사람의 듣는 사람에 대한 감정이 드러납니다. 예를 들어 '야, 너 정말 이렇게 할래?'라고 '이렇게'이라고 하면 화가 나 있거나 그에 대해 책망하는 느낌이 있지만, '그 녀석, 참, 일을 요렇게 해 놓고 가다니'라고 '요렇게'라는 표현을 사용하면 책망은 하고 있지만 상대방을 귀엽게 생각한다는 느낌이 나타나게 됩니다. 물이 흔들리는 모양을 나타내는 '출렁출렁' 과 '찰랑찰랑' 의 경우도 무엇을 선택하느냐에 따라 다른 느낌을 표현합니다.

감성언어로서의 한국어의 특징은 형용사가 많다는 것에서도 드러납니다. 얼얼하다, 알알하다, 얼근하다, 얼큰하다, 매콤하다, 매큼하다, 맵다, 알큰하다, 알근하다, 알근달근하다, 칼칼하다, 컬컬하다, 아리다, 쏘다, 알짝지근하다, 맵싸하다'등 매운 맛을 나타내는 어휘도 매우 다양합니다. 맛이나 색깔 등을 나타내는 형용사뿐 아니라 모양이나 소리를 나타내는 의성어와 의태어도 그 어휘 선택에 따라 다양한 느낌을 전달할 수 있습니다.

1) 한국어의 감성 언어적 특성의 예를 위에서 찾아 이야기해 보십시오 .

2) 다음은 신문에 나타나는 의성어 , 의태어의 예입니다 . 무슨 뜻일까요 ? 이야기해
   보고 여러분도 신문에서 직접 찾아보십시오 .

   - 마을 잔치로 온 동네 **들썩들썩**
   - 추석 가까워 물가 '**껑충**' , 유통과정 줄이니 한우 값이 **뚝**
   - 미국 슈퍼 모델 지난 주말 '**깜짝** 방북'
   - 가을이라 바람 **솔솔** 불어오니

제5과 시간과 변화

　● 문화
　　 한국의 가족

5-1 기술이 나날이 발전하고 있어요

학습 목표 ● 과제 과거와 현재 비교하여 설명하기 ● 어휘 시간 관련 어휘 ● 문법 만 해도, -다가는

인간의 생활에 편리함을 가져다 준 것들은 어떤 것이 있습니까?

앞으로 어떤 것들이 인간의 생활을 편리하게 할 것 같습니까?

🔊 043~044

마리아 지난주에 발표 자료를 구하기 위해 "미래의 생활"이라는 전시회에 다녀왔어요.

민철 그래요? 기술이 나날이 발전하고 있으니까 미래에는 우리 생활이 더욱 더 편리해질 것 같은데 뭐 특별한 게 있었어요?

마리아 신기한 게 많았어요. 냉장고만 해도 지금보다 더 편리해져서 냉장고 문을 열지 않고도 안에 뭐가 있는지 알 수 있어요.

민철 어떻게 그럴 수 있지요?

마리아 냉장고 문에 안에 있는 재료의 목록뿐만 아니라 유통기한, 산지 같은 정보가 표시돼요. 게다가 재료가 다 떨어지면 주문까지 할 수 있도록 해 줘요.

민철 아니! 이렇게 세상이 변해 가다가는 사람들 할 일이 너무 없어지는 거 아니에요?

기술 (技術) 技術	나날이 日益	목록 (目錄) 目録	유통기한 (流通期間) 有効期限
산지 (産地) 産地	표시 (標示) 標示		

어휘

| 과거 | 현재 | 미래 | 옛날 | 지금 | 훗날 | 고대 |
| 중세 | 근대 | 현대 | 세기 | 세대 | 시절 | 시대 |

01 빈 칸에 알맞은 어휘를 쓰십시오.

옛날		
	현재	미래

고대 → ☐☐ → ☐☐ → 현대

02 다음 설명에 알맞은 어휘를 쓰십시오.

☐☐ : 사람의 일생을 구분한 기간. 학창 ☐☐, 어린 ☐☐

☐☐ : 역사적인 특징으로 구분한 기간. 조선 ☐☐, 고려 ☐☐

☐☐ : 약 30년을 기준으로 묶은 일정한 나이의 사람들. 신 ☐☐, 구 ☐☐

☐☐ : 100년을 세는 단위. 20 ☐☐, 21 ☐☐

03 빈 칸에 알맞은 어휘를 쓰십시오.

1) 한국은 올해로 외국인 100 만 **시대** -아 / 가 됐습니다 .

2) ＿＿＿＿＿＿＿ 의 힘들었던 기억은 모두 잊고 새로운 미래를 준비합시다 .

3) 이 시각 교통상황을 알려드리겠습니다 . 이 시각 ＿＿＿＿＿＿ 김포공항 쪽으로는
안개 때문에 거의 앞이 보이지 않을 정도입니다 .

4) 어린이 여러분 , 여러분이 먼 ＿＿＿＿＿＿ 어른이 되었을 때도 오염되지 않은
환경에서 살 수 있도록 환경보호를 위해 노력합시다 .

5) 젊은 사람들은 부모님 ＿＿＿＿＿＿ 과 / 와 결혼관이 달라 가끔 의견 차이를 보이기도
합니다 .

01 만 해도

連接名詞，有「不去想其他各種情況，只舉這個情況來說也這樣」的意思，也可搭配一些助詞，如：'까지만 해도', '으로만 해도', '에서만 해도'。

- 10 년 전만 해도 신촌이 이렇게 복잡하지 않았어요 .
- 몇 달 전만 해도 한국말은 인사말 밖에 몰랐어요 .
- 학기 초만 해도 열심히 했는데 …
- 기름값만 해도 한 달에 30 만원 들어요 .
- 자동차만 해도 작년에 비하면 수출이 20% 증가했다 .

02 - 다가는

和前文的內容一樣，已發生的事實持續發生的話，會帶來如後文一樣不願意的結果。後文一般接不希望發生的內容來警戒或忠告聽者。前文常常和 '이렇게', '그렇게'. '저렇게' 等副詞一起使用。

- 시간을 낭비하다가는 후회하게 될 거예요 .
- 그렇게 편식하다가는 영양이 부족해 질 거예요 .
- 그렇게 놀기만 하다가는 성적이 떨어지기 쉬워 .
- 저렇게 계획 없이 살다가는 성공하기 힘들어요 .
- 이렇게 돈을 막 쓰다가는 금방 파산할 거예요 .

문법 연습

만 해도

01 예를 더 말해 보고 아래와 같이 이야기해 보십시오.

	예
물가가 올랐다.	● 학원비 : 작년에는 한 달에 20만원, 지금은 30만원 이다. ● 휘발유 값 : 작년보다 20% 올랐다. ●
취업이 어려울 것이다.	● 연세 무역 : 작년에는 신입 사원을 300명 뽑았으나 올해는 100명 줄이기로 했다. ● 한국 전자 : 올해 신입 사원을 뽑지 않기로 했다. ●
요즘 아이들의 신체 조건이 좋아졌다.	● 키 : 10년 전보다 평균 2cm 커졌다. ● 몸무게 : ●
요즘은 휴대 전화가 없는 사람이 없다.	● 초등학생 : 2명 중 1명이 가지고 있다. ● 중고등학생 : ●
유학을 하려면 돈이 많이 든다.	● 생활비 : 한 달에 70만 원 이상 든다. ● 학비 : ●

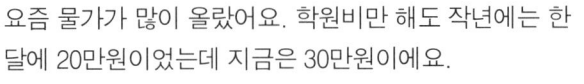

요즘 물가가 많이 올랐어요. 학원비만 해도 작년에는 한 달에 20만원이었는데 지금은 30만원이에요.

맞아요. 어디 학원비뿐인가요? 휘발유 값도 작년보다 20%나 오른걸요.

02

경수 어머니는 항상 가족들 걱정입니다. 가족들 모습을 보고 경수 어머니는 어떻게 말할까요?

1) 경수야! 너 그렇게 가까이에서 텔레비전 보다가는 눈 나빠진다.

2) 여보! 그렇게 담배 많이 피우다가는

3)

4)

5)

과제 1　　말하기 ●

다음 표를 보고 예를 하나씩 골라 이야기해 보십시오.

<한국은 어떻게 변했나?>

		1967년	1987년	2007년
평균 수명(세)	남자	59.7	65.8	75.1
	여자	64.1	74.0	81.9
초혼 나이(세)	남자	24.7	27.8	30.9
	여자	20.5	24.8	27.7
부부 출산율(명)		5.9	1.6	1.1
평균 월급(만원)		2.2	32.2	233.3
자동차 수(만대)			161	1615

한국은 지난 40년 간 많이 변했어요. **평균 수명만 해도** 40년 전에 비하면 남자, 여자 모두 16세 정도 늘어났어요. 의학이 발달하고 살기가 좋아져서 사람들이 예전보다 더 오래 살게 된 것 같아요.

01 과거에는 상상 속에 있었지만 이제는 일상생활에서 많이 쓰이고 있는 물건은 어떤 것이 있습니까? 이야기해 보십시오.

02 다음은 1869년에 나온 소설 <해저 2만 리>입니다.

바다 위를 항해하던 히긴스 호는 바다에서 이상한 것을 발견하게 됩니다.
"앗, 암초다! 암초!"
"뭐, 암초라고?"
선장은 바다를 보며 생각했습니다.
'무슨 소리야? 이런 데 암초가 있다니?'
그 때 갑자기 바다 속에 있는

큰 바위에서 이상한 소리가 났습니다. 그리고는 곧 50 미터가 넘는 두 개의 큰 물기둥이 하늘로 솟아올랐습니다.
"앗, 고래다! 고래! 산더미 같은 고래다!"
선장이 이렇게 외치는 순간 그 거대한 바위는 눈 깜짝할 사이에 사라졌습니다.
3일 후 신문에는 다른 배가 100미터 이상이나 되는 거대한 바위를 보았다는 기사가 실렸습니다.

1) 히긴스 호의 사람들은 바다 속의 이상한 것을 무엇이라고 생각했습니까? 모두 골라 ✔ 하십시오.

암초 ☐   물기둥 ☐   고래 ☐   배 ☐

2) 사람들이 신기하게 생각하고 놀랐던 것은 실제로 무엇일까요? 맞는 것을 골라 ✔ 하십시오.

잠수함 ☐   비행기 ☐   열기구 ☐

03 위와 같이 예전에는 상상속에 있었지만, 이제는 일상이 된 것들이 많습니다. 예전과 비교해서 현재 여러분의 생활에 대해서도 [보기]와 같이 이야기해 보십시오.

[보기]

저는 연세대학교 경영학과 3학년에 다니는 박민수입니다. 예전에 비하면 대학 생활이 정말 편해졌습니다. 1학년 때만 해도 도서관에 가야 해결할 수 있었던 과제들을 이젠 언제 어디서나 해결할 수 있으니까요. 그래서 오늘은 캠퍼스 벤치에 앉아 인터넷을 통해 강의 시간을 확인하고 수업 자료를 준비했습니다. 예전에는 강의 시간에 참석하지 못해서 듣지 못한 강의가 있으면 친구의 공책을 참고했지만 이젠 동영상 파일로 들을 수 있습니다. 또 점심시간에는 학교 식당에 가서 신분증과 신용카드로 사용할 수 있는 스마트 카드로 점심을 사 먹습니다.

5-2 요즘은 맞벌이를 안 하고서는 생활하기 힘들어요

학습 목표 ● 과제 결혼관 조사하여 발표하기 ● 어휘 결혼 관련 어휘 ● 문법 에 의하면, -고서는

결혼식의 모습이 어떻게 달라졌습니까?

요즘 사람들은 어떤 결혼관을 가지고 있습니까? 과거의 결혼관과 어떻게 다릅니까?

◀》 045~046

제임스 결혼 정보 회사가 뭐예요? 신문과 잡지에 광고가 많이 나던데요.

미선 쉽게 말하면 중매회사예요. 결혼 적령기의 남녀들에게 배우자를 소개시켜 주는 회사지요.

제임스 이용하는 사람들이 많은가 봐요. 그런 광고가 자주 나오는 걸 보면.

미선 아무래도 결혼 정보 회사를 이용하면 자기가 원하는 조건을 갖춘 배우자를 만나기가 쉬우니까요.

제임스 얼마 전에 신세대 결혼관에 대한 기사를 읽었는데, 그 기사에 의하면 요즘 젊은이들의 결혼관이 예전하고는 많이 달라졌대요.

미선 맞아요. 나도 전에 비슷한 기사가 난 걸 본 적이 있어요. 요즘은 맞벌이를 안 하고서는 생활하기가 어려워서 그런지, 젊은 남자들이 직장을 가진 여성을 선호한다고 하더군요.

중매 (仲媒) 媒人   결혼 적령기 (結婚適齡期) 適婚期   배우자 (配偶者) 配偶   갖추다 具備
신세대 (新世代) 新世代   결혼관 (結婚觀) 結婚觀   맞벌이 雙薪夫婦   선호하다 (選好) 偏好

어휘

기혼   미혼   이혼   재혼   파혼   혼기   혼담   혼수

01 다음 설명을 읽고 맞는 어휘를 쓰십시오.

1) 약혼한 것을 취소하는 것 : ☐☐

2) 부부가 결혼 관계를 취소하는 것 : ☐☐

3) 두 번째로 하는 결혼 : ☐☐

4) 결혼을 한 상태 : ☐☐

5) 결혼을 안 한 상태 : ☐☐

6) 결혼에 대해 오가는 말 : ☐☐

7) 결혼에 필요한 비용이나 물건 혹은 결혼 후 필요한 물건 : ☐☐

8) 결혼하기에 알맞은 시기 : ☐☐

02 빈 칸에 알맞은 어휘를 쓰십시오.

맹 진사에게는 무남독녀 갑분이라는 **혼기** ─어─ /가 찬 딸이 있었다. 갑분이는 똑똑하고 얼굴이 예뻐서 여기저기에서 ＿＿＿＿＿ 이/가 들어왔지만 맹 진사는 갑분이를 지위가 높고 부자인 김 판서 댁 아들과 결혼시키고 싶어했다. 맹 진사의 노력으로 갑분이를 김 판서 댁 아들과 혼인시키기로 결정하게 되고, 맹 진사는 이 사실을 자랑하고 다녔다. 그런데 결혼을 앞두고 신랑 집에 보낼 ＿＿＿＿＿ 을/를 준비하던 갑분이는 신랑이 다리에 문제가 있어 제대로 걷지 못한다는 소문을 듣게 되었다. 이미 결혼을 하기로 약속을 했기 때문에 ＿＿＿＿＿ 을/를 하기 어려웠다. 맹 진사는 결국 생각 끝에 갑분이 대신 하녀인 이쁜이로 바꿔서 결혼식을 올리기로 했다. 결혼식 날이 되어 결혼식장에 나타난 신랑은 잘 생기고 건강할 뿐만 아니라 다리에 아무 문제도 없었다. 맹 진사는 후회를 했지만 소용없었다. 신랑은 안절부절 못하는 이쁜이에게 자기가 다리에 문제가 있다고 거짓말한 것은 마음씨 착한 여자와 결혼하기 위한 것이었다고 했다. 하녀 이쁜이와 김 판서 댁 아들은 결혼하여 행복하게 살았다.

01 에 의하면

後文引用某種事實，並指出內容的主體。後文為引用文。

- 일기예보에 의하면 곧 장마철이 시작된대요 .
- 박 선생님 말씀에 의하면 다음 시험은 좀 어려울 거래요 .
- 통계에 의하면 우리나라 초등학생들의 신체 발달 지수가 높아졌대요 .
- 외신에 의하면 캘리포니아에서 큰 지진이 일어나 부상자가 많이 발생했대요 .
- 신문 기사에 의하면 요즘 주식 값이 자꾸 떨어진대요 .

02 - 고서는

「行為結束後接著……」的意思，前文和後文之間有時間性先後關係，又有「前文的狀態保持原樣」的意思，後文常常接不定形。

- 인사만 나누고서는 그냥 헤어졌어요 .
- 저녁을 먹고서는 아무 말도 없이 나갔어요 .
- 신발을 신고서는 들어갈 수 없어요 .
- 하루라도 안 보고서는 견딜 수 없어요 .
- 이 일을 다 안 끝내고서는 퇴근할 수 없어요 .

문법 연습

01 **에 의하면**

다음을 보고 친구의 질문에 대답하십시오.

기말 시험은 중간 시험보다 어려울 거예요

40대 주부 살인사건
이웃 주민으로 밝혀져

한마음 신문

전업 주부로 나선
남편들 늘어

이민수(경제전문가)
내년에는 올해보다 경기가 좋아질 것이다

다음 주부터 추위 풀려

이번 기말 시험이 쉬울까요?

이번 살인 사건의 범인이 누구래요?

민호 아빠가 직장을 안 다니고 집안일을 다 하기로 했다면서요?

내년에는 경기가 좀 좋아질까요?

요즘 계속 춥네요. 언제쯤 날씨가 풀릴까요?

선생님 말씀에 의하면 기말 시험은 중간 시험보다 어려울 거래요.

-고서는

02 다음을 보고 질문에 대답해 보십시오.

수험생 유의사항

1) 수험생은 오전 9시까지 입실해야 합니다.
2) 시험 보는 날 반드시 신분증과 수험표를 지참하시기 바랍니다.
3) 휴대 전화는 소지할 수 없습니다.
4) 전자수첩이나 전자사전, 계산기 등을 소지한 경우, 부정행위로 보아 시험을 볼 수 없습니다.

관람 시 유의사항

1) 20인 이상의 단체 관람객의 경우, 반드시 인터넷 혹은 전화로 예약을 해 주시기 바랍니다.
2) 음료수 혹은 음식물은 전시실 안으로 가지고 들어가실 수 없으니 양해 바랍니다.
3) 본 전람회는 사진촬영이 금지되어 있습니다. 휴대 전화나 디지털 카메라는 소지하실 수 없습니다.

내일 고사장에 휴대 전화를 소지하고 들어갈 수 있어요?

내일 고사장에 갈 때 신분증과 수험표를 가지고 가야 돼요?

고사장에 들어갈 때 전자사전을 소지할 수 있어요?

단체 관람을 할 때 꼭 예약해야 돼요?

관람할 때 음식물을 가지고 들어갈 수 있어요?

아니요, 고사장에 휴대 전화를 소지하고서는 들어갈 수 없어요.

읽고 말하기 •

01 다음 표는 한국과 일본 남성들이 배우자를 선택할 때 중요하게 생각하는 것들을
조사한 것입니다. 한국과 일본은 어떻게 다릅니까?

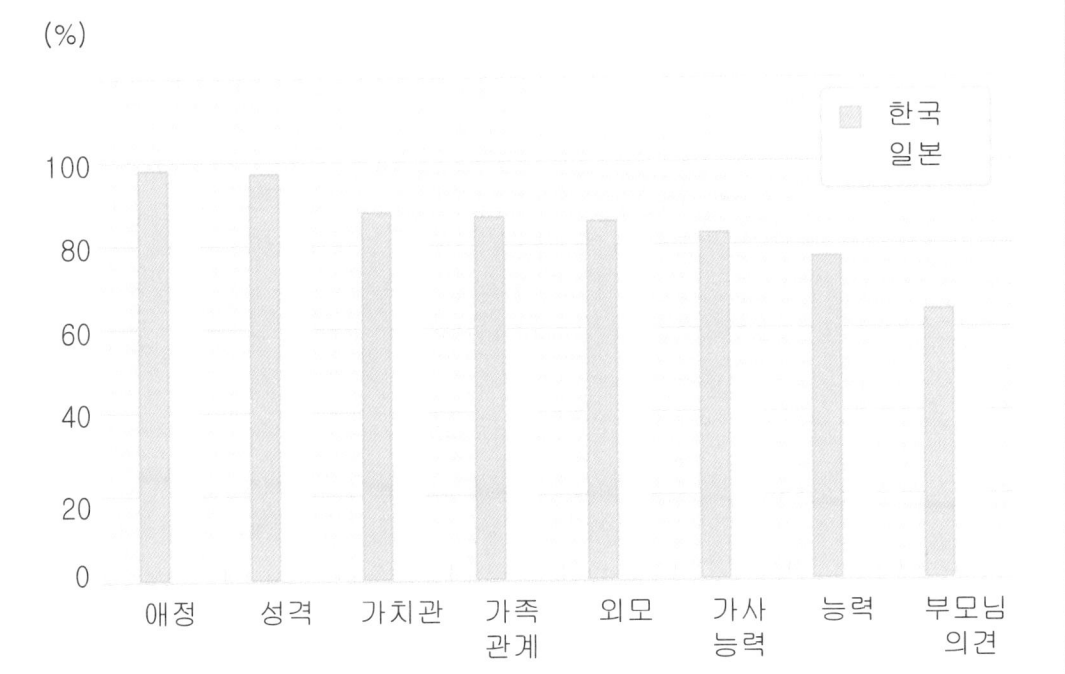

02 여러분은 배우자를 선택할 때 무엇을 가장 중요하게 생각합니까? 다음 글을 읽고 질문에 답하십시오.

한국과 일본의 이삼십대 여성의 결혼관은 어떤 차이가 있을까? 한 결혼정보 회사에서 두 나라의 이삼십대 미혼 여성을 대상으로 '결혼관' 을 설문조사한 결과 이상적인 남편감의 조건에 대해 두 나라 여성들의 생각이 아주 다른 것으로 나타났다.

한국 여성은 경제적 능력을 갖춘 남성을 배우자로 가장 선호하는 데 비해 일본 여성은 따뜻한 성격과 애정을 가진 남성을 원하는 것으로 나타났다. 최근 두 나라의 설문조사결과 결혼상대를 선택할 때 한국 여성은 '능력' 과 '장래성' 을 가장 중요하다고 생각한 데 비해 일본 여성은 '성격' 과 '애정' 을 선택했다. 그 다음으로 한국 여성은 성격, 애정, 수입을 중요하다고 생각하고, 일본 여성은 가치관, 건강, 가사능력을 중요하다고 생각했다. 한국 여성이 일본 여성에 비해 배우자의 경제력을 중요하게 생각한다고 할 수 있다.

특히 배우자의 직업에 대해 한국 여성의 대부분이 '중요하다' 고 답했지만 일본 여성은 절반 정도만이 '그렇다' 고 답했다. 또 한국 여성들은 학력과 키도 중요하다고 생각했지만 일본 여성들은 중요하게 생각하지 않았다. 일본 여성들이 경제력이 다소 떨어져도 따뜻하고 자상한 성격을 가진 남성을 선호하는 데 비해 한국 여성들은 외모, 성격까지 겸비한 '완벽한 남자' 를 원하고 있다.

1) 위의 조사는 무엇에 대한 조사입니까 ? (   )

❶ 결혼관   ❷ 가족관   ❸ 교육관   ❹ 자녀관

2) 위 글의 내용과 같은 것에 ✔ 하십시오 .

❶ 조사 결과 이상적인 배우자감에 대한 한국과 일본 여성의 생각이 많이 달랐다. ☐

❷ 일본 여성은 경제력과 능력을 지닌 완벽한 남성을 선호한다. ☐

❸ 한국 여성들은 경제력보다는 따뜻하고 자상한 남성을 선호한다. ☐

3) 위 글을 읽고 다음 도표를 완성하십시오.

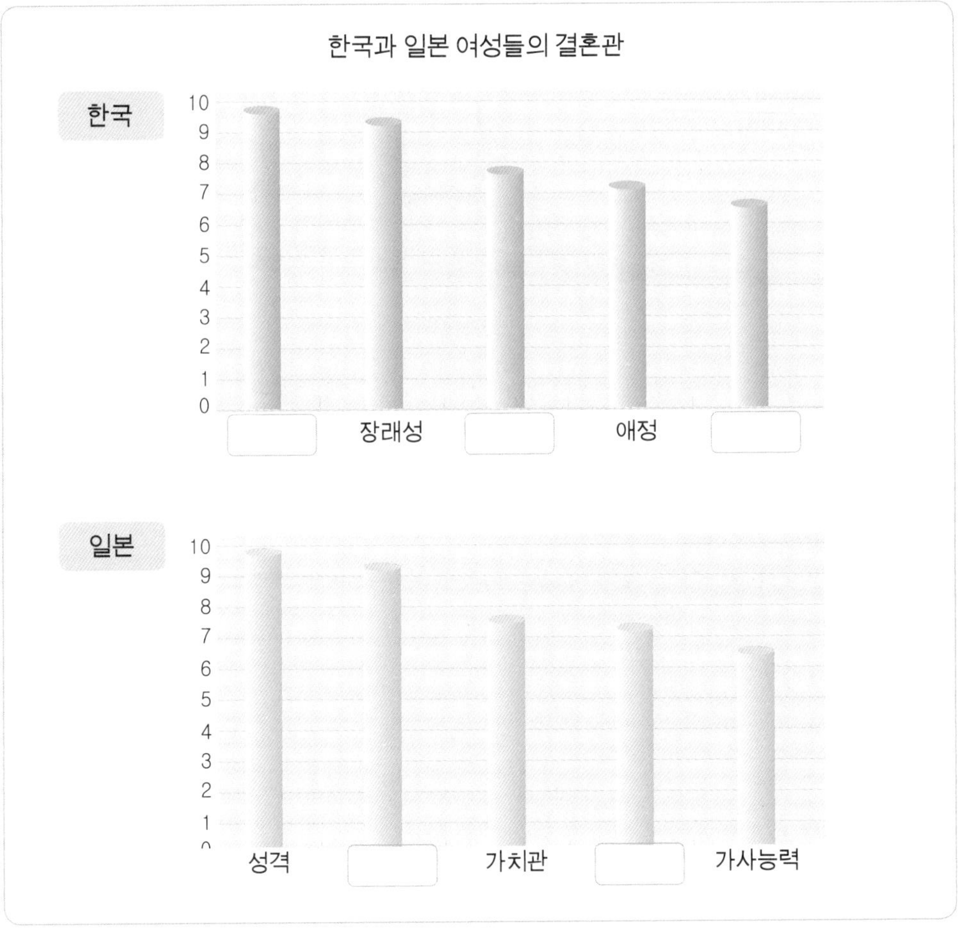

한국과 일본 여성들의 결혼관

한국

10 9 8 7 6 5 4 3 2 1 0

☐　　장래성　　☐　　애정　　☐

일본

10 9 8 7 6 5 4 3 2 1 0

성격　　☐　　가치관　　☐　　가사능력

03　반 학생들의 결혼관에 대해 조사를 하고 그 결과를 발표해 보십시오.
다음 중 무엇이 가장 중요하다고 생각합니까? 친구에게 묻고 순서대로 이야기하십시오.

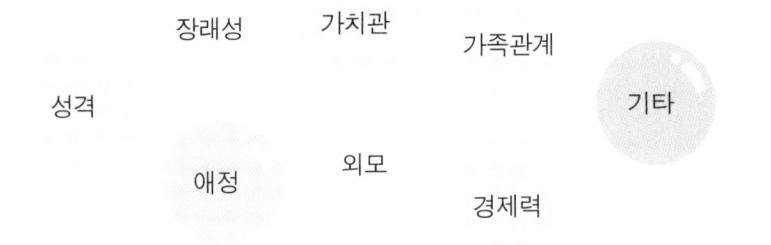

장래성　　가치관
가족관계
성격　　　　　　　　　기타
애정　　외모
경제력

5-3 감시 카메라로 인해 스트레스를 받는 사람들도 많다는데요

학습 목표 ● 과제 무인감시카메라 설치에 대해 토론하기 ● 어휘 권리 관련 어휘 ● 문법 로 인해, 에 달려있다

여러분 주변의 어디에서 감시 카메라를 볼 수 있습니까 ?
감시 카메라의 필요성과 문제점에 대해 이야기해 보십시오 .

 047~048

영수　저는 요즘 곳곳에 설치되어 있는 감시 카메라를 볼 때마다 , 누군가 내 행동을 감시하고 있다는 생각이 들어서 불편해요 .

리에　저는 반대로 감시 카메라가 보이면 안심이 되는데요 . 우리의 안전을 지켜준다는 생각이 들거든요 .

영수　그런 면도 있긴 하지만 감시 카메라로 인해 스트레스를 받는 사람들도 많다는데요 . 아무래도 행동에 제약을 받으니까요 .

리에　사람들 생활의 편리함을 위해 만들어진 거라고 생각하는데 오히려 부담이 되는 거네요 .

영수　이것이 악용될 경우에는 사생활이 심각하게 침해를 받을 수도 있으니까요 .

리에　글쎄요 , 그건 어떻게 생각하느냐에 달려 있다고 봐요 .

감시 (監視) 監視　　안심 (安心) 安心　　안전 (安全) 安全　　면 (面) 方面
제약 (制約) 制約　　악용되다 (惡用 --) 濫用　　침해 (侵害) 侵犯

어휘

권리   인권   소유권   재산권   저작권   초상권   명예훼손   손해배상

01 다음 설명을 읽고 맞는 어휘를 쓰십시오.

1) 자신의 이익을 주장할 수 있는 힘이나 자격. ☐☐

2) 인간으로서 가지고 있는 기본적 권리. ☐☐

3) 사진 등 자신의 얼굴에 대하여 가지는 권리. ☐☐☐

4) 자신의 물건을 자유롭게 사용하거나 처분할 수 있는 권리. ☐☐☐

5) 자신이 만든 그림이나 노래 등의 작품에 대하여 가지는 권리. ☐☐☐

6) 경제적 이익을 목적으로 자신의 재산에 대하여 가지는 법적인 권리. ☐☐☐

7) 남에게 입힌 손해를 돈이나 물건으로 물어 주는 것. ☐☐☐☐

8) 거짓으로 다른 사람의 체면에 손해를 입히는 일. ☐☐☐☐

02 빈 칸에 알맞은 어휘를 쓰십시오.

1) 신 모 씨는 자신의 사진을 허락도 없이 신문에 실어서 자신의 **초상권** 을/를 침해한 신문사를 상대로 소송을 제기했다.

2) 유명 연예인 김 모 씨가 심각한 우울증 증세로 병원에 입원하게 되자 법원은 자신을 보호할 수 없는 김 모 씨를 대신하여 그의 아버지가 재산을 관리할 수 있도록 허락했다. 그래서 김 모 씨의 .... 은/는 아버지가 가지게 되었다.

3) 정치인 이 모 씨는 최근 잡지사 기자를 .... 으로/로 고소했다. 이 씨에 의하면 잡지사 김 모 기자가 자신과 관계가 없는 이야기를 사실인 것처럼 기사를 실어 본인의 이미지가 나빠졌다고 한다.

4) 슈퍼 모델 마리는 어느 회사가 자신의 허락도 없이 자신과 남자 친구의 사진을 신문에 실었기 때문에 초상권 침해를 이유로 50만 유로의 .... 청구 소송을 했다.

5) 한국그룹 고 장문수 회장 소유의 미술관에 대해 회장의 두 아들이 .... 을/를 주장하며 소송 중이다.

6) 연세뉴스가 제공하는 기사, 사진, 도표, 동영상 등 모든 정보에 대한 .... 은/는 연세뉴스에 있으니 불법으로 사용하면 안 됩니다.

01 로 인해

連接名詞，呈現某種狀況、事情的原因或理由，比起一般對話，較常用於書面體或格式體。

- 과로로 인해 쓰러지는 40 대 직장인이 많다.
- 갑자기 추워진 날씨로 인해 거리가 한산해졌습니다.
- 그 사고로 인해 많은 희생자가 발생했대요.
- 지나친 흡연으로 인해 건강을 해치는 경우가 많습니다.
- 이번 정부 발표로 인해 국민들이 안심하게 되었다.

02 에 달려 있다

「某件事或狀態依存於某事」、「受某件事左右」的意思。

- 이번 일의 성공 여부는 우리들의 노력에 달려 있어요.
- 한국의 미래는 젊은 세대에 달려 있다고 할 수 있어요.
- 오늘 시합은 그 선수의 의지에 달려 있다고 해도 과언이 아니에요.
- 행복은 각자의 마음먹기에 달려 있지요.
- 환경보호는 정부의 노력뿐만 아니라 국민들의 참여 의식에 달려 있어요.

문법 연습

01 다음 신문의 제목을 보고 기사 내용을 써 보십시오.

폭설 내려 출근길 교통 매우 혼잡

어제 저녁부터 내리기 시작한 눈으로 인해 오늘 아침 출근길이 매우 혼잡했다. 또한 이번 폭설로 인해 일부 도로가 막혀 많은 시민들이 불편을 겪었다.

중학 2년생 집단 따돌림으로 자살 시도

지난 21일 서울 모 중학교에서 중학교 2학년생이 자살을 시도한 것으로 밝혀져 충격을 주고 있다. 이 중학생은

서해안 바다 오염, 주민들 생계 막막

가구공장 화재, 재산피해 커

신촌 지역 도로공사, 소음 심해져

에/에게 달려 있다

02 다음과 같이 여러분의 생각을 말해보십시오.

어떻게 하면 성공할 수 있을까요?

저는 일이 마음대로 되지 않아 짜증만 나요.

어떻게 하면 인생을 행복하게 살 수 있을까요?

이번 시험은 아주 어렵다고 해요. 어떻게 하면 합격할 수 있을까요?

이번에 여행을 가려고 하는데 좀 재미있게 다녀오는 방법이 없을까요?

글쎄요, 성공은 얼마나 노력하느냐에 달려 있지 않을까요? 노력만 한다면 성공할 수 있다고 생각해요.

세상만사는 마음먹기에 달려 있어요. 하기 싫다고 생각하면 힘들고 즐겁게 하면 하기 쉽지요.

다음을 읽고 여러분의 생각을 [보기]와 같이 써 보십시오.

> 연예인의 사생활이 방송에서 소재가 된 지 오래다. 아침 교양프로그램에서는 연예인의 집을 소개하면서 부엌에 들어가 냉장고 속 음식과 침실을 공개하며 그들의 부부생활까지도 들여다보고 있다. 또 텔레비전 오락 프로그램에서는 연예인의 솔직한 이야기를 듣는다고 그들의 사생활을 묻는 토크쇼가 방송된다. 아침 뉴스에서까지 연예인 뉴스 코너를 만들어 연예 소식을 알려준다.

> 최근 한 연예인은 자신의 사생활이 대중에게 공개되어 큰 정신적 피해를 입었다고 한다. 가난한 가정에서 어렵게 살아서 한때 나쁜 길로 빠졌었는데, 그런 과거의 사실이 공개되면서 현재의 삶에도 큰 영향을 주고 있다. 그는 "그때의 일은 이미 벌을 받았고 이제는 마음을 잡고 열심히 살려고 했는데…" 라고 하며 안타까워했다.

[보기]

　　최근 연예인의 사생활 공개로 인해 많은 문제점이 지적되고 있다. 대중은 연예인의 사생활을 알고 싶어 하며, 연예인은 그러한 대중의 관심 속에 살고 있다. 따라서 연예인이 자신의 사생활을 일정 부분 공개해야 하는 것은 그들의 의무일 수도 있다. 그러나 사실이 아닌 소문이 진실인 것처럼 퍼져서는 곤란하다고 생각한다. 특히 최근에는 인터넷을 중심으로 이러한 소문이 무섭게 퍼져 나가고 있다.

　　그러나 연예인도 한 인간으로서 기본적 권리인 인권은 보호되어야 한다. 무분별한 사생활 공개로 인해 정신적 피해를 보는 일은 없어야 하겠다. 연예인의 사생활 보호 문제는 이제 방송 관계자뿐만 아니라 일반 대중들의 의지에 달려 있다고 하겠다.

과제 2 듣고 말하기 [🔊 049]

01 다음은 무인 감시 카메라 설치에 대한 찬성과 반대 중 어느 것의 의견으로 알맞겠습니까?

- 무인 감시 카메라 설치에 찬성한다. (❶ ,)
- 무인 감시 카메라 설치에 반대한다. (,)

❶

일부 지역 감시 카메라 설치 후 범죄율 34% 감소

영국 한 지역에서는 거리에 카메라를 설치하고 1년 후 범죄율을 조사한 결과 범죄율이 34% 떨어졌다고 한다.

❷

감시 카메라 녹화 화면, 인터넷에 퍼져

감시 카메라로 녹화된 영상이 인터넷에 그대로 노출되어 개인의 사생활 침해 문제가 심각하게 제기되었다.

❸

무인 감시 카메라, 범인 검거에도 효과 있어

미국의 플로리다 주는 미식축구 경기장 입구의 디지털카메라로 입장객을 촬영한 후 얼굴인식 시스템을 통해 살펴본 결과 범죄자 19명을 찾아냈다고 한다.

❹

무인 감시 카메라, 범죄 억제 효과 의문

서울의 한 지역에서는 감시 카메라 설치 후 그 달에는 잠깐 범죄율이 감소하는 것 같았으나 얼마 후에는 다시 증가했다고 한다.

02 무인 감시 카메라 설치에 대한 찬성과 반대 의견을 듣고 정리해 보십시오.

찬성	반대
• 범죄를 예방할 수 있다.	• 개인의 사생활을 침해한다.

03 여러분은 감시 카메라 설치에 대해 찬성합니까? 반대합니까? 다음 질문에 대해 이야기해 보십시오.

- 무인 감시 카메라는 어디에 설치하고 그 목적은 무엇입니까?
- 무인 감시 카메라를 설치하면 어떤 점이 좋을 것 같습니까?
- 무인 감시 카메라의 부작용은 어떤 것이 있겠습니까?
- 교실 혹은 여러분의 집 앞에 무인 감시 카메라가 있다면 어떨 것 같습니까?
- 무인 감시 카메라가 있는 곳에는 '녹화 중'이라는 안내판이 있어야 할까요? 없어도 될까요?

5-4 오래 있다 보면 변화를 못 느끼는 법이에요

학습 목표 ● 과제 의식 변화에 대해 이야기하기 ● 어휘 사고방식 관련 어휘 ● 문법 –더니², –는 법이다

■ 10년간 달라진 한국인의 가치관 변화(단위%)

<국내정치에 대한 관심도>

<지금 직장이 평생직장이라는 의식>

<재테크에 대한 관심도>

<교육에 대한 관심도>

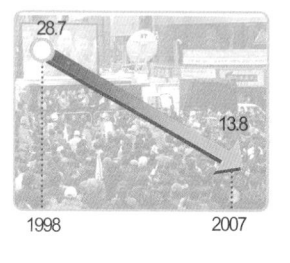
28.7
13.8
1998   2007

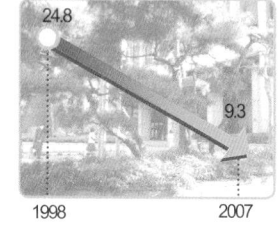
24.8
9.3
1998   2007

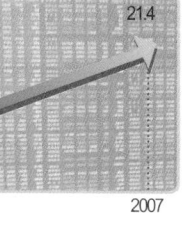
16.1   21.4
1998   2007

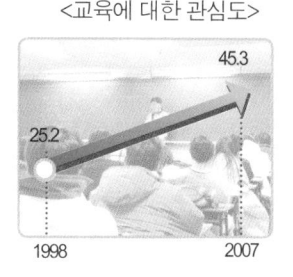
25.2   45.3
1998   2007

위의 도표는 지난 10 년간 달라진 한국인의 가치관 변화를 나타낸 것입니다 .
한국 사람들의 어떠한 의식 변화를 나타내고 있습니까 ?
여러분들은 위의 문제에 대해 어떻게 생각하십니까 ?

🔊 050~051

친구 　예전에 비하면 사람들 모습이 다양해진 것 같아 . 전에는
　　　까만색이나 회색 정장에 짧은 머리 모양을 한 회사원들이 많더니
　　　이젠 그렇지도 않은데 .

리에 　관찰력이 좋다 . 나는 잘 못 느꼈는데 .

친구 　난 한국에 오랜만에 와서 그런지 달라진 걸 금방 알겠어 . 너처럼
　　　한 곳에 오래 있다 보면 변화를 잘 못 느끼는 법이야 .

리에 　그런가 봐 . 나도 처음 왔을 때는 신기한 게 많았는데 요즘은
　　　달라진 걸 별로 못 느끼겠어 .

친구 　한국인의 사고방식도 많이 바뀌었을 거라는 생각이 드는데
　　　그동안 살아보니까 어때 ?

리에 　뭐랄까 ? 보수적인 생각이 좀 바뀐 것 같아 . 요즘은 결혼이나
　　　아들에 대한 생각이 많이 달라졌어 .

관찰력 (觀察力) 觀察力　　신기하다 (新奇 --) 新奇　　사고방식 (思考方式) 思考方式
보수적이다 (保守的 --) 保守的

어휘

개방적　개성적　독립적　보수적　의존적　진보적　폐쇄적　획일적

01 다음 어휘와 반대가 되는 것을 연결하십시오.

1) 개방적　●⋯⋯⋯⋯⋯⋯⋯⋯⋯⋯⋯⋯⋯⋯⋯⋯●　폐쇄적

2) 진보적　●　　　　　　　　　　　　●　의존적

3) 독립적　●　　　　　　　　　　　　●　보수적

4) 개성적　●　　　　　　　　　　　　●　획일적

02 빈 칸에 알맞은 어휘를 찾아 쓰십시오.

1) 상우 씨는 **진보적**인 사람이다. 변화와 발전을 중요하게 생각하며 시대의 흐름에 앞서가려고 노력한다.

2) 영호 씨는 　　　　　　인 사람이다. 다른 사람과 어울리는 것을 좋아하지 않아 늘 혼자 생활한다.

3) 마이클 씨는 　　　　　　인 사람이다. 다른 사람의 생각을 잘 받아들이고 마음이 열려 있다.

4) 미선 씨는 　　　　　　　인 사람이다. 유행에 상관없이 다른 사람들과 다른 자기만의 특별한 옷차림을 고집한다.

5) 링링 씨는 　　　　　　　인 사람이다. 외동딸로 과보호를 받고 자라서 그런지 지나치게 부모님에게 의지하려는 데가 있다.

6) 수잔 씨는 　　　　　　　인 사람이다. 어렸을 때부터 집을 떠나 생활을 해서 무슨 일이든지 혼자 잘 처리한다.

7) 다나까 씨는 　　　　　　　인 사람이다. 새로운 것이나 변화보다는 전통을 지키려고 하는 성격이 강하다.

8) 그 회사는 　　　　　　　이다. 개인적인 행동을 인정하기보다는 집단이 모두 똑같이 통일되게 움직여야 한다고 한다.

01 ‐ 더니 [2]

先前經驗過所了解的事實或情況，連接對照不一樣的新事實或狀況。

● 이번 주 내내 기분이 우울하더니 오늘은 한결 좋아졌어요 .
● 어렸을 때는 말을 잘 듣더니 커서는 안 그래요 .
● 3 급 때까지는 열심히 공부하더니 요즘은 별로 하지 않아요 .
● 전에는 이 집 음식 맛이 아주 좋더니 요즘은 맛이 없어졌어요 .
● 아침에는 안개가 많이 끼더니 점점 안개가 걷혀요 .

02 ‐ 는 / 은 / ㄴ 법이다

連接動詞或形容詞，呈現自然的法則、理所當然的情況或該那麼做時使用。

● 약속은 꼭 지켜야 하는 법이에요 .
● 자기가 맡은 일은 책임을 져야 하는 법입니다 .
● 은혜를 입으면 꼭 갚아야 하는 법입니다 .
● 남의 떡이 더 커 보이는 법이지 .
● 급히 서두르면 실수하기 쉬운 법이야 .

문법 연습

-더니²

01 다음 사진을 보고 예전과 어떻게 달라졌는지 쓰십시오.

1)

아침에는 비가 오더니 날씨가
화창하게 개었어요.

2)

3)

중간고사
D-15

4)

5)

-으면 -는 법이다

02 다음과 같은 상황에서 뭐라고 말하겠습니까? 맞는 문장을 골라 말해 보십시오.

이번 시험을 못 봤어.

지난번에 신호위반으로 벌금을 6만 원이나 냈어.

이번에 승진이 될 줄 알았는데 안 됐어.

내가 시간 약속을 안 지킨다고 친구들이 나를 안 믿으려고 해.

시간이 없어서 급히 서둘렀더니 일이 잘못 됐어.

노력하지 않으면 실패하는 법이야.

- 윗물이 맑아야 아랫물이 맑다.
- 가는 말이 고와야 오는 말이 곱다.
- 기다리면 때가 온다.
- 노력하지 않으면 실패한다.
- 법을 안 지키면 벌을 받는다.
- 급하게 서두르면 실수하기 쉽다.
- 이기적인 행동을 하면 인간관계가 나빠진다.
- 약속을 안 지키면 신용을 잃는다.

과제 1   말하기

다음은 한국의 전통적인 사고방식입니다. 이에 대해 여러분의 생각을 [보기]와 같이 이야기해 보십시오

- 남녀가 일곱 살이 되면 한 자리에 있으면 안 되는 법이다.
- 장남이 부모를 모셔야 하는 법이다.
- 아들이 제사를 지내야 하는 법이다.
- 암탉이 울면 집안이 망하는 법이다.
- 여자는 한 지아비만을 섬겨야 하는 법이다.

[보기]

한국의 전통적인 사고방식은 유교의 영향을 많이 받은 것 같습니다. 특히, 암탉이 울면 집안이 **망하는 법**이라는 생각이나 여자는 한 지아비만을 섬겨야 **하는 법**이라는 생각은 유교의 남존여비 사상이 그대로 드러나는 의식이라고 생각합니다. 하지만 이러한 사고방식은 여성들의 사회 참여가 많아진 현대 사회에는 적절하지 않다고 봅니다. 이제는 생각도 많이 바뀌었고요.

과제 2 말하고 쓰기

01 다음은 한국인의 의식에 대해 조사한 내용입니다. 다음 표를 보고 이야기해 보십시오.

> 만약 한 자녀만을 가져야 한다면 남자아이가 좋다고 생각합니까? 아니면 여자아이가 좋다고 생각합니까?

> 이혼에 대해 어떻게 생각합니까?

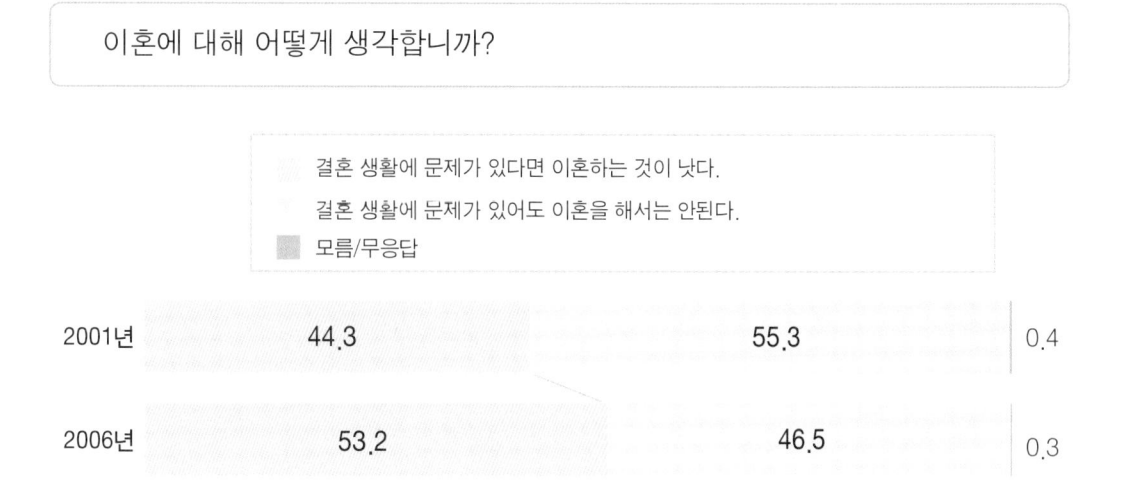

가정생활에서 무엇이 가장 중요한가요?

(%)

	1996년	2001년	2006년

가족들의 건강: 53.8, 51.9, 44.3
가족간의 화합: 40.3, 33.7, 37.3
가족의 경제적 안정: 4.4, 12.0, 15.4
가족들의 성공/성취: 0.6, 1.2, 1.3
가정 내 질서와 권위: 0.8, 1.2, 0.6
기타: 0.2, 0.4
모름/무응답: 0.7

02 여러분 나라의 변화된 의식에 대해 다음의 주제로 이야기해 보십시오.

1) 가족관이 예전과 많이 달라졌다고 생각합니까?

- 어려운 일이 있을 때 가족에게 의지합니까?
- 고민이 있을 때 가족과 자주 이야기합니까?

2) 직업관이 어떻게 달라졌다고 생각합니까?

- 직장생활보다 개인생활이 더 중요하다고 생각합니까?
- 처음에 근무하는 직장이 나의 평생직장이라고 생각합니까?

5-5 읽기 : 일한다는 것

🔊 052

　　사람은 일을 하면서 먹을 것과 입을 것을 얻는다. 일을 통해 자신의 삶을
이어가고 가족의 삶을 지켜 준다. 그런데 일은 보람과 기쁨을 얻을 수 있는
것이기도 하지만 살아가기 위해서 어쩔 수 없이 해야 하는 부담으로 느껴지기도
한다. 우리에게 일이란 무엇인가? 사람은 사랑하는 사람들과의 관계 속에서
5　행복을 느끼기도 하지만 하고 싶은 일을 하며 살 때 더 큰 행복을 느낀다.

　　그렇다면 사람들은 자신이 원하는 일을 자신이 원하는 곳에서 하고 있을까?
최근 통계청¹⁾ 자료에 의하면 한국에는 1만 개의 직업이 있다고 한다. 그러나
대부분의 사람들은 그 모든 직업의 세계를 잘 모를 뿐만 아니라 사람들이 실제로
원하는 직업의 수는 제한적²⁾이다. 요즘 사람들은 어떤 목적을 가지고 어떻게
10　직업을 가지게 되는지 한번 생각해 볼만하다.

　　평일 아침 일찍 옷을 차려 입고 집을 나서서 직장에 가고 저녁이나 늦은 밤
집으로 돌아오는 것이 평범한 사람들의 생활이다. 이것은 사회생활을 하는
성인이라면 서로 말하지 않아도 공감하고 있는 사실이다. 젊은 사람이 정장도
하지 않고 대낮에 돌아다닌다면 괜히 한 번 더 쳐다보거나 무슨 일을 하는
15　사람인가 의심스러운 시선³⁾으로 보는 것이 현실이다. 그래서인지 자녀의 취직을
위해 기도하는 부모나 양복과 구두를 마련해 주며 뿌듯해하는 부모의 미소에서
일하는 사람이 사회에서 인정받는 구성원으로서 당당할⁴⁾ 수 있다는 생각을
엿볼 수 있다. 일한다는 것, 직업을 가진다는 것은 개인적으로는 살아가기 위한
방법이고 자신의 능력을 발휘할 수 있는 기회를 얻는다는 의미가 있지만 사회의

20

1)	통계청	통계 업무를 계획하고 통계 자료 처리에 관한 일을 하는 중앙 행정 기관 .	(統計廳) 統計局
2)	제한적	한계나 범위를 벗어나지 못하게 하는 .	(制限的) 限制的
3)	시선	눈의 방향 , 주의 또는 관심을 비유하는 말 .	(視線) 視線
4)	당당하다	태도나 모습이 힘이 있고 자신이 있다 .	(堂堂 --) 威風凜凜

194

일원으로 사람들과의 관계를 만들고 사회적 평판을 얻는다는 의미도 있기 때문이다. 즉, 사회의 일반적인 리듬에서 벗어나지 않고 잘 살고 있다는 증거가 되는 것이다. 이렇듯 일에는 그 일을 바라보고 평가하는 사회적인 의미가 있다.

그런데 오늘날 일을 바라보는 시각에 큰 변화가 일어나고 있다는 것을 여기저기에서 느낄 수 있다. 오랫동안 우리의 의식을 지배해[5] 왔던 직업에 대한 가치관의 변화가 2, 30대 젊은이들에게 나타나고 있는 것이다. 가령, 한 직장에 들어가면 평생 붙박이[6]가 되어 근무해야 한다든가 개인적인 일보다는 직장의 일을 더 중요시한다든가 하는 의식이 점차 약화되는 추세[7]이다. 게다가 직업을 선택할 때 사회적인 평판[8]이나 돈보다 자신이 원하는 일을 선택하는 이들이 느는 것을 보면 직업의 선택 기준이 달라지고 있다는 것을 알 수 있다.

이러한 변화는 다음과 같은 사실과 무관하지[9] 않을 것이다. 첫째, 시대의 흐름에 따라 다양한 종류의 직업이 나타나고 있다. 둘째, 평생직장의 개념이 사라지고 있다. 셋째, 고용[10]형태가 다양해졌다는 것이다. 이런 현상은 긍정적이든 부정적이든 현대의 젊은이들이 과거세대에 비해 직장이라는 조직[11]에 덜 매이고[12] 더 자유롭게 살 수 있도록 하는 요인[13]이 되고 있다. 더구나 주 5일 근무제가 자리를 잡아 가고 있는 요즘, 젊은 사람일수록 일보다 여가를 선호하는 경향이 있다는 조사 결과도 나와 있다. 이것은 일을 통해 하게 되는 경험과 일에서 느끼는 의미의 변화로 인해 사람들의 일상과 삶의 형태가 달라진다는 것을 뜻한다.

5

10

15

5)	지배하다	사고방식, 사상, 제도 등이 사람의 생각이나 행동에 영향을 미치다.	(支配 --) 支配
6)	붙박이	어느 한 자리에 정한 대로 박혀 있어서 움직임이 없는 상태, 또는 그런 사물이나 사람.	固定
7)	추세	어떤 현상이 일정한 방향으로 나아가는 경향.	(趨勢) 趨勢
8)	평판	세상 사람들의 평가나 비평.	(評判) 評論
9)	무관하다	관계나 상관이 없다.	(無關 --) 無關
10)	고용	남에게 돈을 주고 일을 시킴.	(雇用) 雇用
11)	조직	어떤 목적을 위해 만들어진 집단.	(組織) 組織
12)	매이다	다른 사람, 일, 조직 때문에 자유롭게 생각하거나 행동할 수 없는 처지에 놓이다.	被綁住
13)	요인	사물이나 사건이 생긴 원인이나 이유.	(要因) 重要原因

내용 이해

1) 이 글의 주제는 무엇입니까 ? (   )

   ❶ 일의 역사

   ❷ 미래의 직업

   ❸ 현대 젊은이들의 직업관

   ❹ 일의 사회적인 의미 변화

2) 각 단락의 중심 내용을 찾아 연결하십시오 .

   ❶ 1 단락 ●　　　● 일에 대한 시각의 변화가 일어나고 있다.

   ❷ 2 단락 ●　　　● 일을 통해 의식주를 해결하고 행복을 느낀다.

   ❸ 3 단락 ●　　　● 일에는 그 일을 평가하는 사회적인 의미가 담겨 있다.

   ❹ 4 단락 ●　　　● 일을 통한 경험과 일의 의미가 변하면서 일상에 변화가 생긴다.

   ❺ 5 단락 ●　　　● 어떤 목적을 가지고 어떻게 직업을 가지게 되는지 생각해 보자.

3) 직업에 대한 가치관의 변화를 보여 주는 것이 아닌 것을 고르십시오 . (   )

   ❶ 평생직장의 개념이 사라지고 있다.

   ❷ 직장보다 개인의 일을 중요시한다.

   ❸ 직업을 선택할 때 사회적 평판을 무시할 수 없다.

   ❹ 다른 조건보다 자신이 하고 싶은 일인지가 중요하다.

4) 직업관의 변화를 가져 온 원인 세 가지를 찾아 쓰십시오 .

❶ ....

❷ ....

❸ ....

5) 이 글의 내용과 같으면 ○ , 다르면 X 하십시오 .

❶ 경제적 이익이 있다면 언제나 적극적인 태도로 일 할 수 있다.　　　　　　(　　　)

❷ 사람들이 일하기 원하는 직업의 종류는 1 만 가지쯤 된다.　　　　　　(　　　)

❸ 주 5일 근무제는 젊은이들의 여가 생활에 영향을 미쳤다.　　　　　　(　　　)

한국의 가족

  사람은 가족 속에서 태어나서 성장하고 죽게 됩니다. 이런 변화 속에서 가족 관계나 가족생활에 대한 기쁨과 실망, 만족과 회의, 사랑과 고독 등의 희로애락을 경험하게 됩니다. 가족은 사랑의 공동체로서 이해타산이나 경쟁과 갈등 없이 서로 협동하는 인간관계가 숨 쉬는 곳입니다. 다시 말해 약자와 강자, 유능한 사람과 무능한 사람 사이의 차별 없이 제각기 가지고 있는 능력을 마음껏 발휘할 수 있는 곳이며, 가족은 개성을 있는 그대로 받아주고 함께 일하고 함께 쉬며 즐기는 가운데 오히려 약자를 더욱 사랑하며 돌봅니다. 이것이 인간사회가 추구하는 평등, 자유, 사랑을 실현하는 이상적 모습으로서의 가족인 것입니다. 이런 이상을 가졌기에 가족은 현실에 대한 실망과 좌절에도 불구하고 지속되고 있습니다.

  전통적으로 한국가족은 효가 강조되는 확대가족(부부와 결혼한 자녀가 같이 사는 가족)이었습니다. 부계가족으로서 남편이 가장의 역할을 하고 아내는 자녀를 키우고 시부모님을 모시는 역할을 했습니다. 외국의 경우 가족은 안식처이면서 자녀를 사회화하는 곳이지만 한국은 이것 이외에 친척관계를 유지한다는 중요한 역할을 했습니다.

한국사회가 전통사회에서 산업사회로 발전되면서 한국가족도 많은 변화를 겪게 되었습니다. 핵가족(부부와 미혼의 자녀가 같이 사는 가족)이 대부분으로서 남편이 가장의 역할을 하지만 가족부양의 책임은 아내와 같이 공유하는 방향으로 나아가고 있습니다. 즉 맞벌이 부부가 늘어나고 있고 또 자녀수가 아주 많이 줄고 있습니다. 과거에 비해 효에 대한 생각이 많이 희박해지고 있고 또 부계사회에서 모계사회 쪽으로 옮겨가는 경향이 조금씩 보이고 있습니다. 맞벌이 부부가 자녀 양육을 도와주는 부모와 더 가까워지고 있기 때문인 것으로 볼 수 있습니다.

1) 전통적으로 한국의 가족은 어떠했습니까?

2) 여러분은 전통적인 가족관계가 변화하는 것에 대해 어떻게 생각합니까?

제6과 지식과 사회

6-1 잘못된 정보로 인해 실수를 하는 수가 있어요

학습 목표 ● 과제 정보 이용 방법에 대해 조언하기 ● 어휘 보고서 작성 관련 어휘 ● 문법 만으로는, -는 수가 있다

순위	정보 얻는 곳
1위	인터넷 검색
2위	친구
3위	선배
4위	교내 도서관
5위	교수님
6위	외부기관

왼쪽 표는 대학생들에게 정보를 어디에서 얻는지 조사한 것입니다.

여러분은 어디에서 정보를 얻습니까?

우리는 쏟아지는 정보 속에서 정보들을 어떻게 선별해야 할까요?

🔊 053~054

마리아 한국의 여가 문화에 대해 발표를 하려고 하는데 참고할 만한 책이 있으면 좀 소개해 주세요.

민철 내가 가지고 있는 자료가 있는데 그것만으로는 부족할 것 같아요. 신문이나 인터넷 사이트에서 찾아보면 좀 더 정보를 얻을 수 있을 거예요.

마리아 신문에서도 그런 정보를 얻을 수 있어요?

민철 네, 금요일에는 보통 주말에 갈 만한 여행지나 공연 정보 등에 관한 기사가 많이 나와요. 그러니 신문도 참고가 될 거예요.

마리아 그럼 신문도 잘 봐야겠군요. 그런데 인터넷 사이트에는 정확하지 않은 정보도 꽤 있어서 신뢰하기 어려운 것도 있어요.

민철 맞아요. 잘못하면 그런 정보로 인해 실수를 하는 수가 있어요. 그러니까 찾은 정보를 무조건 믿으면 안 되고 다시 확인해야 돼요.

얻다 得到　　**꽤** 相當　　**신뢰하다** (信賴 --) 信賴、信任　　**잘못하면** 做不好的話

어휘

발표　　분석　　수집　　정리　　조사　　종합　　보고서

01 빈 칸에 설명에 맞는 어휘를 쓰십시오.

연구를 위하여 여러 가지 자료를 찾아 모으다. 정보~, 자료~ ~하다	내용을 명확히 알기 위하여 자세히 살펴보거나 찾아 보다. 인구~, 설문~,	여러 가지를 한데 모아서 합하다. ~진찰을 받다, 의견을 ~하다	내용이 복잡한 것이나 어려운 것을 하나하나 따져서 밝히다. 자료~, 심리~ ~하다
체계적으로 분류하고 종합하다. 서류~, 책상~	어떤 사실이나 결과를 세상에 알리거나 여러 사람 앞에서 말하다. 정부~, 연구~	일에 관한 내용이나 결과를 쓴 글이나 서류. ~를 작성하다, ~를 제출하다	

02 다음은 '국제 환경법' 에 대한 보고서 작성 계획표입니다. 빈 칸에 알맞은 어휘를 쓰십시오.

1) 도서관이나 인터넷에서 자료를 찾아 정보를 **수집** 한다 .

2) 인터넷에서 환경법과 관련된 기사거리를 찾는다 .

3) 전체 자료에서 각 국의 '환경법' 에 대해 자료를 모두 모은다 .

4) 우선 각 국의 환경법을 조사하고 모은 자료를 통해 문제점을 ＿＿＿＿＿＿ 한다 .

5) 지금까지의 조사 내용을 모두 분석하여 ＿＿＿＿＿＿ 한다 .

6) 정리한 내용을 가지고 사람들 앞에서 ＿＿＿＿＿＿ 한다 .

7) 마지막으로 지금까지 모은 자료와 발표한 내용을 종합해서 ＿＿＿＿＿＿ 을 / 를 작성한다 .

YONSEI KOREAN 4

문법
설명

01 만으로는

是助詞 '만' 和 '으로' 結合的複合助詞，連接名詞或名詞句，有「勉強到達那個程度」、「沒有其他只具備……」其它的意思，後面常出現 '부족하다', '가능하지 않다'。

- 이것만으로는 부족합니다.
- 외모만으로 사람을 평가하지 마세요.
- 학교 공부만으로 부족해서 학교 수업 후 학원에 다녀요.
- 자신감만으로는 그 일을 하기가 어려울 거예요.
- 이 일은 몇 사람의 노력만으로는 해결하기 힘들어요.

02 -는 수가 있다

偶爾特別的情況會發生的可能狀況。

- 기상 상태가 나쁘면 연착이 되는 수가 있어요.
- 당황하면 아는 것도 대답 못하는 수가 있어요.
- 그렇게 공부를 안 하다가는 낙제하는 수가 있으니 공부 좀 해라.
- 늦게 가면 공연장에 못 들어가는 수가 있어요.
- 믿는 도끼에 발등 찍히는 수가 있어요.

문법 연습

만으로는

01 여러분의 생각을 말해 보십시오.

[보기]
가: 날마다 2시간씩 공부하는데 왜 실력이 늘지 않을까요?
나: 2시간만으로는 부족해요. 적어도 4시간쯤 공부해야 해요.

✓ 성공하려면 어떻게 해야 해요? 능력이 중요하지요?

✓ 취직하기가 정말 어려운데요. 컴퓨터 하나만은 자신 있는데…

✓ 저 식당은 서비스가 아주 좋은데 왜 손님이 없는지 모르겠어요.

✓ 음식 조절을 해도 살이 잘 안 빠져요. 뭐 좋은 방법이 있을까요?

-는 수가 있다

02 다음 결과를 보고 문장을 완성하여 말하십시오.

상황	가능한 결과
1) TV를 가까이에서 본다.	눈이 나빠진다.
2) 급히 서두른다.	
3)	다른 사람들에게 신용이 떨어진다.
4)	배탈이 난다.
5) 기상 상태가 안 좋다.	

1) TV를 가까이에서 보면 눈이 나빠지는 수가 있어요.

2) 급히 서두르면

3)

4)

5)

과제 1 　말하기

다음과 같이 잘못된 정보로 인해 피해를 볼 수 있습니다. 이야기해 보십시오.

✓ 모르는 길을 인터넷에서 찾아보고 갔는데 목적지가 나오지 않았다.

✓ 인터넷에서 알려준 방법대로 요리를 했는데 요리가 잘 안 됐다.

✓ 영화 관람평에서 아주 재미있다고 해서 그 영화를 보러 갔는데 재미가 없었다.

✓ 신문에 난 음식점이 음식을 잘 한다기에 찾아 갔더니 맛이 없었다.

✓ 책을 할인 판매한다는 광고지를 보고 책을 사러 갔는데, 이미 할인 기간이 지나 있었다.

저는 얼마 전 음악과 분위기가 좋은 찻집이 있다고 해서 인터넷에서 그 찻집 위치를 찾아 한번 가 보려고 했어요. 그런데 인터넷에 그려진 지도와 실제로 그 찻집의 위치가 달라서 그 동네에서 거의 두 시간이나 헤맨 적이 있어요. 결국 그 날은 찻집에 가지 못하고 그 다음 주에 친구에게 물어서 찾아갈 수 있었어요.

그러셨군요. 인터넷에 있는 **정보만으로는** 가끔 부족할 때가 있기 때문에 다른 방법으로 정보를 얻어야 할 때도 있어요. 그리고 인터넷에 있는 정보를 그대로 믿다 보면 잘못된 정보로 **고생하는 수가** 있어요. 그러니까 정보를 찾은 후에는 그것이 믿을 만한 정보인지 아닌지 꼭 확인해 봐야 합니다.

과제 2   듣고 말하기 [🔊 055]

01 여러분이 관심 있는 분야는 무엇입니까? 주로 무슨 정보를 찾습니까?

02 이야기를 듣고 질문에 대답하십시오.

1) 다음은 인터넷의 잘못된 건강 정보로 인해 피해를 본 사례입니다. 이야기와 서로 맞는 것을 골라 연결하십시오.

[가] •   • 몸에 맞지 않는 건강보조식품을 잘못 먹었다.

[나] •   • 운동을 해서 병을 고치려고 했는데 몸에 무리기 왔다.

[다] •   • 피부에 맞지 않는 재료를 사용해서 부작용이 생겼다.

2) 잘 듣고 맞는 것에 ✓ 하십시오.

[가] ❶ 이 사람은 피부가 안 좋아져서 인터넷에서 관련 정보를 찾았다.　☐

　　❷ 이 사람은 2주일 이상 병원에서 치료를 받았지만 증상이 더 심해졌다.　☐

[나] ❶ 이 사람은 이웃사람이 파는 건강보조식품을 사 먹었다가 부작용이 생겼다.　☐

　　❷ 이 사람은 평소 어지럼증이 있었기 때문에 처음에는 약의 부작용을 심각　☐
　　하게 생각하지 않았다.

[다] ❶ 이 사람은 인터넷에서 허리와 다리가 아픈 데 먹는 약을 구입했다.　☐

　　❷ 이 사람은 약보다 운동으로 병을 고치고 싶어했다.　☐

03 여러분은 잘못된 정보로 인해 피해를 본 적이 없습니까? 여러분의 경우를 이야기해 보십시오.

6-2 드라마든 뉴스든 가리지 않고 봐요

학습 목표 ● 과제 TV의 영향에 관하여 읽고 토론하기 ● 어휘 방송 관련 어휘 ● 문법 —는 축에 들다, —든 —든

위의 그림은 텔레비전의 어떤 면을 이야기한 그림일까요?
여러분은 왜 텔레비전을 봅니까?

🔊 056~057

마리아 한국에 오신 지 한 2년 정도 됐지요? 한국말을 참 잘하시는데 비결이 뭐예요?

선배 내가 한국말을 잘 하는 축에 드나? 나한테는 텔레비전이 많이 도움이 돼. 나는 일단 집에 들어가면 텔레비전을 켜 놓거든.

마리아 특별히 즐겨보는 프로그램이라도 있어요?

선배 나는 드라마든 뉴스든 가리지 않는데 보통 다큐멘터리를 자주 봐. 다큐멘터리를 보면 유익한 정보도 얻을 수 있지.

마리아 텔레비전이 정보도 얻고 한국말 연습에도 도움이 되고 일석이조네요.

선배 그리고 나는 한국에서 혼자 사니까 외로울 때가 있는데 텔레비전이 좋은 친구가 되기도 해. 그러니 일석삼조가 되는 거지.

일단 (一旦) 一旦、先   다큐멘터리 實錄   유익하다 (有益 --) 有益   일석이조 (一石二鳥) 一石二鳥

어휘

01 다음은 텔레비전 방송국의 인터넷 화면입니다. 다음과 같은 것을 알고 싶을 때 무엇을 클릭할까요? 빈 칸에 맞는 것을 찾아 쓰십시오.

1) 텔레비전에서 하는 게임이나 쇼 등에 대한 정보를 알고 싶다.   (   )

2) 텔레비전에서 하는 다큐멘터리나 퀴즈, 시사 프로그램에 대해 알고 싶다. (   )

3) 하루 혹은 1주일 동안의 텔레비전 방송 프로그램 시간을 알고 싶다.   (   )

4) 텔레비전 방송에 나왔던 음식점이나 여행지에 가 보고 싶다.   (   )

다음은 어느 드라마의 홈페이지입니다. 빈 칸에 맞는 것을 찾아 쓰십시오.

1) 앞으로 방송할 드라마의 내용을 대강 알고 싶다. ( )

2) 방송 시간이 지난 후에 방송을 보고 싶다. ( )

3) 이 드라마에 나오는 사람이 누구인지 알고 싶다. ( )

4) 이 드라마를 만든 사람이 누구인지 알고 싶다. ( )

5) 이 드라마를 만든 목적을 알고 싶다. ( )

6) 드라마를 본 후에 시청자로서 의견을 남기고 싶다. ( )

01 축에 들다, 는/은/ㄴ 축에 들다

　　屬於某一類的意思。動作動詞後接 '-는 축에 들다'，狀態動詞後接 '-은/ㄴ 축에 들다'。

- 그 정도로 부자 축에 드나요?
- 제가 어디 멋쟁이 축에 드나요? 멋있는 사람이 얼마나 많은데요.
- 그 정도로 잘 하는 축에 드나요? 요즘은 노래 잘 하는 사람이 정말 많던데요.
- 제가 많이 하는 축에 드나요? 영수는 하루에 8시간 공부한데요.
- 이게 좋은 축에 드나요? 더 좋은 물건이 많잖아요.

02 -든 -든

　　'-든지 -든지' 的縮寫，列舉兩個以上的例子，不管是哪一個都不挑，皆可選擇。

- 먹든 말든 내 마음대로 해라.
- 참석하든 안 하든 회비를 내야 돼요.
- 비빔밥이든 냉면이든 아무 거나 먹자.
- 신문이든 잡지든 뭐 볼거리 없어요?
- 과장이든 부장이든 이 일에 대한 책임을 져야 한다고 생각한다.

문법 연습

01

-는/은/ㄴ 축에 들다

다음 질문에 대답하고 아래와 같이 이야기해 보십시오.

	가족 중에서	친구들 중에서
1) 부지런합니까?	아니다	그렇다
2) 말이 많습니까?		
3) 공부를 잘 합니까?		
4) 운동을 많이 합니까?		
5) 여행을 많이 합니까?		

저희 가족들은 아주 부지런해요. 그래서 저희 가족 중에서는 제가 좀 게으른 축에 들어요. 하지만 친구들 중에서는 제가 부지런한 축에 들지요.

02

-든 -든

질문에 대답하십시오.

1) 가 : 기차표가 입석표밖에 없는데요 .

　　나 : **입석표든 좌석표든** 빨리 가는 걸로 주세요 .

2) 가 : 뭘 먹을까요 ? 김치찌개가 좋으세요 ? 된장찌개가 좋으세요 ?

　　나 : _____ 다 괜찮아요 .

3) 가 : 제가 한번 찾아뵈려고 하는데 언제가 좋으세요 ?

　　나 : _____ 언제든지 괜찮습니다 .

4) 가 : 영수는 못 올 것 같은데 연락을 해야 해요 ?

　　나 : _____ 연락하세요 .

5) 가 : 이번 휴일에는 뭘 할까요 ?

　　나 : _____ .

말하기 •

다음은 1주일간의 TV 시청 시간을 조사한 표입니다. 여러분의 TV 시청 시간을 쓰고 반 친구들의 TV 시청 시간을 조사해 보십시오. 그리고 [보기]와 같이 이야기해 보십시오.

1주일 시청 시간	한국인	나	여러분	반 친구(1, 2, 3)
드라마 시청 시간	2시간	3시간 30분		
뉴스 시청 시간	5시간	10시간 30분		
오락 방송 시청 시간	2시간 30분	3시간 30분		
기타 시청 시간	1시간	2시간 30분		
전체 시청 시간	10시간 30분	20시간		

[보기]

저는 1주일에 보통 스무 시간 정도 텔레비전을 봅니다. 한국인 평균 시청 시간에 비하면 저는 텔레비전을 많이 **보는 축에 들어요**. 저는 특히 뉴스를 많이 봐요. 아침저녁으로 뉴스를 봐야 세상 소식도 알고 이야기거리도 생기거든요. 그리고 **드라마든 오락 방송이든** 인기있는 건 많이 봐요. 오락 방송은 주말 저녁에 가족과 함께 볼 수 있어서 좋아요. 요즘은 오락 방송에서 어려운 이웃을 도와 주는 모습을 보여 주기도 해서 가족과 함께 보기에 좋아요.

과제 2 읽고 말하기

01 텔레비전은 사람들의 생활에 어떤 영향을 미칩니까?

02 다음 이야기를 읽고 질문에 답하십시오.

가) 텔레비전이 생긴 후 아이들이 텔레비전에서 떨어지지 않아 고민하는 부모들이 늘어났다. 최근 영국에서는 초등학교 3학년 학생과 가족들을 대상으로 텔레비전 치우기 실험을 했다. 2주일 간 각 가정의 텔레비전과 컴퓨터, 게임기를 모두 치운 후에 이것이 학생들의 가정생활과 수업 태도에 어떤 영향을 미치는지 알아보는 실험이었다. 취재팀은 실험 가정에 가서 텔레비전과 컴퓨터, 게임기를 모두 가져오고 그 변화를 알 수 있도록 카메라를 설치했다. 그리고 아이들의 교실에도 카메라를 설치했다. 텔레비전이 사라진 후 가장 큰 변화는 무엇이었을까?

1) 위에서 말하는 방송의 실험에 대해 설명하십시오.

실험 대상	영국의 초등학교 3학년 학생과 가족
실험 방법	각 가정의 ＿＿＿＿＿, ＿＿＿＿＿, ＿＿＿＿＿을/를 모두 치운다.
실험 목적	
실험 기간	2주일 간

2) 텔레비전이 사라진 후 어떤 변화가 생길까요? 이야기해 보십시오.

	그렇다	아니다
❶ TV가 사라진 후 부모의 일이 늘어날 것이다.	☐	☐
❷ 아이들이 공부를 열심히 할 것이다.	☐	☐
❸ 아이들은 TV가 없는 것에 적응하지 못할 것이다.	☐	☐

나) 텔레비전이 사라진 후에 부모의 일이 늘었다. 부모들은 아이들과 놀아
   주느라고 바빠졌다. 그래서 자신들이 지금까지 텔레비전에 아이를 맡겨
   왔다는 것을 알게 되었다. 텔레비전이 아이에게 나쁘다고 불평하면서도
   아이들을 텔레비전 쪽으로 가도록 만든 것은 부모들이었다.

   어른들의 예상과 달리 아이들은 텔레비전 없는 생활에 잘 적응했다.
   형제들과 어울려 놀고 텔레비전 없이도 쉽게 잠드는 아이들의 모습은
   부모들과 비교가 되었다. 부모들은 침대 밑에 노트북 컴퓨터를 숨겨 두고
   아이들 몰래 축구 중계방송을 보기도 했다.

   2주일의 실험이 끝난 후 텔레비전이 다시 설치되고 아이들도 다시 보기
   시작했지만 놀라운 변화가 일어났다.

3) 위 실험에서 부모들은 무엇을 알게 되었습니까?

_____

4) 어른과 아이들의 텔레비전 없는 생활을 비교하십시오.

   어른들은 _____ .
   아이들은 _____ .

5) TV가 다시 설치되었을 때 아이들의 일상생활에 어떤 변화가 일어났을까요?
   이야기해 보십시오.

6-3 마치 마주보고 대화하는 것처럼 느껴져요

학습 목표 ● 과제 인터넷에서 정보찾기 ● 어휘 인터넷 관련 어휘 ● 문법 마치 –는 것처럼, –는다고

여러분은 인터넷을 이용하여 무엇을 하십니까 ? 인터넷은 사람들의
생활에 어떤 영향을 미쳤을까요 ?

🔊 058~059

정화   얼마 안 있으면 연말연시인데 이럴 때는 가족이 더 그리워지겠어요.

마리아   아무래도 그렇지요 . 그런데 저는 가족들하고 자주 영상채팅을 하다
보니 마치 마주보고 대화하는 것처럼 느껴져서 멀리 떨어져 산다는
기분이 별로 안 들어요.

정화   하긴 저도 동생이 유학 가 있을 때 자주 연락을 주고받았는데
오히려 같이 있을 때보다 더 가까워진 느낌이 들었어요. 그런데
마리아 씨 , 요즘 인터넷 강의도 듣는다면서요 ?

마리아   네 , 한국에 있을 때 하나라도 더 배우려고 듣기 시작했는데
생각보다 힘드네요.

정화   고생 끝에 낙이 온다고 분명히 좋은 결과를 얻을 거예요. 인터넷이
없었더라면 어떻게 할 뻔했어요 ?

마리아   저만큼 인터넷의 덕을 보는 사람도 없을 거예요.

연말연시 (年末年始) 歲末年初   그립다 懷念、想念   영상채팅 (映像 --) 視訊聊天
마주보다 面對面   고생 끝에 낙이 온다 (苦生 -- 樂 ---) 苦盡甘來   덕을 보다 (德 ---) 托…的福

어휘

검색　접속　게시판　네티즌　사이트　블로그　인터넷뱅킹

01 빈 칸에 설명에 맞는 어휘를 쓰십시오.

인터넷에 들어 가다. 인터넷에 ~하다	인터넷으로 자료를 찾는 것. 통합~, 실시간~	인터넷에서 정 보를 올리거나 물어볼 수 있게 만든 곳. ~에 글을 올리다	자유롭게 자신의 글과 사진, 동영상 등을 올릴 수 있는 웹사이트. 개인~

02 빈 칸에 알맞은 어휘를 쓰십시오.

　　은행에 다니는 이 모 씨는 오전 8시 20분쯤 회사에 도착하면 가장 먼저 하는 일이 컴퓨터를 켜는 일이다. 그리고 이메일을 열어 업무 자료를 확인한다. 근무 시간에 사람들과 얘기를 하기보다는 메일이나 메신저로 업무 내용을 서로 확인한다.

　　점심시간에는 밥을 먹고 들어와 쉬는 시간에 자신의 <u>**블로그**</u> 에 들어가 다녀간 방문자가 있는지 확인한다. 주가를 알아보거나 뉴스를 읽을 때도 인터넷에 자주 ＿＿＿＿＿＿＿ 한다. 가끔 공과금 납부나 송금, 외화 환전도 ＿＿＿＿＿＿＿ 을/를 이용한다. 이런 식으로 퇴근할 때까지 직장에서 인터넷을 쓰는 시간을 모두 합치면 하루에 두 시간 반 정도 된다. 회식 등 특별한 모임이 없이 집으로 일찍 들어가는 날에도 온라인쇼핑을 즐기는 아내와 함께 쇼핑몰에 들어가 물건들을 보기도 하고 게임 ＿＿＿＿＿＿＿ 에 들어가 정신없이 게임을 하기도 한다. 자신의 블로그에 글이나 사진을 남기는 일도 한다. 또 자신이 관심 있는 분야의 사이트나 홈페이지에 들어가 자신의 의견을 ＿＿＿＿＿＿＿ 에 올리기도 한다.

01 마치 -는 / 은 / 을 것처럼

　　將某個東西比喻為其他東西，有「幾乎相似」的意思。 '마치' 後面常和 '처럼', '같이' 一起使用。

● 마이클 씨는 발음이 좋아서 마치 한국 사람이 말하는 것처럼 자연스럽게 말해요.

● 그 사람은 마치 웅변을 하는 것처럼 자신의 의견을 강력하게 주장했다.

● 언니를 보면 마치 젊었을 때의 엄마를 보는 것처럼 엄마를 많이 닮았어요.

● 두 형제가 만나는 모습이 너무 슬퍼서 마치 영화의 한 장면을 보고 있는 것처럼 느껴졌어요.

● 우리 할머니는 마치 어린아이 피부처럼 피부가 고와요.

02 -는다고 / ㄴ다고 / 다고 , 이라고 / 라고

　　引用其他人的話、諺語，或四字成語等。動作動詞後接 '-는다고'，狀態動詞後接 '-다고'，名詞後接 '이라고/라고'。

● 선생님 말씀대로 지각은 습관이 된다고 점점 지각이 많아져요.

● 낮말은 새가 듣고 밤말은 쥐가 듣는다고 말조심해야 해요.

● 고생 끝에 낙이 온다고 조금만 참고 견디면 틀림없이 좋은 결과가 나올 거예요.

● 금강산도 식후경이라고 밥부터 먹을까요?

● 소문만복래라고 웃으면서 살면 좋지요.

문법 연습

마치 -는/은/을 것처럼

01 알맞은 표현을 골라 이야기해 보십시오.

하늘을 날다	영화 속의 주인공이 되다	한 폭의 동양화를 보다
새가 날아오르다	오래 전부터 알고 지내오다.	

1) 그 분은 처음 만났을 때도 마치 ＿＿＿＿＿＿는 / 은 / 을 것처럼 편했습니다.

2) 합격소식을 듣고 마치 ＿＿＿＿＿＿는 / 은 / 을 것처럼 기뻤습니다.

3) 이른 아침 눈 덮인 산의 경치는 ＿＿＿＿＿＿는 / 은 / 을 것처럼 아름다웠어요.

4) 그 발레리나는 그 장면에서 ＿＿＿＿＿＿는 / 은 / 을 것처럼 가볍게 날아 올랐어요.

5) 남자친구가 생일에 장미꽃 100 송이를 선물했을 때는 마치 내가 ＿＿＿＿＿＿＿＿＿＿＿＿＿＿＿＿＿＿ 는 / 은 / 을 것처럼 기뻤어요.

-는다고/ㄴ다고/다고

02

1) 다음은 한국 속담입니다. 속담의 설명으로 맞는 것과 연결하십시오.

❶ 고생 끝에 낙이 온다. ◦

◦ 어떤 일을 하려고 계획하고 갔는데 그날 그 일을 할 수 없었다.

❷ 가는 말이 고와야 오는 말이 곱다. ◦

◦ 괴롭고 힘든 일을 겪은 후에 반드시 좋은 일이 있다.

❸ 가는 날이 장날이다. ◦

◦ 소문이 아주 빠르게 퍼진다.

❹ 윗물이 맑아야 아랫물이 맑다. ◦

◦ 내가 먼저 좋게 말해야 다른 사람도 그렇게 한다.

❺ 발 없는 말이 천리 간다. ◦

◦ 윗사람이 행동을 잘 해야 아랫 사람도 잘 한다.

2) 다음 대화에 알맞은 속담을 쓰십시오.

❶ 가 : 공부가 너무 힘들어서 그만두고 싶어요 .

　나 : 그래도 ＿＿＿＿＿＿＿＿＿＿＿＿ 는다고 / ㄴ다고 / 다고 포기하지 말고 열심히 하세요 .

❷ 가 : 어제 놀이공원 가신다고 했지요 ? 재미있게 지내셨어요 ?

　나 : ＿＿＿＿＿＿＿＿＿＿＿＿ 는다고 / ㄴ다고 / 다고 어제 갔더니 쉬는 날이잖아요 .

❸ 가 : 옆 집 아이의 아빠가 술 마시고 자주 싸우더니 그 아들도 그러는군요 .

　나 : ＿＿＿＿＿＿＿＿＿＿＿＿ 는다고 / ㄴ다고 / 다고 어른이 행동을 바르게 해야 아이들도 제대로 하지요 .

❹ 가 : 그 친구에 대한 얘기를 한 사람에게만 했는데 벌써 여러 사람이 알고 있던 데요 . 그래서 제 입장이 좀 곤란해졌어요 .

　나 : ＿＿＿＿＿＿＿＿＿＿＿＿ 는다고 / ㄴ다고 / 다고 항상 말을 조심해야지요 . 말은 한번 퍼지기 시작하면 아주 빠르거든요 .

❺ 가 : 어제 아르바이트하다가 손님하고 싸우게 됐어요 . 아무리 손님이지만 저를 보 자마자 반말을 하잖아요 .

　나 : ＿＿＿＿＿＿＿＿＿＿＿＿ 는다고 / ㄴ다고 / 다고 먼저 말을 그렇게 하면 안 되지요 .

과제 1　말하기

다음 기사와 관계 있는 속담을 써서 [보기]와 같이 이야기해 보십시오.

몇 년 간 계속 돈을 훔치던 종업원 구속

자신이 일하던 식당에서 3년 동안 거의 매일 몇 만원씩 훔쳐 온 이 모씨가 경찰에 붙잡혔다. 경찰은 이 모씨가 그동안 훔친 돈이 4500만 원 정도라고 했다. 식당 주인은 아들처럼 잘해 주었는데 그런 일을 하다니 너무 허탈하다고 말했다.

속담 : **꼬리가 길면 밟힌다.**

고층 빌딩 화재 대책 세워야

어제 고층 빌딩의 대형 화재를 계기로 정부에서는 10층 이상의 빌딩을 상대로 화재 대비 대책을 세우고 소방 훈련을 다시 하라고 각 시·도에 전달했다.

속담 :

유명 연예인 A씨와 B씨의 결혼설 사실로 밝혀져

처음에는 마치 친구사이인 것처럼 인터뷰 했는데 두 사람이 친구 사이 이상이며 결혼할 것이라는 소문이 계속 났었다. 결국 이번 주 초에 예식장을 예약한 것으로 드러났다.

속담 :

[보기]

가 : 몇 년 동안 자기가 일하던 식당에서 돈을 훔쳐 왔던 종업원이 잡혔대요

나 : 그래요? **꼬리가 길면 밟힌다**고 오랫동안 나쁜 일을 하면 꼭 잡히게 되지요.

가 : 맞아요. 그런데 안타까운 건 식당 주인 아주머니가 그 종업원을 **마치 아들처럼** 잘 대해 줬는데 그런 일을 했다는 거예요.

나 : 주인이 정말 허탈하겠네요.

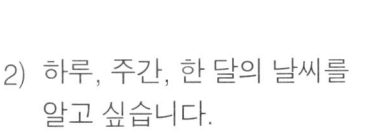여러분은 다음과 같은 경우에 어느 홈페이지에서 정보를 찾겠습니까? 관계 있는 것과 연결하십시오.

1) 물건을 잃어버렸습니다.
   아이를 잃어버렸습니다.

2) 하루, 주간, 한 달의 날씨를
   알고 싶습니다.

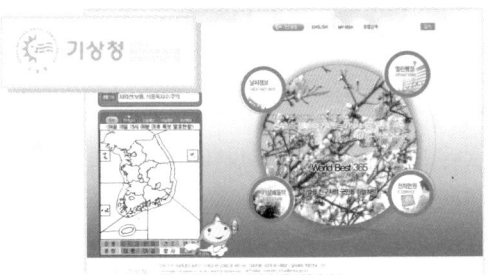

3) 기차표를 예매하거나 지방에
   있는 특산물을 사고 싶습
   니다.

4) 서울시의 문화행사나 전시회에
   대해 알고 싶습니다.

다음은 서울시 문화행사 정보를 찾은 홈페이지 화면입니다. 여러분도 원하는 정보를 찾은 후 [보기]와 같이 이야기해 보십시오.

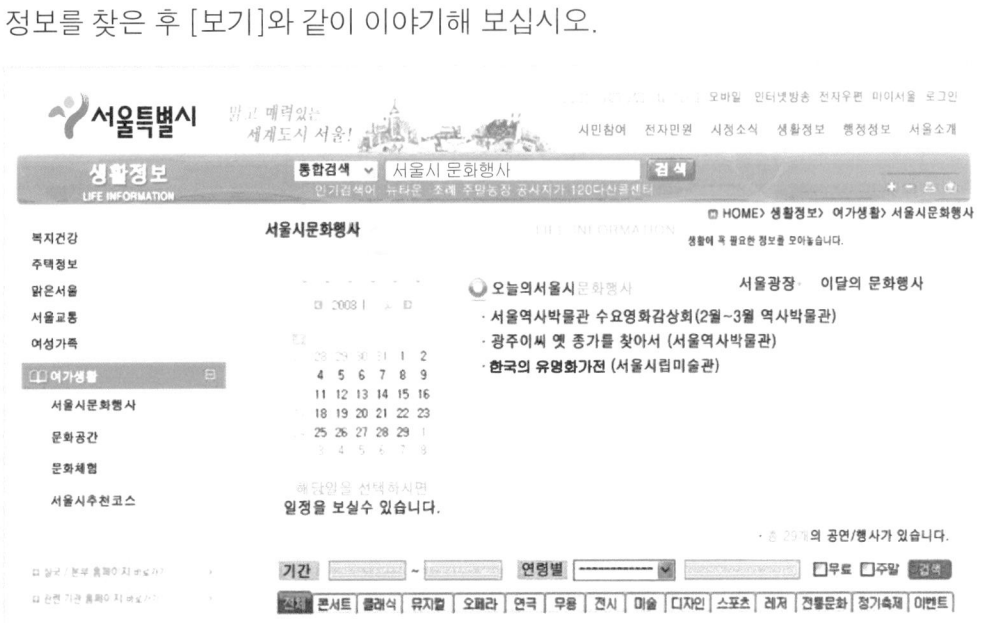

[보기]

서울시 홈페이지에 들어가 이달의 문화행사를 찾아보았습니다. 저는 이번 달 문화행사 중 서울 역사 박물관에서 하는 수요 영화 감상회에 갈까 합니다. 혹시 여러분 중에 같이 가실 분 안 계세요? 영화 감상도 무료로 할 수 있고, 박물관도 구경할 수 있어서 좋을 것 같습니다. 박물관에 가면 서울의 역사도 자세히 알 수 있을 것 같고요.

6-4 신문을 읽으면 상식이 풍부해져요

학습 목표 ● 과제 신문의 기능 토론하기 ● 어휘 신문 관련 어휘 ● 문법 -는가 하면, -는 게 틀림없다

여러분은 어떤 신문을 자주 봅니까 ?
여러분은 신문을 통해서 무엇을 얻습니까 ?

060~061

영수 신문에 재미있는 기사라도 났어요 ? 아까부터 뭘 그렇게 열심히 봐요 ?

리에 미래학자 앨빈 토플러에 대한 기사가 났는데 그 사람은 아침 일과를 여러 종류의 신문을 읽는 것으로 시작한대요 .

영수 저같이 신문을 거의 안 보는 사람이 있는가 하면 그런 사람도 있군요 .

리에 요즘 젊은 세대들은 신문을 많이 안 읽는대요 . 신문을 읽으면 정보도 얻을 수 있고 상식도 풍부해져서 좋을 텐데요 . 저는 신문을 안 보면 하루 일과 중에서 뭔가 빠뜨린 것 같아요 .

영수 그래서 리에 씨가 상식이 풍부하군요 . 리에 씨는 호기심이 많은 사람인 게 틀림없어요 .

리에 맞아요 . 저는 하루라도 신문을 안 보면 무슨 일이 일어났는지 아주 궁금해요 .

일과 (日課) 例行公事　　빠뜨리다 遺忘　　상식 (常識) 常識　　일어나다 發生

어휘

란(난)　면　만평　사설　칼럼　독자투고　머리기사　인사동정

01　다음 어휘의 설명으로 맞는 것과 연결하십시오.

1) 머리기사 · · 신문이나 책 등의 각 쪽을 세는 단위.

2) 면 · · 신문, 잡지 등에서 첫머리에 싣는 중요한 기사.

3) 독자투고 · · 신문이나 잡지를 읽는 사람이 원고를 보냄.

4) 란(난) · · 책, 신문, 잡지 등에 글이나 그림 등을 싣는 자리.

5) 사설 · · 신문사나 잡지사의 주장이나 의견을 써 놓은 글.

6) 만평 · · 사회적 지위가 높거나 활동이 많은 사람의 움직임.

7) 인사동정 · · 인물이나 사회를 비평하는 만화 그림.

8) 칼럼 · · 신문이나 잡지에서 시사, 사회, 풍속 등에 대해 짧게 평하는 기사, 또는 그 난.

문법
설명

01 -는가 / 은가 / ㄴ가 하면

連接動詞，先行文和後行文的內容是相對的，或先行文的內容再加上後行文的事實。

● 발음이 어렵다고 하는 사람이 있는가 하면 문법이 어렵다고 하는 사람이 있어요 .
● 열심히 공부하는 학생이 있는가 하면 열심히 공부하지 않는 학생이 있어요 .
● 이 세상에는 나쁜 사람이 있는가 하면 반대로 착하게 살아가는 사람도 있어요 .
● 그 사람은 가끔 자기 자랑을 하는가 하면 자기의 무능력을 탓하기도 해요 .
● 김 과장은 능력이 있는가 하면 대인관계노 좋아서 회사에서 인기가 있어요 .

02 -는 / 은 / 을 게 틀림없다

是「分明是……」、「一定是那樣」的意思。

● 많이 놀면서도 공부를 잘 하는 걸 보면 똑똑한 아이인 게 틀림없어요 .
● 그 사람 행동을 보면 이건 거짓 정보인 게 틀림없어요 .
● 표정이 어두운 걸 보면 무슨 걱정거리가 있는 게 틀림없어요 .
● 아직도 안 오는 걸 보면 무슨 일이 생긴 게 틀림없는 것 같아요 .
● 그 책이 나온 지 200 년 이상이 됐는데 오늘날까지 많은 사람들에게 읽혀지는 걸 보면 명작인 게 틀림없는 것 같아요 .

문법 연습

-는가/은가/ㄴ가 하면

01 다음과 같이 대화를 만드십시오.

저는 단어 외우기가 힘든데 학생들은 한국어 공부를 할 때 뭘 힘들어 해요?

학생들은 방학이 되면 아르바이트를 많이 하나요?

요즘 사람들은 어디서 정보를 얻나요?

커피를 마시는 방법도 사람에 따라 다른 것 같아요.

회사원들은 휴가 때 보통 뭘 하지요? 모두 여행을 가요?

문법 때문에 힘들어 하는 학생이 있는가 하면 발음을 어려워하는 학생도 있어요.

-는/은/을 게 틀림없다

02 다음 그림을 보고 이야기해 보십시오.

저 학생이 신문을 열심히 읽고 있는 걸 보니 신문기사 발표 준비를 하는 게 틀림없어요.

과제 1　　말하기 ●────────────────────────

여러분은 인터넷 신문과 종이 신문 중 어느 것을 많이 봅니까? 인터넷 신문 때문에 종이 신문이 없어질까요? [보기]와 같이 이야기해 보십시오.

	왜?
종이 신문은 없어지지 않는다.	● 종이 신문의 장점이 있다. – 많은 사건을 한 번에 훑어 볼 수 있다. – – –
종이 신문은 없어진다.	● 종이 신문을 보는 사람이 점점 줄고 있다. – 종이 신문은 돈을 주고 사야 하지만 인터넷 신문은 무료다. – 인터넷 신문은 실시간 뉴스를 볼 수 있다. – –

[보기]

가 : 저는 앞으로 종이 신문이 점점 **사라질 게 틀림없다**고 생각해요.

나 : 왜 그렇게 생각하세요? 전 안 그렇다고 생각하는데요.

가 : 우리 집만 해도 저와 제 동생은 인터넷으로 뉴스를 봐요. 인터넷을 통해서 뉴스를 더 빨리 알 수 있는데 왜 종이 신문을 보겠습니까?

나 : 하지만 인터넷으로 뉴스를 보려면 언제나 컴퓨터가 가까이에 있어야 하잖아 요. 종이 신문은 언제 어디서나 쉽게 볼 수 있으니까 오히려 더 편리한데요.

여러분은 왜 신문을 봅니까?
신문을 볼 때 무엇을 가장 먼저 봅니까? 왜 그것을 가장 먼저 봅니까?

☐ 기사　　　☐ 인사동정　　　☐ 사설　　　☐ 만평
☐ 독자투고　☐ 칼럼　　　　　☐ 텔레비전 프로그램

다음은 신문의 기능에 대한 글입니다. 읽고 질문에 답하십시오.

　　신문은 보도 기능, 지도 기능, 오락 기능, 광고 기능의 네 가지 기능을 가지고 있다. 보도 기능이란 독자들에게 정치, 기후, 사고, 전쟁, 교육 등 사회에서 일어나는 사건들에 대한 정보를 객관적으로 보도하는 것을 말하는 것으로서 신문의 가장 중요한 기능이다.

　　둘째, 지도 기능이란 독자를 설득하고 가르쳐서 올바른 태도나 행동을 하도록 하는 신문의 기능을 말한다. 즉 지도 기능이란 신문사에서 독자에게 의견을 제시하는 것으로서 여기에는 사설, 논설, 시사만평 등이 포함된다.

　　셋째, 오락 기능이란 독자들에게 즐거움을 주는 기능을 말한다. 예를 들어 만화, 소설, 스포츠나 연예, 혹은 취미 관계 등의 기사가 이러한 오락적 목적으로 사용된다.

　　넷째, 광고 기능이란 독자들에게 상품 및 시장에 대한 정보를 제공해 주고 또한 기업인들은 그들의 상품을 일반 사람들에게 알려 주도록 돕는 것을 말한다.

　　미국의 주요 신문의 지면에서 이 네 가지 기능이 차지하는 비중을 조사한 결과 보도 기능이 20%, 지도 기능이 4%, 오락 기능이 16%, 그리고 광고 기능이 60%를 차지하고 있었다고 한다. 우리나라 경우에는 대체로 일간신문의 경우 보도 기능이 35%, 지도 기능이 4%, 오락 기능이 21%, 그리고 광고 기능이 40% 정도를 차지하고 있다.

1) 글의 내용을 아래의 표에 요약해 보십시오.

신문의 기능	무엇인가?	정보의 예
보도 기능		정치, 기후, 사고, 전쟁, 교육에 관한 기사

2) 신문에서 위 네 가지 기능이 차지하는 비중을 빈 칸에 써 보십시오. 그리고 이것에 대해 이야기해 보십시오.

	보도기능	지도기능	오락기능	광고기능
한국	35%			
미국			16%	

여러분은 신문의 기능 중에서 무엇이 가장 중요하다고 생각합니까? 신문은 앞으로 어떤 기능이 많아질 것 같습니까? 이야기해 보십시오.

6-5 읽기 : 나라마다 다른 골뱅이 이름

🔊 062

　　인터넷 전자메일이 생기면서 주소를 적는 동서양의 문화 차이는 의미를 잃게 되었다. 골뱅이(@)[1]만 달면 자기가 사는 나라와 도시, 자기 집 번지[2]까지도 필요 없다. 자신의 ID와 사용하는 메일 서버명만 적으면 그만이다[3]. 그러면 자신이 지구 시민이 된 것을 확인하고, 국가나 소속 집단을 통하지 않고서도 세계와 직접 5　만나게 되는 짜릿한[4] 쾌감[5]을 맛볼 수 있다. 골뱅이만 달면 산도 강물도 없어진다. 누런 빛 봉투의 무게도 우체부 아저씨의 배달가방도 없다. 대체 이 신기한 골뱅이는 어디에서 온 것일까?

　　골뱅이라는 기호 (@)는 나라마다 부르는 이름이 다르다. 흥미롭게도 프랑스와 이탈리아 사람들은 우리와 비슷하게 @를 '달팽이' 라고 부른다. 역시 이 두 나라 10　사람들은 라틴계 문화의 뿌리도 같고 디자인 강국답게 보는 눈도 비슷하다. 그런데 독일 사람들은 그것을 '원숭이 꼬리' 라고 부른다. 그리고 동유럽 폴란드나 루마니아 사람들은 꼬리를 달지[6] 않고 그냥 '작은 원숭이' 라고 부른다. 그러니까 나라가 달라지면 @의 모양이 원숭이 꼬리로 보이기도 하고 원숭이의 귀로 보이기도 하는 모양이다. 터키에서는 '귀'라고 부르니 말이다.

15　그런데 더욱 이상한 것은 북유럽의 핀란드에 가면 '원숭이 꼬리' 가 '고양이 꼬리' 로 바뀌게 되고, 러시아로 가면 그것이 원숭이와는 앙숙[7]인 '개(소바카)' 로 불린다는 사실이다.

---

1)	골뱅이	바다 고둥류이나 그 모양 때문에 @ 를 읽는 말로 쓰임 .	螺 (本篇因為 @ 模樣很像螺 , 故 @ 又稱作螺)
2)	번지	주소를 표시할 때 쓰는 숫자로 땅을 나누어 번호로 매긴 것 .	(番地) 號
3)	그만이다	그것으로 끝이다 .	到此為為止
4)	짜릿하다	심리적 자극을 받아 마음이 순간적으로 조금흥분되고 떨리는 듯하다 .	驚心動魄
5)	쾌감	상쾌하고 즐거운 느낌 .	(快感) 快感
6)	달다	글이나 말에 설명따위를 덧붙이거나 보태다 .	附加上
7)	앙숙	서로 미워하는 사이 .	(快宿) 死對頭

아시아는 아시아대로 다르다. 중국 사람들은 점잖게[8] 쥐에다 노(老)자를 붙여 '라오수' 또는 '라오수하오' 라 부른다. 일본은 태풍의 나라답게 '나루토(소용돌이)' 라고 한다. 혹은 일본식 영어로 '앳 마크' 라고도 한다.

아무리 봐도 달팽이나 원숭이 꼬리로는 보이지 않는다. 더구나 오리, 개, 그리고 쥐 모양과는 닮은 데라곤 없는데도 그들의 눈에는 그렇게 보이는 모양이니 문화란 참으로 신기한 것이다. 더욱 재미있는 것은 스웨덴에서는 '코끼리의 몸통' 이라고 부른다는 사실이다. 어떻게 '달팽이' 에서 '코끼리' 까지 크기가 그렇게 달라질 수 있는지 놀랍기만 하다.

5

---

8) 점잖다　　말과 행동이 가볍지 않고 품격이 있다 .　　尊重

내용 이해

1) 이 글에서 이야기한 내용이 아닌 것을 고르십시오 . (   )

    ❶ 전자메일의 편리함

    ❷ 전자메일의 필요성

    ❸ @ 를 부르는 다양한 이름

    ❹ 기호를 읽는 데 나타난 문화의 차이

2) 전자메일이 생기면서 의미를 잃게 된 것은 무엇입니까 ?

3) 전자메일의 장점 세 가지를 찾아 쓰십시오 .

    ❶ ....

    ❷ ....

    ❸ ....

4) @를 부르는 여러 나라의 어휘들을 찾아 쓰십시오 .

나라	@를 가리키는 말
독일	
러시아	
스웨덴	
일본	
중국	
터키	
폴란드, 루마니아	
프랑스, 이탈리아	
핀란드	

5) 이 글의 내용과 같으면 ○ , 다르면 × 하십시오 .

❶ 글쓴이는 국가를 구별하거나 번지가 있는 주소를 사용할 필요가 없다고 주장한다 . (   )

❷ 30 여 개의 인터넷 사용국가에서 골뱅이라는 이름을 사용하고 있다 . (   )

❸ 글쓴이는 골뱅이를 @의 가장 적당한 이름이라고 생각한다. (   )

인터넷 예절

인터넷을 이용하면서 악의적인 댓글이나 유언비어, 또는 스팸 메일 등에 의한 피해를 누구나 한번쯤은 겪어보았을 것입니다. 그래서 다음과 같은 인터넷 예절에 대해 소개하려고 합니다. 여러분의 의견도 이야기해 보십시오.

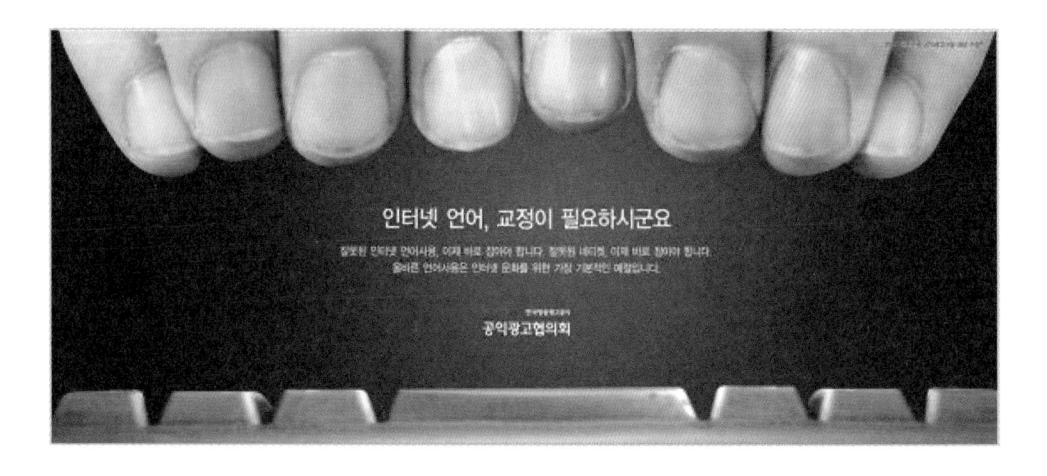

1. 게시판 예절

 1) 게시판의 글은 명확하고 간결하게 쓴다.

 2) 게시판의 내용을 잘 설명할 수 있는 알맞은 제목을 붙인다.

 3) 문법에 맞는 표현과 올바른 맞춤법을 사용한다.

 4) 다른 사람이 올린 글에 대해 지나친 반박은 하지 않는다.

 5) 사실이 아닌 내용을 올리지 않는다.

 6) 자기의 생각을 고집함으로써 상대방에게 불쾌감을 주지 않도록
    배려한다.

2. 대화방 예절

　1) 다른 사람의 ID로 접속하여 대화하지 않는다.

　2) 자기 자신을 먼저 소개한 후 대화에 참여한다.

　3) 진행 중인 대화의 분위기를 파악한 후 대화에 참여한다.

　4) 대화방에서는 모두에게 "님"자를 붙이고 존댓말을 사용한다.

　5) 다른 사람에게 욕설이나 비난하는 말은 하지 않는다.

　6) 같은 내용의 말을 한꺼번에 계속 반복해서 사용하지 않는다.

　7) 초보자가 들어올 경우 천천히 기다려 주며 친절하게 가르쳐 준다.

　8) 대화방에서 나올 때에는 반드시 인사를 하고 나온다.

　9) 항상 마주보고 이야기하는 마음으로 대화한다.

　10) 만나고 헤어질 때에는 인사를 한다.

　11) 대화를 입력하기 전에 한 번 더 생각한다.

　12) 광고, 홍보 등 이름 알리기를 목적으로 악용하지 않는다.

1) 인터넷 상에서 여러분이 경험한 이야기를 해 보십시오.

2) 이외에 어떤 인터넷 예절이 더 필요할까요?

제7과 미신

7-1 제가 축구 경기만 봤다 하면 져요

학습 목표 ●과제 추론하며 읽기 ●어휘 운명 관련 어휘 ●문법 따라, −을걸 그랬다

위 그림의 사람들은 어떤 징크스가 있는 것 같습니까?
여러분은 어떤 징크스가 있습니까?

◀) 063~064

영수　오늘 아침에 축구 중계방송 봤어요?

제임스　네, 그런데 한국 팀이 져서 너무 아쉬웠어요. 이번에 이겼으면 결승전에 나갈 수 있었는데 …

영수　오늘은 정말 중요한 경기라서 저도 새벽부터 일어나서 열심히 응원했거든요. 우리 팀이 실력이 좋아서 이길 줄 알았어요.

제임스　나도 그럴 거라고 기대했는데 오늘은 보통 때보다 선수들이 훨씬 못 하는 것 같았어요. 그리고 오늘따라 부상 때문에 출전하지 못한 선수도 많았고요.

영수　이상하게 제가 축구 경기만 봤다 하면 그 경기는 져요. 오늘도 보지 말걸 그랬나 봐요. 그랬으면 누가 알아요? 우리가 이겼을지.

제임스　영수 씨가 축구 경기를 봐서 졌겠어요? 운이 나빴던 거죠.

중계방송 (中繼放送) 轉播　　결승전 (決勝戰) 決賽　　응원하다 (應援 --) 加油
부상 (負傷) 負傷　　출전하다 (出戰 --) 參賽

어휘

복　　운　　불행　　운수　　재수　　행운

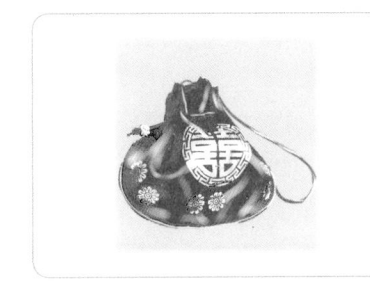  

01 빈 칸에 알맞은 어휘를 쓰십시오.

1) ☐☐ : 뜻밖의 ~ , ~의 여신 , ~의 주인공 , ~을 빌다 , ~이 오다
2) ☐☐ : ~가 좋다 , ~가 나쁘다 , ~가 있다 , ~가 없다
3) ☐ : ~이 좋다 , ~이 나쁘다 , ~이 없다 , ~이 다하다 , ~이 따르다
4) ☐ : ~을 타고나다 , ~을 빌다 , ~을 받다 , ~이 오다 , 자식~
5) ☐☐ : ~가 좋다 , ~가 나쁘다 , ~가 대통하다 , ~가 불길하다
6) ☐☐ : ~중 다행 , ~하다 , ~이 찾아오다 , ~이 닥치다

02 빈 칸에 공통으로 들어갈 어휘를 쓰십시오.

1) 새해 **복** 많이 받으십시오 .

　　웃으면 **복** 이 /가 온다는 말이 있습니다 .

2) 지난해 보살펴 주신 은혜에 깊이 감사드리며 새해를 맞이하여 　　　　　　이 / 가
　　함께 하시길 기원합니다 .

　　김 총장님과 여러분의 앞날에 　　　　　이 / 가 가득하기를 빕니다 .

3) 나로서는 할 수 있는 만큼 다 했다 . 이제 　　　　　은 / 는 하늘에 맡기겠다 .

　　영화가 성공하는 것은 노력이 50% 이고 　　　　　이 / 가 50% 이다 .

4) 오늘은 되는 일이 하나도 없다 . 정말 　　　　　이 / 가 없는 날이다 .

　　서양에서는 검은 고양이를 보면 하루 종일 　　　　　이 / 가 없다고 한다 .

5) 다행인지 　　　　　인지 나는 어렸을 때부터 경제적으로 아주 어려웠기 때문에 이
　　정도의 실패는 나에게 아무 것도 아니다 .

　　이번 화재로 많은 재산을 잃었지만 온 가족이 다치지 않은 것은 정말 　　　　　
　　중 다행이었다 .

문법설명

01 따라

和一般情況不同的特別狀況。

- 오늘은 남자 친구를 만나는 날인데, 오늘따라 옷도 머리도 마음에 안 든다.
- 오늘은 아침을 못 먹고 나왔는데, 오늘따라 아침부터 회의가 계속되어 간식 먹을 시간도 없었다.
- 지난 월요일은 할 일이 많아 아주 바빴는데, 그날따라 연구실로 찾아오는 사람도 많았다.
- 지난 토요일은 올 겨울 들어 제일 추운 날이었는데, 나는 그날따라 짧은 치마를 입고 나가서 감기에 걸렸다.
- 오늘 큰 맘 먹고 도서관에 갔는데, 오늘따라 도서관 주변의 공사 소리 때문에 도서관이 아주 시끄러웠다.

02 - 을 / ㄹ걸 그랬다

話者對不做的事或無法做到的事感到後悔或可惜。

- 그 친구와 그렇게 싸울 줄 알았으면 그 모임에 가지 말걸 그랬어요.
- 아직도 청소하고 있는 줄 알았으면 좀 더 늦게 들어올걸 그랬어요.
- 시험에 합격하기가 정말 어렵군요. 좀 더 일찍부터 준비할걸 그랬어요.
- 어머, 그렇게 재미있었어요? 그렇게 재미있을 줄 알았더라면 저도 갈걸 그랬네요.
- 노래 부른 사람마다 다 상을 줄 줄 알았으면 저도 노래 부를걸 그랬나 봐요.

문법 연습

따라

01 문장을 완성하여 이야기 해 보십시오.

1) 오늘은 아주 바쁜 날이었는데	오늘따라 차가 고장나서 더 고생했어요.
2) 지난 일요일에 오랜만에 영화를 보러 갔는데	그날따라
3) 오늘 아침에 중요한 회의가 있었는데	오늘 아침따라
4) 오늘은 아주 피곤한 날이었는데	
5) 지난 주말에 오랜만에 야외로 놀러 갔는데	

1) 오늘은 아주 바쁜 날이었는데 오늘따라 차가 고장나서 더 고생했어요.

2) 지난 일요일에 오랜만에 영화를 보러 갔는데

3)

4)

5)

-을/ㄹ걸 그랬다

02

여러분은 후회가 되는 일이 있습니까? 이야기해 보십시오.

내 인생에서 후회되는 일

1) 얼마 전에 회사를 옮겼다.

2) 좀 더 어릴 때 유학을 가지 않았다.

3) 고등학교 때 많이 놀고 공부를 하지 않았다.

4) 좋아한다고 말을 하지 않았다.

5) 적성에 맞는 직업을 선택하지 않고 출세만 생각했다.

회사를 옮긴 것이 후회가 돼요. 회사를 옮기지
말걸 그랬어요. 그랬으면 이렇게 과로로 병이 나지
않았을 텐데요.

과제 1 쓰기

오늘은 운이 나쁜 하루였습니다. 그림을 보고 일기를 써 보십시오.

2014년 6월 15일 맑음

　오늘은 정말 운이 없는 하루였다. 오늘 시험이 있어서 어제 밤늦게까지 시험공부를 했다. 새벽에 잠이 들어서 자명종 시계가 울리는 것도 못 듣고 늦잠을 자고 말았다. 그렇게 늦잠을 잘 줄 알았으면 ＿＿＿＿＿＿＿＿＿ 을/ㄹ 걸 그랬다. 그래도 다행히 학교 버스 시간까지는 20분 정도 여유가 있어서 세수를 하고 간단히 아침을 먹었다. 그런데 시계를 보니 버스 시간까지는 5분밖에 안 남아 있었다. 정류장까지 뛰었지만 버스를 놓치고 말았다. 아! 그럴 줄 알았으면 ＿＿＿＿＿＿＿ 을/ㄹ 걸 그랬다.

01 여러분은 미신에 대해 어떻게 생각하십니까?

1) 미신은 절대로 믿지 않는다. ☐

2) 미신을 믿는 편이며 미신에서 나쁘다는 것은 꼭 피하려고 한다. ☐

3) 미신을 믿지는 않지만 되도록이면 미신에서 나쁘다는 것은 피하려고 한다. ☐

02 다음 글을 읽고 이야기해 보십시오.

1) 미신은 처음 어떻게 생겼을까요? 다음을 요약해서 말하고 여러분의 생각을 이야기해 보십시오.

미신이나 징크스가 어떻게 생기게 되었는지에 대해서는 여러 가지 의견이 있는데, 심리학자 스키너는 미신이나 징크스가 어떤 우연한 일에서부터 시작된다고 했다. 예를 들어, 어떤 옷을 입고 시합에 나갔는데 그날 시합에서 이겼다면 그 다음부터는 그 옷의 효과를 믿고 계속 같은 옷을 입고 나가게 된다는 것이다. 또 우연히 축구 경기에서 골대를 맞히는 팀이 지는 일이 있었다면 그 다음부터는 그러한 미신이 생기게 되고 그러한 일이 여러 번 계속되면 점점 더 미신을 믿게 된다고 한다.

2) 사람들은 왜 미신을 믿을까요? 다음을 요약해서 말하고 여러분의 생각을 이야기해 보십시오.

미신은 아마 인류가 시작되면서부터 생겼다고 해도 틀린 말은 아닐 것이다. 운명 앞에, 자연의 변화 앞에 인간은 너무나 힘이 없었기 때문에 사람들은 불안한 마음을 이기는 하나의 방법으로 미신을 만들어낸 것이다. 인간은 마음이 약하고 자신감이 없기 때문에 미신에 의지하게 되고, 이것을 지키지 않으면 실패한다는 믿음을 갖게 되는 것이다. 그래서 미신은 마음이 강한 사람보다는 실패한 경험이 많은 사람, 마음이 약하고 감정이 풍부한 사람이 더 잘 믿는다고 한다.

3) 보통 사람들의 미신에 대한 태도는 어떨까요 ? 다음을 요약해서 말하고
여러분의 생각을 이야기해 보십시오 .

미신은 논리적 근거를 가진 것은 아니다.'그렇게 믿고 싶은 마음에서 만들어진 것이다.
미신이 논리적 근거를 가지려면 모든 사람들에게 똑같은 결과가 나와야 하지만, 실제는
그렇지 않은 경우가 더 많다. 그러나 사람들은 여전히 미신에 의지하면서 살아간다.
사람들은 그것이 미신인 줄 알면서도 되도록이면 나쁘다는 것은 하지 않으려고 한다.

03 여러분 나라의 미신에 대해 이야기해 보십시오.

7-2 이름을 빨간 색으로 쓰면 안 돼요?

학습 목표 ●과제 금기 소개하기 ●어휘 미신 관련 어휘 ●문법 –는다더라, –네 –네 해도

위 사진은 어떤 금기를 나타내는 것 같습니까 ?

여러분 나라에는 어떤 금기가 있습니까 ?

🔊 065~066

선배 여기에 이름하고 주소를 써야 하는데 , 나한테 빨간 색 볼펜밖에 없거든 . 다른 색 볼펜 있니 ?

마리아 아니 , 왜요 ? 이름을 빨간 색으로 쓰면 안 돼요 ?

선배 어른들이 빨간 색으로 이름을 쓰면 일찍 죽는다더라 . 그걸 꼭 믿는 건 아니지만 안 좋다는 건 안 하고 싶어서 그래 .

마리아 예전에는 그런 미신을 믿는 사람이 많았겠지만 요즘 누가 그런 걸 믿어요 ?

선배 미신이 비과학적이네 시대에 뒤떨어지네 해도 아직도 믿는 사람이 많은 것 같아 . 그리고 옛날부터 하지 말라고 내려오는 것은 다 그럴 만한 이유가 있더라 .

마리아 그렇긴 한데 과학적인 근거가 전혀 없잖아요 . 선배도 이제부터는 그런 말에 신경 쓰지 마세요 .

비과학적 (非科學的) 非科學的   뒤떨어지다 落伍   과학적 (科學的) 科學的
근거 (根據) 根據   신경 쓰다 (神經 --) 費心

어휘

신　　귀신　　악마　　천사　　마녀　　금기　　도깨비　　민간신앙

01 여러분이 믿는 것과 믿지 않는 것을 쓰고 이야기해 보십시오.

믿는 것	믿지 않는 것
천사	도깨비

02 빈 칸에 공통으로 들어갈 어휘를 쓰십시오.

1) 아내는 내가 돈을 어디에 숨겼는지 **귀신** 처럼 알아맞힌다 .
　 방금까지 책상 위에 있던 지갑이 없어지다니 **귀신** 이 /가 곡할 일이다 .

2) 누나는 화장을 　　　　　　　 같이 하고 파티에 나타났다 .
　 너무 말도 안 되고 이해할 수 없는 일을 당했을 때 우리는 " 　　　　　　 한테
　 홀렸다 " 고 한다 .

3) 당신의 말이 거짓이 아니라는 것을 　　　　　　 앞에 맹세할 수 있습니까 ?
　 오직 　　　　　　 만이 진실을 알 것이다 .

4) 중세 시대에는 마을에 재난이나 불행이 있을 때 한 여자를 　　　　　 으로 / 로
　 몰아서 태워 죽인 일이 있었다 .
　 이 시대에도 신문이나 방송 등 사회 여론을 통해 　　　　　 사냥은 계속되고
　 있다 .

5) 운동선수들에게 술과 담배는 끊으려고 해도 끊을 수 없는 　　　　　 의 유혹이다 .
　 자살이란 　　　　　 에게 영혼을 파는 것이라고 말하는 사람도 있다 .

6) 우리 언니는 얼굴도 예쁘고 마음씨도 　　　　　 처럼 착하다 .
　 아이들의 마음은 　　　　　 처럼 맑고 깨끗하다 .

문법 설명

01 - 는다더라 / ㄴ다더라 / 다더라

以半語方式，向對方傳達話語或事實。形容詞或 '-었-' 後面接 '-다더라'，有尾音的動詞接 '-는다더라'，無尾音的動詞後接 '-ㄴ다더라'。

● 가 : 영수 씨 동생은 요즘 뭐 한대 ?
　나 : 대학 졸업하고 회사에 취직했다더라 .
● 가 : 어제 영수가 학교에 안 왔어 . 무슨 일이 있는 게 아닐까 ?
　나 : 학교 오는 길에 사고가 났다더라 . 지금 병원에 있대 .
● 가 : 감기 걸렸는데 어떤 차를 마시면 좋을까 ?
　나 : 사람들이 그러는데 감기에는 생강차나 유자차가 좋다더라 .
● 가 : 오늘 영화를 보려고 하는데 요즘 좋은 영화가 뭐가 있니 ?
　나 : 얼마 전에 영화상을 받은 '사랑' 이라는 영화가 좋다더라 . 한번 가서 봐 .
● 가 : 친구들한테 얘기해 봤어 ? 이번 휴가 때 제주도 가는 것에 대해 뭐라고들 해 ?
　나 : 다들 좋다더라 . 이번 주말에 다 같이 만나서 구체적으로 얘기하자고 하던데 .

02 - 네 - 네 해도

前文中列舉相似或相對的情況、意見，後文描寫即使有那樣的情況、意見，話者的想法和之前的想法也沒什麼兩樣。

● 교통이 복잡하네 사람이 많네 해도 서울은 역시 살기 편한 곳이에요 .
● 밉네 곱네 해도 어려운 일이 생기면 역시 자기 형제밖에 없어요 .
● 돈이 많이 드네 귀찮네 해도 연휴에는 많은 사람들이 여행을 떠나요 .
● 그 식당의 음식 값이 비싸네 불친절하네 해도 여전히 손님이 많아요 .
● 교통이 불편하네 시간이 많이 걸리네 해도 수학여행지로는 역시 경주가 제일 좋아요 .

문법 연습

-는다더라/ㄴ다더라/다더라

01 다음의 [가]와 [나] 기사를 두 사람이 나누어 읽고 서로에게 이야기해 주십시오.

[가]

1) 지난 주말에 서울 경기 지방에 폭우가 내려 피해가 많았다.

2) 전세와 월세 가격이 계속 오르고 있다. 현재 작년보다 5%이상 올랐다.

3) 한국 축구 대표 팀이 일본과의 경기에서 1대 0으로 이겼다.

4) 6일부터 26일까지 현대미술관에서 피카소의 그림 전시회가 열린다.

5) 30~40대 주부의 60% 정도가 김치를 집에서 직접 담가 먹는다.

[나]

1) 남부 지방에서 폭우로 인해 3명이 숨지고 1명이 실종뇌였나.

2) 기름 값이 다음 주부터 리터당 30원 정도 오를 예정이다.

3) 한국 야구팀이 일본에게 3대 5로 졌다.

4) 서울시립미술관에서 한 달 동안 '로뎅의 미술전'을 한다.

5) 경기도의 어느 마을에서는 15가지의 한약재를 넣은 '한방김치'를 담가 먹는다.

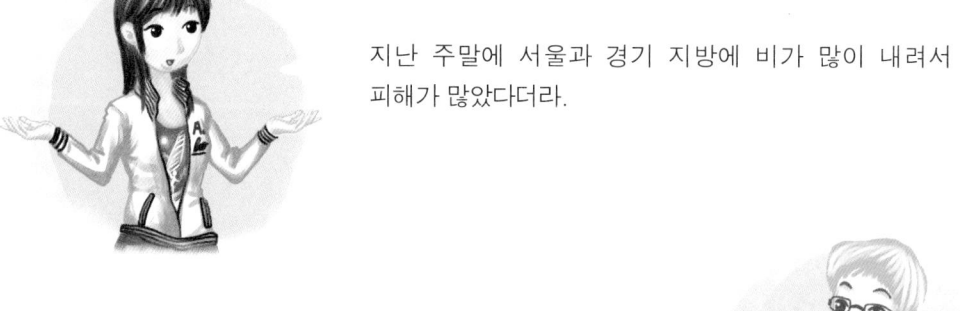

지난 주말에 서울과 경기 지방에 비가 많이 내려서 피해가 많았다더라.

그래? 남부 지방에서도 이번 폭우로 3명이 죽고 1명이 실종되었다더라.

-네 -네 해도

02 알맞은 것을 골라 문장을 완성하여 이야기해 보십시오.

교통이 복잡하다 돈이 많이 들다

덥다 주차하기 힘들다

사람이 많다 비싸다

귀찮다

춥다 시간이 가다

시간이 안 가다

1) 교통이 복잡하네 사람이 많네 해도 서울은 역시 살기 편한 곳이에요.

2) _____ 사계절이 있어서 좋아요.

3) _____ 아이들 크는 걸 보면 세월이 참 빠른 것 같아요.

4) _____ 백화점이 쇼핑하기 좋아요.

5) _____ 연휴에는 많은 사람들이 여행을 떠나요.

과제 1   읽고 말하기

다음은 여러 나라의 금기들입니다. 다른 나라에는 어떤 금기들이 있는지 알아보고 그 나라로 여행가는 사람에게 [보기]와 같이 주의사항을 이야기해 주십시오.

여러 나라의 금기	
중국	● 결혼식을 4월에 하지 않고 축의금도 4만원은 하지 않음. ● 배(과일) 하나를 둘이 나눠 먹지 않음.
인도네시아	● 남에게 물건을 주거나 받을 때는 오른손을 사용해야 함. ● 남의 머리를 만지거나 어린이가 귀엽다고 머리를 쓰다듬으면 안 됨.
리비아	● 남의 여자나 부인을 똑바로 쳐다보지 말고 리비아 여성에 관한 이야기는 하지 말아야 함. ● 악수는 남자하고만 해야 함.
다른 나라	● ●
여러분의 나라	● ●

[보기]

가 : 중국에 사는 친구한테 초대를 받아서 다음 주에 중국으로 여행 가게 됐어.

나 : 그래? 좋겠다. 그런데 중국에 가면 조심해야 할 것들이 있어.

가 : 뭔데?

나 : 중국 사람들은 4자를 **좋아하지 않는다더라**. 왜냐하면 숫자 4 (四, 중국어로 Si) 와 죽는다는 뜻의 사(死, 중국어로 Si)의 발음이 같기 때문이래. 그래서 결혼식도 4월에는 하지 않고 축의금도 4만원, 14만원 등으로는 하지 않는대.

가 : 그래? 생활 속에서 또 주의해야 할 건 없어?

나 : 배를 먹을 때 잘라서 먹거나 둘이 나눠 먹으면 **안 된다더라**. 그럼 그 사람과 헤어지게 된대.

가 : 배를 먹게 되면 조심해야겠구나.

과제 2   듣고 말하기 [🔊 067]

01 꽃의 색깔이나 숫자가 가진 특별한 의미가 있습니까? 그 의미를 쓰십시오.

1) 네잎 클로버 _____

2) 흰색 국화 _____

3) 빨간 장미 _____

4) 노란 장미 _____

5) 열 세 송이 장미 _____

6) 분홍 카네이션 _____

7) 흰색 백합 _____

02 이야기를 듣고 어느 나라의 금기인지 맞는 번호를 쓰십시오.

> ❶ 병문안을 갈 때 하얀 꽃을 가지고 가지 않는다.
>
> ❷ 흰색 꽃이나 칼을 선물하지 않는다.
>
> ❸ 꽃은 홀수로 선물하는데 열 세 송이는 하지 않는다.
>
> ❹ 빨간 장미는 연인에게만 선물한다.
>
> ❺ 꽃을 선물할 때 포장지에 싸서 주지 않는다.
>
> ❻ 연인에게 노란색 꽃을 선물하지 않는다,
>
> ❼ 짝수로 선물하지 않는다.
>
> ❽ 돼지고기와 술을 선물하지 않는다.
>
> ❾ 강아지나 개 그림이 들어간 것을 선물하지 않는다.
>
> ❿ 선물은 반드시 오른손으로 주고 받는다.

한국	❶	프랑스
일본		멕시코
독일		말레이시아

1) 이런 금기는 왜 생겼을까요? 이야기해 보십시오.

2) 들은 내용이 여러분이 알고 있는 사실과 다른 점이 있습니까?

03 여러분 나라에서는 어떤 것을 선물하지 않습니까? 여러분은 이런 금기를 지킵니까?

7-3 사주 카페에 한번 가 볼까요?

학습 목표 ● 과제 예시 들어 글쓰기 ● 어휘 일생 관련 어휘 ● 문법 –는 김에, 설마 –는 건 아니겠지요?

위 그림의 사람들은 무엇을 하고 있습니까?
여러분도 미래가 궁금해서 점을 본 적이 있습니까?

🔊 068~069

선배　어제 시내에 나간 김에 사주카페에 가서 사주를 봤는데 참 재미있더라.

마리아　사주라니요? 그게 뭐예요?

선배　생년월일과 태어난 시간이 사주인데 그걸로 운명을 점치는 거야. 앞으로 뭘 하면 좋을지 물어봤더니 나더러 재물 운이 있다고 사업을 하래.

마리아　그래서 대학원을 포기하고 사업하려고 그래요? 설마 정말로 그렇게 하려는 건 아니겠지요?

선배　아무러면 내가 점으로 내 미래를 결정하겠니? 아무튼 평생 쓰고도 남을 만큼 돈을 많이 번다니까 기분은 좋더라.

마리아　그럼 저도 사주 카페에 한번 가 볼까요? 언제쯤 결혼할 수 있을지 알아보게요.

사주 (四柱) 生辰	운명 (運命) 命運	점치다 (占--) 占卜	더러 叫、讓	재물 (財物) 財富
사업 (事業) 事業、工作	설마 該不會	아무러면 怎麼可能	아무튼 不管怎樣	평생 (平生) 一生

어휘

사망　사업　성공　승진　임신　진학　출산　출생　취업

01 사람의 일생에서 어느 시기에 일어날 수 있는 일인지 빈 칸에 알맞은 어휘를 쓰십시오.

출생　　　　**청소년기**　　　**청년기**　　　**장년기**　　　**중년기**　　　**노년기**

　　　　　　　　진학　　　　　취업　　　　　　　　　　　　　사망

유아기

유년기

사람의 일생에 어떤 일이 더 있을까요?

　결혼, 입학, 유학, 이혼, 출세, 퇴직, 회갑

02 빈 칸에 알맞은 어휘를 쓰십시오.

1) 많은 여성들이 임신과 **출산** , 육아 등으로 사회 활동을 자유롭게 하지 못한다 .
2) 항공사에 　　　　　　 하려면 외국어뿐만 아니라 수영도 잘 해야 한다 .
3) 아동의 뇌는 　　　　　　 후 빠른 속도로 성장하다가 점차 성장 속도가 느려진다 .
4) 그는 가난한 집안 형편으로 대학 　　　　　　 을 / 를 포기하고 고등학교 졸업 후
　 작은 회사에 들어갔다 .
5) 젊은 세대들의 목표는 공부를 열심히 하고 좋은 회사에 취직하여 　　　　　　
　 을 / 를 하는 것이다 .

문법
설명

01 -는 / 은 / ㄴ 김에

趁著已發生的狀況，和沒計畫的其他事情一起做。

- 시내에 나간 김에 백화점에 들러 옷을 사 가지고 왔다.
- 국제회의에 참석하러 미국에 간 김에 미국 구경도 하고 왔다.
- 말이 나온 김에 요즘 그 친구가 어떻게 지내는지 얘기 좀 해 줘.
- 자리에서 일어나신 김에 창문 좀 닫아 주시겠어요?
- 고향에 가시는 김에 고향 친구들에게 제 안부도 좀 전해 주세요.

02 설마 -는 / 은 / ㄴ 건 아니겠지요?

害怕發生那樣的事情，但認定那件事不會發生。

- 시험공부를 그렇게 열심히 했는데 설마 시험에 떨어지는 건 아니겠지요?
- 김 선생님께 이번 꼭 모임에 오시라고 전화도 드리고 메일도 보냈는데 설마 안 오시는 건 아니겠지요?
- 의사 선생님이 담배를 끊어야 한다고 그렇게 얘기했는데도 설마 다시 담배를 피우는 건 아니겠지요?
- 여기에 쓰레기를 버리지 말라고 이렇게 붙여 놓았는데 설마 사람들이 이곳에 또 쓰레기를 버리는 건 아니겠지요?
- 사과 편지를 세 번이나 보냈는데 설마 아직 화가 안 풀린 건 아니겠지요?

문법 연습

-는/은/ㄴ 김에

01 민우는 오늘 너무 바쁜 날이라서 일을 나누어 가족들에게 부탁을 하려고 합니다. 여러분이 민우가 되어 가족들에게 부탁을 해 보십시오.

[민우의 오늘 할 일]

옷을 바꾸다   보고서를 제출하다   비디오를 돌려주다

방을 청소하다   수리한 컴퓨터를 찾아오다   책을 빌리다

그럼, 부탁 좀 할게요. 제가 오늘 할 일이 많아서요.

엄마, 죄송하지만 오늘 청소하시는 김에 ……………………

………………… 그리고 형, ……………………

설마 -는/은/ㄴ 건 아니겠지요?

02

1) 저는 다음의 상황이 걱정되기는 하지만 그런 일은 없을 거라고 믿습니다 .
이럴 때 뭐라고 말할까요 ?

상황	
❶ 음식이 모자랄까 봐 걱정된다.	설마 음식이 모자라는 건 아니겠지요?
❷ 길을 잃어버릴까 봐 걱정된다.	
❸ 물건이 다 팔릴까 봐 걱정된다.	
❹ 회사가 망할까 봐 걱정된다.	
❺ 시험에 떨어질까 봐 걱정된다.	

2) 위의 상황에 맞게 이야기해 보십시오 .

❶ 가 : 음식을 이렇게 넉넉히 준비했는데 설마 음식이 모자라는 건 아니겠지요?
　　나 : 그럼요, 걱정 마세요. 넉넉할 거예요.

❷ 가 : 차에 내비게이션이 있는데
　　나 : 그럼요, 내비게이션이 모르는 길을 다 찾아 줄 거예요.

❸ 가 : 오늘이 세일 첫 날인데
　　나 :

❹ 가 : 자본이 튼튼한 회사인데
　　나 :

❺ 가 :
　　나 :

과제 1　　　읽고 말하기

다음은 사주를 본 어떤 남자의 이야기입니다. 여러분이 이 남자의 친구라면 어떻게 충고를 해 주겠습니까? 이야기해 보십시오

나는 군대를 갔다 와서 여러 가지 좋은 조건을 모두 갖춘 여자 친구를 사귀게 되었다. 여자 친구는 외모와 학력, 성격이 아주 완벽한 여자였다. 어머니도 여자 친구를 마음에 들어 하셨다. 그런데 어느 날, 어머니가 나와 여자 친구의 궁합을 보고 오시더니 점쟁이가 우리가 결혼하면 내가 35살을 넘기지 못하고 죽는다고 했다고 한다. 나는 그 말을 믿지 않았다. 그래서 여자 친구와 시내에 나갔다가 다른 점집에 가서 다시 한 번 궁합을 봤다. 그런데 거기에서도 내가 여자 친구와 결혼하면 35살 이전에 죽는다는 것이다.

친구 : 요즘 무슨 고민이 있어? 얼굴이 많이 안 됐다.

남자 : 여자 친구와 결혼을 하려고 하는데 문제가 생겨서 그래.

친구 : 무슨 문젠데?

남자 : 얼마 전에 어머니가 점을 보셨는데 지금 여자 친구와 결혼하면 내가 35살을 넘기지 못하고 죽는대. 지금 여자 친구와 결혼한다고 해서 **설마 일찍 죽는 건 아니겠지?**

친구 : ....

　　　..

　　　..

과제 2   말하고 쓰기

01 여러분은 점에 대해 어떻게 생각합니까? 점은 우리의 생활에 긍정적인 영향을 미칠까요? 아니면 부정적인 영향을 미칠까요? 다음 중에서 점에 대한 긍정적인 부분과 부정적인 부분을 말하는 것을 골라 보십시오.

1) 미래를 미리 알 수 있기 때문에 나쁜 일이 생기기 전에 미리 준비할 수 있다.
2) 미래가 좋다고 하면 더 자신감이 생겨 일을 성공시킬 수 있다.
3) 처음에는 재미로 시작하지만 점점 중독이 될 수도 있다.
4) 미래가 나쁘다고 하면 자신의 미래를 포기하게 될 수도 있다.
5) 좋은 말을 들으면 기대감이 생겨 더 열심히 일하게 된다.
6) 어려운 일이 있을 때 위로를 받을 수 있다.

긍정적인 면	부정적인 면

02 다음의 두 이야기는 점의 긍정적인 면과 부정적인 면 중 무엇의 예로 알맞을까요?

[가]

아이를 기대하고 있던 한 여자가 점쟁이를 찾아가서 몇 명의 아이를 가지게 될까 물었다. 대답은 놀랍게도 아이를 한 명도 가지지 못한다는 거였다. 병원에 찾아가 검사를 해 보았는데 정상이었다. 그러나 그 여자는 아이를 가지지 못할 거라는 불안감으로 우울증에 걸렸고, 결국 건강도 나빠져서 아이를 한 명도 가지지 못했다.

[나]

무슨 일을 하든지 실패하는 불행한 남자가 있었다. 그 남자는 자신의 운명을 비관해 자살을 하려고까지 했다. 그때 한 점쟁이가 앞으로 3년만 고생하면 큰 행운이 찾아올 거라고 했다. 남자는 희망을 가지고 3년 동안 열심히 일을 했다. 열심히 일한 덕분에 돈도 벌고 성공도 하게 됐다. 어느덧 그는 우울하고 불행한 남자에서 행운의 남자로 변해 있었다.

03 점에 대해 앞의 예를 이용하여 여러분의 생각을 써 보십시오.

점에 대한 사람들의 의견은 다양합니다. 미래를 알게 되면 앞날에 대해 미리 준비할 수 있기 때문에 좋다고 하는 사람이 있는가 하면, 미래를 알면 미래가 좋건 나쁘건 사람들이 노력하지 않거나 미리 포기해 버릴 거라고 말하는 사람들도 있습니다.

저는

7-4 오늘 좋은 꿈을 꿨어요

학습 목표 ● 과제 꿈에 대한 글 읽고 정리하기 ● 어휘 꿈 관련 어휘 ● 문법 도 이지만, –는다면야

위 그림의 사람들은 어떤 꿈을 꾸고 있습니까 ?

여러분은 어떤 꿈을 자주 꿉니까 ? 왜 그런 꿈을 꾼다고 생각합니까 ?

◀ 070~071

마리아　오늘 시험 결과 발표가 있는 날인데 많이 떨리시죠 ?

영수　네 , 긴장이 돼서 잠을 못 자다가 새벽에 겨우 잠들었는데 돼지꿈을 꾸었어요 . 그래서 그런지 느낌이 좋아요 .

마리아　꿈에서 돼지를 본 게 시험하고 무슨 상관이 있어요 ?

영수　한국에서는 돼지꿈이 길몽이거든요 . 돼지꿈을 꾸면 돈이 생긴다거나 큰 행운이 온다고들 해요 .

마리아　그렇군요 . 꿈도 꿈이지만 열심히 노력하셨으니까 꼭 합격하실 거예요 . 합격하면 한턱내세요 .

영수　그럼요 . 제가 합격만 한다면야 뭘 못하겠어요 ?

떨리다 顫抖　　상관 (相關) 相關　　길몽 (吉夢) 好夢　　한턱내다 請客

어휘

길몽　　선잠　　숙면　　악몽　　태몽　　해몽　　흉몽

01 빈 칸에 알맞은 어휘를 쓰십시오.

1) ☐☐ : 앞으로 좋은 일이 생길 것을 알려 주는 꿈.
　　　　　사람들은 돼지꿈 같은 ~을 꾸면 복권을 산다.

2) ☐☐ : 앞으로 나쁜 일이 일어날 것을 알려 주는 꿈.
　　　　　이가 빠지는 꿈은 ~이라고 한다.

3) ☐☐ : 무섭거나 기분 나쁜 꿈.
　　　　　나는 친구가 사고를 당하는 ~을 꾸었다.

4) ☐☐ : 아이를 낳기 전에 꾸는 꿈.
　　　　　엄마는 동생을 가졌을 때 용이 하늘로 올라가는 ~을 꾸었다고 한다.

5) ☐☐ : 꿈의 뜻을 풀이하는 것.
　　　　　꿈보다 아버지의 ~이 더 좋았다.

6) ☐☐ : 깊이 들지 못한 잠.
　　　　　동생은 ~을 자는지 자꾸 뒤척인다.

7) ☐☐ : 깊이 잠이 드는 것.
　　　　　그의 눈은 ~을 취하지 못해서 빨갛게 충혈되어 있었다.

02 빈 칸에 알맞은 어휘를 쓰십시오.

우리가 잠을 잘 때는 4단계로 잠에 빠져 들게 되는데, 꿈은 마지막 4단계에서 가장 많이 꾸게 되며 이때 주로 심리적인 휴식을 취하게 된다고 한다. 따라서 우리가 **숙면** 을/를 취하고 나면 몸과 마음이 상쾌해지지만 ＿＿＿＿＿＿＿ 을/를 자고 나면 더 피곤함을 느끼고 아기들은 울기도 한다.

여러 종교에서 꿈은 앞으로 일어날 일을 미리 보여주는 것이라고 한다. <성경>에 나오는 요셉이나 다니엘은 꿈을 잘 ＿＿＿＿＿＿＿ 해서 위험에서 벗어났고, 이슬람교의 창시자 마호메트는 <코란>의 내용 대부분을 꿈에서 배웠다. 불교에서 보면 부처의 어머니는 작고 흰 코끼리가 자신의 몸속으로 들어오는 ＿＿＿＿＿＿＿ 을/를 꾸었다. 이 꿈은 위대한 지도자가 태어날 것을 보여주는 꿈이라고 한다. 그리고 예전에는 꿈꾸는 사람이 밤중에 악마의 방문을 받았을 때 꾸는 꿈을 ＿＿＿＿＿＿＿ 이라고 생각했다. 또한 서양의 심리학자 프로이드나 융은 사람의 무의식을 나타내는 것을 꿈이라고 보고 있다.

265

문법설명

01 도 이지만 , - 기도 - 지만

前文中對方期待的、比設想更多的，或更嚴重的在後文出現。名詞後接 '도 이지만'，用言後接 '-기도 -지만'。

- 가 : 영화 내용이 정말 좋지요 ?
  나 : 내용도 내용이지만 배경 음악도 정말 좋은데요 .
- 가 : 건강이 나빠져서 운동을 해야겠어요 .
  나 : 운동도 운동이지만 술부터 끊으세요 .
- 가 : 뭐니 뭐니 해도 학생들은 공부를 잘 해야죠 .
  나 : 공부도 공부지만 인성 교육도 중요하다고 봐요 .
- 가 : 외국어 배우는 걸 왜 그만두셨어요 ? 어렵던가요 ?
  나 : 어렵기도 어렵지만 요즘 시간이 없어서 그만두었어요 .
- 가 : 이번에 휴가를 안 가신다고요 ? 많이 바쁘세요 ?
  나 : 바쁘기도 바쁘지만 여윳돈이 없어서 이번에는 휴가를 못 가요 .

02 - 는다면야 / ㄴ다면야 / 다면야

假設某種情況，要完成那個條件才可以做之後的行動或達成那樣的情況。形容詞或 '-었-' 後接 '-다면야'，有尾音的動詞後接 '-는다면야'，無尾音的動詞後接 '-ㄴ다면야'。

- 가 : 저는 돈이 없는데 대학에 갈 수 있을까요 ?
  나 : 그럼요 . 열심히 공부한다면야 누구든지 대학에 갈 수 있지요 .
- 가 : 우리가 그런 큰일을 해 낼 수 있을까요 ?
  나 : 우리 둘이 힘을 합친다면야 못할 일이 없을 거예요 .
- 가 : 여보 , 우리 시골로 내려가서 사는 게 어때 ?
  나 : 당신만 좋다면야 저는 아무래도 상관없어요 .
- 가 : 이번에 회사에서 제 의견이 받아들여질까요 ?
  나 : 김 과장의 의견이 옳다면야 받아들여지겠지요 .
- 가 : 제 결혼식에 왜 안 오셨어요 ?
  나 : 김 선생님 결혼 소식을 알았다면야 왜 제가 안 갔겠어요 ? 지난 몇 달 외국에 나가 있어서 결혼 소식을 못 들었어요 .

문법 연습

01

도 이지만, -기도 -지만

알맞은 단어를 써서 이야기해 보십시오.

질문		대답
1) 요즘 몸이 안 좋아서 **운동**을 해야 겠어요.	운동 〈 술	운동도 운동이지만 술부터 끊으세요.
2) **경제**가 발전해야 선진국이 될 수 있어요.	경제 〈 정치 수준	경제도 경제지만
3) 요즘은 뭐든 **디자인**이 멋있어야 잘 팔립니다	〈	
4) 저 여자 **예뻐서** 좋아하는 거지?	예쁘다 〈 성격이 좋다	예쁘기도 예쁘지만
5) 영수 생일 파티에는 **바빠서** 안 가려는 거야?	〈	

02 -는다면야/ㄴ다면야/다면야

다음 질문에 대답해 보십시오.

1) 저처럼 수줍음이 많은 사람도 성공할 수 있을까요?

2) 저희 할아버지는 연세가 많으신데도 일을 하고 싶어 하세요. 하실 수 있을 까요?

3) 우리 학교 축구대표팀이 이번 대회에서 우승할 수 있을까요?

4) 경험도 별로 없는 제가 그런 큰일을 잘 할 수 있을까요?

5) 아드님이 대학교에 들어가면 자동차를 사 주겠다고 약속하셨다면서요?

물론이지. 능력 있고 노력만 한다면야 성공할 수 있지.

과제 1   말하기 •——————————

다음은 성공하는 방법에 대한 이야기입니다. 아래의 주제들 중 하나를 골라 [보기]와 같이 이야기해 보십시오.

행복한 결혼 생활의 조건

성공하는 방법

시험에 합격하는 방법

남자/여자의 관심을 얻는 방법

좋은 직장의 선택 기준

피부가 좋아지는 방법

[보기]

학생1 : 어떻게 하면 성공할 수 있을까요?

학생2 : **운만 좋다면야** 성공할 수 있지 않을까요?

학생3 : **운도 운이지만** 태몽도 중요하다고 들었어요. 역사적으로 봐도 왕이나 훌륭한 사람들은 태몽도 좋았다고 하잖아요.

학생4 : **태몽도 태몽이지만** 노력 없이 성공할 수는 없지요.

학생5 : 누구나 성공을 위해 열심히 노력하지만 성공하는 사람도 있고 실패하는 사람도 있잖아요. 저는 성공하기 위해서는 무엇보다도 개인의 능력이 제일 중요하다고 생각해요.

과제 2   읽고 말하기

01 다음은 한국에서 길몽일까요? 흉몽일까요? 왜 그렇게 생각합니까?

1) 돼지가 집안으로 들어오는 꿈

2) 하늘로 올라가는 꿈

3) 해와 달이 뜨는 꿈

4) 쓰레기나 똥 같은 더러운 것을 보는 꿈

5) 이가 빠지는 꿈

6) 죽은 사람이 산 사람을 데리고 가는 꿈

7) 새 집을 짓는 꿈

8) 소나 개가 나타나는 꿈

길몽
흉몽

02 다음은 꿈으로 인생이 바뀐 사람의 이야기입니다. 읽고 질문에 답하십시오.

신라 제 29대 왕의 이름은 김춘추이고, 그의 아내는 신라의 유명한 장군인 김유신의 여동생 문희였다.

문희가 김춘추의 아내가 되기 전의 일이다. 하루는 문희의 언니 보희가 경주 서산 꼭대기에 올라가서 오줌을 누었는데 온 시내가 그 오줌으로 가득 차는 꿈을 꾸었다. 보희는 그 꿈을 창피하게 생각했으나 동생 문희는 달랐다. 문희는 그 꿈 이야기를 듣자마자 꿈을 사겠다고 했다. 보희가 무엇을 주고 사겠느냐고 묻자 비단치마를 주겠다고 답했다. 보희가 좋다고 하고 "어젯밤 꿈을 네게 판다" 고 하니까 문희는 얼른 치마를 펴서 보희의 꿈을 담았다. 이 꿈을 산 문희는 훗날 신라의 왕비가 되었다.

1) 누구에 관한 이야기인지 ✔ 하십시오.

	문희	보희
● 자신의 꿈을 창피하게 생각했다.	☐	☐
● 비단 치마를 주고 꿈을 샀다.	☐	☐
● 신라의 왕비가 되었다.	☐	☐
● 경주 서산 꼭대기에서 오줌을 누었는데 서라벌이 그 오줌으로 가득 차는 꿈을 꾸었다.	☐	☐

2) 두 사람이 왜 꿈을 사고 팔았을까요?

03 여러분은 꿈으로 인생이 달라질 수 있다고 생각합니까? 알고 있는 이야기가 있으면 이야기해 보십시오.

7-5 읽기 : 음식 속에 담긴 의미

🔊 072

　　우리는 보통 음식을 먹으면서 그 음식에 어떤 의미가 담겨 있는지는 잘 생각하지 않는 것 같다. 그런데 음식에 관한 책들을 읽다 보면 한국 조상들이 특별한 의미를 담아 음식을 만들어 먹었다는 것을 알 수 있다. 특히 음식의 색이나 숫자와 관련된 의미는 정말 흥미롭다.

5　　먼저 떡의 색깔에 담긴 의미를 살펴보자. 한국인이 즐기는 대표적인 떡으로는 백설기나 팥 시루떡, 무지개떡이 있다. 흰색의 백설기는 한국인들이 아주 오래 전부터 태양을 숭배했다는[1] 것을 보여준다. 흰색이 밝은 태양을 상징하기 때문이다. 팥 시루떡은 귀신을 쫓는 역할을 했다. 옛날 사람들은 귀신이 붉은 색을 싫어한다고 믿었기 때문이다. 그리고 다섯 가지 색의 무지개떡에는 세상 만물[2]이
10　조화롭기를[3] 바라는 조상들의 마음이 표현되어 있다.

　　동짓날에 먹는 팥죽에도 특별한 뜻이 있다. 우리 조상들은 붉은 팥으로 끓인 죽을 먹으면 나쁜 귀신을 물리치고[4] 가정의 평안[5]을 지킬 수 있다고 믿었다. 붉은색에는 전염병[6]을 막는다는 의미도 담겨 있다. 그래서 사람들은 팥죽을 먹기 전에 조상을 모시는 사당[7]이나 부엌, 창고, 마당, 대문 등 집안 곳곳에 팥죽을
15　뿌렸다. 또한 동짓날에 팥죽을 나누어 먹으면 겨울을 건강하게 보낼 수 있다고 생각했다.

　　음식과 관련하여 숫자가 상징하는 의미도 있다. 우리 조상들은 특별한 날에 만든 떡은 가족끼리만 먹는 것이 아니라 이웃들과 나누어 먹어야 한다고 생각하여 명절이나 생일, 결혼식 날에 반드시 떡을 준비했다. 예를 들어 아이가 태어난
20　지 100일째 되는 날에는 백일 떡을 했는데 백일 떡은 백 집에 돌려야 아이가 건강하게 오래 살 수 있다고 믿었다.

---

1)	숭배하다	우러러 공경하다 .	(崇拜) 崇拜
2)	만물	세상에 있는 모든 물건 .	(萬物) 萬物
3)	조화롭다	서로 잘 어울리다 .	(調和 --) 和諧
4)	물리치다	적이나 나쁜 것을 쳐서 물러가게 하거나 없애다 .	擊退
5)	평안	걱정 없이 잘 있음 .	(平安) 平安
6)	전염병	다른 사람에게 옮길 수 있는 병 .	(傳染病) 傳染病
7)	사당	조상의 제사를 지내는 장소 .	(祠堂) 祠堂

　　예로부터 아홉이라는 숫자는 동양인에게 완전하고 충만하다[8]는 것을 상징하며 부와 행운을 나타내기도 한다. 한국에서는 대보름날에 아홉 가지 나물을 먹는 풍습이 있다. 한국에서 아홉은 모든 걱정을 이겨낸다는 의미를 가지고 있었다. 보름밥을 먹는 것도 그해에 풍년[9]이 들어 굶지 않고 배부르게 잘 지낼 수 있기를 바라는 마음을 표현한 것이다. 또한 이날은 세 집 이상 성이 다른 집에서 지은 밥을 먹어야 그 해에 운이 좋다고 하여 하루 세 번 먹는 밥을 아홉 번 먹기도 했다. 혼례를 올릴 때는 폐백 음식으로 아홉 가지 음식을 담은 구절판을 마련했다. 구절판은 육류, 해조류[10], 견과류[11]의 특성과 모양을 살려 아홉 개의 나무 칸을 하나의 큰 그릇에 끼워[12] 넣어서 만든다. 노란색, 붉은색, 녹색, 흰색, 검정색의 음식이 골고루 들어 있는 구절판은 8칸에 나누어 넣은 재료를 가운데 칸에 있는 밀전병[13]에 싸 먹는다. 여기에는 서로 생각이 다른 사람들도 화합한다는[14] 상징적인 의미가 있어서 구절판은 오래 전부터 정치가들의 회식에서 빠지지 않는 음식이었다고 한다.

　　한국 조상들은 음식을 만들 때 그 음식의 풍부한 영양도 고려하였다. '약과 음식은 그 근원[15]이 같다'는 옛말처럼 조상들은 일상생활에서 날마다 먹는 음식을 매우 중요하게 여겼다. 우리가 먹는 음식으로 건강을 유지하고 질병을 치료할 수 있다는 것이다. 최근 연구 결과에 의하면 여러 가지 색깔의 음식을 먹으면 다양한 영양소[16]를 섭취할 수 있다고 한다. 이러한 연구 결과만 보아도 영양의 균형[17]까지 생각하여 만든 구절판이 얼마나 훌륭한 음식인지 확인할 수 있다. 다양한 재료가 들어가는 구절판이나 비빔밥과 같은 음식을 보면 우리 조상들이 색이나 숫자뿐만 아니라 영양까지 생각하여 음식을 해 먹었다는 것을 알게 된다.

8)	충만하다	가득 차다.	(充滿 --) 盈滿
9)	풍년	농사가 잘 된 해.	(豐年) 豐年
10)	해조류	김·미역·다시마와 같이 바다에서 나는 식물 종류.	(海藻類) 海藻類
11)	견과류	밤·호두·땅콩과 같이 껍질이 단단하고 열매가 익어도 벌어지지 않는 과실 종류.	(堅果類) 堅果類
12)	끼우다	어떤 물건을 벌어진 틈 사이에 들어가게 하다.	夾住、塞住
13)	밀전병	밀가루 반죽을 넓고 둥글게 하여 프라이팬에 익혀서 만든 떡.	(- 煎餅) 小麥煎餅
14)	화합하다	힘을 합하다.	(和合 --) 和諧
15)	근원	사물이 생겨나는 본바탕.	(根源) 根源
16)	영양소	탄수화물·지방·단백질·비타민 등 에너지를 제공해 주는 영양이 있는 물질.	(營養素) 營養素
17)	균형	어느 한쪽으로 치우치지 않고 고름.	(均衡) 均衡

 **내용 이해**

1) 이 글의 중심 내용을 모두 고르십시오 . (,   )

❶ 우리 조상들은 특별한 의미를 담아 음식을 만들어 먹었다.

❷ 우리 조상들은 약과 음식은 그 근원이 같다고 생각하면서 음식을 먹었다.

❸ 우리 조상들은 색이나 숫자뿐만 아니라 영양까지 생각하여 음식을 해 먹었다.

❹ 우리 조상들은 특별한 날에 만든 떡은 이웃들과 나누어 먹어야 한다고 생각했다.

2) 다음은 색깔에 특별한 의미가 담겨 있는 음식입니다 . 연결하십시오 .

❶ 백설기 •   •붉은색   •   •태양을 숭배한다.

❷ 무지개떡 •   •흰색   •   •나쁜 귀신을 물리친다.

❸ 팥죽   •   •다섯 가지 색•   •세상 만물이 조화롭기를 바란다.

3) 다음은 숫자에 특별한 의미가 담겨 있는 음식입니다 . 표를 완성하십시오 .

음식 이름	숫자	음식에 담겨 있는 주된 의미
백일 떡		
대보름날 나물		
구절판		

4) 구절판에 들어가는 음식의 종류 세 가지를 찾아 쓰십시오 .

5) 이 글의 내용과 같으면 ○ , 다르면 × 하십시오 .

❶ 한국에는 옛날부터 팥죽을 마을 곳곳에 뿌리는 전통이 있다.   (　　　)

❷ 우리 조상들은 생일이나 명절이 되면 떡을 꼭 해 먹었다.   (　　　)

❸ 우리 조상들은 영양을 생각하여 구절판에 다양한 재료를 사용했다.   (　　　)

한국의 민간 신앙

우리 민족은 오랜 옛날부터 돌이나 나무를 신앙의 대상으로 믿고 섬겨 왔습니다. 그 곳에 영혼이 있다고 믿었기 때문이지요. 처음에 돌은 지배자에 대한 맹세나 권위를 상징했습니다. 그러다가 차츰 이상하게 생긴 큰 바위에 절을 하며 복을 빌게 되었습니다. 돌이 생명을 탄생시키고 잘 살게 해 준다고 믿었기 때문입니다. 이러한 예로 큰 바위나 돌에 불상을 새기거나 서낭당 앞에 돌무덤을 쌓아 소원을 비는 것을 들 수 있습니다. 이러한 돌에 대한 믿음은 돌이 변하지 않고 영원하다는 생각에서 나온 것이었습니다.

이러한 영원함을 바라는 마음은 나무를 믿고 섬기는 풍속으로도 이어졌습니다. 우리나라 시골 마을 입구에는 오래된 나무가 서 있는 경우가 많습니다. 사람들은 이 나무를 '당산 나무'라고 부르며 섬깁니다. 당산 나무는 신앙의 대상이 될 뿐 아니라 마을 사람들이 모이는 장소로도 이용되었습니다. 시원한 그늘을 만들어 주기 때문에 그 아래 조그만 정자를 짓고 그 정자 아래 마을 사람들이 모여 휴식도 취하고 마을의 대소사도 결정했지요. 그래서 이러한 나무를 정자나무라고도 불렀습니다. 그리고 당산 나무에도 영혼이 있고 마을을 지켜준다고 믿었기

때문에 당산 나무에 나쁜 짓을 하거나
하면 벌을 받는다고 생각했습니다.
그리고 마을 제사를 지낼 때는 이
당산 나무 아래서 제사를 지냈습
니다.

1) 한국 민족은 왜 돌이나 나무를 신앙의 대상으로 믿었을까요? 이야기해
   보십시오 .

2) 여러분 나라에도 이와 비슷한 신앙이 있습니까? 이야기해 보십시오 .

제8과 생활 경제

8-1 저축 상 타신 걸 축하드립니다

학습 목표 ● 과제 돈 모으는 방법 소개하기 ● 어휘 소비, 지출 관련 어휘 ● 문법 -을 따름이다, -으니만큼

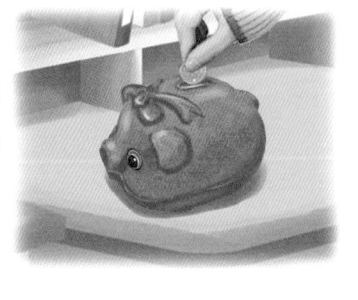

여러분은 어떻게 돈을 절약하고 있습니까?

생활 속에서 돈을 절약하는 방법에는 어떤 것들이 있을까요?

🔊 073~074

제임스　　아주머니, 이번에 저축 상 타신 걸 축하드립니다.

아주머니　아유, 쑥스럽게 뭘. 별로 많지도 않은데 이런 상을 받으니 부끄러울 따름이야.

제임스　　아주머니처럼 힘든 식당 일을 하시면서 그렇게 큰돈을 모으신 분이 흔한가요? 그런데 비결이 뭐예요?

아주머니　비결이랄 게 뭐 있나? 단돈 만 원이라도 모이면 바로 은행에 가서 저축을 했지. 하고 싶은 것 다 하고서는 돈 모으기 어렵거든.

제임스　　네, 그렇게 모으신 돈으로 세 명의 자녀분들을 대학까지 다 교육 시키시고 정말 대단하세요. 요즘은 형편이 어려운 학생들의 등록금도 대신 내주신다면서요?

아주머니　이젠 자식 교육도 다 시켰고, 다른 사람에게 많은 도움을 받고 살았으니만큼 나도 나보다 어려운 사람 도우면서 살아야지.

쑥스럽다 不好意思、難為情　　흔하다 普遍　　단돈 小錢　　자녀 (子女) 子女
형편 (形便) 情況　　대신 (代身) 代替

어휘

고가   구매   소비   수입   저가

저축   절약   지출   과소비

01 빈 칸에 알맞은 어휘를 쓰십시오.

1) 돈을 쓰는 것. ☐☐   2) 지나치게 돈을 많이 쓰는 것. ☐☐☐

3) 돈이 들어오는 것. ☐☐   4) 돈이 나가는 것. ☐☐

5) 물건을 사는 것. ☐☐   6) 비싼 값. ☐☐

7) 싼 값. ☐☐   8) 아껴 쓰는 것. ☐☐

9) 은행 등에 돈을 모으는 것. ☐☐

02 다음은 최근 기사 중 일부입니다. 빈 칸에 알맞은 어휘를 쓰십시오.

최근 각 가구의 **수입** 은/는 줄어든 데 비해 교육비 ＿＿＿＿ 이/가 크게 늘어 났다. 그래서 일반인들이 생활비를 줄이고 물건을 사지 않는 등 ＿＿＿＿ 이/가 많이 줄었다. 이는 경제에도 나쁜 영향을 주고 있다. 그러나 일부 부유층은 외국에서 수입한 유명한 ＿＿＿＿ 의 제품만을 ＿＿＿＿ 하는 등 부유층의 ＿＿＿＿ 은/는 여전히 문제가 되고 있다. 이러한 과소비는 물건 값 일이백원을 깎아 가며 알뜰하게 하는 많은 소시민들에게 허탈감을 주고 있다.

문법
설명

01 -을 / ㄹ 따름이다

在文章的情境外沒有其他可能性或狀況，除了此一選擇或情況以外。強調文章的情境時也可使用。有尾音的用言後接 '-을 따름이다'，無尾音的用言後接 '-ㄹ 따름이다'。

- 그 남자는 조금도 움직이지 않고 하늘만 올려다 볼 따름이었다.
- 저에게는 아무 권한도 없습니다. 저는 책임자가 아니고 보조 역할일 따름입니다.
- 내가 이 일을 한 다른 이유는 없어. 다만 너를 위해 이 일을 하고 싶었을 따름이야.
- 제가 그걸 먹고 싶어서 먹은 건 아닙니다. 다만 사람들이 먹으라고 해서 먹었을 따름입니다.
- 고맙기는요. 오히려 더 많은 도움을 드리지 못해 죄송할 따름입니다.

02 -으니만큼 / 니만큼

前文的內容是理由或原因，在後文出現相呼應的結果。有尾音的用言後接 '-으니만큼'，無尾音的用言後接 '-니만큼'。

- 오늘은 출근 첫날이니만큼 많이 긴장될 겁니다.
- 이제 너도 한 살 더 먹었으니만큼 철이 좀 들어야지.
- 그 집은 번화가에 있으니만큼 집값이 꽤 비싸다고 해요.
- 남보다 열심히 노력했으니만큼 좋은 결과가 나올 거예요.
- 그 때는 낮에는 돈 벌고 밤에는 야간 대학원에까지 다니던 때이니만큼 집에 돌아오면 자리에 누울 힘도 없었을 때였다.

문법 연습

-을/ㄹ 따름이다

01 다음 상황에서 기분이 어떨까요? 이야기해 보십시오.

답답하다   안타깝다   기쁘다

감사하다   죄송하다   실망스럽다

걱정되다   부끄럽다

1)
> 가 : 초대해 주셔서 정말 고맙습니다.
> 나 : 아닙니다. 바쁘신 중에도 이렇게 와 주셔서 감사할 따름입니다.

2)
> 가 : 상을 받으신 소감 한 마디 해 주시죠.
> 나 : 제가 뭘 바라고 한 일도 아닌데 이렇게 상을 주시니…

3)
> 가 : 선생님 아이들은 공부를 잘 하지요?
> 나 : 아니요, 공부도 안 하고 놀기만 해서…

4)
> 가 : 이번에 시험 성적이 잘 안 나와서 많이 실망했지요?
> 나 : 아니에요. 공부를 많이 안 해서 시험을 못 볼 거라고 생각했는데 생각
>   보다 성적이 좋아서 …

5)
> 가 : 이제는 정치인들이 예전보다 많이 깨끗해졌겠지요?
> 나 : 저도 그럴 거라고 기대했는데 뉴스에서 보도되는 정치인들의 부정부패를
>   보면…

-으니만큼/니만큼

02 친구의 고민에 대해 대답해 보십시오.

제 실수 때문에 친구와 좀 심하게 싸웠어요. 제가
계속 사과를 했는데도 친구가 화를 풀지 않아요.

내일 휴일인데 회사에서 나오라고 해요. 저는 여자
친구와 선약이 있는데 어떻게 하죠?

열심히 준비하기는 했지만 입사시험 보고 나서
너무 불안해요. 이번에 또 떨어지면 어떻게 하죠?

1박2일 코스로 설악산 등산을 하려고 하는데 무엇을
준비해야 해요?

이번에 제가 청소년 드라마를 만들게 되었는데 어떤
내용으로 만들면 좋을까요?

사과를 많이 했으니만큼 친구도 곧 화를 풀 거예요.
걱정하지 마세요.

과제 1   쓰기

경제면에 난 신문기사의 일부입니다. 제목에 맞춰 [보기]와 같이 기사를 만들어 보십시오.

[보기]

가죽 옷 꼼꼼히 살펴야

겨울이 다가오면서 최근 가죽 옷을 구입하는 사람들이 많아졌다. 그러나 가죽 옷은 가격이 비싼데다가 한 번 구입하면 오래 입는 **옷**이니만큼 꼼꼼하게 살펴본 뒤 사야 한다.

1)

고객들 눈 높아져 서비스 개선 시급

최근 고객들은 아무 제품이나 사지 않는다. 이렇게 고객들의 눈이 높아 졌으니만큼

2)

투자? 수익이 많으면 손실도 큰 법! 주의해야…

과제 2　　읽고 쓰기

01　다음은 무슨 뜻일까요? 아래의 뜻에 맞는 표현을 쓰십시오.

돈을 펑펑 쓴다.
돈을 물 쓰듯 한다.
밑 빠진 독에 물 붓기이다.

1) 돈을 너무 많이 써서 아무리 벌어도 항상 부족하다.

　　　　　　　　　　　　　　　　　　　　　　　

2) 돈을 많이 쓰고 낭비한다.

　　　　　　　　　　　　　　　　　　　　　, 　　　　　　

02　다음은 돈을 합리적으로 사용하고 돈을 모으는 방법에 대한 글입니다. 여러분도 여러분의 방법을 소개하고 써 보십시오.

돈을 모으는 방법

저는 사회 초년생입니다. 사회에 첫발을 디딘 사람으로서 기대도 되고 흥분도 됩니다. 이제 저도 일정한 수입이 생기게 되는데, 이것을 어떻게 관리해야 할지 고민입니다. 좋은 방법이 있으면 좀 알려 주십시오.

re: 돈을 모으는 방법

저는 가계부를 씁니다. 가계부를 쓰면 돈을 쓸 때마다 내가 어디에 얼마를 썼는지 가계부에 기록하고, 월말이 되면 가계부를 보고 내가 쓸데없이 돈을 낭비한 부분은 없는지, 다음 달에는 어디에 돈을 좀 덜 써야 할지 살펴볼 수 있어서 낭비를 안 하게 됩니다.

---

re: 돈을 모으는 방법

저는 시간이 많지 않아 가계부를 쓸 수는 없지만 대신 봉투를 이용합니다. 우선 한 달 동안 돈을 쓸 계획을 세우고 어디에 얼마만큼의 돈을 쓸지 나누어 놓은 다음 그걸 각각 다른 봉투에 따로따로 넣어 둡니다. 그리고 무슨 일이 있더라도 봉투 안에 넣어 둔 계획된 돈만큼만 씁니다. 또 작은 돈도 큰돈으로 모을 수 있는 방법의 하나로 돼지저금통을 이용하는 것도 좋습니다. 쇼핑하고 남은 잔돈이나 지갑에 남은 잔돈은 귀찮을 때가 많습니다. 이리저리 굴러다니다가 없어지는 잔돈을 돼지저금통에 모아 보십시오. 1년이 지나면 제법 큰돈이 되어 있을 겁니다.

---

re: 돈을 모으는 방법

저는 보험을 듭니다. 아무 사고가 없으면 지금은 손해 보는 느낌이지만 정말 큰일이나 사고가 생겼을 때는 보험만큼 도움이 되는 것도 없으니까요.

---

re: 돈을 모으는 방법

친구들이 쓴 답글 중에서 여러분과 비슷한 것이 있습니까? 또 어떤 것이 여러분에게 가장 도움이 됩니까?

8-2 은행에 저축하는 게 최고예요

학습 목표 ● **과제** 경제 관련 글 읽고 비교하기 ● **어휘** 비용 관련 어휘 ● **문법** −자면, 대로

위 그림의 사람들은 무엇을 하고 있습니까?
돈을 모으는 좋은 방법에는 어떤 것들이 있을까요?

🔊 075~076

리에 요즘 새로운 일을 시작하셔서 많이 바쁘시다면서요?

민철 네, 한국에 와 있는 외국 유학생들에게 필요한 물건을 대여해 주는
사업이에요. 리에 씨도 필요한 게 있으면 제 인터넷 사이트에 한번
들러 보세요.

리에 그런 사업을 하자면 처음에 돈이 많이 필요할 텐데 어떻게 사업
자금을 마련하셨어요?

민철 그동안 회사 다니면서 모아 두었던 돈을 좀 썼죠. 모아둔 돈 중
반은 주식 투자를 하고 반은 이번 사업 시작하는 데 썼어요.

리에 주식 투자나 사업은 위험 부담이 좀 많지 않아요? 아무래도
은행에 저축하는 게 돈 모으는 데는 최고일 것 같아요.

민철 은행 저축도 저축대로 좋은 점이 있지만 주식 투자나 사업만큼
단기간에 이익을 내기는 어렵지요.

대여 (貸與) 出借　　자금 (資金) 資金　　마련하다 籌備　　주식 (株式) 股份、股票
위험 부담 (危險負擔) 風險負擔　　단기간 (短期間) 短期　　이익 (利益) 利益

어휘

01 다음 가계부 항목에 맞는 비용을 아래에서 골라 쓰십시오.

식비 외식비	교통비	문화 레저비	육아 교육비	경조사비	세금 공과금	저축 보험	건강 의료비
						적금	

약값, 적금, 쌀값, 주유비, 등록금, 반찬값, 학원비, 병원비, 축의금, 자동차세,
의료보험료, 극장요금, 지하철요금, 자동차보험료, 아파트 관리비, 놀이공원 입장료

02 다음 글을 읽고 아래 가계부의 빈 칸을 채우십시오.

이번 달에는 지난 달 보다 돈을 더 많이 쓴 것 같다. 지난달에는 20만 원 정도 돈이 남았었는데 이번 달에는 4만 원밖에 남지 않았다. 집에서 밥을 많이 해 먹지 않아서 식비는 15만 원 정도 밖에 쓰지 않았는데 밖에서 밥을 사 먹은 돈이 30만 원이나 된다. 그리고 휘발유값이 많이 올라서 자동차 주유비도 32만 원이나 들었고 버스와 지하철 요금도 올라 이번 달에는 10만 원이나 들었다. 그리고 지난 주말에 남편하고 뮤지컬을 봤는데 그것도 16만 원이었다. 그리고 친구가 결혼을 해서 축의금으로 5만 원을 냈고 아파트 관리비와 자동차세를 50만 원 정도 냈다. 그리고 감기에 걸려 1주일 동안 병원에 다녔는데 병원비, 약값 등으로 2만 원이 들었다. 그리고 적금과 펀드에 100만 원을 넣었고 자동차보험과 의료보험으로 46만 원이 들었다. 그런데 이번 달에 남편이 월급으로 310만 원을 받았으니까 돈이 조금 밖에 남지 않은 것은 당연하다.

번호	내용	금액
1	식비, 외식비	45만 원
2	교통비	
3	생활잡비	10만 원
4	문화, 레저비	
5	육아, 교육비	X
6	경조사비	
7	세금, 공과금	
8	저축, 보험	
9	건강, 의료비	
10	기타	10만 원
	총 지출	326만 원

총 수입	전월 잔액 이달 수입	
총 지출	현금 지출	21만 원
	카드 지출	305만 원
	총 잔액	4만 원

01 - 자면

假設某種用意或目的，描述想做某種行為時所需要的條件。

- 경제를 살리자면 투자를 늘리는 게 최우선입니다.
- 이런 불경기에 기업이 살아남자면 기업인과 노동자 모두의 노력이 필요하다.
- 그림 공부를 제대로 하자면 해외 유학을 가는 게 좋을 것 같다.
- 큰 정치를 하자면 사소한 일에 너무 신경 쓰지 않는 게 좋다.
- 교육이 제대로 되자면 무엇보다도 지금의 입시 위주의 교육이 없어져야 한다.

02 대로

一般前面會和 '는/은' 一起使用，區分前者和後者，有不同的特性。

- 종이는 종이대로 병은 병대로 따로 따로 버려야 한다.
- 아이들은 아이들대로 부모들은 부모들대로 따로 식사를 한 후 만나기로 했다.
- 떠난 사람은 떠난 사람이고, 나는 나대로 내 살 길을 찾아봐야겠지.
- 기업은 기업대로 인재를 구하기 어렵다고 하고, 취업 희망자들은 취업 희망자들대로 취업의 문이 너무 좁다고들 하고 있다.
- 중국학자는 중국학자대로 한국학자는 한국학자대로 역사에 대해 다른 목소리를 내고 있다.

문법 연습

Y O N S E I   K O R E A N 4

-자면

01 다음은 여러 사람의 희망입니다. 그 꿈을 이루려면 어떻게 하는 것이 좋은지
충고하십시오.

저는 외국에 나가서 선수 생활을 하고 싶
어요.

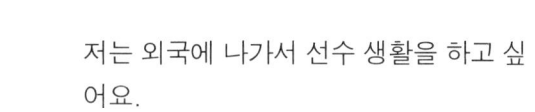

저는 춤추면서 노래하는 댄스 가수가 되고
싶어요.

저는 프로게이머가 되려고 요즘 매일
10시간씩 연습하고 있어요.

저는 앞으로 삼성 같은 대기업을 경영하는
사업가가 되고 싶습니다.

저는 정치가가 되려고 하는데 사람들이
힘들 거라고들 해요.

외국에 나가서 선수 생활을 하자면 영어를 잘해야 할
거예요. 그래야 감독이나 다른 선수들과 생활하는 데
문제가 없겠죠.

291

대로

02 다음은 인터넷 블로그의 상담실입니다. 적당한 답글을 달아 주십시오.

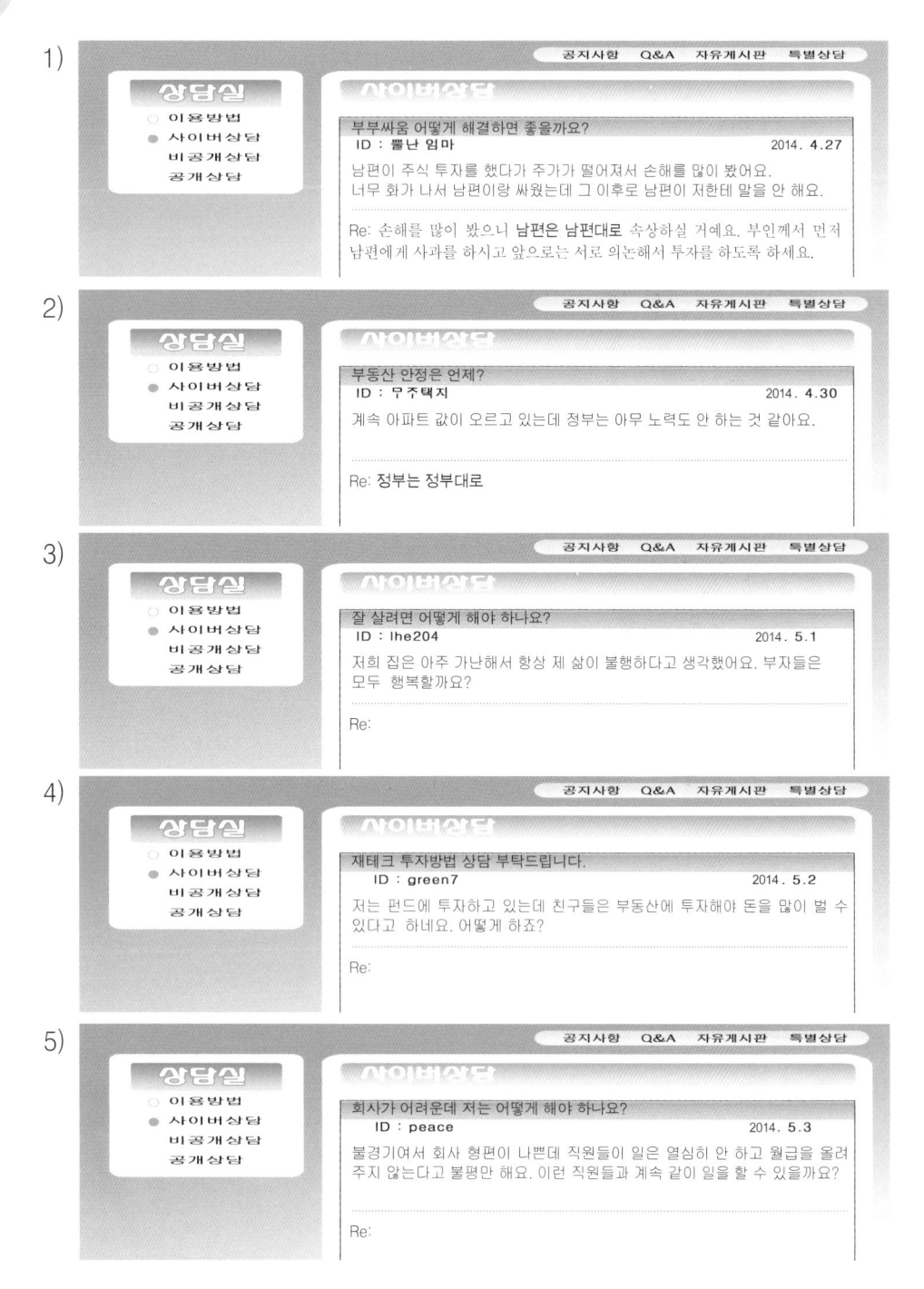

1)
공지사항　Q&A　자유게시판　특별상담

상담실
○ 이용방법
● 사이버상담
　비공개상담
　공개상담

사이버상담

부부싸움 어떻게 해결하면 좋을까요?
ID : 뿔난 엄마　　　　　　　　　　2014. 4.27

남편이 주식 투자를 했다가 주가가 떨어져서 손해를 많이 봤어요.
너무 화가 나서 남편이랑 싸웠는데 그 이후로 남편이 저한테 말을 안 해요.

Re: 손해를 많이 봤으니 **남편은 남편대로** 속상하실 거예요. 부인께서 먼저
남편에게 사과를 하시고 앞으로는 서로 의논해서 투자를 하도록 하세요.

2)
공지사항　Q&A　자유게시판　특별상담

상담실
○ 이용방법
● 사이버상담
　비공개상담
　공개상담

사이버상담

부동산 안정은 언제?
ID : 무주택지　　　　　　　　　　2014. 4.30

계속 아파트 값이 오르고 있는데 정부는 아무 노력도 안 하는 것 같아요.

Re: 정부는 정부대로

3)
공지사항　Q&A　자유게시판　특별상담

상담실
○ 이용방법
● 사이버상담
　비공개상담
　공개상담

사이버상담

잘 살려면 어떻게 해야 하나요?
ID : lhe204　　　　　　　　　　2014. 5.1

저희 집은 아주 가난해서 항상 제 삶이 불행하다고 생각했어요. 부자들은
모두 행복할까요?

Re:

4)
공지사항　Q&A　자유게시판　특별상담

상담실
○ 이용방법
● 사이버상담
　비공개상담
　공개상담

사이버상담

재테크 투자방법 상담 부탁드립니다.
ID : green7　　　　　　　　　　2014. 5.2

저는 펀드에 투자하고 있는데 친구들은 부동산에 투자해야 돈을 많이 벌 수
있다고 하네요. 어떻게 하죠?

Re:

5)
공지사항　Q&A　자유게시판　특별상담

상담실
○ 이용방법
● 사이버상담
　비공개상담
　공개상담

사이버상담

회사가 어려운데 저는 어떻게 해야 하나요?
ID : peace　　　　　　　　　　2014. 5.3

불경기여서 회사 형편이 나쁜데 직원들이 일은 열심히 안 하고 월급을 올려
주지 않는다고 불평만 해요. 이런 직원들과 계속 같이 일을 할 수 있을까요?

Re:

과제 1   말하기

다음은 경제 전문가가 말하는 돈을 모으는 방법입니다. 여러분도 자신이 하고 싶은 일의 계획을 세우고, 어떻게 돈을 모을 수 있을지 [보기]와 같이 이야기해 보십시오.

돈을 모으는 방법

✔ 집을 사기 위해서 월급의 40%는 저축을 한다.

✔ 노후 자금을 모으기 위해서 30대에 연금에 가입해야 한다.

✔ 예상외의 지출을 생각해서 보장성 보험에 가입해야 한다.

✔ 짧은 시간에 은행보다 높은 수익을 올리기 위해서 적립식 펀드에 가입한다.

✔ 소비를 줄이기 위해서 체크카드나 현금을 사용한다.

계획	돈을 모으는 방법
유학을 가려고 한다	
자동차를 사려고 한다	
여러분의 계획	

[보기]

상담자 : 요즘은 젊어서부터 계획적으로 돈을 모아야 한다고 하는데 전 가능하면
빨리 집을 사고 싶어요. 어떻게 해야 돈을 빨리 모을 수 있을까요?

경제 전문가 : 집을 **사자면** 월급의 40%는 꼭 저축을 해야 합니다. 그렇게 하지 않
으면 목돈을 만들 수 없어요.

상담자 : 그럼, 노후 자금을 모으기 위해서는 어떻게 해야지요?

경제 전문가 : 노후 자금을 **모으자면** 30대부터 연금에 가입해야 해요. 늦게
연금에 가입하면 한 번에 내야 할 돈이 너무 많아서 부담이 될
거예요.

과제 2   읽고 말하기

여러분은 어떻게 돈을 모으는 것이 가장 좋은 방법이라고 생각합니까? ✓ 하고
이야기해 보십시오.

01

1) 무조건 안 쓴다. ☐

2) 은행에 저축을 한다. ☐

3) 사업을 한다. ☐

4) 부동산 투자, 주식 투자 등 돈을 벌 수 있는 곳에 투자를 한다. ☐

5) 기타 ☐

다음은 부자가 된 사람들의 이야기입니다. 읽고 질문에 대답하십시오.

(1) 자린고비 이야기

　　조선시대 가장 유명한 자린고비 조륵에 대한 이야기이다. 그는 열심히 일을 했고 또 무슨 일이든 하기만 하면 잘 돼서 곧 부자가 되었다. 그런데 조륵은 재산이 많아질수록 더 구두쇠 짓을 했다. 하루는 파리 다리에 묻은 간장이 아깝다며 쫓아가 잡아서 다리에 묻은 간장을 빨아먹기까지 했다.

　　그러던 어느 날 밤 하인이 조륵에게 급히 달려와 족제비가 닭 한 마리를 물고 갔다고 했는데, 조륵은 그것이 하늘이 자신에게 준 복이 끝나고 앞으로 재물이 나갈 의미라고 생각했다.'재물이 빠져나갈 때는 그 이유가 있는 법이니까 이제부터 돈을 제대로 잘 써야겠구나.'다음 날부터 그는 가난한

농부들에게 논밭을 골고루 나눠 주었다. 이 소문을 들은 왕은 그를 위해 자린고비(慈仁考碑, 어질고 자애로움을 기념하는 비석)를 세워 주었다.

　　65세의 나이로 세상을 떠날 때 그는 유산 하나 못 빈은 아들에게 "네가 써야 할 돈은 네가 스스로 벌어서 살아라" 라고 말했다.

1) 조륵은 어떻게 돈을 모았고 부자가 된 후 어떻게 생활했습니까?

2) 조륵은 왜 가난한 사람들에게 돈을 나눠 주었습니까?

(2) 봉이 김 선달 이야기

조선시대에 한양 상인들에게 대동강 물을 팔아서 유명해진 '봉이 김선달' 이라는 사람의 이야기이다.

김 선달은 대동강 가에서 물을 떠다 주는 물장수를 만났을 때 기발한 아이디어가 생각났다. 그는 물장수들을 데리고 주막에 가서 술을 한 잔 사 주고 돈을 나눠 주면서 내일부터 물을 떠 갈 때마다 자기에게 한 냥 씩을 달라고 했다. 그리고 이튿날부터 대동강에서 물을 떠가는 물장수들에게서 그 돈을 받았다.

이때 돈을 내지 못한 물장수는 선달에게 야단을 맞았다. 이것을 본 한양 상인들은 그 대동강이 김 선달의 것인 줄 알고 계약서까지 쓰고 황소 60마리 값에 대동강 물을 사게 된다. 그러나 김 선달은 그렇게 부자에게서 번 돈으로 어려운 사람들을 많이 도와 주었기 때문에 재산은 모으지 못했다고 한다.

1) 김 선달은 어떻게 해서 대동강 물을 팔 수 있었습니까?

2) 김 선달은 왜 돈을 모으지 못했습니까?

(3) 60만원으로 100억을 번 이야기

이영우 씨는 현재 100억 원 가치의 부동산을 가지고 있는 부자이다. 이 씨의 재테크 시작은 비교적 간단했다. 어렸을 때부터 땅에 관심이 많았던 이 씨는 스무살이 되던 20년 전, 부동산 경매로 60만 원짜리 땅을 샀다. 구석진 곳에 있어서 아무도 관심이 없는 땅이었지만 그는 앞으로의 개발 가능성을 본 것이다. 결국 그곳은 주거지역으로 개발됐고 이 씨는 큰 이익을 보게 됐다. 그 이후에도 이 씨는 먼저 쓸모없는 땅을 적은 돈으로 사서 다시 땅이나 상가에 투자하는 방법으로 돈을 모았다.

그리고 일단 살 땅을 선택하면 인터넷이나 책을 통해 지식을 얻고 반드시 직접 그 곳을 찾아가 그 곳에 사는 사람들에게서 정보를 수집했다. 결국 끊임없는 공부와 열정, 노력이 있었기 때문에 그는 부자가 될 수 있었던 것이다.

1) 이영우 씨가 가장 처음 투자한 것은 무엇입니까?

2) 어떻게 이영우 씨가 부자가 될 수 있었습니까?

3) 앞의 세 이야기는 다음의 무엇과 관계가 있습니까? 이 세 사람 중 누가 가장 을 잘 벌고 잘 쓴 것 같습니까?

❶ 번 이야기 •   • 적은 돈을 남들과 다르게 투자해서 부자가 된 사람의 이야기

❷ 번 이야기 •   • 돈을 안 쓰고 모아 부자가 되었지만 그 돈을 다시 사회에 돌려 준 사람의 이야기

❸ 번 이야기 •   • 부자들을 속여 돈을 번 후 그것을 다시 가난한 사람들에게 나눠 주어 자신은 부자가 되지 못했던 사람의 이야기

03   여러분은 어떻게 돈을 벌고 싶습니까? 그리고 그 돈을 어떻게 쓰겠습니까?

8-3 신용카드로 결제가 안 되는 바람에 당황했어요

학습 목표 ● 과제 신용카드의 장단점 듣고 요점 파악하기 ● 어휘 신용카드 관련 어휘 ● 문법 −는 바람에, −었으면야

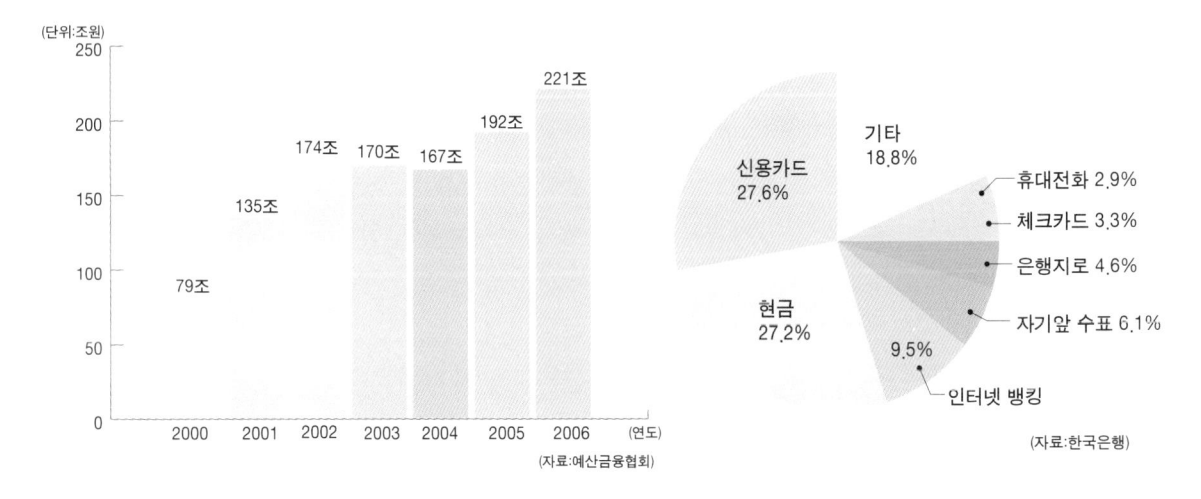

신용카드 사용 금액

물건 구매시 결제수단 비중 (2006년)

(단위:조원)

(자료:예산금융협회)

(자료:한국은행)

위의 도표에서 신용카드의 사용은 해마다 어떻게 되었습니까 ?
여러분은 물건을 산 후 어떤 방법으로 결제를 합니까 ?

077~078

리에	어제 데이트는 즐거웠어요 ?
민철	말도 마세요 . 괜히 기분 내려고 호텔 식당에 갔다가 제 신용카드로 결제가 안 되는 바람에 얼마나 당황했는지 몰라요 .
리에	아니 , 결제가 왜 안 됐는데요 ?
민철	제가 최근에 돈을 좀 무절제하게 썼거든요 . 그랬더니 제 카드의 사용한도가 넘어 쓸 수가 없었어요 .
리에	저도 그럴까 봐 신용카드로 쓴 금액을 항상 그때그때 적어 놓아요 . 그러면 제가 얼마를 썼는지 알 수 있거든요 .
민철	저도 그렇게 했으면야 어제 같은 일은 없었겠죠 . 아무튼 이번 일이 저한테는 아주 좋은 교훈이 됐어요 .

신용카드 (信用 --) 信用卡   결제 (決劑) 付清   최근 (最近) 最近   무절제하다 (無節制 --) 無節制
한도 (限度) 限度   금액 (金額) 金額   교훈 (教訓) 教訓

어휘

면제   적립   할부   할인   가맹점

무이자   연회비   일시불   포인트

01 빈 칸에 알맞은 어휘를 쓰십시오.

> 나는 얼마 전에 신용카드를 하나 만들었다. 그 카드는 영화관이나 놀이공원 입장료를 20% _____ 해 주어서 나처럼 영화를 좋아하는 사람에게 좋은 것 같았다. 또 그 카드를 사용할 수 있는 가맹점에서는 항상 2~3개월 무이자 할부로 물건을 살 수 있어서 비싼 물건을 살 때 한꺼번에 돈을 지불하지 않아도 되니까 좋다. 그리고 가맹점에서 사용할 때마다 _____ 이/가 많이 쌓이고, _____ 된 포인트를 현금처럼 사용할 수도 있다. 2~3개월 _____ 으로/로 하지 않고 한꺼번에 _____ 으로/로 내는 경우에는 포인트가 두 배로 적립된다. 그리고 무엇보다도 매년 내야 하는 _____ 을/를 5년 동안 _____ 해 주기 때문에 좋다.

02 여러분은 어떤 카드를 만들겠습니까? 이야기해 보십시오.

(가) 카드	● 주요 백화점·할인점·면세점 등에서 2~3개월 무이자 할부 서비스 ● 전국 놀이공원에서 카드 결제 시 입장권 할인 ● 유명 영화관 티켓 할인
(나) 카드	● 전국 21개 리조트에서 결제 시 최고 40% 할인 ● 백화점과 대형 할인점에서 최고 10% 포인트 결제 가능 ● 유명 음식점에서 최고 20% 포인트 결제 가능
(다) 카드	● 대형 할인점·인터넷 쇼핑몰 3~5% 할인 ● 첫해 연회비 면제 ● 유명 음식점 10~20% 할인
(라) 카드	● 모든 주유소에서 5% 주유 할인 ● 국내선/국제선 항공권 최고 7% 할인 ● 항공사 마일리지 1,500원당 1마일 적립

01 - 는 바람에

前文構成原因，對後文的結果造成負面影響。

- 서둘러서 나오는 바람에 집에 지갑을 놓고 나왔어요.
- 사람들이 갑자기 입구로 몰리는 바람에 사고가 발생했다.
- 갑자기 비가 내리는 바람에 예정했던 행사를 모두 취소했다.
- 지원자가 늘어나는 바람에 채점하는 데 시간이 많이 걸렸다.
- 그녀는 아버지의 회사가 부도나는 바람에 시골로 내려와 살게 되었다.

02 - 었으면야 / 았으면야 / 였으면야

對過去的事做假設。前文是假設與過去相反的事實，後文是沒達成的事，即現在事實的相反。'야' 是作為強調的助詞，使 '-었으면' 的假設語氣更強烈。

- 실수만 하지 않았으면야 제가 당연히 합격을 했을 거예요.
- 그 때 그녀와 헤어지지 않았으면야 지금쯤 행복한 가정을 꾸리고 살았을 테지.
- 그 때 저에게 위로 한마디라도 해 주었으면야 제가 이렇게 섭섭하지는 않았을 겁니다.
- 미리 나한테 의논을 했으면야 내가 그 일을 알아서 처리해 주었을 텐데 왜 의논을 하지 않았어?
- 옛날만 같았으면야 나 정도 실력이면 벌써 취직을 했을 텐데. 요즘은 옛날하고 달라서 취직하기가 정말 어렵다.

문법 연습

-는 바람에

01 문장을 완성하여 이야기해 보십시오.

1) 집에서 나올 때 동생이 빨리 가자고 너무 서두르는 바람에	⌒	지갑을 집에 두고 왔어요.

2) 바람이 많이 불어서 우산이 뒤집히는 바람에	⌒	

3) 버스에서 사람들이 미는 바람에	⌒	

4)	⌒	얼마나 당황했는지 몰라요.

5)	⌒	너무 놀라서 뒤를 돌아봤어요.

1) 집에서 나올 때 동생이 빨리 가자고 너무 서두르는 바람에 지갑을 집에 두고 왔어요.

2) 바람이 많이 불어서 우산이 뒤집히는 바람에

3)

4)

5)

-었으면야/았으면야/였으면야

02 누군가 여러분이 한 일에 대해 불만이 있습니다. 그러나 여러분은 그렇게 한 이유가 있습니다. 이야기해 보십시오.

	불만		이유
부장	일할 사람이 없는데 사장이 사람을 뽑지 않은 것이 불만이다.	사장	우리 회사에서 일할 만한 사람이 없었다.
남자친구	지난 토요일이 생일이었는데 여자 친구가 선물을 주지 않아서 섭섭하다.	여자친구	남자 친구의 생일을 몰랐다.
에릭	지난 달에 결혼식을 했는데 결혼식에 미선이가 오지 않아서 섭섭하다.	미선	에릭의 결혼식 소식을 듣지 못했다.
아내	집안일이 많은데 남편이 잘 도와주지 않아서 불만이다.	남편	집안일을 도와주고 싶지만 시간이 없었다.

사장님, 요즘 일이 많은데 일할 사람을 왜 안 뽑으셨어요?

우리 회사에서 일할 만한 사람이 있었으면야 나도 사람을 뽑았을 거예요. 그런데, 우리 회사에 맞는 사람이 하나도 없었어요.

과제 1   말하기

다음 상황에 맞게 [보기]와 같이 이야기해 보십시오.

문제	이렇게 해야 합니다
계획성 없이 돈을 써서 이번 달 생활비가 모자란다.	계획을 세워서 지출한다. 가계부를 쓴다.
은행 금리가 갑자기 올라서 이자 때문에 생활이 힘들다.	여러 은행의 정보를 알아보고 이자가 더 낮은 은행에서 돈을 빌린다.
계획에도 없는 물건을 카드로 많이 사서 요즘 카드 값 갚느라고 힘들다.	쇼핑을 가기 전에 살 물건의 목록을 적어 가지고 간다.
나쁜 소문 때문에 내가 투자한 회사의 주가가 많이 떨어졌다.	투자할 회사에 대해 미리 잘 알아본다.

[보기]

가 : 요즘 왜 그렇게 힘이 없어요? 무슨 일 있어요?

나 : 제가 그 동안 계획성 없이 **돈을 쓰는 바람에** 이번 달 생활비가 많이 모자라요.

가 : 미리 계획을 세워서 지출하셨어야지요.

나 : 글쎄 말이에요. **그랬으면야** 이렇게 고생도 안할 텐데요. 앞으로는 한 달 예산을 미리 세워 보고 지출을 해야겠어요.

가 : 그리고 꼭 가계부를 쓰세요. 가계부를 쓰면 돈이 나가고 들어오는 걸 한 눈에 볼 수 있으니까 좋아요.

나 : 그래야겠어요. 오늘부터 가계부도 써야겠네요.

01 신용카드의 장점과 단점은 무엇입니까? 이야기해 보십시오.

장점	단점
● 할부로 물건을 살 수 있다.	● 과소비를 하기 쉽다.
●	●
●	●

02 듣고 질문에 답하십시오.

1) 여자는 현금을 사용하면 어떤 점이 좋다고 했습니까? 모두 ✔ 하십시오.

❶ 대형 할인점에서 물건을 많이 살 수 있다. ☐

❷ 쇼핑을 할 때 처음 계획한 것만큼만 살 수 있다. ☐

❸ 계획을 세워서 지출할 수 있다. ☐

❹ 물건을 더 싸게 사기도 한다. ☐

❺ 이자 없이 고가의 물건을 살 수 있다. ☐

2) 여자는 신용카드를 사용했을 때에 비해 지금 경제적, 정신적으로 어떻게 달라졌다고 했습니까?

3) 남자는 신용카드의 장점을 뭐라고 이야기했습니까? 모두 ✔ 하십시오.

❶ 지금 돈이 모자라도 물건을 살 수 있다. ☐

❷ 소비를 많이 하게 하기 때문에 경제에 도움이 된다. ☐

❸ 다음 달 계획을 세울 때 신용카드 명세서를 이용할 수 있다. ☐

❹ 계획한 만큼만 돈을 지출하게 한다. ☐

❺ 돈을 나누어서 낼 수 있기 때문에 고가의 물건도 살 수 있다. ☐

❻ 할인을 받거나 하여 물건을 싸게 살 수도 있다. ☐

4) 여러분은 두 사람의 의견에 대해 어떻게 생각합니까?

03 여러분은 신용카드를 많이 사용합니까? 물건을 사기 위해 현금이나 신용카드 외에 또 어떤 것을 사용합니까? 앞으로 미래에는 어떤 것이 사용될 것이라고 생각합니까?

8-4 광고를 보면 사고 싶은 마음이 들게 마련이죠

학습 목표 ● 과제 광고의 특성 이해하고 광고 만들기 ● 어휘 광고 관련 어휘 ● 문법 −으나마나, −게 마련이다

위의 광고는 무슨 광고인 것 같습니까?

여러분은 얼마나 많은 광고를 보십니까? 광고의 홍수라는 말을 들어

보셨습니까?

◀ 080~081

미선   동생이 요즘 새로 나온 게임기를 사달라고 얼마나 조르는지 귀찮아
        죽겠어요. 엄마한테 말하다가 안 되니까 저한테 매일 전화를 해요.

리에   그렇게 갖고 싶다는데 웬만하면 사 주지 그래요?

미선   지금 집에 안 하는 게임기만 해도 얼마나 많은지 몰라요.
        텔레비전에 게임 광고만 나왔다 하면 사 달라고 난리예요.

리에   그러면 좀 알아듣게 타이르지 그랬어요?

미선   타이르나마나예요. 쇠귀에 경 읽기예요.

리에   아직 판단력이 없는 아이들이 광고를 보면 사고 싶은 마음이 들게
        마련이죠. 그러니 물건을 사 달라는 아이들만 나무랄 수는 없어요.
        광고로 아이들을 자극하는 어른들이 더 문제예요.

조르다 糾纏	웬만하다 還可以、一般	난리 (亂離) 亂七八糟	타이르다 教導、勸告
쇠귀에 경 읽기 對牛彈琴	판단력 (判斷力) 判斷力	나무라다 責備	자극하다 (刺戟 --) 刺激

어휘

기업	제품	광고주	광고모델
공익광고	온라인광고	광고대행사	

01 빈 칸에 알맞은 어휘를 쓰십시오.

1) ☐☐ : 팔려고 만든 물건.

　　　　이 회사에서 만드는 ~은 세계로 수출된다. 유리~, 가죽~

2) ☐☐ : 생산이나 판매를 하는 큰 회사.

　　　　김 사장은 구멍가게를 세계적인 ~으로 키웠다. ~을 세우다, ~을 경영하다

3) ☐☐☐ : 텔레비전이나 신문에 돈을 내고 광고를 한 사람.

　　　　~가 이번에 만든 광고가 마음에 안 든다고 해서 다시 광고를 만들었다.

4) ☐☐☐☐ : 사회의 모든 사람의 이익을 위해 하는 광고.

　　　　금연이나 산불예방, 헌혈 광고 등이 대표적인 ~이다.

5) ☐☐☐☐☐ : 광고와 관련된 일을 전문적으로 하는 회사.

　　　　선진국의 광고는 대부분이 ~를 통해 이루어지고 있다.

02 다음 글을 읽고 빈 칸에 알맞은 어휘를 쓰십시오.

　　최초의 광고는 B.C(기원전) 1천 년경 테베 유적지에서 발견된 '도망간 노예 샘(Sam)을 찾아 주면 순금을 드립니다.'라고 직접 손으로 쓴 글이라고 한다. 이후 18세기에는 신문에 차, 커피, 초콜릿, 복권, 화장품, 담배 등의 광고를 했는데, 이 시기에는 신문이 대중화되어 있지 않았기 때문에 이 광고들은 특정계층의 사람들을 위한 것이었다.

　　19세기에는 최초의 **광고대행사** ~아/가 만들어졌고 이곳에서 전문적으로 광고를 만들기 시작했다. 19세기 후반부터는 잡지광고가 많아졌는데 이 시기에 자전거를 광고하기 시작했다. 그리고 20세기 초반에는 제1차 세계대전이 있었기 때문에 군인을 모으고 애국심을 높이기 위한 ＿＿＿＿＿ 을/를 많이 했다. 그리고 전쟁 이후에는 술, 냉장고, 여성 속옷 등의 광고를 시작했다.

　　1960년대는 TV광고가 시작되었고 이때부터 유명 배우나 가수 등이 ＿＿＿＿＿ 으로/로 나오기 시작했다. 그리고 1980년대에는 케이블 TV, 위성방송, 컴퓨터통신 등의 발달로 광고도 다양해졌다. 1990년대 이후부터는 인터넷의 보급으로 대중들에게 미치는 광고의 효과는 더욱 커졌고, 인터넷을 통한 ＿＿＿＿＿ 은/는 광고 산업에 큰 영향을 미치고 있다.

문법
설명

01 - 으나마나 / 나마나

　　和前面結合的動詞內容無關，後面的結果都是一樣的。和前面動詞的行為與否無關，可以確切地推測結果。

● 가 : 이번 주말에 축구 경기를 해 봅시다.
　　나 : 그 경기는 하나마나 우리 팀이 이길 거예요.
● 가 : 그 실험 결과는 믿을 수 없어요. 다시 한번 해 봅시다.
　　나 : 해 보나마나 결과가 같을 거예요.
● 가 : 이번 달에 어느 정도 이익이 났는지 계산해 봅시다.
　　나 : 계산해 보나마나 이번 달은 손해일 거예요.
● 가 : 배 고프면 여기 있는 초콜릿을 좀 먹어요.
　　나 : 그 정도로는 너무 양이 적어서 먹으나마나일 거예요.
● 가 : 아버님께 환갑 잔치를 어떻게 하실 건지 여쭤 봅시다.
　　나 : 여쭤보나마나예요. 분명히 집에서 하자고 하실 거예요.

02 - 게 마련이다

　　以結果來看，產生那樣的事情是當然的。也可以改寫成 '-기 마련이다'。

● 진실은 반드시 이기게 마련입니다.
● 세월이 지나면 모든 게 변하게 마련이에요.
● 물가가 오르면 소비를 줄이게 마련이에요.
● 원인이 있으면 반드시 결과가 있게 마련입니다.
● 조사도 제대로 하지 않고 투자를 하면 손해를 보게 마련입니다.

문법 연습

-으나마나/나마나

01 여러분이 다음과 같은 생각을 가지고 있다면 친구의 질문에 어떻게 대답하겠습니까?

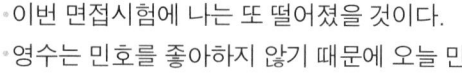

- 이번 면접시험에 나는 또 떨어졌을 것이다.
- 영수는 민호를 좋아하지 않기 때문에 오늘 민호 생일 파티에 안 올 것이다.
- 박 선생님은 틀림없이 애인이 있을 것이다.
- 친구에게 빨간색 옷이 참 잘 어울린다.
- 김 사장님은 절대로 남의 부탁을 들어 주지 않는다.

오늘이 면접시험 결과 발표하는 날이잖아요.
결과가 어떻게 됐나 안 가 보실 거예요?

민호의 생일 파티를 시작해야 하는데 영수가 안 오네.
조금만 더 기다려 볼까?

박 선생님을 마음에 들어 하는 사람이 있는데 박 선생
님에게 애인이 있는지 한번 물어 볼까?

이 빨간색 옷이 나한테 잘 어울릴 것 같니?
한번 입어 볼까?

요즘 회사 형편이 너무 안 좋은데 김 사장님께 지금
좀 부탁해 볼까?

가 보나마나 또 떨어졌을 텐데요 뭐. 저는 안 가 볼
거예요.

309

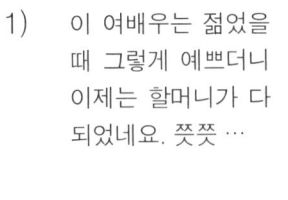

여러분이 아내가 되어 이야기해 보십시오.

1) 이 여배우는 젊었을
때 그렇게 예쁘더니
이제는 할머니가 다
되었네요. 쯧쯧 …

사람은 누구나 다
늙게 마련이지요.

2) 10년 동안 김밥 장사
를 하면서 혼자 사는
노인들을 도와준 아
주머니가 복권에 당
첨이 되었대요.

착하게 살면 …

3) 쯧쯧쯧, 시속 140Km
로 달리던 트럭이
빗길에 미끄러져서
사고가 났는데 무려
5명이나 죽었대요.

과속하면 …

4) 여보! 당신 지금 내
말 진지하게 듣고
있는 거예요?

아이고, 참! 이렇게
텔레비전 보고 있을
때 자꾸 말 시키면 …

여러분이 다음 물건들을 팔려는 영업사원과 영업사원의 말을 믿지 않는 고객이 되어 [보기]와 같이 이야기해 보십시오.

[보기]

영업사원 : 저희 아이도스 스포츠가 이번에 30% 특별 세일을 합니다. 자주 오는 기회가
　　　　　　아니니까 저희 매장에 오셔서 꼭 하나 구입하세요.

손님 : 매장에 가 보나마나 철 지난 상품만 세일을 할 텐데요 뭐.

영업사원 : 아니에요. 이번 세일은 저희 회사 창립기념 고객 감사세일이기 때문에
　　　　　　신상품도 많아요.

손님 : 운동화도 세일을 해요?

영업사원 : 그럼요. 특별히 올해
　　　　　　인기 있었던 운동화를
　　　　　　싸게 판매하고 있어요.

손님 : 아이들 운동화도 있어요?

영업사원 : 아이들 운동화는 많지
　　　　　　않으니까 빨리 오셔야
　　　　　　구입하실 수 있을 거
　　　　　　예요.

과제 2   읽고 말하기

01 다음은 무슨 광고입니까?

식품 광고   의류 광고   주류 광고   의약품 광고   항공사 광고
건설회사 광고   유통회사 광고   검색 사이트 광고   이동통신사 광고

02 다음은 위 광고들 중 어떤 광고에 대한 문구로 좋을까요? 왜 그렇게 생각하십니까?

사하라 사막에 오페라하우스
못 지으란 법 어디 있어?

의사도 챙기는 상비약
의사 선생님의 주머니엔
항상 **이 있습니다.

너희들 정말 이렇게밖에
못 찾아?

사람과 사람...
그리고
행복한 커뮤니케이션

부드러운 말 한 마디
부드러운 술 한 잔
모두 친구가 된다.

03 다음 제품의 광고를 읽고 여러분이 직접 제품을 선택해서 광고를 만들어 보십시오.

제품명	날씬면
제조회사	연세식품
제품 소비계층	10대~30대 다이어트를 하고 싶어하는 여성
가격	1500원 (다른 라면에 비해 비싼 편이다)
제품 특징	• 면을 기름에 튀기지 않았다. • 녹차를 넣어 면을 만들었다. • 칼로리가 높지 않다. • 스프에 몸에 좋은 12가지 야채를 넣었고 화학조미료와 소금을 넣지 않았다.

제품명	
제조회사	
제품 소비계층	
가격	
제품 특징	• • • •

8-5 읽기 : 알뜰족

🔊 082

　　사람들은 나를 짠돌이[1]라고 부른다. 깍쟁이[2]라고 부르기도 한다. 돈을 잘 쓰지
않고 지나치게[3] 아낀다며 다들 나를 그렇게 부르는데 나는 그 말이 듣기 싫지만은
않다. 최근에는 쓸데없이[4] 돈을 낭비하지 않고 미래를 위해 투자할 건 투자하는
나 같은 사람이 점점 늘고 있다. 알뜰하게 생활한다고 해서 나처럼 절약하는
5　사람들을 알뜰족이라고 부른다.
　　나는 아낄 수 있는 곳에는 철저히[5] 아낀다는 원칙을 가지고 소비를 한다.
그러기 위해서 다음과 같은 방법을 이용한다. 첫째, 쿠폰이나 할인 카드를
활용한다. 생일이나 특별한 날 패밀리 레스토랑을 찾기 전에 할인 쿠폰과 할인
카드를 챙긴다. 적게는 10%, 많게는 30%까지 저렴한[6] 가격에 식사를 할 수
10　있다. 게다가 무료로 제공되는 빵은 두세 번 정도 리필해 먹을 수 있고, 음료는
한두 잔만 시켜 리필해 마시면 실제로 계산하는 돈은 얼마 되지 않는다. 그래서
사람들은 우리를 쿠폰족, 리필족이라 부른다. 둘째, 신용카드의 혜택을 다양하게
누린다. 알뜰족이라고 해서 꼭 하나의 카드만 사용할 필요는 없다. 카드사마다
특별한 혜택이 있는 카드를 내놓는데 그 혜택이 각각 다르다. 그러므로 혜택을
15　받을 수 있는 최저 금액만큼만 사용하고 카드의 혜택은 모두 누리는 것이다.
이렇게 다양한 카드를 사용하면 커피 전문점이나 식당 할인, 놀이공원 무료입장,
휴대전화 요금 할인, 주유비 적립 등 다양한 혜택으로 돈을 절약할 수 있다.
셋째, 가계부를 쓴다. 나도 처음에는 익숙하지 않아서 가계부를 쓰는 것을
잊어버리거나 귀찮아했는데 지속해서 쓰면서 여러 가지 장점을 발견하게

1)	짠돌이	구두쇠처럼 인색한 사람을 비유하는 말.	小氣鬼
2)	깍쟁이	인색하고 이기적인 사람.	吝嗇鬼
3)	지나치다	정도가 심하다.	過度
4)	쓸데없다	필요없다.	無用的
5)	철저하다	빈틈이 없다.	(徹底 --) 徹底
6)	저렴하다	값이 싸다.	(低廉 --) 便宜

되었다. 가계부에 수입과 지출 내역을 꼼꼼하게 기록하게 되면 계획적이고 균형 있는 지출이 가능해진다. 가계부를 쓴다는 것은 단순히 수입, 지출 내역만 쓰는 것이 아니다. 인터넷 가계부를 이용할 경우 사람들의 생일이나 취향을 기록할 수 있어서 인맥7)관리도 되고, 일기장으로도 이용할 수 있어서 일석이조 아니 '일석삼사조'이다. 그 뿐만 아니라 인터넷 가계부는 은행 계좌의 입출금 내역이 자동으로 입력되는 만큼 더 편리하게 가계부를 쓸 수 있게 해 준다. 요즘 알뜰족들은 자동차 이용에 관계된 차계부, 카드 이용 요금을 쓰는 카계부 등도 함께 쓰면서 현명하게8) 소비 생활을 한다. 그 외에도 필요한 것은 재활용품을 이용하고 책은 친구들과 돌려 보는 등 다양한 방법으로 알뜰한 생활을 하고 있다.

　내가 이렇게 아껴 쓴다고 해서 소비 자체를 싫어하는 것은 아니다. 다만 아낄 수 있는 부분을 철저하게 아껴서 내가 정말 좋아하는 일에 과감하게9) 투자한다. 최근엔 사진 찍기에 취미를 붙여 카메라에 관심이 많이 생겼다. 취미로 사진 공부를 시작한 이후 더 좋은 사진을 찍기 위해 전문가들이 사용하는 렌즈를 구입하기도 하고 카메라 가방 등을 구입하기도 한다. 물론 인터넷으로 사용 후기나 구입 방법을 자세히 검색해 보고 신중하게 구입한다. 신입 사원인 내 월급으로 이 모든 것을 구입하기는 힘드니까 절약할 수 있는 곳에서 최대한 절약해 내 취미생활을 하는 것이다. 불필요한 소비를 줄이고 투자하고 싶은 곳에 과감히 투자하는 이런 나의 소비 생활이 무조건 아끼기만 하는 사람들이나 값비싼 브랜드의 명품만을 선호하는 명품족에 비해 더 합리적10)이고 실용적이라고 나는 생각한다.

5

10

15

---

7)	인맥	사람들 사이의 유대 관계 .	(人脈) 人際關係
8)	현명하다	지혜롭다 .	(賢明 --) 明智
9)	과감하다	일을 분명하게 결정하고 용감하다 .	(果敢 --) 大膽
10)	합리적	관습을 따르지 않고 이치에 맞는 .	(合理的) 合理的

내용 이해

1) 이 글의 내용과 같은 것을 고르십시오. (   )

❶ 가계부는 수입, 지출 내역만 기록하는 것이다.

❷ 절약하는 생활을 위해 신용카드는 가능하면 하나만 사용한다.

❸ 취미생활을 위해서는 최소한의 돈만 쓰는 것을 원칙으로 한다.

❹ 나는 쓸데없는 돈 낭비는 하지 않지만 필요한 곳에는 투자한다.

2) 글쓴이의 별명은 무엇이고 왜 그런 별명이 생겼습니까?

❶ 별명 : ....

❷ 이유 : ....

3) 다음 표를 완성하십시오.

알뜰족의 절약 방법	장 점
❶ 쿠폰이나 할인카드를 활용한다.	
❷	
❸	

4) 인터넷 가계부의 기능이 아닌 것을 고르십시오 . (   )

❶ 인맥관리

❷ 할인 혜택

❸ 입출금 관리

❹ 계획적인 지출

5) 나에 대한 설명으로 맞으면 ○ , 틀리면 × 하십시오 .

❶ 나는 짠돌이라는 별명에 불만이 없다.   (   )

❷ 비싼 물건은 무조건 구입하지 않는다.   (   )

❸ 돈 쓰는 것 자체를 싫어해서 돈을 아껴 쓴다. (   )

한국의 속담에 나타난 경제 의식

속담이란 예로부터 내려오는 조상들의 지혜의 결정체라 할 수 있습니다. 속담을 통해 조상들은 후손들에게 주의해야 할 것들에 대한 경계를 대대손손 전하게 되는 것입니다. 한국의 속담 중에서 '싼 게 비지떡'이라는 속담이 있는데 물건을 살 때 싸다고 해서 무조건 샀다가는 물건의 질이 나빠 낭패를 볼 수 있다는 의미입니다. 또 '갓 사러 갔다가 망건 산다'라는 속담도 충동 구매에 대한 경계를 하는 것으로 이들 두 속담은 비합리적인 소비에 대해 경계를 하는 속담입니다. 반면 '열 번 재고 가위질은 한 번 하라'라는 속담이 있는데, 이는 물건을 고를 때 여러 조건을 잘 살피고 고려한 후 최선을 선택함으로써

같은 값이면 다홍치마

싼 게 비지떡

가을 부채는 시세가 없다

돌고 도는 게 돈이다

소비생활의 절제, 신중, 합리성을 추구할 것을 강조하는 것입니다. 그리고 '같은 값이면 다홍치마' 라는 속담이 있는데, 이는 물건을 고를 때 값이 같으면 좀 더 좋은 물건을 선택하라는 뜻입니다. 이들 두 속담은 소비를 할 때 좀 더 합리적으로 소비해야 함을 강조하고 있습니다.

이렇게 한국의 속담 속에는 후손에 대한 경계와 함께 경제 원리가 담겨져 있습니다. 경제 원리가 담겨진 또 다른 예로는 '개똥도 약에 쓰려면 없다' 라는 속담이 있는데, 이 속담은 아무리 흔하고 많던 물건도 수요가 많아지면 자연히 공급이 부족하게 되는 경제 원리를 잘 설명해 주는 속담입니다. 또 수요와 공급 그리고 가격과의 관계를 잘 설명해 주는 속담으로는 '흉년의 떡도 많이 나면 싸다', '가을 부채는 시세가 없다' 등의 속담이 있습니다. 전자는 공급이 너무 많으면 가격이 내려가는 원리를, 후자는 수요가 없으면 가격이 내려가는 원리를 설명해 주는 속담입니다. 이 외에도 화폐의 유통 기능을 강조한 '돌고 도는 게 돈이다' 라는 속담이나 많은 투자를 해야 이익을 낼 수 있음을 설명해 주는 '돈이 돈을 번다' 라는 속담 등이 있습니다.

1) 여러분 나라에도 경제의식이 들어 있는 속담이 있습니까? 그런 속담을 찾아 보십시오.

2) 왜 그런 속담이 생겼을까요?

제9과 명절과 축제

9-1 복 많이 받으라고 덕담을 하지요

학습 목표 ● 과제 명절 이야기 읽고 이해하기 ● 어휘 설 관련 어휘 ● 문법 -으라고, -는다든가

▶ 한국의 설날 모습은 어떻습니까? 무엇을 합니까?
여러분 나라에서는 새해의 첫날 무엇을 합니까?

🔊 083~084

마리아 설날 뭐하고 지낼 거예요? 집에 무슨 행사가 있어요?

민철 우리 아버지가 장손이라서 친척들이 모여 차례를 지내요. 그 후에
어른들께 세배를 드리고 떡국을 먹지요. 떡국을 먹어야 나이 한
살 더 먹었다고 해요.

마리아 그럼 저는 설날 떡국을 안 먹어야겠네요. 나이 먹는 거
싫으니까요. 그런데 세배는 누구나 다 해요?

민철 보통 세배는 아랫사람이 어른들에게 하는 거예요. 그리고 세배를
받은 어른이 먼저 복 많이 받으라고 덕담을 하지요.

마리아 우리는 가족, 친지들과 음식을 나눠 먹고 게임을 한다든가
관심사에 대한 얘기를 한다든가 해요. 아니면 텔레비전에서
운동경기를 보기도 하고요.

민철 우리도 오후에는 가족들이 모여서 놀이를 하거나 TV를 봐요.

장손 (長孫) 長孫	차례 (茶禮) 茶禮	세배 (歲拜) 拜年	떡국 年糕湯
덕담 (德談) 吉祥話	친지 (親己) 親友	관심사 (關心事) 關注的事	

어휘

덕담　설날　설빔　성묘　세배　차례　귀성객　세뱃돈

01 다음 어휘의 설명으로 맞는 것과 연결하십시오.

1) 세배　●　　　　　● 윗사람이 아랫사람 잘 되기를 바라며 해 주는 말.

2) 차례　●　　　　　● 설날이나 추석에 간단하게 지내는 제사.

3) 귀성객　●　　　　　● 명절에 고향으로 돌아가는 사람들.

4) 덕담　●　　　　　● 새해에 웃어른께 인사로 하는 절.

5) 설날　●　　　　　● 한국의 명절로 음력 1월 1일.

6) 성묘　●　　　　　● 설을 맞이하여 새로 준비하는 옷이나 신발.

7) 설빔　●　　　　　● 세배를 받은 어른이 세배한 아랫사람에게 주는 돈.

8) 세뱃돈　●　　　　　● 설날이나 추석 등에 조상의 산소를 찾아감.

02 빈 칸에 알맞은 어휘를 쓰십시오.

　　한국에서는 음력 1월 1일이 설날이다. 보통 설날 연휴는 3일인데 늘 고향으로 가려는 **귀성객**으로/로 역이나 터미널이 만원이다. 설날에 고향에 가는 사람들은 새 옷이나 신발 같은 ＿＿＿＿＿＿＿을/를 준비하고 가족과 친지들에게 줄 선물을 마련하느라 분주하다.

　　설날 아침에는 가족들이 모여 ＿＿＿＿＿＿＿을/를 지내는 집들이 있다. 차례를 지낸 후에 어른들께 ＿＿＿＿＿＿＿을/를 드리는데 이때 어른들은 새해에 더 잘 되기를 바라는 마음에서 ＿＿＿＿＿＿＿을/를 해 주신다. 그리고 아이들에게는 ＿＿＿＿＿＿＿을/를 준다.

　　세배가 끝나면 가족들이 모여 앉아 떡국을 먹는데 이걸 먹으면 나이를 한 살 더 먹는다고 한다. 그리고 그 후에 조상들에게 인사를 드리러 성묘를 하러 가는 사람들도 있다.

01 - 으라고

　　引用終結詞尾 '-으라'，與連接詞尾 '-고' 連結，後文呈現行為的目的或意圖。

- 키가 커 보이라고 높은 신발을 신었어요.
- 피곤이 풀리라고 뜨거운 물에 목욕을 했어요.
- 열심히 공부하라고 동생에게 전자사전을 사 주었어요.
- 새해에는 부자가 되라고 덕담을 해 줍니다.
- 사원들에게 경험을 쌓으라고 외국 연수의 기회를 줍니다.

02 - 는다든가 / ㄴ다는다 / 다든가

　　使用間接引用 '-는다' 與連接詞尾 '-든가' 連結，舉出幾個例子，在那些例子中，任何選項都不挑，皆可選擇。

- 가족들과 등산을 한다든가 놀이공원에 간다든가 해요.
- 시간이 있을 때는 책을 읽는다든가 비디오를 본다든가 해요.
- 설거지를 한다든가 청소를 한다든가 하는 것은 제가 하지요.
- 음식을 먹을 때 소리를 낸다든가 코를 푼다든가 하는 것은 실례가 돼요.
- 아르바이트를 한다든가 여행을 간다든가 그렇게 방학을 보내요.

문법 연습

-으라고/라고

01 여러분 친구가 다음과 같은 고민이 있습니다. 여러분이라면 어떻게 해 주시겠습니까?

친구	친구의 고민이나 어려운 일	어떻게 해 줄까?
웨이	아침에 일찍 못 일어나서 매일 지각한다.	알람시계를 사 준다.
민호	수업을 제대로 듣지 못할 정도로 자주 존다.	
영수	다음 주에 입사 시험을 본다.	
미선	키가 작다.	

웨이는 아침에 일찍 일어나지 못하니까 아침에 좀 일찍
일어나라고 알람시계를 사 줘야겠어요. 그리고 민호는

_____

_____

_____

-는다든가/ㄴ다든가/다든가

02 여러분은 다음과 같은 경우에 무엇을 합니까?

	무엇을 합니까?	
방학 때	아르바이트	여행
심심할 때	친구와 수다떨기	비디오 보기
스트레스가 쌓일 때		
일이 계획대로 안 될 때		
경제적으로 여유가 생겼을 때		

방학 때 뭘 하세요?

저는 방학 때 아르바이트를 한다든가 여행을
간다든가 해요.

다음은 한국의 풍습에 대한 이야기입니다. 여러분 나라의 풍습에 대해 [보기]와 같이 이야기해 보십시오.

나라	무엇을 합니까?	왜 합니까?
한국	설날에 연날리기를 할 때 연줄을 끊어 연을 날려 보낸다	집안의 액운이 사라지고 복이 오라고 그렇게 힌디.
	결혼식 날 국수를 먹는다.	신랑, 신부가 오래오래 살라고 그렇게 한다.
	새로 이사한 집에 갈 때 비누를 사 가지고 간다.	부자가 되라고 그렇게 한다.
여러분 나라		

[보기]

한국에는 특별한 날 하는 특별한 풍습이 있습니다. 설날에는 연날리기를 할 때 연줄을 끊어 날려 보내는데 그건 1년 동안의 액운이 사라지고 복이 **오라고** 그렇게 합니다. 결혼식 날에는 신랑과 신부가 오래오래 행복하게 **살라고** 결혼식에 온 하객들에게 국수를 줍니다. 그리고 새로 이사한 집에 갈 때는 비누 거품처럼 크게 일어나 부자가 **되라고** 비누를 사 가지고 갑니다.

과제 2 읽고 말하기

01 여러분 집에서는 설날 때 어떻게 지냅니까?

02 다음 이야기를 읽고 질문에 답하십시오.

　　새해 첫날 1월 1일은 설날이다. 설날은 한 해가 시작된다는 의미에서 매우 뜻 깊은 날로 오래 전부터 우리 민족이 소중히 여겨오던 명절이다. 이 날에는 한 해의 복을 빌고 덕담을 주고받는다.

　　설날에 가장 먼저 하는 일은 돌아가신 조상을 생각하며 차례를 지내는 일이다. 차례는 웃어른을 존경하는 풍습으로 차례를 지낼 때는 설빔을 곱게 차려 입고 돌아가신 조상들에게 큰 절을 올린다. 차례를 드리는 제사상에는 떡국을 비롯한 여러 가지 음식을 놓는다.

　　차례가 끝나면 웃어른들께 새해 인사를 드린다. 가족들이 모여 어른들을 존경하는 마음을 가지고 예의바르게 세배를 드리는데 세배를 드리면서 어른들에게 "새해 복 많이 받으세요" 라든가 "올해에도 건강하십시오" 와 같은 인사말을 한다. 그러면 어른들도 "건강해라", "소원성취해라"등과 같은 덕담을 해 준다. 덕담을 많이 주고받으면 일년 내내 좋은 얘기를 많이 듣는다고 한다. 그리고 세배가 끝나면 아이들에게 세뱃돈을 주는데 이건 저축하는 습관을 길러 주기 위해서 시작되었다고 한다.

　　요즘에는 바쁘거나 멀리 떨어져 있어 세배를 가지 못하면 미리 연하장을 보내 세배를 대신하기도 한다.

　　세배가 끝나면 가족들이 모여 앉아 차례를 지낸 떡국으로 아침을 먹는다. 이 날에는 어른들이 어린이나 젊은 사람들에게 "너 떡국 몇 그릇 먹었니?" 하고 물어보기도 하는데 그건 "너 몇 살이니?" 의 의미이므로 "저는 올해 몇 살이 됩니다." 하고 대답해야 한다. 그러지 않고 "한 그릇 먹었습니다" 하면 아주 우스워지기도 한다.

　　집안의 어른들에게 세배를 드리고 나면 그 후에 가까운 이웃이나 친척 어른들을 찾아뵙고 세배를 드린다. 이것 역시 웃어른을 존경하는 풍습에서 나온 것이다.

1) 설날 풍습의 의미를 써 보십시오.

풍습	의미
차례를 지낸다	돌아가신 조상을 생각한다
덕담을 나눈다	
세뱃돈을 준다	

03 여러분 나라에는 설날 어떤 풍습이 있는지 표에 쓰고 [보기]와 같이 이야기해 보십시오.

	음식	놀이	풍습
한국	떡국	윷놀이, 연날리기	차례, 세배, 세뱃돈
베트남	반떼	카드놀이	제사, 성묘, 세뱃돈, 덕담
여러분 나라			

[보기]

한국의 설날 음식으로는 떡국이 있고 놀이는 윷놀이, 연날리기 등이 있습니다. 이 날에는 조상들께 차례를 지내고 웃어른들께 세배를 하는 풍습이 있으며 아이들에게는 세뱃돈을 주기도 하지요.

베트남에서는 설날에 가족들이 모여 '반떼' 이라는 음식을 먹고 카드놀이를 해요. 세배하는 풍습은 없는데 아이들에게 덕담을 하면서 세뱃돈을 주는 것은 한국과 같아요.

9-2 추석 때는 고속도로가 붐벼요

학습 목표 ● 과제 명절에 대해 조사하고 발표하기 ● 어휘 접두사 ● 문법 왜 –지 않겠어요?
으로 봐서는

한국의 추석에 대해 아는 것을 이야기해 보십시오.
여러분 나라에도 추석과 비슷한 명절이 있습니까?

◀》 085~086

친구   차가 너무 밀린다. 보통 주말보다 길이 더 막히는 것 같아.

미선   명절 때는 너 나 할 것 없이 가족을 찾아 고향에 가니까
      고속도로가 왜 붐비지 않겠니? 추석에는 귀성행렬로 고속도로가
      늘 붐벼.

친구   고향까지 얼마나 걸릴 것 같아?

미선   지금 가는 속도로 봐서는 우리 고향까지 다섯 시간 넘게
      걸리겠는데. 그런데 태국에도 추석과 같은 명절이 있어?

친구   우리나라에는 추석과 같은 명절이 없어. 아마 우리나라가
      열대지방이라서 1년 내내 농사를 지을 수 있기 때문에 그런 게
      아닐까 싶어.

미선   그래? 난 몰랐던 사실이야. 다른 나라의 명절을 보면 그 나라의
      문화를 알고 이해하는 데에 도움이 되는 것 같아.

너 나 할 것 없이 不分你我   추석 (秋夕) 中秋節   귀성 행렬 (歸省行列) 返鄉潮
붐비다 擁擠   열대지방 (熱帶地方) 熱帶地區   내내 一直

어휘

01 다음 접두사의 뜻은 무엇일까요? 설명으로 맞는 것과 연결하십시오.

1) 햇- : 햇곡식　　●⋯⋯⋯⋯⋯⋯⋯⋯⋯⋯●　곡식 중에 그 해에 처음 나온

2) 맨- : 맨발　　●　　　　　　　　●　형제 중에 가장 위의

3) 맏- : 맏아들　　●　　　　　　　●　처음의

4) 첫- : 첫사랑　　●　　　　　　　●　다른 것이 없이

02 다음의 접두사와 어울릴 수 있는 말을 골라 아래에 쓰십시오.

눈	딸	밥	사위	감자	과일
입	인상	주먹	출발	고구마	며느리

햇-　　　　　맨-　　　　　맏-　　　　　첫-

　　　　　　　　　　　　　　　　　　　　첫눈

문법 설명

01 왜 – 지 않겠어요?

是強調的語氣，強調前文述說的理由，分明會有那樣的結果。

- 가 : 이 부장님이 경제적으로 아주 힘드신가 봐요.
  나 : 대학교에 다니는 아이가 셋이나 있는데 왜 힘들지 않겠어요?
- 가 : 유진 씨가 어제 고향 사진을 보고 눈물을 흘리더군요.
  나 : 고향을 떠난 지 10 년이 됐는데 왜 고향이 그립지 않겠어요?
- 가 : 미정 씨 부모님이 미정 씨 결혼식을 앞두고 많이 섭섭하신가 봐요.
  나 : 곱게 키운 딸이 시집을 가니 왜 섭섭하지 않으시겠어요?
- 가 : 어제 야근을 하고 피곤하지 않아요? 왜 아직도 퇴근을 안 하세요?
  나 : 왜 피곤하지 않겠어요? 빨리 집에 가서 쉬고 싶어요.
- 가 : 어렸을 때 유학을 가셨는데 외롭지 않았어요?
  나 : 왜 외롭지 않았겠어요? 돌아오고 싶을 때도 많았어요.

02 으로 봐서는

前面出現的名詞，像後行文一樣，是話者評價的根據或基準，以此根據或基準判斷人或事。

- 생김새로 봐서는 여자 아이인 것 같아요.
- 미선 씨 성격으로 봐서는 틀림없이 잘 할 거라고 생각해요.
- 현재 건강 상태로 봐서는 당분간 쉬어야 할 거예요.
- 키가 큰 것으로 봐서는 농구 선수일 것 같아요.
- 전적으로 봐서는 우리 학교가 우세한데 시합을 해 봐야 결과를 알 수 있지요.

문법 연습

왜 -지 않겠어요?

01 질문에 대답하십시오.

1) 가 : 오늘 오후에 면접 시험을 보신다면서요 ? 떨리지 않으세요 ?

　　나 : 왜 떨리지 않겠어요 ? 어제 한잠도 못 잤어요 .

2) 가 : 해외공연으로 1 년 중 열 달 이상을 외국에 계시는데요 , 고향이 그립지 않으세요 ?

　　나 : ＿＿＿＿＿＿＿＿＿＿＿＿＿ ? 가족도 보고 싶고 김치도 먹고 싶어요 . 하지만 일을 좋아해서 즐겁게 지내는 편입니다 .

3) 가 : 계속 등반을 하시는데 가족들이 걱정하지 않나요 ?

　　나 : ＿＿＿＿＿＿＿＿＿＿＿＿＿ ? 그래도 잘 이해해 줍니다 .

4) 가 : 영수 씨가 취직 시험에 떨어져서 많이 실망했나 봐요 .

　　나 : ＿＿＿＿＿＿＿＿＿ ? ＿＿＿＿＿＿＿＿＿ .

5) 가 : 민철 씨가 자기 사업을 시작하더니 눈 코 뜰 새 없이 바쁜가 봐요 .

　　나 : ＿＿＿＿＿＿＿＿＿ ? ＿＿＿＿＿＿＿＿＿ .

으로 봐서는

02 대화에 맞게 알맞은 것을 골라 대답하십시오.

분위기로 봐서는

옷차림으로 봐서는

표정으로 봐서는

현재 실력으로 봐서는

검사 결과로 봐서는

외모로 봐서는

사진으로 봐서는

1)

가 : 이 사람은 지금 어떤 것 같아요?
나 : 표정으로 봐서는 놀란 것 같습니다.

2)

국어 시험

가 : 선생님, 제가 원하는 대학교에 갈 수 있을까요?
나 : ....

3)

가 : 이 사람은 직업이 뭘까요?
나 : ....

4)

건강검진 결과통보서(1차 검진)

가 : 선생님, 제 몸이 어떤가요?
나 : ....

5)

가 : 이 두 사람은 어떤 사이일까요?
나 : ....

과제 1　말하기

다음은 명절날 사진입니다. 사진을 보고 명절에 대해서 추측해 보십시오. 그리고 각 사진의 설명을 읽은 후 [보기]와 같이 친구와 서로 확인해 보십시오.

(1)

		추측	확인
1	나라	한국	한국
	시기	봄이나 가을	가을
	명절	설날	추석
	행사	세배	차례

(2)

		추측	확인
2	나라		
	시기		
	명절		
	행사		

(3)

		추측	확인
3	나라		
	시기		
	명절		
	행사		

[보기]

가 : 이 사진에 나오는 사람들의 옷 차림**으로 봐서는** 한국인 것 같은데 맞아요?

나 : 네, 맞아요. 한국의 명절 사진이에요.

가 : 그리고 사람들이 긴팔 옷을 **입은 것으로 봐서는** 여름은 아닌 것 같은데 맞아요?

나 : 네, 맞아요.

가 : 그리고 사람들이 세배를 **하는 것으로 봐서는** 설날인 것 같은데 맞아요?

나 : 아니에요. 이것은 세배를 하는 게 아니라 추석에 차례를 지내는 거예요.

과제 2 　　　 쓰고 말하기

01 여러분 나라의 명절에 대한 발표지를 만들어 보십시오.

추석의 기원

신라시대의 '가윗날'에서 비롯됨.

7월 15일에 편을 나눠 길쌈을 하고, 8월 15일에 진 편이 이긴 편에게 술과 음식을 대접하며, 잔치를 벌였다고 함.

추석의 행사

차례 : 햇과일과 햇곡식으로 차례를 지냄.

성묘 : 조상의 묘를 찾아감.

추석의 놀이

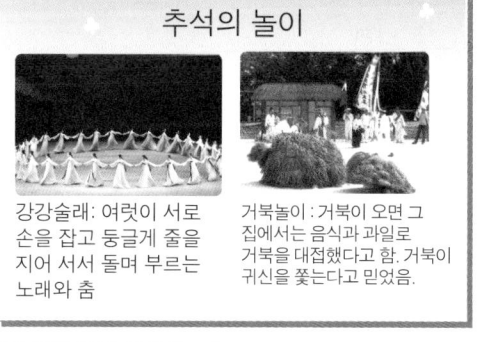

강강술래: 여럿이 서로 손을 잡고 둥글게 줄을 지어 서서 돌며 부르는 노래와 춤

거북놀이 : 거북이 오면 그 집에서는 음식과 과일로 거북을 대접했다고 함. 거북이 귀신을 쫓는다고 믿었음.

추석의 음식

송편

토란국

02 앞의 발표지를 이용하여 [보기]와 같이 발표를 해 보십시오.

[보기]

저는 오늘 한국의 4대 명절 중 하나인 추석에 대해서 발표를 하겠습니다. 한국의 추석은 음력 8월 15일로, 그 기원은 신라시대의 '가윗날'에서 비롯 되었다고 합니다. 신라시대 때 음력 7월 15일에 편을 나눠 길쌈을 하고, 한 달 후인 8월 15일에 진 편이 이긴 편에게 술과 음식을 대접하며 잔치를 벌이고 여러 가지 행사를 했는데 이 '가윗날'에서 추석이 시작되었습니다.

추석의 중요한 행사로는 차례와 성묘가 있습니다. 차례는 그 해에 처음 나온 햇과일과 햇곡식으로 지내는데, 이것은 조상들에게 그 해의 수확을 감사하는 의미였습니다. 그리고 산소에 가서 성묘를 하는 것도 빼 놓을 수 없는 중요한 일입니다.

추석에는 다양한 놀이가 있는데, 대표적인 것으로는 강강술래와 거북놀이가 있습니다. 이 중 거북놀이는 사진에서 보는 것과 같이 거북의 모습을 한 사람과 그 일행들이 집집마다 돌아다니고, 방문을 받은 집에서는 음식과 과일로 거북을 대접했다고 합니다. 그리고 거북이 오면 귀신을 쫓는다고 믿었다고 합니다.

마지막으로 추석 음식에 대해 말씀드리겠습니다. 대표적인 추석 음식은 송편과 토란국인데 송편은 달의 모양을 본뜬 것이라고 합니다. 전하는 말로는 송편을 예쁘게 잘 만들어야 시집을 잘 간다고 해서 여성들은 모양이 예쁜 송편을 만들기 위해 노력했다고 합니다.

이상으로 추석에 관한 발표를 마치겠습니다. 끝까지 들어주셔서 고맙습니다.

9-3 강릉에서 하는 단오제에 갔다 왔어요

학습 목표 ●과제 축제에 대한 글 읽고 정리하기 ●어휘 축제 관련 어휘 ●문법 −던가요?, −도록²

강릉 단오제

리오 축제

베니스 축제

토마토 축제

위의 사진은 어느 나라의 축제입니까? 아는 것이 있으면 이야기해 보십시오.
여러분 나라의 축제에 대해 이야기해 보십시오.

◀ 087~088

영수 지난 주말을 어떻게 지냈어요?

마리아 강릉에서 하는 단오제에 갔다 왔어요. 아주 재미있는 구경을
하고 왔지요. 제가 공부하는 데 도움도 많이 받았어요.

영수 얼마 전에 단오제가 유네스코 세계 문화유산으로 지정되었다고
해서 나도 가 보고 싶었어요. 직접 가 보니까 어떻던가요?

마리아 볼거리가 아주 많아서 12시가 넘도록 구경을 했어요. 그리고
이번에 처음으로 그네도 타 봤고요.

영수 아! 그래요? 그네 타기가 보기보다 쉽지 않았을 텐데 어땠어요?

마리아 막상 타 보니까 굉장히 무섭던데요. 그리고 가면극도 봤는데
아주 흥미로웠어요.

단오제 (端午祭) 端午祭   세계 문화유산 (世界文化遺產) 世界文化遺產   지정되다 (指定 --) 指定
넘다 超過   막상 實際去做   가면극 (假面劇) 假面劇   흥미롭다 (興味 --) 有趣

어휘

01 다음은 축제 때 볼 수 있는 구경거리입니다. 사진을 보고 알맞은 어휘를 쓰십시오.

굿　　농악　　가면극　　가장행렬　　불꽃놀이　　시가행진

굿

02 빈 칸에 알맞은 어휘를 쓰십시오.

1) 귀신을 쫓거나 복을 빌기 위해 무당이 벌이는 의식.　　　　　　　(　굿　)

2) 탈이나 가면을 쓰고 하는 연극.　　　　　　　　　　　　　　(　　)

3) 도시의 큰 길거리에 여러 사람들이 줄을 지어 앞으로 나감.　　　(　　)

4) 운동회나 경축일 등에 여러 모습으로 꾸며 입고 줄을 지어 앞으로 나감. (　　)

5) 밤 하늘에 아름답게 불꽃이 일어나게 하여 빛과 소리를 즐기는 놀이.　(　　)

6) 한국의 농촌에서 함께 일할 때나 명절에 연주하는 민속 음악.　　　(　　)

문법 설명

01 - 던가요 ?

表現回想，連結 '-더' 和 '-ㄴ가요' 的疑問型終結詞尾，對過去的事回想並詢問話者的經驗，一般用 '-더군요', '-던데요', '-더라' 回答。

● 가 : 지난주에 설악산에 갔다 왔어요 .
　나 : 설악산 김치가 좋던가요 ?
　가 : 네 , 아주 좋더군요 .
● 가 : 영수 씨 결혼식에 갔다 왔어요 .
　나 : 신랑 , 신부가 잘 어울리던가요 ?
　가 : 네 , 잘 어울리더군요 .
● 가 : 어제 축구경기를 보셨다면서요 ? 두 팀 실력이 어떻던가요 ?
　나 : 두 팀 실력이 막상막하하던데요 .
● 가 : 김 부장님을 만나 뵈니까 어떤 분이던가요 ?
　나 : 성격이 좀 까다롭던데요 .
● 가 : 선배님 , 신문기사 발표해 보니까 어떻던가요 ?
　나 : 직접 해 보니까 생각보다 어렵더라 .

02 - 도록 [2]

動作的程度或界限，表示到達哪個點，不和 '-었/-았/-였' 或 '-겠' 一起使用。

● 두 사람은 죽도록 사랑했어요 .
● 그 친구는 눈이 빠지도록 기다려도 오지 않았어요 .
● 그 이야기는 귀가 닳도록 들어서 이젠 정말 듣기 싫어요 .
● 아이가 12 시가 다 되도록 안 들어와요 .
● 친구와 밤새도록 이야기했어요 .

문법 연습

-던가요?

01

1) 다음 사람들에게 뭐라고 질문하겠습니까?

 저는 지난 주말에
금강산에 다녀왔어요.

❶ 그래요? 날씨가 좋던가요?

❷ 금강산이 어떻던가요?

 저는 지난 봄에 요리
학원에 다녔어요.

❶ 그러세요? 요리 배우기가
어렵지 않던가요?

❷ ....

 저는 지난 12월에
프랑스에 갔다 왔어요

❶ 그러세요? 프랑스 12월
날씨는 어떻던가요?

❷ ....

2) 저는 이번 방학에 유럽으로 여행을 가려고 합니다. 그래서 먼저 갔다 온
사람에게 이것저것 알아 봅니다. 빈 칸에 알맞은 말을 쓰십시오.

이번 방학에 유럽에 가려고 하는데요. 지난 겨울에
갔다 오셨다면서요? 그 곳 12월 날씨는 어떻던가요?
.... 던가요? 저는 추위를 많이 타는 편이라
좀 걱정이 되네요. 그리고 호텔에서 묵으셨다고
들었는데 숙박료가 .... 던가요? 미리 예약을
하는 게 좋을까요? 음식도 좀 걱정이 됩니다.
어머님을 모시고 가기 때문에 음식이 맞으실지
신경이 쓰입니다. 한국 사람 입맛에 맞는 식당이
.... 던가요?

-도록²

02

1) 다음 표현 뒤에는 어떤 말이 올까요? 알맞은 어휘를 찾아 쓰십시오.

사랑하다	웃다	기다리다	듣다	말하다

울다	상을 차리다	먹다	칭찬하다

하품을 하다	빌다	술을 마시다	드나들다

눈이 빠지도록   **기다리다**

귀가 닳도록

입에 침이 마르도록

손이 발이 되도록

눈이 퉁퉁 붓도록

입이 닳도록

문턱이 닳도록

죽도록

2) 다음 표현을 알맞게 연결하여 쓰십시오.

밤이 새도록	●	●	결혼할 생각을 안 한다.
마흔 살이 되도록	●	●	시험공부를 했다.
세 시간이 넘도록	●	●	회의를 했다.
1주일이 다 되도록	●	●	연락이 없다.
여섯 시 약속인데 일곱 시가 지나도록	●	●	학교에 안 나온다.

❶ 밤이 새도록 시험공부를 했다.

❷   .

❸   .

❹   .

❺   .

과제 1　말하기

다음은 강릉 단오제에 대한 이야기입니다. 여러분도 다녀온 축제에 대해 쓰고 [보기] 와 같이 이야기해 보십시오.

	강릉 단오제	다녀온 축제
어디	강릉	
언제	음력 5월	
볼거리	제사, 굿, 가면극	
놀이	씨름, 그네뛰기	
그 외	창포물에 머리 감기, 부채 만들기	

[보기]

저는 지난 주말에 강릉 단오제에 다녀왔습니다. 서울에서 강릉까지 고속버스로 세 시간 반쯤 걸렸는데, 강릉에 도착하니 사람들도 많고 축제 분위기라서 아주 신났어요. 단오제에는 제사와 굿, 관노가면극, 농악놀이 같은 문화행사가 많았어요. 저는 먼저 관노가면극을 봤는데 관노가면극은 옛날부터 내려오는 민속연극이에요. 그런데 연극을 하는 사람들이 말을 하지 않고 춤과 동작으로만 내용을 알려주는 것이었어요. 가면극을 보고 민속놀이를 하는 곳에 갔더니 한쪽에서는 창포로 머리를 감는 행사를 하고 있었어요. 옛날에 단오에는 창포물에 머리를 감거나 얼굴을 씻고 목욕을 했는데, 이렇게 하면 머리가 세지 않는다고 믿었대요. 또 한쪽에서는 단오선이라는 부채를 나눠 주고 있었어요. 옛날에 단오 때가 되면 임금님이 신하들에게 여름을 시원하게 보내라는 의미로 단오선을 나눠 주었대요. 그래서 저도 부채를 만들어 봤는데 생각보다 쉽지 않았어요. 모래판에서는 남자들이 씨름을 하고 있었는데 그 중 가장 힘이 센 남자가 1등을 해서 상으로 소를 탔어요. 상을 탄 남자는 아주 즐거워했습니다. 저는 이번에 신나게 축제를 즐기고 왔습니다.

과제 2   읽고 말하기

01 세계 여러 나라의 축제에 대해 알아봅시다.

1)
태국의 러이크라통 축제

12월 대보름에 열리며 한 해를 감사하는 의미의 축제이다. 한 해를 보내며 안 좋은 기억과 어려움을 정리하고, 물의 신에게 감사하는 마음으로 나쁜 것을 씻어 내리는 의식을 한다. 축제날 밤에 작은 배를 강물이나 바다에 띄워 보내는데, 이 안에 음식이나 옷을 넣어 보내기도 한다.

2)
인도의 디왈리 축제

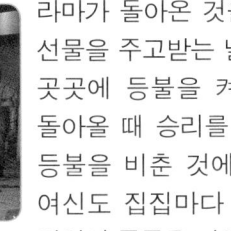

라마가 돌아온 것을 기념하여 집안을 불빛으로 장식하고 선물을 주고받는 날이다. 11월 8일에는 모든 집들이 집안 곳곳에 등불을 켜 놓는다. 라마신이 악마를 물리치고 돌아올 때 승리를 축하하는 의미에서, 온 마을 사람들이 등불을 비춘 것에서 시작되었다고 한다. 이 때 행운의 여신도 집집마다 들어온다고 생각하며, 악을 물리치기 위하여 폭죽을 터뜨리기도 한다.

3)
스페인의 토마토 축제

1944년 토마토 값이 많이 떨어진 것에 화가 난 농부들이 시의원에게 토마토를 던진 것에서 시작됐다. 이 축제는 매년 8월에 열리는데 단 하루, 아침 11시부터 2시간 동안 마을 중앙에 있는 큰 광장에서 즐길 수 있다. 시청에서는 축제에 사용할 토마토를 여러 지역에서 사는데 12만kg이나 된다고 한다.

4)

스웨덴의 하지 축제

한 해 중에 해가 가장 길어지는 하지(6월20일)에 열리는 축제이다. 축제가 시작되면 전통 의상을 입은 남녀가 성장과 풍요를 상징하는 단풍나무 주변에 모여, 춤을 추며 노래를 부른다. 이 메이폴이라 불리는 나무 기둥은 성장과 풍요를 상징한다. 하지 축제는 특히 여성들에게 의미가 있는데, 미혼 여성이 꽃다발을 만들어 베개 밑에 넣고 자면 꿈에서 미래의 배우자를 볼 수 있다고 한다.

5)

한국의 보령머드 축제

이 축제는 매년 가장 더운 7월에 충남 보령의 대천 해수욕장에서 개최된다. 보령 갯벌의 진흙은 깨끗하고 품질이 좋으며, 아름다운 백사장이 있어 관광객들은 머드체험과 해수욕을 할 수 있다. 이 축제는 보령시가 자연적인 아름다움을 알려 관광객을 모으고, 질 좋은 머드팩을 생산하여 시의 발전을 이루기 위한 것이다.

02 여러분 나라의 축제를 위와 같이 소개하십시오.

9-4 한국에는 5월에 기념일이 많은 것 같아요

학습 목표 ●과제 기념일에 대한 의견 듣고 토론하기 ●어휘 기념 관련 어휘 ●문법 그러고 보니, 그렇다고 -을 수는 없지요

위 그림은 한국의 무슨 기념일에 대한 그림일까요?
여러분 나라에는 어떤 기념일이 있습니까?

◀) 089~090

제임스 내일 부모님 선물을 사러 가려고 하는데 같이 가서 선물 고르는 것 좀 도와주시겠어요?

미선 그럼요, 그런데 무슨 날이에요?

제임스 고향에 계신 부모님께 미리 선물을 보내려고요. 다음 달에 어머니날이 있고 6월에는 아버지날이 있거든요. 한국은 언제예요?

미선 한국에서는 어머니날, 아버지날이 따로따로 있지 않고 어버이날이라고 해서 5월 8일 하루예요.

제임스 그러고 보니 한국에는 5월에 기념일이 많은 것 같아요. 어린이날도 있고요. 미선 씨는 조카들도 많은데 다 챙기기가 어렵겠어요.

미선 그렇다고 안 챙길 수는 없지요. 작은 선물이라도 준비해요. 그리고 5월에는 근로자의 날, 스승의 날 같은 기념일도 있어요.

따로따로 各自　　어버이날 雙親節　　기념일 (紀念日) 紀念日　　근로자 (勤勞者) 勞工

어휘

기념관　　기념식　　기념일　　기념전　　기념품　　기념사진　　기념우표

01 다음 그림과 설명에 맞는 어휘를 쓰십시오.

1)

특별한 날을 기념하는 날

기념일

2)

그때를 기념하기 위해 그 자리에
온 사람들에게 나눠 주는 물건

3)

여러 사람이 모여 함께 그
날을 기념하는 공식적인 자리

기념

4)

의미 있는 일이나 날을 기념하기
위해 만든 우표

5)

어떤 사람이나 사건을 기념하기
위해 지은 건물

6)

어떤 날이나 일을 기념하기 위해
찍는 사진

7)

어떤 사람이나 일을 기념하기 위해
하는 전시회

02 빈 칸에 알맞은 어휘를 쓰십시오.

1) 이번 12 회 골프대회 **기념품** 은 /는 시계와 골프공 , 운동복 등 다양하니 많이 참가하시기 바랍니다 .

2) 다음 주 토요일이 우리 결혼 _____ 인데 여행 가면 어떨까 ?

3) 이번에 우리 회사 창립 80 주년을 기념하기 위해서 내외 귀빈을 모시고 월요일 오전 10 시에 대강당에서 _____ 을 / 를 하니 모두 참석해 주시기 바랍니다 .

4) 수학여행을 가면 학생들과 선생님이 단체로 다 같이 모여 _____ 을 / 를 찍습니다 .

5) 인사동 화랑에서 고 박수근 화백의 40 주기를 추모하는 _____ 이 / 가 열리고 있습니다 .

6) 한국의 근대역사와 독립에 관련된 자료를 보려면 천안에 있는 독립 _____ 에 가면 됩니다 .

7) 올해 11월에 남북정상회담을 기념하는 _____ 이 / 가 발행되었습니다 .

문법
설명

01 그러고 보니

針對話者沒想到或沒感受到的事實，在聽取對方的話之後，發現或領會它。

- 가 : 어제 대청소를 했어요.
  나 : 그러고 보니 깨끗하군요.
- 가 : 이 영화가 요즘 아주 인기가 많대요.
  나 : 그러고 보니 사람이 많군요.
- 가 : 미선 씨도 우리 학교 동창이에요.
  나 : 그러고 보니 낯이 익은데요.
- 가 : 김 선생님 아드님이에요.
  나 : 그러고 보니 아버지를 많이 닮았군요.
- 가 : 아직도 회의가 안 끝났어요? 12 시가 넘었어요.
  나 : 그러고 보니 회의가 길어지는데요.

02 그렇다고 –을 / ㄹ 수는 없지요

對方的對話內容做為理由，話者思考時，沒辦法做不正確的行動。

- 가 : 바쁘니까 빨리 갑시다.
  나 : 그렇다고 신호를 무시할 수는 없지요.
- 가 : 요리하기가 정말 귀찮아요.
  나 : 그렇다고 날마다 외식을 할 수는 없지요.
- 가 : 한 시간이나 기다렸는데도 안 오네요. 그냥 갑시다.
  나 : 그렇다고 우리 먼저 갈 수는 없지요.
- 가 : 시간 없는데 아무 거나 입고 가세요.
  나 : 그렇다고 결혼식에 청바지를 입고 갈 수는 없지요.
- 가 : 피곤한데 우리 먼저 퇴근합시다.
  나 : 그렇다고 일이 저렇게 쌓였는데 안 도와줄 수는 없지요.

문법 연습

그러고 보니

01 다음 상황에 맞게 대답을 하십시오.

1)

저 어제 장학금 받았어요.

2)

제 머리모양 어때요? 어제 미장원에 갔다 왔는데…

3)

이 사진에 있는 분이 저희 아버지예요.

4)

어제 밤새워 일을 했어요.

5)

요즘 운동을 열심히 하고 있어요.

그러고 보니 오늘 기분이 아주 좋아 보이는데요.

그렇다고 -을/ㄹ 수는 없지요

02 다음과 같은 경우에 어떻게 하겠습니까? 이야기해 보십시오.

1) 한국에서 대학교에 들어가려면 한국말을 배워야 한다. 그런데 한국말이 너무 어려워서 포기하고 싶다.

2) 내일까지 부장님께 보고서를 제출해야 한다. 그런데 오늘은 피곤해서 쉬고 싶다.

3) 내가 준비한 것을 오늘 4교시에 발표하기 때문에 그때까지 있어야 한다. 그런데 오늘 일찍 집에 돌아가고 싶다.

4) 어렵게 회사에 들어갔고 지금 하는 일이 적성에 잘 맞아 회사가 마음에 든다. 그런데 함께 일하는 동료와 성격이 안 맞아서 회사를 그만두고 싶다.

한국말 배우기가 너무 어려워서 그만 둘까 해요.

그렇다고 포기할 수는 없지요. 한국에서 대학교에 들어가려면 한국말을 배워야 하잖아요.

과제 1   말하기

다음은 한국의 기념일입니다. 여러분 나라에도 비슷한 기념일이 있습니까? 표에 쓰고 [보기]와 같이 이야기해 보십시오.

한국의 기념일			여러분 나라의 기념일		
근로자의 날	5월 1일	근로자를 위로하고 근로 의욕을 높이기 위해 만든 기념일			
어린이날	5월 5일	어린이를 존중하고 어린이의 행복을 위해 정한 기념일			
어버이날	5월 8일	어버이의 은혜에 감사하고 어른과 노인을 존경하는 뜻으로 만든 기념일			

[보기]

한국에는 기념일의 종류가 많습니다. **그러고 보니** 5월에는 특히 기념일이 많은 것 같은데, 기념일 중에는 공휴일로 정해져 쉬는 날도 있고 그렇지 않은 날도 있습니다. 예를 들어 쉬는 기념일은 '근로자의 날' 과 '어린이날' 이고, '어버이날' , '스승의 날' 은 휴일이 아닙니다. 5월 1일 '근로자의 날' 에는 일을 하는 모든 근로자는 직장에 가지 않고 쉽니다. 그렇지만 학생들은 쉬지 않고 학교에 가지요. 5월 5일 '어린이날' 은 공휴일로 모든 사람들이 다 쉬는 날입니다. 이 날은 어린이가 따뜻한 사랑 속에서 바르고 씩씩하게 자랄 수 있도록 어른들이 아이들에게 관심과 사랑을 주는 날입니다. 그리고 어버이날은 어버이의 은혜에 감사하고 어른과 노인을 존경하는 뜻으로 만든 날입니다. 이 날은 보통 부모님을 찾아뵙고 함께 시간을 보냅니다.

과제 2   듣고 말하기 [◀ 091]

01 여러분이 알고 있는 한국의 기념일에 대해 이야기해 보십시오.

02 다음 이야기는 한국의 기념일 문화에 대해 청소년들이 토론하는 이야기입니다. 이야기를 듣고 맞는 것에 ✔ 하십시오.

1) 바쁜 생활 속에서 가까운 사람들에게 선물하는 것은 좋은 일이다. ☐

2) 새로운 기념일 문화는 상업적인 목적 때문에 나타났다. ☐

3) 새로운 문화는 무조건 받아들여 발전시켜야 한다. ☐

4) 외국의 문화를 그대로 인정하고 따라하는 게 필요하다. ☐

03 여러분은 요즘의 기념일 문화에 대해 어떻게 생각합니까? 찬성과 반대로 나눠 토론을 해 보십시오.

9-5 읽기 : 인제 빙어 축제

🔊 092

얼음 세상에서 은빛 요정을 낚다

온 세상이 하얀 눈과 얼음으로 뒤덮인[1] 1월말. 300만 평의 얼음판이 펼쳐진[2] 강원도 인제군 소양호에서는 빙어, 얼음, 눈을 소재로 인제 빙어 축제가 막을 연다.[3] 빙어축제는 벌써 10여 년이 넘게 이어져 와 강원도의 대표적인 겨울 축제로 자리 잡았다. 겨울을 마음껏 즐기기 위해 드넓은 은빛 세상에 모여든 사람들은 추위도 잊고 빙어 낚시와 겨울 놀이에 빠져든다.

빙어 축제는 모두 네 개의 테마로 구성된다. 빙어 낚시와 빙어 요리 체험을 할 수 있는 빙어천국, 신나는 겨울 놀이를 즐길 수 있는 놀이천국, 눈과 얼음으로 빚은 얼음 세상을 보여주는 얼음천국, 내설악과 더불어 살아온 사람들의 문화를 배우고 정을 느낄 수 있는 산촌[4]천국이 바로 그것이다.

뭐니 뭐니 해도 빙어 축제의 백미[5]는 빙어낚시라고 할 수 있다. 얼음처럼 투명하고[6] 깨끗하다고 해서 이름이 붙여진 빙어는 아주 추운 겨울에 알을 낳기 위해 소양호 상류를 찾는다. 사람들은 두꺼운 빙판에 구멍을 뚫고 그 구멍 속으로 낚싯대를 던져 놓고 은빛 요정을 기다린다. 빙어낚시를 잘 하는 요령[7]은 낚싯대를 위아래로 톡톡 치면서 빙어를 유인하는[8] 것이라고 한다. 이렇게 해서 잡힌 빙어는 그 자리에서 통째[9]로 사람들 입속으로 사라진다. 살아 있는 빙어를 초고추장에

1)	뒤덮이다	모두 씌워지다 .	被覆蓋
2)	펼쳐지다	펴지다 .	展開
3)	막을 열다	공연이나 행사를 시작하다 .	拉開序幕
4)	산촌	산 속에 있는 마을 .	(山村) 山村
5)	백미	가장 뛰어난 것 .	(白眉) 翹楚
6)	투명하다	맑고 깨끗하여 그 속이 보이다 .	(透明 --) 透明
7)	요령	잘하는 방법 .	(要領) 要領
8)	유인하다	그쪽으로 끌어들이다 .	(誘引 --) 引誘
9)	통째	나누거나 빼지 않은 전부 다 그대로 .	全部

찍어 입으로 가져가면 빙어의 몸부림10)에 초고추장 파편11)이 사방12)으로 튀곤
한다. 그럴 때마다 빙판 여기저기에서 비명을 지르는 소리가 들리는데 모두들
예상을 했다는 듯이 그것도 즐기는 표정들이다. 낚는 재미도 재미지만 먹는 재미
때문에 빙어 낚시를 즐기는 사람도 적지 않다.

낚시가 무료하다면13) 놀이천국으로 가 보는 것은 어떨까? 너도나도 썰매를 타며   5
어린 시절로 돌아간 것처럼 즐거워한다. 그 외에도 얼음축구, 눈썰매, 인간 컬링,
빙상 볼링, 빙상 경보14)대회, 빙판 줄다리기 등의 놀 거리가 있다. 그 중에서 특히
얼음축구는 하는 사람도, 보는 사람도 즐거운 축제에서 빼놓을 수 없는 행사이다.
미끄러운 얼음판에서 나무 공을 쫓아다니는 선수들의 우스꽝스러운15) 걸음걸이나
넘어지는 모습에 이를 지켜보는 사람들 모두 안타까워 하면서도 배꼽을 잡고   10
즐거워한다.

조용히 데이트를 즐기고 싶다면 얼음천국으로 가서 얼음 조각과 눈꽃16)
나무숲을 거닐며 겨울 풍경을 감상하는 것도 좋겠다. 그 옆에 마련된 산촌천국
에서는 이 지역에 사는 사람들의 생활 방식과 음식, 놀이 문화 등을 체험할 수도
있다.   15

축제에 참가할 때는 빙어 낚싯대와 낚시 의자 등을 각자 준비해야 한다. 특히
추운 곳에서 긴 시간을 보내야 하므로 옷을 따뜻하게 입고 무릎담요 등을 준비해
가는 것도 좋다. 취사는 정해진 곳에서만 할 수 있으므로 음식을 조리하려면
지정된 장소를 미리 알아두도록 한다.

여유가 있다면 가까운 곳에 있는 백담사의 템플스테이를 체험해 보거나 한계령   20
등을 둘러보고17) 돌아오는 일정을 잡아보는 것도 좋겠다.

---

10) 몸부림	있는 힘을 다해 몸을 움직이는 것 .		晃動
11) 파편	깨어진 조각 .		(破片) 碎片
12) 사방	동서남북 네 방향 .		(四方) 四處
13) 무료하다	심심하고 지루하다 .		(無料) 免費
14) 경보	빠르게 걷는 육상 경기 .		(競步) 競走
15) 우스꽝스럽다	매우 우습다 .		滑稽
16) 눈꽃	나무에 쌓여 꽃이 핀 것처럼 보이는 눈 .		雪花
17) 둘러보다	여기저기 살펴보다 .		環視

내용 이해

1) 이 글의 내용이 아닌 것을 고르십시오 . (   )

  ❶ 축제를 하는 때

  ❷ 축제를 하는 장소

  ❸ 축제에서 하는 행사

  ❹ 축제를 준비하는 사람들

2) 빙어축제의 네 가지 테마와 각각의 행사를 모두 찾아 쓰십시오 .

  ❶   빙어천국   :

  ❷   :

  ❸   :

  ❹   :

3) 다음을 비유한 표현을 찾아 쓰십시오 .

  ❶ 소양호 :

  ❷ 빙어 :

4) 빙어 축제에 참가하기 위해 참가자들은 무엇을 준비해야 합니까?

5) 이 글의 내용과 같으면 ○ , 다르면 X 하십시오 .

❶ 빙어를 잡은 곳에서 음식을 만들어 먹을 수 있다.   (   )

❷ 빙어축제에서 가장 재미있는 행사는 빙어낚시이다.   (   )

❸ 백담사에서의 템플스테이도 빙어축제 행사 중 하나이다.   (   )

정월대보름

정월대보름은 음력 정월 보름날(1월 15일)로서 농경사회 시대였던 과거에는 설날, 추석과 함께 가장 큰 명절이었습니다. 정월 대보름 명절은 14일부터  시작되는 데 14일을 작은 보름, 15일을 대보름이라고 합니다.

겨울 동안 긴 휴식을 취하고 본격적으로 농사일을 시작하기 전에 지내는 명절이기 때문에 작은 보름에는 농사일의 시작을 알리는 일(난가릿대 세우기)부터 합니다. 14일 밤에 잠을 자면 눈썹이 센다고 하여 밤을 새우는 보름새기를 하며 15일 밤에는 보름달이 뜨기 전인 초저녁에 산이나 언덕에 올라가 달맞이를 합니다. 또한 이날 밤 들판에 나가서 그 해의 새싹이 잘 자라고 논과 밭의 해충이 죽도록 쥐불을 놓습니다. 아이들은 연날리기, 돈치기 등을 즐기며 어른들은 줄다리기, 놋다리밟기 등을 합니다. 이와 같이 대보름날 밤에는 온 마을이, 때로는 마을과 마을이 대결하는 경기를 조직하여 함께 즐긴다.

대보름날에는 약반(藥飯)(약식이라고도 하며 햅찹쌀을 찌고 여기에 밤, 대추, 꿀, 기름, 간장 등을 섞어서 다시 함께 찐 후 잣을 박은 음식)과 오곡밥(쌀, 콩,

팥, 보리, 수수, 조 등을 넣어 짓는 밥. 꼭 다섯가지 곡식으로 짓는다는 뜻이 아니라 여러 가지 곡식을 넣어 지어 먹는다는 뜻에서 오곡이라는 말을 사용함), 나물(나물이 흔한 계절에 잘 말렸다가 이날 삶아서 기름에 볶아 먹음)을 먹습니다. 특히 성(姓)이 다른 세 집 이상의 밥을 먹어야 그 해의 운이 좋다고 하여 오곡밥을 서로 나누어 먹는데 이 날만큼은 틈틈이 먹어서 아홉 번을 먹습니다. 대보름날 아침 일찍 일어나 부럼이라고 하는 밤, 호두, 잣, 은행 등을 소리 나게 깨물어 먹으면 1년 내내 부스럼이 나지 않을 뿐만 아니라 이가 단단해진다고 합니다. 또 이른 아침에 맑은 술을 마시는데 이를 귀밝이술이라고 합니다. 이 술을 마시면 귀가 밝아지고 귓병이 생기지 않을 뿐만 아니라 1년 동안 좋은 소식을 듣는다고 합니다.

위에서 소개한 풍습 중에 점점 사라져가는 풍습도 있지만 지금도 대보름에는 많은 사람들이 오곡밥과 나물을 먹으며 부럼을 깨뭅니다.

1) 여러분 나라의 사라져 가고 있는 명절 풍습이 있습니까?

2) 나라마다 전통 문화가 변화되거나 사라져 가고 있습니다 . 우리는 어떤 노력을 해야 할까요?

제10과

현대를 살아가는 사람들

● 문화
한국인의 여유

10-1 자꾸 시계를 보는 버릇이 생겼어요

학습 목표 ● 과제 고민 듣고 이야기하기 ● 어휘 일중독 관련 어휘 ● 문법 -게, -을까 보다

왼쪽 그림은 현대인의 어떤 모습에 대해 이야기하고 있습니까? 여러분의 머릿속에는 무엇에 대한 생각이 가장 많습니까?
일중독에서 벗어나려면 어떻게 해야 할까요?

🔊 093~094

선배 오늘 무슨 약속이라도 있어? 얘기하면서 자꾸 시계만 보게.

웨이 미안해요. 항상 바쁘게 지내서 그런지 급하지 않을 때도 자꾸 시계를 보는 버릇이 생겼어요.

선배 그렇지 않아도 요즘 널 보면 시간에 쫓기는 사람 같더라. 요즘 안 바쁜 사람이 없겠지만 그래도 좀 쉬어 가면서 해라.

웨이 그런데 해야 할 일이 많다 보니까 마음도 바쁘고, 쌓여 있는 일을 보면 불안하고 스트레스가 쌓여요.

선배 충분히 이해해. 그래도 의식적으로 쉬려고 노력을 해야지. 마음의 여유가 없으면 일이 더 잘 안 되는 법이거든.

웨이 맞아요. 요즘은 도대체 제가 왜 사는지 회의도 들고 정말 우울해요. 오늘은 일찍 집에 들어가 좀 쉴까 봐요.

버릇 習慣　　쫓기다 被追趕　　충분히 (充分 -) 充分地　　의식적 (意識的) 有意的　　회의 (會意) 會意

어휘

과로사	만족감	우울증	일벌레	경쟁하다
도전하다	몰두하다	불안하다	초조하다	

01 현대인의 일중독 원인과 그 증세는 무엇입니까?

일중독의 원인은?

- 다른 것보다 일로 **만족감**을 느끼려고 한다.
- 다른 사람과 **경쟁한다**.

일중독의 증세는?

- 심하면 **과로사**할 수도 있다.

02 빈 칸에 알맞은 어휘를 쓰십시오.

1년 열두 달 하루도 쉬지 않고 일하는 일 중독증 증세를 가진 사람이 있다. 아주 부지런한 것을 자랑스럽게 생각하고 주위 사람들에게 자신이 **일벌레** 라고 자랑스럽게 얘기한다. 최근 김 부장은 저녁시간에 아내와 걷는 운동을 시작했다. 아내는 그 시간만이라도 남편과 다정하게 얘기를 나누고 싶었는데 김 부장은 산책 내내 휴대 전화로 회사 동료와 통화를 하며 회사 일을 했다. 이런 일 중독증에 걸린 사람들은 온종일 일만 생각하고 일에만   으며/며, 일을 해야만   을/를 느끼고 일을 하지 않고 쉴 때는 왠지   어/아/여 한다. 그리고 새로운 일에   어서/아서/여서 그 일을 이루어냈을 때 가장 큰 기쁨을 느낀다. 또 한편으로는 회사에서 능력있는 젊은 사람들이 자신 있게 일하는 것을 보면 그들에게 뒤쳐지지 않을까   어/아/여지기도 한다. 이런 사람들은 주위 사람들과의 관계도 나빠져서   에 걸리기도 하며 심하면 자살까지 하기도 한다. 또 일을 하다가 갑자기   하기도 한다.

문법설명

01 - 게

詢問或推測前文某種狀況，依據那些詢問或推測的根據，在後文提出看法。

- 친구가 없니 ? 혼자서 밥을 먹게 .
- 많이 춥니 ? 그렇게 오들오들 떨게 .
- 누구 기다리는 사람이 있으세요 ? 아까부터 주위를 두리번두리번 살피시게요 .
- 오늘 기분 좋은 일 있었나 봐 . 그렇게 싱글벙글 웃게 .
- 무슨 바쁜 일 있으세요 ? 아침부터 일찍 나오셨게요 .

02 - 을까 / ㄹ까 보다

還不是很確定的事情，但有想實行的心情或想法。

- 마땅한 사람이 없으니 이번에는 투표하지 말까 봐요 .
- 오늘은 약속도 없고 할 일도 없으니 집에 가서 비디오나 볼까 보다 .
- 옷이 아주 맘에 안 드는 것은 아니지만 비슷한 옷이 있으니까 바꿀까 봐요 .
- 오늘부터는 운동도 할 겸 기름 값도 절약할 겸 자전거로 출퇴근할까 봐요 .
- 다른 운동은 시간도 많이 들고 돈도 많이 드니까 저는 집에서 비디오로 요가나 할까 봐요 .

문법 연습

-게

01 다음 행동을 보고 이야기해 보십시오

1)

무슨 급한 일이라도 있어요?
수업이 끝나자마자 나가게요.

2)

앞에 무슨 사고라도 났나?
이렇게 .... 게.

3)

.... 어요/아요/여요?
그렇게 물건을 한 가득 사 오게요.

4)

.... 니?
.... 게.

5)

.... ?
.... 게.

-을까/ㄹ까 보다

02

여러분은 여러 가지 이유로 망설이면서 하지 못했던 일이 있습니까? 아래와 같이
이야기해 보십시오.

여러 가지 이유로 하지 못했던 일
1) 동료에게 사실대로 애기하는 일
2) 일이 적성에 안 맞아서 회사를 옮기는 일
3) 사귀던 남자(여자)에게 헤어지자고 말하는 일
4) 효과가 없는 약을 이제 그만 먹는 일
5) 병원에 가서 건강 검진을 받는 일

저는 얼마 전 제 동료가 제안한 아이디어를 제가 한
것처럼 보고서를 만들어 제출했어요. 오늘은 그 사실을
동료와 윗사람에게 모두 사실대로 이야기할까 봐요.

과제 1   말하기

다음 상황을 보고 [보기]와 같이 대화를 만드십시오.

● 상황 1

정희는 미선이가 병원에 가는 걸 보고 아프냐고 묻는다. 미선이는 친구가
과로로 쓰러져 병문안 간다고 한다.

[보기]

정희 : 미선아, 어디 아파? 병원에 **가게**.

미선 : 아니, 친구가 과로로 쓰러져서 친구 병문안 가는 거야. 밤낮없이 일하더니
　　　결국 병이 나고 말았어.

정희 : 그랬구나. 너도 남의 얘기만 하지 말고 좀 쉬어가면서 해. 매일 밤늦게까지
　　　도서관에서 공부만 하잖아.

미선 : 그래. 나도 이번 주말에는 집에서 푹 **쉴까 봐**.

● 상황 2

남자는 직장 동료가 졸고 있는 걸 보고 어제 잠을 못 잤냐고 묻는다. 직장
동료는 지금 하고 있는 프로젝트 때문에 요즘 잠을 잘 못 잔다고 말한다.

● 상황 3

아내는 남편이 방에서 하루 종일 담배만 피우고 있는 걸 보고 요즘 안 좋은 일이 있냐고 묻는다. 남편은 회사를 위해 열심히 일했는데 다른 사람이 승진을 해서 너무 실망했다고 말한다.

● 상황 4

과장은 부장이 전화로 아들을 야단치는 걸 보고 아들이 무슨 잘못을 했냐고 묻는다. 부장은 직장 일 때문에 바빠서 요즘 아들과 대화를 못 했더니 점점 더 아들과 거리감이 생긴다고 말한다.

● 상황 5

미선이는 민철이가 자동차 보험 회사에 전화하는 것을 보고 자동차 사고가 났냐고 묻는다. 민철이는 요즘 회사일이 많아 운전하면서 일 생각을 하다가 사고가 났다고 말한다.

과제 2   듣고 말하기 [◀ 095]

01 다음은 일중독 때문에 상담하는 사람들의 이야기입니다. 듣고 다음 질문에 대답하십시오.

1) 남자의 문제는 무엇입니까?

2) 여자의 문제는 무엇입니까?

02 여러분은 자신이 일중독이라고 생각해 본 적이 있습니까? 여러분의 경우를 표시하고 친구에게도 물어 보십시오.

항목	그렇다	아니다
1) 일만 생각하면 너무 즐겁다.		
2) 일 때문에 약속 시간을 못 지키는 경우가 가끔 있다.		
3) 잠잘 때나 주말, 휴가 때도 가끔 일에 대해 생각한다.		
4) 직장 동료가 일 이외의 것을 더 중요하게 생각하면 화가 난다.		
5) 직장 생활 때문에 가정 생활이나 다른 인간관계가 좋지 못하다.		

03 일중독에서 벗어나기 위해서 어떤 방법이 있을까요? 다음 방법 이외에 어떤 방법이 또 있을까요? 이야기해 보십시오.

- 매일 5분 이상 명상하기.
- 취미에 맞는 운동을 규칙적으로 하기.
- 매일 6시간 이상 충분한 수면 취하기.
- 직장에서 벗어나 1년에 1주일 이상 여행가기.

10-2 물질만능주의가 어제오늘의 일은 아니지요

학습 목표 ● 과제 단락 주제 파악하기 ● 어휘 사상 관련 어휘 ● 문법 –는 셈이다, 이라야

▶ 여러분은 돈으로 모든 걸 할 수 있다고 생각합니까 ?
돈이면 다 된다는 요즘 사람들의 생각이 나타나는 예를 말해 보십시오 .

🔊 096~097

미선　얼마 전 조카가 반에서 일등을 했다기에 축하 전화를 걸었는데 조카가 축하 선물로 뭘 줄 거냐고 해서 당황했어요 .

리에　저도 학원에서 아이들을 가르치다 보면 요즘 아이들은 뭐든지 다 돈으로 보상 받으려고 하는 것을 느낄 수 있어요 .

미선　모든 것이 돈이면 다 된다는 물질만능주의가 어제오늘의 일은 아니지만 요즘은 더 심해지는 것 같아서 정말 걱정스러워요 .

리에　아이에게 "공부 잘 하면 휴대전화 사 준다", "시험 잘 보면 얼마를 주겠다" 그런 말들을 하는 부모들이 있으니까 아이들도 그렇게 생각하는 게 아닐까요 ?

미선　네 , 결국은 어른들이 아이를 그렇게 키우는 셈이죠 .

리에　마음이 무엇보다 중요하다고 말들은 하지만 사실은 그렇지 않은가 봐요 . 감사의 선물도 비싼 것이라야 더 좋다고 생각하는 사람들도 많은 걸 보면요 .

보상 (補償) 補償　　물질만능주의 (物質萬能主義) 金錢萬能主義　　키우다 培養

어휘

| 개인주의 | 민족주의 | 민주주의 | 이기주의 |
| 인본주의 | 물질만능주의 | 외모지상주의 | |

01 다음 설명에 맞는 어휘를 쓰십시오. 여러분은 몇 단계에서 알았습니까?

1)

1단계 (30점)	2단계 (20점)	3단계 (10점)
국가나 사회에 대한 책임보다 개인의 자유와 권리가 더 중요하다고 생각한다.	다른 사람보다 자기나 자기 가족만을 생각한다.	비슷한 말은 이기주의이다.

답 _____

2)

1단계 (30점)	2단계 (20점)	3단계 (10점)
나라의 주인은 국민이고 국민을 위한 정치를 해야 한다고 생각한다.	국가나 사회에 속한 개개인의 생각을 존중하는 태도이다.	반대말은 전제주의이다.

답 _____

3)

1단계 (30점)	2단계 (20점)	3단계 (10점)
인간이 모든 것의 중심이 된다는 생각이다.	인간주의라고도 하며 '인간다움'을 존중하는 아주 넓은 범위의 세계관이다.	휴머니즘이라고도 한다.

답 _____

4)

1단계 (30점)	2단계 (20점)	3단계 (10점)
다른 민족의 지배를 벗어나 같은 민족으로 나라를 이루려는 생각이다.	개방주의자들은 이것이 세계화에 방해가 된다고 생각한다.	민족지상주의라고도 한다.

답 ＿＿＿＿＿＿＿＿＿＿＿＿＿＿＿

5)

1단계 (30점)	2단계 (20점)	3단계 (10점)
다른 사람을 생각하지 않고 자신의 이익만을 생각하는 생활방식이나 태도이다.	비슷한 말은 개인주의이다.	반대말은 이타주의이다.

답 ＿＿＿＿＿＿＿＿＿＿＿＿＿＿＿

6)

1단계 (30점)	2단계 (20점)	3단계 (10점)
사람의 마음을 무시하고 돈만 많으면 무엇이든지 다 할 수 있다는 생각이다.	인생의 목적을 돈을 모으는 데 두기 때문에 심할 경우에는 돈을 신처럼 생각하기도 한다.	비슷한 말은 황금만능주의이다.

답 ＿＿＿＿＿＿＿＿＿＿＿＿＿＿＿

02 빈 칸에 알맞은 어휘를 쓰십시오.

산업화가 진행되면서 물질적 가치가 정신적 가치를 앞서게 되었고 이로 인해 여러 가지 사회문제가 생겼다. 그 중에서도 삶의 최고 가치를 돈에 두게 되는 **물질만능주의**아나/나, 외모가 인생의 성공과 실패를 결정한다고 믿는 _____과/와 같은 문제들은 현대사회에서 또 다른 사회문제를 일으키고 있다. 돈이 세상의 중심이 되다 보면 돈을 벌기 위해 다른 사람은 생각하지 않고 자신의 이익밖에 생각하지 않기 때문에 지나친 _____이나/나 _____을/를 낳게 된다. 이것은 인간이 모든 것의 중심이 된다는 _____에 어긋나는 것으로 많은 인본주의사들의 비난을 받고 있다. 또한 외모를 너무 중요하게 생각하다보면 지나친 다이어트나 성형 중독 같은 심각한 문제도 생기게 된다. 결혼이나 취업에서 잘난 외모를 선호하는 사회 분위기가 없어지지 않으면 이러한 사회문제도 없어지지 않을 것이다.

문법
설명

01 -는 / 은 / ㄴ 셈이다

事實上不一定會這樣，但斟酌前後的情況，可以說是這樣的結果。

● 제 월급의 반 이상을 저금하니까 많이 저축하는 셈입니다 .
● 백 명 중 아흔 아홉 명이 찬성했으니 거의 다 찬성한 셈이다 .
● 임금은 올랐지만 물가가 더 많이 올랐으니 , 결국 임금이 안 오른 셈이죠 .
● 지난번에는 자네가 이겼고 이번에는 내가 이겼으니 서로 비긴 셈이네 .
● 주최 측에서 숙박료와 식사를 모두 제공하고 있으니 이번 여행은 거의 무료인 셈이지 .

02 이라야 / 라야

連接名詞，強調只有前文出現的條件，會呈現和後文一樣的結果。有尾音的名詞後接 '이라야' ，無尾音的名詞後接 '라야' 。

● 그 영화는 성인이라야 볼 수 있다고 한다 .
● 결혼한 사람이라야 저희 동호회 회원 자격이 됩니다 .
● 이 문제는 전문가라야 풀 수 있을 것이다 .
● 이 곳에서는 18 세 이상이라야 자동차를 운전할 수 있습니다 .
● 참을성이 있는 사람이라야 그 일을 할 수 있을 것이다 .

문법 연습

-는/은/ㄴ 셈이다

01 다음 상황을 보고 여러분의 생각과 이유를 말해 보십시오.

상황	나의 생각	이유
1. 내 방 친구는 보통 10시 전에 집에 오는데 나는 보통 12시에 집에 온다. 오늘은 11시에 집에 왔다.	일찍 왔다. ✓	다른 날은 12시에 오는데 오늘은 11시에 왔으니까.
	늦게 왔다.	
2. 보통 때는 아침밥을 한식으로 준비해서 먹는데 오늘은 시간이 없어서 아침에 우유 한 잔밖에 못 마셨다.	아침을 먹었다.	
	아침을 못 먹었다.	
3. 올해 친구 회사는 월급이 1%도 오르지 않았는데 우리 회사는 월급이 3% 올랐다. 하지만 물가는 5%나 올랐다.	월급이 올랐다.	
	월급이 안 올랐다.	
4. 이번 읽기 시험에서 90점을 받았는데 우리 반 학생 10명 중 9명이 90점 이상을 받아서 나보다 잘했다.	읽기 시험을 잘 봤다.	
	읽기 시험을 잘 못 봤다.	
5. 옆 반하고 농구 시합을 했는데 지난번에는 우리가 졌고 이번에는 우리 반이 이겼다. 그리고 이번에는 우리 반이 선수도 1명 적었다.	서로 비겼다.	
	우리 반이 이겼다.	

다른 날은 12시에 오는데 오늘은 11시에 왔으니까 저는 오늘 일찍 온 셈이에요.

이라야/라야

02 다음 안내문을 보고 질문에 대답하십시오.

자유연애

19세 이상
관람가

사원 모집

함께 일할
직원을
모집합니다.

자격 : 대졸 이상
기간 : 2014.10.1
~10.31

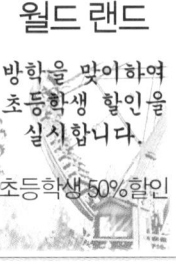
월드 랜드

방학을 맞이하여
초등학생 할인을
실시합니다.

초등학생 50% 할인

부부동반
송년 모임

장소 : 연세호텔
일시 : 12월 30일
저녁 7시

신촌 백화점

3만원 이상
구매고객에게
사은품 증정

지금 상영하고 있는 '자유연애'는 몇 살부터 볼 수 있지요?

지금 대학교에 다니고 있는데 그 회사에 지원할 수 있어요?

주말에 월드랜드에 가려고 하는데 중학생도 할인을 받을 수 있을까?

이번 주에 남편이 출장 갔는데 혼자서는 송년모임에 참석할 수 없겠지?

물건만 사면 누구나 사은품을 받을 수 있어요?

19살 이상이라야 '자유연애'를 볼 수 있어요.

말하기

다음은 결혼 정보회사에 등록한 두 남녀가 자신의 배우자감에 대한 조건들을 적은 것입니다. 표를 보고 여러분이 두 남녀가 되어 결혼 정보회사 직원에게 이야기해 보십시오.

이름 : 최성진
나이 : 38세
직업 : 회계사

이름 : 이수진
나이 : 29세
직업 : 스튜어디스

배우자 조건		배우자 조건	
나이	29세이하	나이	35세 이하
키	165cm 이상	키	175cm 이상
외모	몸무게 50kg미만의 날씬하고 귀엽게 생긴 얼굴	외모	안 봄.
직업	결혼 후에도 계속 할 수 있는 직업	직업	의사, 변호사 등 전문직
학벌	4년제 대졸 이상	학벌	일류대학 졸업자
연봉	3,500만 원 이상	연봉	6,000만 원 이상
성격	조용한 성격	성격	자상한 성격
형제관계	관계없음	형제관계	차남(장남은 안 됨)
기타	서울 출신이어야 함.	기타	30평 이상의 아파트를 가지고 있어야 함.

과제 2   읽고 말하기

01   사람들은 왜 명품을 가지고 싶어 하는 것 같습니까?

02   다음은 명품을 아주 좋아했던 사람의 이야기입니다. 글의 설명으로 맞는 것을 찾아 쓰십시오.

> 병철의 명품 중독증 증상
>
> 병철이 명품과 결별한 이유   병철이 명품을 불태운 것의 의미
>
> 병철이 명품을 불태운 이유
>
> 병철이 명품에 집착하게 된 계기

(가) 병철이 명품을 불태운 이유

지난 여름 병철 씨는 자신이 그렇게도 아끼던 명품들을 모두 불태워 버렸다. 그는 왜 이 비싼 명품을 태워버린 것인가? 지금까지 모아 온 여러 가지 명품을 한 번에 끊기 위해서라고 한다. '명품 중독자' 였던 병철 씨는 남들에게 인정받기 위해, 또 자신이 꿈꾸는 자기의 모습을 만들기 위해, 무리해서 명품을 사는 인간의 약한 모습을 비판하기 위해 이렇게 했다고 한다.

(나) ....

병철 씨가 명품 중독에 걸리게 된 이유는 브랜드 운동화를 신지 않았다는 이유로 '왕따' 를 당했던 초등학교 때의 경험 때문이다. "무슨 운동화가 그러냐?" 는 친구들의 놀림을 받고 그는 비로소 '브랜드' 에 눈을 떴다. 운동화 옆을 장식하는 줄무늬, 티셔츠 앞가슴에 앉아 있는 악어, 가방 옆구리에서 펄펄 뛰는 은빛 퓨마 ….

(다) ....

그 뒤 20여 년 동안 병철 씨는 그날의 '한'을 풀려는 듯 살았다. 새로운 고급 브랜드 운동복을 집 안에서 입고 돌아다니며 대단하지 않은 것으로 여기는 데서 만족감을 느꼈고, '색소와 향료를 전혀 쓰지 않는다'고 광고하는 고급 비누를 쓰면서 스스로 고급스러워지는 기분을 느꼈다. 그리고 병철 씨에게 브랜드는 남을 판단하는 기준이 되기도 했다.

(라) ....

그랬던 병철 씨가 브랜드와 결별하게 된 것은 '허무감' 때문이었다. 명품을 갖기 위해 그렇게 많은 노력을 했는데, 왜 기대만큼 행복하지 못한 걸까? 명품이 계속해서 만족감을 주지 못한다는 사실을 깨닫고 그는 과감하게 명품과 결별을 했다.

(마) ....

병철 씨가 자신이 가진 명품을 모두 불태운 것은 남들의 눈을 의식하며 명품만을 좋아하는 소비주의와 물질만능주의에 대한 경고를 하기 위한 것이라고 볼 수 있다.

03 여러분 주위에 병철 씨와 같이 '명품 중독증'에 걸린 사람이 있습니까? 여러분이나 여러분 친구, 가족 중에 이런 사람이 있다면 어떻게 하겠습니까?

10-3 신경 쓰는 만큼 건강하게 살 수 있어요

학습 목표 ● 과제 핵심 내용 정리하기 ● 어휘 건강 관련 어휘 ● 문법 으로는, -을 필요가 없다

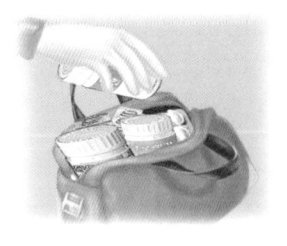 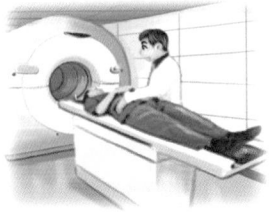  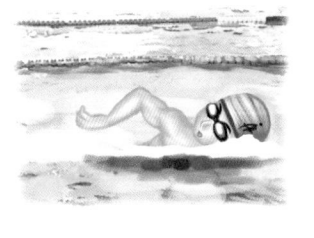

▶ 위 그림의 사람들은 건강을 지키기 위해 무엇을 하고 있습니까 ?
여러분은 건강에 관심이 많습니까 ? 건강을 지키기 위해서 무엇을 합니까 ?

🔊 098~099

정희 　속이 좀 아프다더니 병원에 갔다 왔어요 ?

웨이 　바로 다녀왔지요 . 의사 말로는 위에 염증이 약간 생겼다고 며칠 약만 먹으면 된다고 했지만 다시 한 번 검사해 보려고 해요 .

정희 　의사 선생님이 괜찮다고 하셨으면 굳이 다시 검사할 필요가 없을 것 같은데요 . 내가 보기에 웨이 씨는 지나치게 건강을 생각하는 것 같아요 . 영양제도 매일 대여섯 알씩 먹고 때 맞춰 보약도 꼭 먹고요 .

웨이 　내 건강은 내가 챙겨야죠 . 평생 건강하게 살자면 건강에 좋은 음식 챙겨 먹고 운동도 부지런히 해야 돼요 .

정희 　그렇긴 한데 , 웨이 씨처럼 남들이 건강에 좋다고 하는 걸 한다고 해서 건강이 지켜지는 건 아닌 것 같은데요 . 병 없이 오래 살기 위해서는 적게 먹고 마음 편하게 사는 게 최고 아니예요 .

웨이 　신경 쓰는 만큼 건강하게 오래 살 수 있는 거예요 .

| 염증 (炎症) 發炎 | 굳이 堅決 | 지나치다 過分 | 영양제 (營養劑) 營養劑 | 보약 (補藥) 補藥 |

어휘

비만   채식   성인병   유기농
건강 검진   만성피로   종합영양제   건강 보조 식품

01 현대인에게 많은 질병 혹은 문제는 무엇입니까? 또 현대인은 이 문제를 해결하기 위해 무엇을 합니까?

현대인의 질병은?

• 만성피로
• 고혈압에 잘 걸린다.
•
•
•

이를 해결하기 위해 사람들은?

• 건강 검진을 받는다.
• 건강 보조 식품을 먹는다.
•
•
•

02 빈 칸에 알맞은 어휘를 쓰십시오.

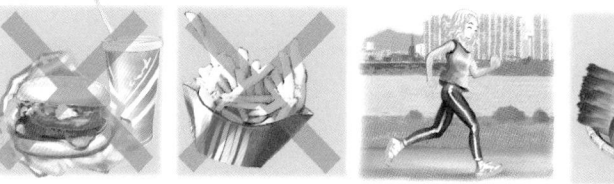

현대인은 밤낮 없이 일하며 각종 스트레스 때문에 **만성피로**에 시달린다. 또 바쁜 일상으로 패스트푸드를 즐겨 먹게 되며 이로 인해 _____도 늘고 있다. 이러한 비만은 _____, 심장병, 암과 같은 각종 _____을/를 유발하며 최근에는 이로 인한 사망도 늘고 있다. 그래서 요즘은 건강에 많은 관심을 가지고 건강하게 살려는 사람들이 많다. 몸에 해로운 담배나 술을 되도록 하지 않으려고 하고 여러 가지 운동으로 건강을 지키려고 한다. 또 육식보다는 _____을/를 주로 하고 농약이나 비료를 사용하지 않은 _____과일이나 채소를 찾는 사람이 많다. 또한 질병을 미리미리 발견하기 위해 병원에 가서 정기적으로 _____을/를 받는 것도 잊지 않는다. 그러나 건강에 대한 걱정 때문에 _____이나/나 _____에 지나치게 의존하는 사람들도 늘고 있다.

01 으로는 / 로는

將 '로' 和 '는' 結合的複合助詞，連接名詞，作為根據。

● 내가 듣기로는 그 친구가 먼저 때렸다고 하던데.
● 지금 형편으로는 저는 대학에 갈 처지가 못 됩니다.
● 현재로는 그 계획의 실현 가능성은 거의 없다고 봐야겠지요.
● 새 판단으로는 그 청년이 이 일에 적합할 것 같습니다.
● 그 친구 얘기로는 회사에서 쫓겨난 것이 아니라 자기가 먼저 사표를 냈다고 하던데요.

02 -을 / ㄹ 필요가 있다 , 없다

為了做什麼的必要性或義務性條件。'-을 필요가 없다' 是非必要性的條件時使用。

● 앞으로 이 문제에 대해서는 좀 더 철저하게 살펴볼 필요가 있습니다.
● 현재의 삶에 만족하고 있는지 한번쯤 자신에게 물어볼 필요가 있다.
● 그걸 전해주기 위해 저희 집까지 직접 오실 필요 없습니다. 그냥 우편으로 부치세요.
● 꼭 여기에서 대학을 다닐 필요 없으니까 고향으로 돌아가야겠어.
● 내가 알아서 처리할 테니 걱정할 필요 없어.

문법 연습

으로는/로는

01 어젯밤 12시 30분쯤 보석가게에서 도난 사건이 발생했습니다. 짝을 지어 각각 [가]와 [나]의 이야기를 읽고, 읽은 이야기를 서로에게 전하십시오. 그리고 범인을 찾으십시오.

[가]

종업원 박 씨 : 밤 12시쯤 문을 잠그고 퇴근했어요. 버스를 타고 집으로 돌아갔으니까 한 1시쯤 집에 들어갔을 거예요.

보석 가게 주인 : 그 날 아침 경비 업체 직원이 전화를 해서 경보 시스템 점검이 있으니 시스템을 꺼 놓고 가게 문을 닫으라고 했습니다.

[나]

종업원 박 씨의 하숙집 주인 : 그 날은 좀 피곤해서 일찍 잠이 들었어요. 새벽 1시쯤에 잠깐 깼는데 그 때는 박 씨 방의 불이 꺼져 있었어요.

경비업체 직원 : 저희 경비 회사에서는 전화를 한 적이 없습니다.

종업원 박 씨의 말로는 밤 12시쯤 문을 잠그고 퇴근했대요. 그리고 버스를 타고 1시쯤 집에 들어갔대요.

그래요? 박 씨의 하숙집 주인 말로는 그날 좀 피곤해서 일찍 잠이 들었다가 새벽 1시쯤 깼는데 …

-을/ㄹ 필요가 없다

02 다음과 같은 일을 할 필요가 있을까요? 이야기해 보십시오.

	필요가 있다	필요가 없다
수학이나 과학을 배운다.	✔	
옛날 애인의 이야기를 새로운 애인에게 숨긴다.		
시험을 보기 전에 지금까지 배운 모든 단어를 외운다.		
친구에게 돈을 빌려줄 때 차용증을 쓴다.		
전통을 따른다.		

수학이나 과학은 꼭 배울 필요가 있어요. 모든 학문의
기초가 되니까요.

아니에요. 수학이나 과학은 배울 필요가 없어요. 일상
생활에 전혀 쓸모가 없잖아요.

과제 1 말하기

다음의 사람들은 건강을 위해 열심히 노력하는 사람들입니다. 여러분은 뭐라고 이야기해 주겠습니까?

나는 집에 가는 길에 매일 약국에 들러 피로회복제를 사서 마신다. 그리고 영양제도 대여섯 종류씩 매일 챙겨 먹는다.

나는 건강을 위해 운동이 반드시 필요하다고 생각한다. 그래서 바쁠 때는 점심시간에 점심을 먹는 대신 헬스클럽에 가서 운동을 한다.

건강을 위해서는 건강 검진이 꼭 필요하다. 그래서 나는 1년에 두 번 이상 병원에 가서 종합 검진을 받는다.

건강에는 물이 아주 중요하다. 그래서 나는 그냥 물은 안 마시고, 몸에 좋은 약초를 넣어서 만든 물을 물 대신 마시고 있다.

운동은 많이 할수록 좋다고 생각한다. 그래서 나는 매일 두 시간 이상 운동을 하고, 주말이면 수영장에서 4시간 이상을 보낸다.

[보기]

가 : 요즘 현대인들은 건강에 관심이 많은 것 같아요.
나 : 네, 맞아요. 그래서 저도 건강을 유지하기 위해 매일 피로회복제를 마셔요. 그리고 영양제도 대여섯 종류씩 매일 챙겨 먹어요.
가 : 건강이 중요하기는 한데 매일 피로회복제를 **마실 필요가 없어요**. 정말 피곤할 때만 가끔 드시는 게 좋아요. 그리고 영양제도 대여섯 개씩이나 **드실 필요가 없습니다**. 한두 개 정도만 드시는 게 좋을 것 같습니다.

과제 2	읽고 말하기

01 여러분 나라에서는 건강에 대해 관심이 많습니까? 건강에 대한 정보를 주로 어디에서 얻습니까?

02 다음은 건강에 대한 텔레비전 프로그램으로 인해 일어났던 일입니다.

지난 2000년 전국의 약국에서는 비타민C를 사려는 사람들로 큰 난리가 났었다. 일부 약국에서는 평소보다 20~30배가 더 팔리고, 한꺼번에 많이 사 가는 사람들 때문에 10분 만에 모든 제품이 바닥나기도 했다. 이것은 텔레비전 프로그램에서 어느 의대 교수가 "비타민C는 고혈압, 중풍, 심장병 등 여러 질병에 효과가 있다"고 말한 다음 날 생긴 일이다.

또 지난 1980년대 말, 한 텔레비전 프로그램에 나온 박사가 "채식 위주의 식생활로 성인병을 예방할 수 있다"고 말한 다음, 많은 고기집이 망해서 문을 닫아야 했다. 또 어떤 드라마에서 매실이 좋다고 하자 너도 나도 매실을 찾아 매실이 모두 바닥나기도 했다.

1) 위의 내용을 아래 표에 정리해 보십시오.

	사회 현상	원인
1	전국의 약국에서 비타민 C를 사려는 사람들이 갑자기 많이 늘었다.	
2		텔레비전에 나온 박사가 채식 위주의 식생활로 성인병을 예방할 수 있다고 했기 때문에.
3		

2) 현대인은 왜 그렇게 건강에 관심을 가질까요? 다음을 읽고 정리해 보십시오.

왜 이런 일들이 벌어졌을까? 우리나라 중년 세대, 특히 40대 남성의 사망률은 세계적으로 높다. 한창 일할 나이의 형제나 친구가 갑자기 암이나 심장병으로 죽는 모습을 보면서'남의 일이 아니구나'하는 생각에 자신의 건강을 되돌아보게 된다. 한국의 중년 남성들은 건강이 나빠지면 다른 사람과의 관계가 끊어지고 생활이 어려워지거나 가정이나 직장 등에서 자기의 역할을 하지 못할까 봐 아주 두려워한다.

또 환경오염이나 전자파 등 현대인의 건강을 해치는 것들이 많아졌기 때문에 현대인들은 건강에 대해 더 불안해한다.

❶ 형제나 친구가 갑자기 죽는 것을 보고 건강을 되돌아보게 된다 .

❷

❸

❹

03 왜 건강에 대한 사람들의 관심이 점점 늘어난다고 생각합니까? 이야기해 보십시오.

10-4 의사소통이 단절되어 문제가 나타납니다

학습 목표 ● 과제 논리적인 글쓰기 ● 어휘 담화 표지 ● 문법 −고자, −음에 따라

왼쪽 그림의 사람들은 대화를 많이 하는 것 같습니까? 여러분은 누구와 가장 많이 이야기합니까?

오른쪽 그림의 사람들처럼 여러분도 다른 사람과 이야기할 때 서로 의사소통이 안 된 적이 있습니까? 의사소통의 어려움은 왜 나타날까요?

🔊 100~101

사회자	요즘 사회적으로 의사소통이 단절되어 많은 문제가 나타나고 있습니다. 오늘은 그 문제에 대해 이야기해 보고자 합니다.
학생1	최근에 자살이 증가하고 있는데 이런 사람의 곁에 함께 고민해 줄 누군가가 있었다면 그런 선택을 하지는 않았을 것 같아요.
학생2	그렇죠. 그리고 인터넷 등이 보급됨에 따라 사람들의 만남이 많아지기는 했는데 예전에 비해 깊은 만남이 없어진 것도 의사소통을 어렵게 하고 있어요.
학생1	맞아요. 저도 아는 사람은 많은데 막상 어떤 고민이 있을 때 그 얘기를 터놓고 할 수 있는 사람은 많지 않은 것 같아요.
사회자	그래서 현대인들이 점점 외로워진다고들 하지요. 그리고 가족 간의 의사소통 단절 문제도 심각합니다.
학생2	저도 아버지와 대화해 본 게 언제인지 몰라요. 보통 저녁이면 아버지는 안방에서 뉴스 보시고 어머니는 거실에서 드라마 보시고 저와 동생은 각자 방에서 인터넷을 하니까요.

의사소통 (意思疏通) 溝通　　단절 (斷絶) 中斷　　자살 (自殺) 自殺
증가하다 (增加 --) 增加　　보급되다 (普及 --) 普及　　터놓다 坦露、宣洩

어휘

| 또한 | 반면 | 우선 | 그 결과 |
| 따라서 | 예를 들면 | 이외에도 | 마지막으로 |

01 서로 어울리는 문장을 연결하고 이야기를 만드십시오.

1) 한글은 과학적인 글자이다 ●   ● **우선** 집에 오자마자 손발을 깨끗이 씻고 양치질을 한다.

● **또한** 독창적이기도 하다.

2) 최근 20~30대 남녀의 결혼률이 점점 줄고 있다. ●

3) 살을 빼려면 생활습관을 활동적으로 바꿔야 한다 ●   ● **반면** 50~60대 부부의 이혼율은 증가하고 있다.

4) 지구는 우리 모두의 생명의 터전이다. ●   ● **따라서** 하나뿐인 이 지구가 오염되지 않도록 잘 보존해야 한다.

5) 우리가 조금만 조심한다면 감기를 미리 예방할 수 있다. ●   ● **예를 들면** 버스나 지하철에서는 앉지 말고 선다든가 계단은 엘리베이터를 타지 말고 걸어서 올라간다든가 하는 것 등이다.

1) 한글은 과학적인 글자이다. 또한 독창적이기도 하다.

2) _____

3) _____

4) _____

5) _____

02 빈 칸에 알맞은 어휘를 쓰십시오.

　　문화적 차이는 의식주뿐만 아니라 세계를 이해하고 인식하는 방법에서도 나타난다. 미국의 한 심리학과 교수는 동아시아 문화권의 학생들과 유럽 문화권 학생들을 대상으로 다음과 같은 실험을 했다. **우선** 소와 닭, 풀이 그려진 그림을 보여 주고 관련이 있는 두 그림을 고르게 했다. 다음으로 판다와 원숭이, 바나나 그림을 보여주고 이 중 가장 관련이 있는 두 가지를 고르게 했다. 실험 결과, 동양인 학생들은 대부분 소와 풀의 그림 두 장을 고르고 원숭이와 바나나가 서로 관련이 있다고 대답했다. ＿＿＿＿＿＿ 서양인 학생들은 소와 닭 그림을 고르고 팬더와 원숭이가 서로 관련이 있다고 대답했다. 그리고 ＿＿＿＿＿＿ 왜 그렇게 골랐는지 그 이유에 대해서 물어 보았더니 서양인들은 소와 닭, 판다와 원숭이가 같은 동물의 범주에 속하기 때문이라고 했고 동양인들은 '소가 풀을 먹기 때문에', '원숭이가 바나나를 먹기 때문' 이라고 했다. 이 실험을 통해 우리는 동양인과 서양인의 생각이 얼마나 많이 차이가 나는지 알 수 있다. ＿＿＿＿＿＿ 이러한 차이로 인해 언어생활에서도 서양인들은 명사를 상대적으로 더 많이 사용하고 동양인들은 동사를 더 많이 사용한다고 한다.

　　이제 우리는 원하든 원하지 않든 다른 문화권의 사람들과 소통하며 살아가야 한다. ＿＿＿＿＿＿ 이제부터는 과거의 배타적인 태도에서 벗어나 서로 이해하고 진정으로 소통하려는 노력을 더욱 더 해야 할 것이다.

문법
설명

01 – 고자

表示句子主語的意圖。僅和動作動詞連接，後文不可出現命令句或勸誘句。也常使用 '-고자 하다'。

- 저는 자식들에게 부끄러운 아버지가 되지 않고자 끊임없이 노력해 왔습니다.
- 그는 3년간의 유학을 마치고 자신의 뜻을 펴고자 고국으로 돌아왔다.
- 저는 여기서 저의 유년 시절과 청소년 시절에 대해 잠깐 이야기하고자 합니다.
- 경제적으로 여유가 없어 미술품을 감상하지 못했던 사람들에게 미술품 감상의 기회를 주고자 이번 전시회를 기획하게 되었습니다.
- 그 내용을 앞으로의 논의 내용에서 좀 더 자세히 다루고자 한다.

02 – 음 / ㅁ에 따라 (서)

依據前文的情況或基準，呈現出後文的結果。有尾音的動詞後接 '-음에 따라'，無尾音的動詞後接 '-ㅁ에 따라'。

- 나이를 먹어 감에 따라 근심 걱정이 늘어간다.
- 우리말은 모음의 길고 짧음에 따라 뜻이 달라지기도 한다.
- 몸무게가 늘어남에 따라 몸이 점점 둔해지고 건강도 나빠진다.
- 경제가 호황을 겪음에 따라 급격한 소비문화가 확산되어 갔다.
- 두 나라의 관계가 가까워짐에 따라 수출과 수입 등 무역이 활발해졌다.

문법 연습

-고자

01 여러분이 다음의 인물이 되어 인터뷰에 대답해 보십시오.

새 서울 시장 후보	서울의 부동산 문제와 교통 문제가 심각해 이를 해결하고 싶다.
역사학자	한국 문화 유적지를 돌아보고 문화적 가치를 논문으로 쓰려고 한다.
기업 연구소 직원	신제품에 대한 소비자의 반응을 알아보고 싶다.
정치학과 지망생	한국 근대 정치사를 연구해 보고 싶다.
상금을 받은 사람	상금을 집안 형편이 어려운 학생들의 장학금으로 쓰려고 한다.

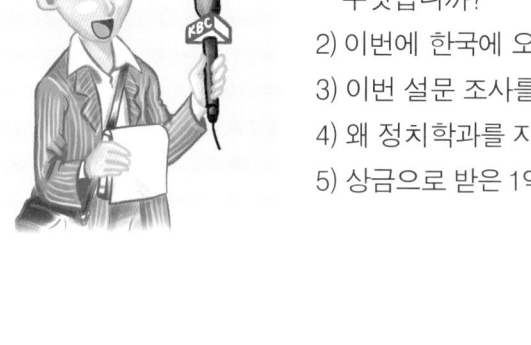

1) 서울 시장으로 출마하셨는데 출마하신 이유가 무엇입니까?
2) 이번에 한국에 오신 목적이 무엇입니까?
3) 이번 설문 조사를 하게 된 이유는 무엇입니까?
4) 왜 정치학과를 지망하셨습니까?
5) 상금으로 받은 1억 원은 어디에 쓰실 계획입니까?

서울의 부동산 문제와 교통 문제가 심각해 이를 해결해
보고자 출마하게 되었습니다.

-음/ㅁ에 따라

02 다음의 영향으로 어떤 변화 혹은 결과가 나타날까요?

1) 의학의 발달로 인간의 평균 수명이 길어졌다.

평균 수명이 길어짐에 따라 건강한 삶에 대한 관심이 높아지고 있다.

노인 인구가 급속도로 증가하고 있다.

2) 점점 젊은 남녀의 결혼율이 감소하고 있다.

결혼율이 감소함에 따라 출산율도 감소하고 있다.

3) 경제 발전으로 국민 소득이 증가했다.

국민 소득이

4) 환경오염이 점점 심해지고 있다.

이렇게 환경오염이

5) 요즘은 불경기여서 취업하기가 힘들어졌다.

취업하기가

과제 1　　듣기 [🔊 102]

01　이야기를 듣고 각각 누구와 누구의 의사소통 단절 문제에 대한 이야기인지 연결하십시오.

[1]　●　　　　　　　　　　　●　가족들과의 의사소통 단절

[2]　●　　　　　　　　　　　●　교수와 학생의 의사소통 단절

[3]　●　　　　　　　　　　　●　부하직원들과의 의사소통 단절

02　의사소통 단절의 원인과 해결책은 무엇일까요? 다음을 읽고 답하십시오.

　　인터넷이라는 통신 매체의 발달과 텔레비전, 라디오 등과 같은 대중매체의 발달은 우리 생활에 많은 편리함을 가져다 주었다. 반면, 이로 인한 여러 가지 사회문제들도 생겨나게 했다. 그 중 가장 심각한 것은 의사소통의 단절로 인해 사회에 적응하지 못하는 현대인들이 많아지고 있다는 것이다. 이는 가족 및 친구와 보내는 시간이 줄어들고 사람들이 인터넷 같은 온라인 생활로 많은 시간을 보내고 있기 때문이다. 인터넷이나 텔레비전과 같은 매체는 누구나 쉽게 접근할 수 있고, 서로 의사소통하는 관계가 아닌 일방적으로 정보를 제공받기만 하는 특징이 있다. 그렇기 때문에 많은 사람들이 직접적으로 만나는 사회적 생활보다는 편리하고 손쉬운 인터넷이나 대중 매체에 빠져 들게 된다. 그 결과, 사람 사이의 관계를 만들어 갈 기회가 줄어들고 인간관계 단절이라는 문제를 낳게 된 것이다.

　　그럼 이 문제에 대한 해결책은 무엇인가? 가장 근본적인 해결책은 나와 너의 관계, 즉 인간과 인간 사이의 직접적인 만남과 관계를 가질 수 있도록 우리 스스로가 노력해야 한다는 것이다. 또한 지역 공동체, 시민 활동 등에 적극적으로 참여하여 많은 사람들과 만날 기회를 만들어 다른 사람과의 올바른 관계 형성에 노력해야 할 것이다. 그리고 인간의 욕심과 이기적인 욕망을 최대한 줄여야 한다. 곧 물질만능주의에서 벗어나 인간 중심의 삶의 방식으로 바꿀 필요가 있다.

1) 의사소통 단절의 원인은 무엇입니까?

　❶ 인터넷의 보급

　❷ _____

2) 의사소통 단절 문제를 어떻게 해결할 수 있다고 했습니까?

❶ 사람들과 직접적인 만남을 갖도록 노력해야 한다.

❷ _____

❸ _____

3) 위 글에서 나온 원인과 해결책 외에 또 어떤 것들이 있을까요? 이야기해 보십시오.

03 위에서 정리한 내용들을 가지고 '현대사회의 의사소통 단절 문제와 해결방법' 이라는 제목으로 글을 써 보십시오.

최근 인터넷과 대중매체의 발달은 우리 생활을 편리하게 해 주었지만 여러 가지 사회문제도 생기게 했다. 그 중 가장 심각한 것은 의사소통의 단절이다. 예를 들면

이러한 의사소통의 단절이 생기는 원인은 첫째,

이러한 의사소통 단절 문제를 해결하기 위해서는 우선

마지막으로는

읽기 : 아름다운 세상을 여는 사람

🔊 103

김 기자 : 어렸을 때부터 변호사가 꿈이었습니까?

박 변호사 : 우리 부모님은 저에게 철도고등학교를 가라고 하셨습니다. 취직도 잘
될 뿐만 아니라 모자를 쓴 철도 전무[1])가 부러워 보였기 때문이었지요. 그러나
시골에서는 조금만 공부를 잘 하면 판검사 하라고 주변에서 권했습니다. 그만큼
5   판검사는 권력과 신분 상승[2])의 상징이었지요. 힘들게 서울대학교 법대에
들어간 지 얼마 되지 않아 저는 학생 시위[3])에 참가했다가 학교에서는 제적되고[4])
감옥까지 가게 되었습니다. 그러나 대학에서 배울 수 없는 많은 것들을
감옥에서 배웠어요. 교도소[5]) 안에서 많은 피고인[6])들과 죄수들을 만나면서
그들의 인간적 모습을 보았고 그들의 처지[7])를 이해할 수 있었습니다.

10

김 기자 : 자신의 인생을 바꿔 놓은 큰 사건이나 인물 또는 평소 존경하는 인물이
있다면 말씀해 주세요.

박 변호사 : 감옥 속에서 읽은 책 가운데 내게 고시 공부를 하게 만든 책이
있었습니다. 저는 주변의 권유대로 법대를 갔지만 정작 판검사가 나의
15   길인가에 회의[8])를 품고 있었지요. 그런데 감옥 속에서 '예링'이라고 하는 독일
법철학자[9])의 『권리를 위한 투쟁[10])』이라는 책을 보고 법률가의 길도 큰 의미가

1)	전무	사장과 부사장을 도와 일하는 회사의 이사 가운데 한 사람 .	(專務) 專務
2)	상승	낮은 곳에서 위로 올라감 .	(上升) 上升
3)	시위	여러 사람이 같이 자신들의 생각을 표시하기 위해 집회나 행진을 하는 일 .	(示威) 示威
4)	제적되다	호적 , 학적 등에서 이름이 지워지다 .	(除籍 --) 開除
5)	교도소	죄인을 가두어 두는 시설 .	(矯導所) 感化所
6)	피고인	고소를 당한 사람 .	(被告人) 被告人
7)	처지	처하여 있는 사정이나 형편 .	(處地) 處境
8)	회의	마음속에 품고 있는 의심 .	(懷疑) 懷疑
9)	법철학자	법과 철학을 함께 전문적으로 연구하는 사람 .	(法哲學家) 法哲學家
10)	투쟁	어떤 대상을 이기거나 극복하기 위한 싸움 .	(鬪爭) 鬥爭

있겠다고 생각하게 되었습니다. "법의 목적은 평화이고 거기에 이르는 과정은 투쟁이다", "권리 위에 잠자는 자는 보호받지 못한다"는 등의 명언[11]이 바로 이 책 안에 담겨 있었지요. 세상에 어느 것도 공짜로 얻어지는 것은 없고, 노력한 만큼 얻게 된다는 이 당연한 말을 통해 법률을 통한 사회 변화에 관심을 가지게 되었습니다.

김 기자: 성공이 보장된 변호사의 길을 버리고 시민운동가[12]의 길을 선택한 것에 대해 가족들은 어떻게 생각하나요?

박 변호사: 수입 좋은 변호사 일을 완전히 그만두니 집안 형편이 어려워져 아이들과 아내의 불만이 커졌습니다. 그러나 저는 옳은 일을 하고 좋은 일에 힘쓰다 보면 모든 것이 잘된다는 신념을 갖고 있습니다. 아내는 제가 돈을 벌어 오지 못하니까 직업을 가져야 했습니다. 그 과정에서 뒤늦게 새로운 공부를 시작했고, 결국 실내 장식 디자이너가 되었습니다. 아내는 조금 힘들기는 하지만 새로운 자기 세계를 가지게 된 것에 대해 행복해합니다. 아이들도 점차 나이가 들면서 아빠의 일을 이해하게 되었고 왜 아빠가 가난하게 되었는지, 사회를 위해 어떤 일을 하고 있는지를 알게 되었습니다. 불만스럽게 생각하던 아이들이 이제 아빠를 격려하고 지지하는[13] 상황으로 변하게 되었지요.

김 기자: 대다수의 사람들은 돈과 권력이 행복의 필수적[14]인 조건이라고 생각합니다. 그런데 선생님은 시민의 권리 찾기 등 돈이나 권력과는 무관해 보이는 일에 힘쓰고 계십니다. 선생님이 생각하시는 아름답고 행복한 삶의 조건은 무엇인지요?

---

11) 명언　　내용이 훌륭하고 표현이 뛰어나서 많이 사용되는 문구.　　(名言) 名言
12) 시민운동가　시민의 입장에서 정치·사회 운동을 하는 사람.　　(市民運動家)公民運動家
13) 지지하다　다른 사람의 생각을 옳다고 여겨서 그 편을 들거나 도와주다.　(支持 –) 支持
14) 필수적　　반드시 있어야 하거나 꼭 해야 하는.　　(必須的) 必須的

박 변호사: 사람은 돈이나 권력만으로 사는 것이 아닙니다. 오히려 보람으로 살지요. 때로는 돈이 없어 고통낭하는 일노 있지만 그건 큰 문제가 안 됩니다. 저는 지금 행복합니다. 제가 조금 고생을 하더라도 어려운 입장에 있는 사람들을 돕는 기쁨은 그 무엇과도 비교할 수 없습니다. 여러 사람들이 힘을 합쳐 새로운 법안[15]을 만들어 내고 사회 변화를 이루어 냈을 때, 그 기쁨은 다른 사람이 이해하기 어렵지요. 좋은 세상을 위해 헌신하는[16] 젊은이들과 함께 일하는 것도 또 다른 행복이랍니다.

김 기자: 자기 진로[17]를 찾고 있는 학생들에게 해 주실 이야기가 있다면 말씀해 주십시오.

박 변호사: 세상에는 많은 길들이 있습니다. 고속도로 같이 많은 사람들이 다니는 길도 있고, 사람들이 별로 가 보지 않은 오솔길[18]도 있지요. 나는 여러분이 고속도로보나는 오솔실을 설었으면 합니다. 편한 길은 안전하지만 싫증날 수 있으니까요. 오솔길은 위험도 있겠지만 그보다 더 큰 보람을 느낄 수 있는 길입니다. 젊은 시절에는 이런 험난한[19] 길을 선택하여 인생의 경험을 쌓고 모험을 즐겨 해야 한다고 믿습니다. 그 길이 인생에 훨씬 큰 의미와 보람을 가져다줄 것이기 때문입니다.

---

15) 법안	법률의 안건이나 초안.		(法案) 法案
16) 헌신하다	몸과 마음을 바쳐 일하다.		(獻身 --) 奉獻
17) 진로	앞으로 나아갈 길, 장래의 삶의 방식이나 방향.		(進路) 前途
18) 오솔길	길의 폭이 좁으며 사람이 많지 않아 조용한 길.		小路
19) 험난하다	위험하고 어렵다, 형편이 어렵고 고생스럽다.		(險難 --) 艱難

 **내용 이해**

1) 이 글의 내용을 시간의 흐름에 따라 순서대로 쓰십시오 .

> 가. 시위를 하다가 제적되어 교도소 생활을 하게 되었다.
> 나. 어느 책을 읽다가 고시 공부를 결심하고 변호사가 되었다.
> 다. 주변 사람들이 권하여 서울대학교 법과대학에 진학하였다.
> 라. 좋은 세상을 만들기 위해 노력하는 젊은이들과 함께 일했다.
> 마. 사회 변화에 관심을 가지게 되면서 시민운동가의 길을 선택하였다.

(다) → ( ) → ( ) → ( ) → ( )

2) 박 변호사의 답변에서 나오지 않은 내용을 고르십시오 . ( )

❶ 감옥에 가게 된 이유

❷ 행복의 조건에 대한 생각

❸ 젊은이들의 진로에 대한 조언

❹ 서울대 법대에 다니면서 읽은 책

3) 박 변호사가 생각하는 아름답고 행복한 삶의 조건을 찾아 쓰십시오 .

4) 박원순 씨가 인터뷰에서 말한 '오솔길'은 어떤 뜻인지 찾아 쓰십시오 .

5) 이 글의 내용과 같으면 ○ , 다르면 × 하십시오 .

❶ 이 사람은 서울대학교 법대에 다니면서 많은 것을 배우고 졸업했다. ( )

❷ 이 사람은 감옥에서 읽은 책을 통해 법률가가 되기로 결심했다. ( )

❸ 이 사람의 아내는 직업을 가지게 된 것을 행복해한다. ( )

문화

한국인의 여유 : 조선 시대의 청빈 사상

　조선 시대 유학은 청빈과 절제를 최고의 미덕으로 삼았습니다. 조선 시대의 대표적 유학자였던 퇴계 이황, 율곡 이이도 이러한 사상을 그대로 실천한 사람입니다. 퇴계 이황에 대해서는 많은 일화가 선해지고 있습니다. 퇴계가 젊어서 과거를 보러 서울로 가는 길에 시중을 들던 하인이 남의 밭에서 따온 콩으로 밥을 지어 올리자, 남의 것을 욕심내면 안 된다고 하인을 호되게 꾸짖고는 그 밥을 먹지 않았다고 합니다. 또 서울에 살 때 이웃집 밤나무 가지가 담을 넘어 뻗어서 알밤이 퇴계 선생의 집으로 떨어지자, 자신의 자식들이 그 밤을 주워 먹을까 걱정되어 땅에 떨어진 이웃집 밤을 모두 주워 그 집에 돌려주었다고 합니다. 또 관리가 되어 재직할 때도 아랫사람들이 바치는 물건들은 절대로 받지 않았으며, 그 마을에게 관직을 그만두고 고향으로 돌아갈 때는 처음 그 마을에 가지고 왔던 것 이외에 다른 짐은 없었다고 합니다. 율곡 이이도 조선 시대 고관직까지 했지만, 평생을 가난하게 살아 그가 세상을 떠났을 때 그의 집에는 아무 재산도 없었으며, 수의조차 준비를 못해 친구들의 도움으로 마련했을 정도라고 합니다. 당시 시대상이 매우 부패하여 다른 고관대작들은 권력을 이용하여 많은 재물을 모았던 시대였음을 생각할 때 율곡의 청렴결백이 어느 정도였는지 알 수 있습니다.

　이와 같이 조선 시대의 유학자는 지나친 물욕을 자제하고 청빈한 삶 속에서, 재물에 대해 욕심을 부려 추하게 되지 않도록 항상 이를 경계했습니다. 그리고 이러한 가난함 속에서도 마음의 여유를 가지고 삶을 즐길 줄 아는 지혜를 가지고 있었습니다. 마음의 여유가 있으면 주위에는 즐거움이 산재해 있기 때문입니다.

1) 조선시대 '청빈'의 정신을 실천한 대표적인 유학자의 예로는 어떤 사람들이 있습니다?

2) 여러분 나라에도 조선시대의 '청빈과 절제' 같은 정신이 있었습니까?

대화 번역

❖ 第一課

1-1

瑪麗亞：您好嗎？能和您見面很開心，您說這是您第一次在國外生活，有什麼不方便的地方嗎？

同班同學：嗯……我也不太確定，一開始對國外生活心生恐懼，但住著住著不知不覺好像就適應了。

瑪麗亞：那真是慶幸。不過您說您的家在梨泰院嗎？那裡離市區很近，生活應該很便利。

同班同學：便利是便利，但有點吵。所以正在想該不該搬到其他地方。

瑪麗亞：那來我家附近吧。非常安靜而且周邊有很多方便外國人使用的設施。

同班同學：真的嗎？那麼我再去看看。

1-2

瑪麗亞：詹姆斯，今天我要去見一位很重要的人，要一起去嗎？我想介紹給您。

詹姆斯：聽您這麼說我真好奇，是什麼人？

瑪麗亞：在我每次感到疲憊、孤單時幫助我許多的人。如果沒有他，可能就沒有現在的我。

詹姆斯：真的嗎？原來是對瑪麗亞的人生影響深厚的人啊！

瑪麗亞：是的，那個人就像是我媽媽一樣。

詹姆斯：聽您說有這麼一個人，真叫人羨慕！我們邊走邊多說說關於他的事。

1-3

王偉：我最近事情太多，無法打起精神。有時候還會忘記事情。

瑪麗亞：這個時候別浪費時間，要好好計畫才對。

王偉：我也想好好計畫，但即使計畫了，有時待辦事情還是堆積如山。

瑪麗亞：只計畫也不是件好事。如果時間不夠用，就拋棄比較不重要的事情。

王偉：那是應該的。我之前也不觀察有沒有足夠的時間，就只埋頭計畫。

瑪麗亞：而且計畫時，從最重要的事情開始，訂定順序是好的。

1-4

美善：這星期六如果有空要不要和我一起去養老院？

瑪麗亞：您說養老院嗎？參加志工活動嗎？

美善：說是志工活動也不至於，只是一個月騰出一天左右，陪伴孤單的爺爺、奶奶玩樂罷了。

瑪麗亞：這真是件好事。我總是嚷嚷著說要參加志工活動，卻一直無法提起勇氣，所以都還沒去過。

美善：一般人都這樣。我們一起生活在這世上，但很多時候只顧慮到自己的幸福。

瑪麗亞：沒錯。從現在開始我也要一邊幫助其他的人，一邊好好過生活。

1-5

❖ 閱讀

有時我參加廣播節目擔任來賓，會受到對方要求談論針對以女性為主的時間管理方法，這時我最強調的是擬定計畫時，「屬於自我的時間」調配是最重要的。一般主持人就會問：「對女性，特別是家庭主婦而言，做什麼比較好呢？」

屬於自己的時間做什麼好？這完全是與自己的價值觀、合適度或興趣相關的問題。因此，我認為決定權除了自己以外，其他人都無法干涉。即使如此，很多人本身對這問題仍感到非常好奇，對此，我不禁有「該具體、現實地回答是我的義務」的想法出現。

這是我喜愛的演員崔某，和小說家金某發佈結婚時的事情。記者們問金某：「您最喜歡崔某哪一點呢？」他回答：「崔某是香氣四溢的女人」；記者也向崔某詢問了一樣的問題，她回答：「金某是感覺契合的男人」。

香氣四溢的女人、感覺契合的男人、常常學習且砥礪自己的知性人、具備自由靈魂、充滿感性的人、樸素謙遜，心地善良的人，像這樣的人便具有任何人都想成為的自信模樣。這是受到因為不滿足現在的自己，夢想更好的未來、更精采的人生而產生的自然心態，而為了達成慾望，任何人都願意投資時間和努力，因此「屬於自己的時間」就是為了發展自我身心和精神的時間，即自我革新的時間。

自我革新需完成身體和精神兩面的。身體的革新，從字義上來看，就是加強鍛鍊身體的意思。特別是近來空氣、水，還有各式各樣吃的食物都被汙染，如果沒有意識努力的話，要保持健康是很困難的。如果可以提升活得長久、做自己想做的事的機會，那是多麼好的事。但若只是延長原來的壽命，是一點意義都沒有的。

為了身體的革新，登山也好，騎腳踏車也好，走路也不錯，游泳也不賴。人家都說最好的運動是走路，一天大約走 30 分鐘如何？重要的是為了持續性的身體鍛鍊而投入時間。

另一方面，精神的革新，事實上比起身體性，是我們比較少投入關心和努力的部分。精神的革新並不是停止閒暇生活或學習電腦，而是在那程度之上的。那就是以人類的成熟性來說，可感受更豐富的人生，培養克服困難的勇氣和能力，愛周邊的人且能接受愛的力量的意思。

閱讀書籍吧！也讀讀報紙的內容吧！對談且冥想吧！祈禱並寫下文字吧！為了精神的革新，最重要的是定期的自我反省，那麼我們的人格、知性都不會一閃而過。我所認識的一位前輩，每到年尾便獨自去旅行，如果沒有旅行的時間，就在首爾的旅館裡投宿三天兩夜左右。

前輩的準備品有簡便的衣服、盥洗用具、一年之間使用的筆記本和日記，在完全屬於自己的時間中，整理、評價並反省一整年的經歷，並且為新的一年建立計畫。

雖然知道是非常美好的事情，但總說沒有時間或因為其他事情太忙，或是常常推辭沒辦法做到？那當然做不到。因為你沒有夢想美好未來的資格，所以別喊冤，只能那樣活下去。

時間管理顧問的指點：若想發展自己，嘗試最少一天運動 30 分鐘，一週寫一次日記，一個月閱讀一本書、一個季節一次和自然交朋友，一年一次獨自旅行吧！

❖ 第二課

2-1

理　惠：最近學校生活如何？現在和班上同學都熟絡了吧？

瑪麗亞：嗯，班上同學們個性都很好，馬上就變熟了。特別是艾瑞克性格真好。

理　惠：沒錯，他個性活潑又積極，很快就和別人成為朋友。

瑪麗亞：對了，優果是怎樣一個人？她很害羞的樣子，話不多。

理　惠：是的，優果比較怕生，一開始比較難親近，但相處久了會發現她是一位感情豐沛的人。

瑪麗亞：真的嗎？第一印象有點冷淡，但好像不是這樣。

2-2

瑪麗亞：英秀，上週末面試如何？

英　秀：我很認真準備，不過結果還不知道。瑪麗亞大學畢業後要就業嗎？還是繼續讀書？

瑪麗亞：我不確定，還沒做好決定。不想和別人一樣到公司上班。

英　秀：瑪麗亞好奇心強又具有豐富想像力，如果發揮長處來選擇職業就會很好。

瑪麗亞：想像力豐富有什麼用？我應該不適合公司生活。

英　秀：最近有各式各樣的職業啊，如你所願自由度較高的工作也會有的。

2-3

貞　熙：昨天生日派對真是開心。昨天一看，瑪麗亞的朋友還真多啊。

瑪麗亞：我很喜歡交朋友，貞熙也別只光工作，和別人常常聚會吧！

貞　熙：我非常羨慕您，個性開朗，和初次見面的人也相處融洽，所以朋友很多。

瑪麗亞：應該是因為我在兄弟姊妹很多的家庭長大，個性就變那樣了。

貞　熙：我因為是獨生女，對幫助別人或讓步他人比較不足。小時候和朋友也常常吵架。

瑪麗亞：但您和我不同，事情一旦開始，總是會認真做到最後。

2-4

瑪麗亞：聽說您的父親住院，情況如何？

美　善：如果再晚一點就醫，就發生大事了。治療順利結束，昨天辦理退院了。

瑪麗亞：真是慶幸，我聽說您父親昏倒還非常擔心呢。

美　善：我爸爸血壓高，個性又急，有時生氣的話會昏倒，家人常常很擔心。

瑪麗亞：我爸爸也和您父親有類似的個性。聽人家說冥想的話會很好，叫他試一看看，聽都聽不進去。

美　善：我爸爸天生這種個性怎麼改得了，而且又不聽別人的話，如果因為這樣又昏倒，實在令人擔心。

2-5

❖ 閱讀

我曾聽說外國人來韓國最先學到的話就是「快點！快點！」。這是描述韓國人的個性時，常常出現的表現方式。因為韓國人做什麼都很急迫的樣子，有一句諺語："우물에 가서 숭늉 찾는다.（到井水邊找鍋巴湯）"便呈現韓國人這樣的面貌。

知道鍋巴湯是什麼嗎？近來吃完飯後會喝大麥茶或礦泉水吧！以前主要喝鍋巴湯。鍋巴湯是指用飯鍋煮飯，盛完飯後，粘在鍋底上的鍋巴，倒入水後煮開的湯。現在也有因為喜歡那香噴噴的味道，不用電鍋，而故意使用一般飯鍋煮飯，喝鍋巴湯的人。也有餐廳為了懷念古早味的客人而特別準備飯鍋。不過飯都煮好才可熬鍋巴湯，竟然去準備洗米水的井水邊要鍋巴湯？真是性急的人啊！這就是古時候的人觀察日常生活中一般人的行為，使人們可以輕鬆記憶而靈機一動創造的諺語。

急切和迅速也有共通點吧？ "번갯불에 콩 볶아 먹겠다.（閃電的瞬間炒豆子吃）"也是一句有趣的表現。在閃電一閃而過的瞬間，炒豆子吃的意思般，說明動作很迅速且敏捷。因此在描述做某件事非常快速進行時，「閃電的瞬間炒豆子吃」的表現也常常看到。和傳統婚禮不同，在禮堂，近來的婚禮也如「閃電的瞬間炒豆子吃」般，15 分鐘的時間就結束了。突然發表的入學考試政策也如「閃電的瞬間炒豆子吃」般……不知為什麼有種不安的感覺？

像這樣呈現急切且迅速個性的諺語中，雖然也隱約包含負面的角度，但並不是迅速就一定會產生問題，喜歡迅速做好事情的韓國人性格，也是使社會發展進步的一大力量。也因為勤勞的個性和一定要做到的慾望，其他人需要花費 2、3 年的事情，韓國人可以以一年就完成的熱忱呈現。

3-1

顧　客：首爾電子顧客中心，對吧？上週我在那裡買了壁掛式電視，如果可以更換就好了，放在我們客廳太大了。

店　員：您說是上週購買的嗎？已經裝置好的東西不能交換。

顧　客：也不過過了四天而已，都還沒使用呢。

店　員：給您收據時已清楚說明裝置後更換或退貨是不可以的。

顧　客：沒有其他辦法嗎？因為裝置後覺得和客廳氣氛不搭，和在賣場看的時候不一樣。

店員：很抱歉現在已沒有解決的辦法。

3-2

職　員：您好，這裡是延世公寓管理事務所。

居　民：您好，我是上週剛搬進來的人，我打電話的原因，是因為每次傍晚公寓喇叭廣播的音樂太吵了。

職　員：很抱歉，我們公寓那個時間是為了散步或運動的居民而播放音樂的。

居　民：但是到晚上九點一直開著太嚴重了。那麼吵，在家裡怎麼休息？

職　員：時間是上週居民會議決定的，是全體會議上訂定的事，所以沒辦法。

居　民：即使是全體會議決定的，也不能無視個人的損害吧？

3-3

男子1：這段時間我一直忍著，但今天我有話要說。

男子2：什麼事情？別猶豫說說看。

男子1：最近因為你我好幾天睡眠不足，快生病了。

男子2：為什麼？因為什麼原因？我很小心音樂都用耳機聽。

男子1：你音樂也聽太大聲了吧，不僅如此，你很晚回宿舍，一直發出細碎聲，到底該怎麼睡著？如果想在同一個房間生活，要互相配合才行。

男子2：嗯，我知道了，原來我無意中妨礙到你的生活啊！但是事情大條了，我晚上做事更有效率哪……

3-4

理　惠：大嬸，我因為從下週開始打工，所以要搬到打工處附近。

大　嬸：看你這麼想去那個工作真替你高興。這段期間有了交情真是捨不得。

理　惠：我也是。這段期間您對我很好……不過剩下的住宿費如果可以退還的話，那就好了。

大　嬸：當然要囉，上個月一次繳了三個月，扣除兩個月，會退還你一個月。

理　惠：今天是 15 日，所以這個月也要退還一半吧，如果不這樣我繳不出新宿舍的住宿費。

大　嬸：這種情況應該事先說才對，如果這樣我也可以快點找新住宿生，不知該有多好？

3-5

❖ 閱讀

　　大家會開心聽歌或唱歌嗎？有一時流行卻容易被遺忘的歌曲，也有歌詞不斷停留在腦海裡的歌曲，在這之中也有許多感同身受的歌詞，讓我感到：「歌唱者和我有相似的經歷啊！」或「我也要像歌詞提及的內容一樣生活才對」。透過歌曲，能夠探究我們的日常生活，接下來的歌詞一起閱讀看看如何？

考試搞砸了，不想回家
一氣之下去了遊戲場
喔，那個光頭大叔是誰啊

是我最愛的爸爸
這不是鬧著玩的，又破最高紀錄了
這是頭一次不能相信爸爸的話
給了我零錢，但附帶了條件
別跟媽媽說！

偶爾爸爸也討厭去上班
因為媽媽的嘮叨聲、囉嗦話、討錢而心煩
看到爸爸心痛而沉重的臉龐
難不成他已經知道我的考試成績了？
今天新聞報導：從大白天開始
這時代有很多爸爸待在遊戲場裡
看了新聞後，發出嘖嘖聲的媽媽
以及對我使眼色的爸爸
　　　　　　- Han's Band, 節錄《遊戲場》

　　這首歌是誰唱的呢？這個小孩和爸爸發生
什麼事了呢？最近因為這樣的問題而苦悶、疲
憊的人，在我們周邊還是相當多。看來活在人
世間也不是件簡單的事。來看看其他歌詞吧？

看看我，矮小的身形
你隨時都能面帶微笑嗎？
即使是你看我一眼
也會假裝沒看見吧！
但是假使有一天世界顛倒了
像我這樣的小孩，有一兩個開始搗亂
每個人都必須舉起同一隻手
請別用那樣的眼神辱罵
我一點也不會被打敗
我是左撇子啊～
啦啦啦啦啦啦啦～
　　　　　　- 李笛, 節錄《左撇子》

　　唱這首歌曲的人，和別人有不同的特徵
嗎？或許各位也有很多和一般人不同的面貌？
或是因為和其他人不同，而感受到差別待遇？

一起想想看吧！現在再來細細品嘗另一首歌曲。
如果好好活著，總會有光明的一天來臨
即使陰天，也有破曉的一刻，還怕太陽不會升起
嗎？
年輕的青春雖然是一個本錢
但別太小心翼翼，打開心房
明天太陽就會升起，明天太陽就會升起
　　　　　　野菊花, 節錄《如果好好活著》

　　這首歌雖然是描述困難的心境，卻表現出想
懷抱希望的人的內心。唱完這首歌，應該覺得充
滿元氣吧？就如同目前為止我們一起探討的這些
歌，細微的日常生活故事也能成為傳唱的歌曲。
像這樣讓人們聽得開心，或唱得開心的歌曲，蘊
含著我們的生活與現實。透過歌詞，得到安慰，
也感到心痛；得到希望，或是夢想幸福的未來。
乘著美妙的旋律，傳達我們心情的歌曲，就像和
我們一起度過人生的朋友一樣。現在如果有想互
相分享的歌曲，唱一次來聽聽如何？就像介紹新
結交的好朋友一樣！

❖ 第四課

4-1

英　秀：因為考試結束，順便釋放壓力，今天去
　　　　唱歌如何？
瑪麗亞：嗯，好啊，大家都說韓國人喜歡唱歌，
　　　　英秀也常去唱歌嗎？
英　秀：如果約朋友的話，比較常常去看電影，
　　　　不過順道釋放壓力和朋友去唱歌的時候
　　　　也很多。
瑪麗亞：這麼看來韓國人真的很喜歡唱歌的樣子。
英　秀：韓國人聚會的話，要吃很多東西，又愉
　　　　快地玩樂，聚會才算完美地結束。但是
　　　　玩得盡興的遊戲不多。
瑪麗亞：沒錯。我和朋友見面也主要去看電影或
　　　　喝茶，也沒其它事情可做。所以以後應

該多開發能和朋友開心玩樂的遊戲種類或空間才行。

美　善：這食物很燙口，請小心慢慢吃。

詹姆斯：嗯，謝謝。但我現在也漸漸習慣燙口的食物囉。韓國人好像很會吃又辣又燙的食物。

美　善：所以吃燙口的食物時，要吹涼再吃。那樣吃的時候也會發出聲音。

詹姆斯：而且吃的同時說「好涼快」時非常有趣。怎麼會吃著燙口食物還說很涼快呢？

美　善：那應該是因為一邊吃又辣又燙的食物，一邊流汗的話，心情會感到爽快吧。

詹姆斯：跟初次來韓國相比，雖然對韓國文化有比較多的了解，但要完全理解那樣的感覺還很困難。

4-3

貞　熙：幾天前搭公車，無意間聽到高中學生的談話內容，真的很難理解。我感受到有代溝。

王　偉：嗯？您是聽到什麼怎麼會感到有代溝呢？

貞　熙：對話內容主要是網路或藝人，但使用的單字很多都聽不懂。再加上互相聊天的同時，怎麼一直用手機傳簡訊，也讓我很驚訝。

王　偉：最近新出來的網路用語有點難理解。

貞　熙：王偉的國家各世代使用的流行用語也不同嗎？

王　偉：我想不管是韓國，或其他國家，都是一樣的，大家都說再過不久，說不定就需要世界翻譯了。

4-4

王　偉：看你臉都曬黑了，去了哪裡玩的樣子。

貞　熙：嗯，這次我們同好會去了全羅南道的莞島實地考察，那邊作為觀察鳥類的地方是最好的。

王　偉：要工作又讀書應該會很忙，還去同好會活動？不會很吃力嗎？

貞　熙：去同好會的話，和會員們可以一同享有各種情報，也可以學習很多。

王　偉：但是貞熙何時開始有這個興趣呢？這好像是很特別的興趣。

貞　熙：我從小對鳥類就十分關注，所以也曾在家裡自己養，而且養小鳥的同時，還能慢慢了解牠，非常有趣。

4-5

❖ 閱讀

　　下列照片請比較看看啤酒瓶的大小。上圖是一般東方人暢飲的啤酒，下圖則是西方人的。

　　一般東方啤酒瓶的大小，是可以幾個人一起分享的尺寸，而西方啤酒瓶的一般大小則是以一人一瓶為單位的。東方人的「我」，是以自己所屬的團體為最小單位，而西方人的「我」，則是以個人為最小單位。這樣的現象在我們生活中隨處可見。韓國人常使用「我們 (우리)」來表現「我的國家」、「我的家」、「我的學校」、「我的公司」，甚至還會使用到「我的丈夫」的程度。但這裡如果用英文 "our husband" 直譯的話就太不自然了，這時要翻譯成 "my husband" 才是正確的。像這樣在英文當中，表現所屬時，一般並非使用「我們」而是「我」。

　　西方人的自我，大部分限定於個人。語意的'나'就是「我」的意思。但東方人的自我，並不限定於個人的「나」，而是擴大為「我們 (우리)」。「우리」是擴張到我所屬的家族、學校、公司、國家，東方人特別傾向於將家族

和我視為一體，家族好我也好，我的成功就是家族的成功。

　　像這樣東方人以「我們」為生活重心，西方人則以「我」為生活重心，人際關係經營方式也大不相同。一般來說，東方人追求建立一對一的親密關係，一旦形成團體，就會對不屬於這個團體的陌生人產生排他性，這是團體界線分明的原因。相反地，西方人雖然擅長和陌生人快速建立人際關係，但能建立輕易吐露心事的親密關係便相對較弱。西方人因為個人界線明顯，比起東方人，和他人分享私人話題較為困難，因為西方人有重視「保護私生活」的概念，對東方人來講是陌生的觀念。

　　在西方學校，常常發生孩子們在共同完成作業方面遭受困難。那是因為和西方小孩想獨自學習、防禦自己的獨立性格有關。東方小孩如果有不了解的事情，或是遭遇困難時，不分彼此向朋友請求幫忙，這對西方小孩來說是劣等的表現。甚至向朋友請求幫助的行為還會被認為是不正當的。移民到西方沒多久的東方學生，就像受東洋文化圈影響般，想和朋友一起共同完成功課，卻常常被西方小孩以「不行，自己的事情自己看著辦。」而遭受制止。果然是以「我們」為中心的文化，和以「我」為中心的文化差異所造成的誤會。

❖ 第五課

5-1

瑪麗亞：上週為了找發表資料，去了「未來的生活」展示會。

民　哲：真的嗎？因為技術日益發展，未來我們的生活應該會更便利，有什麼特別的東西嗎？

瑪麗亞：有很多神奇的東西。光是冰箱就比現在更方便，冰箱門即使不開，也可以知道裡面有什麼。

民　哲：怎麼做到這樣？

瑪麗亞：冰箱門上，个只有裡面材料的目錄，還會標示有效期限、產地等情報，此外，材料壞掉的話，還可以訂貨。

民　哲：啊！世界如果變成這樣，人類可以做的事情不就漸漸消失了？

5-2

詹姆斯：什麼是結婚情報公司？在報紙和雜誌有出現很多廣告。

美　善：簡單來說就是婚姻仲介公司，為適婚的男女介紹配偶的公司。

詹姆斯：參加的人好像很多，如果看那些廣告常常出現來推測。

美　善：不管怎樣，參加結婚情報公司的話，可以輕易見到具備自己希望條件的配偶者。

詹姆斯：不久前我閱讀了對新世代結婚觀的報導，根據那篇報導，最近年輕人的結婚觀和以前相差甚遠。

美　善：沒錯，我之前也看過相關報導，最近大概是不做雙薪夫婦生活很困難的樣子，所以年輕男性們偏好選擇有上班的女性。

5-3

英　秀：我最近每次看到到處設置的監視攝影機，就覺得有人在監視我的一舉一動好不舒服。

理　惠：我反而看到監視攝影機會感到安心，覺得可以保護我們的安全。

英　秀：那方面有是有，但因為監視攝影機而造成壓力的人也很多，不管怎樣總覺得受到行動的制約。

理　惠：我覺得這是為了人類生活便利而產生的，沒想到反而造成負擔。

英　秀：這東西亂用的情況下，也可能嚴重侵
　　　害私生活。
理　惠：我不確定，那要看怎麼想而有所不同。

5-4

朋　友：比起以前，人類的樣貌好像很多樣，
　　　之前穿著黑色或灰色套裝，短頭髮模
　　　樣的公司職員很多，現在好像沒那樣
　　　了……
理　惠：觀察力很好，我都沒什麼感覺…
朋　友：大概是我難得來韓國，不一樣的地方
　　　馬上能感覺到。像你一直在韓國，往
　　　往沒辦法感受到變化。
理　惠：應該是那樣，我初次來韓國時也感到
　　　很新奇，但最近幾乎感受不到什麼改
　　　變。
朋　友：我覺得韓國人的思考方式也改變很
　　　多，這段期間你在這裡，感覺如何？
理　惠：怎麼說呢？保守的想法好像有點改變
　　　了，最近對結婚或兒子的想法有很大
　　　的不同。

5-5

❖ 閱讀

　　人因工作而不愁吃穿。透過工作能夠生存，
並守護家人的生活。然而工作除了得到價值、
喜悅，但也有為了活下去，而無法逃避的負擔。
對我們而言，工作是什麼呢？人與愛人相處時
感到幸福，在做自己想做的事情時，會感到更
幸福。

　　那麼如果人做自己想要的工作，在想要的
地點呢？根據最近的統計資料，韓國有一萬個
職業，大部份的人不僅不了解所有職業，而且
一個人喜歡的工作數量事實上是有限的。非常
值得想一想，現今人要有什麼目標，該如何得
到工作。

　　平日一早打理服裝儀容，出門上班，
到傍晚或深夜回家是一般人的生活，這是
踏入社會生活模式的成人，不說明也能互有
同感的事實。年輕人如果不著正式服裝，大
白天遊手好閒，就會遭受他人冷眼或懷疑的
眼光，心想那個人是發生什麼事。因此大體
能看出為了子女求職而祈禱的父母，或是準
備西裝和皮鞋而心滿意足的父母，都是希望
他們在社會上工作，可以威風凜凜成為受到
肯定的一員。這是因為工作、有職業，對自
己除了是活下去的方法，得到發揮能力的機
會，也是為了成為社會的一員，和人們建立
關係，得到社會聲望的意義。因此，這就成
為不脫離一般社會節奏而好好活著的證據，
如此就有視工作評價他人的社會性意義。

　　但是如今大家都可感受到視工作為評斷
他人的觀念已大大改變，長期支配我們思想
的職業，在2、30歲的年輕一輩出現價值
觀的變化。例如：「一生都必須在同一個職
場工作」，或是「工作比自己的事更重要」
的想法，現在都有漸漸式微的趨勢。再加上
越來越多人選擇職業時，比起社會的評論或
錢，會選擇自己想要的工作，就能看出職業
的選擇標準正在改變。

　　這樣的變化和以下的事實密不可分。第
一：隨著時代的潮流出現各式各樣的職業。
第二：鐵飯碗的概念正漸漸消失。第三：雇
用型態變得多樣化。這些現象不管是正面或
負面，現代的年輕人與過去世代相比，較不
會被職場的組織限制，這是能夠更自由生活
的重要因素。再加上，近來週休二日制度生
根，調查報告顯示，年輕人比起工作，越來
越重視閒暇生活，那是因為透過工作經驗與
工作意義的變化，使人們的日常生活形態也
漸漸改變了。

❖ 第六課

6-1

瑪麗亞：我想針對韓國的休閒文化做發表，如
　　　　有可參考的書，請介紹給我。

民　哲：我身上有一些資料，但只有那些的
　　　　話，應該不太夠。在報紙或網站尋找
　　　　的話，可以得到多一點資料。

瑪麗亞：報紙也可得到那樣的資料嗎？

民　哲：嗯，在星期五會出現很多關於一般週
　　　　末會去的旅行地或公演訊息等相關報
　　　　導，所以報紙也可作為參考。

瑪麗亞：那麼報紙也要好好看才行。但是網站
　　　　的不實報導也相當多，有時難以信
　　　　任。

民　哲：沒錯，一不小心因為那些資訊也可能
　　　　造成失誤。所以找到的資訊不能絕對
　　　　相信，要重新確認才行。

6-2

瑪麗亞：來韓國大約兩年了吧？韓文說得真流
　　　　利，有什麼祕訣嗎？

前　輩：我算是韓文很流利的嗎？對我來說，
　　　　電視幫助我很多，只要一回家我就先
　　　　開電視。

瑪麗亞：有特別有趣的節目嗎？

前　輩：不管是連續劇或新聞，我都不挑，一
　　　　般常看實錄節目。看實錄的話，可以
　　　　得到有效的情報。

瑪麗亞：取得電視資訊，又可幫助練習韓文，
　　　　真是一石二鳥。

前　輩：而且我因為在韓國獨自生活，總有孤
　　　　單的時候，電視也可算是我的好朋
　　　　友，那應該算是一石三鳥才對。

6-3

貞　熙：再過不久就是歲末年初，這個時候更
　　　　想念家人了。

瑪麗亞：不管怎樣都會吧！但是我因為常常和
　　　　家人視訊聊天，就感覺好像面對面對
　　　　話似的，幾乎沒有遠離家鄉生活的心
　　　　情。

貞　熙：也是，我弟弟〈妹妹〉去留學時，常
　　　　常互相連絡，反而比住在一起時更親
　　　　近的感覺。不過聽說您最近也在聽網
　　　　路課程？

瑪麗亞：對，在韓國時因為想再多學一點而開
　　　　始聽，但比想像中還辛苦。

貞　熙：人家說「苦盡甘來」，一定會得到好
　　　　結果的，如果沒有網路該怎麼存活
　　　　呢？

瑪麗亞：像我這樣拜網路所賜的人也會消失
　　　　吧！

6-4

英　秀：報紙出現了有趣的報導嗎？從剛剛開
　　　　始這麼認真在看什麼？

理　惠：是關於未來學者艾文・托佛勒的報
　　　　導，他早上的例行公事就是從觀看各
　　　　式各樣的報紙開始的。

英　秀：有像我這樣幾乎不看新聞的人，也會
　　　　有像他那樣每天看新聞的人啊！

理　惠：最近新一代不太看報紙，看報紙的
　　　　話，可以得到資訊，也可豐富常識，
　　　　應該是很好的。不看報紙的話，我一
　　　　整天的例行公事好像就忘了什麼似
　　　　的。

英　秀：所以你很有常識啊！理惠小姐就是一
　　　　個好奇心強的人。

理　惠：沒錯，我如果一天沒看報紙，就會非
　　　　常好奇今天到底發生什麼事。

❖ 閱讀

　　網路電子郵件的存在，使東、西方在住址寫法上的文化差異失去了意義。只要加上 @，自己居住的國家、都市、家住幾號都不重要了，寫下自己的 ID 和使用的郵件伺服器名稱就可以了。這樣一來可以確認自己為地球的市民，即使國家或所屬集團之間不相通，也可嚐到能和世界直接溝通的酥麻快感。只要加上 @，山也好，江河也好，都不是阻礙了。黃信封袋的重量消失了，郵差叔叔的配送包也不需要了。到底這神奇的 @ 是從哪裡來的呢？

　　我們稱作「螺」的記號 (@)，在每個國家名稱不同。有趣的是，法國人、義大利人，和韓國人一樣都叫它「螺」，這兩個國家人民都受到拉丁文化起源的影響，堪稱設計強國的眼光也相似。但是德國人稱作它為「猴子尾巴」，而東歐的波蘭或羅馬尼亞人則不加尾巴，直接叫它「小猴子」。因此國家不同，@ 的模樣也可能被視為「猴子尾巴」、「猴子耳朵」。在土耳其就是叫作「猴子耳朵」。

　　不過更奇怪的是，如果去北歐的芬蘭，會將「猴子尾巴」換成「貓咪尾巴」；如果去俄羅斯，會叫它猴子的死對頭「小狗」。

　　亞洲地區也是各不相同。中國人十分尊重老鼠，因此在「鼠」前加上「老」字，而叫 @ 為「老鼠」、「老鼠號」。而日本正如同颱風國家，叫它「鳴門 (漩渦)」，或者也叫它日文式英文「at mark」。

　　我們不管怎麼看都看不出有螺，或是猴子尾巴，即使跟鴨子、狗，還有老鼠的模樣不像，在他們的眼裡卻看到這些模樣，文化真是太神奇的東西了。更有趣的是，瑞典叫它「象鼻」。只是非常驚訝各國的比喻從「螺」到「大象」，大小居然能差這麼多。

❖ 第七課

英　秀：今天早上看足球轉播了嗎？

詹姆斯：嗯，但是韓國隊輸了，好可惜。這次贏的話，可以進入決賽哪……

英　秀：今天真得是很重要的比賽，我也是從凌晨就起床，很認真為他們加油，我們的隊伍實力很強，還以為會贏的。

詹姆斯：我也是這樣期待著，但今天比起平時，選手表現好像更不佳了，而且剛好因為負傷而無法出戰的選手也很多。

英　秀：非常奇怪的是，我每次只要看足球賽就會輸，今天本來想說別看了，如果不看了誰知道？我們說不定就贏了。

詹姆斯：因為你看足球賽就一定會輸？是運氣不好吧！

前　輩：我需要在這裡寫下名字和地址，但我只有紅色的原子筆，有其他顏色的原子筆嗎？

瑪麗亞：沒有，怎麼了嗎？名字用紅色寫不行嗎？

前　輩：大人說用紅色寫名字的話，會早死，雖然那不一定是可信的，但不好的事我不想做，才會那樣。

瑪麗亞：以前確實很多人相信那種迷信，但最近誰相信那個？

前　輩：即使迷信是非科學性的，或是落伍的，還是有很多人相信的樣子。而且從以前就叫我們不要做而傳下來的事情，都有它的理由。

瑪麗亞：是這樣沒錯，但完全沒有科學性的根據嘛！從現在開始前輩也別太在意那些話。

7-3

前　輩：昨天趁著去市區，我去了四柱咖啡館算了四柱，真是有趣！

瑪麗亞：四柱？那是什麼？

前　輩：四柱就是用出生年月日和出生時間來算命的。我問了以後該做什麼比較好，他說我財運不錯可以開創一番事業。

瑪麗亞：所以你要放棄研究所去創業？該不會真的想那麼做吧？

前　輩：怎麼可能用算命決定我的未來？反正他說我一生不愁吃穿，會賺很多錢，讓我心情很好。

瑪麗亞：那麼我也去四柱咖啡館看看如何？打聽看看何時會結婚。

7-4

瑪麗亞：今天是考試結果出來的日子，非常緊張吧？

英　秀：嗯，緊張到睡也睡不著，好不容易凌晨睡著了，居然夢到豬，大概是因為這樣感覺真開心。

瑪麗亞：在夢裡看到豬和考試有什麼關係呢？

英　秀：在韓國夢見豬是好夢的意思，人們都說夢見豬的話，會賺很多錢，或是有好運會降臨。

瑪麗亞：是這樣啊！夢雖是夢，但因為您非常努力，一定會合格的。合格的話要請客喔！

英　秀：當然，我如果合格的話，有什麼事做不到？

7-5

❖ 閱讀

我們一般吃東西時，不會想到食物蘊含什麼意義，但如果閱讀食物相關書籍，就能知道我們祖先做出許多別具意義的食物。特別是和食物顏色或數字相關的意思，非常有趣。

首先來看看年糕顏色所蘊含的意思吧！以韓國人喜愛的年糕代表，有蒸糕、紅豆糯米糕、彩虹糕。白色的蒸糕可以顯示韓國人從很久以前便開始崇拜太陽，因為白色是象徵明亮的太陽。紅豆糯米糕是驅趕鬼的角色，因為古時候的人相信鬼討厭紅色。而有 5 種顏色的彩虹糕，是表現祖先希望世界萬物和諧的心。

冬至吃紅豆粥也有特別的意思。祖先相信吃紅豆熬煮的粥，可以擊退惡鬼，守護家庭的平安。紅色也有抵擋傳染病的意思，所以人們吃紅豆粥前，會在供奉祖先的祠堂、廚房、倉庫、院子、大門等家裡各處灑紅豆粥，並且認為在冬至分吃紅豆粥的話，可以健康地度過冬天。

和食物相關的數字也有象徵意義。祖先認為在特別的日子製作年糕，不是只有讓家人之間吃而已，也該和鄰居分享，所以在節日、生日、結婚典禮一定要準備年糕。例如：他們相信小孩誕生百日當天，要做百日糕，分送給百家，小孩才能健康地長命百歲。

自古以來數字 9 對東方人來說象徵十全十美、盈滿的意思，也表現財富和幸運，在韓國，元宵節有吃九種蔬菜的風俗，9 具有可以戰勝所有煩惱的意思，吃五穀飯也有期望一整年豐收，不愁吃穿，過好日子的心意，並且在這天，要吃三家以上不同姓氏的家煮得飯，一整年的運勢才會好，一天吃三次的飯也分成九次吃。舉行婚禮時，要準備九折板盛滿九種食物作為拜婆禮，九折板突顯肉類、海藻類、堅果類的特性和模樣，九個木格夾在一個大碗裡，黃色、紅色、綠色、白色、黑色的食物平均擺放在九折板上，平分成八格放入食材，包著中間的小麥煎餅一起吃。因為在這裡互相覺得「其他人也感到和諧」的象徵意思，所以九折板自古以來就是政治家們聚餐時不可或缺的食物。

我們祖先製作食物時，也考慮食物豐富的營養，就像俗語說得：「藥和食物的根源是一樣的。」，祖先們認為在日常生活中，每天吃的食物實在太重要了，可以維持健康且治療疾病。根據最近的研究結果，如果吃各種顏色的食物，可攝取多樣的營養素，只看這樣的研究結果，便可確定連營養的均衡都顧及到的九折盤是多麼出色的食物。如果看到像九折盤或拌飯一樣富含多種食材的食物，就能知道我們祖先做的菜，不僅想到顏色或數字而已，連營養也設想周到。

❖ 第八課

8-1

詹姆斯：大嬸，恭喜您得到這次的儲蓄獎。

大　嬸：唉呦，真害羞啊！也沒存多少錢還得到這個獎，我只感到不好意思而已。

詹姆斯：像大嬸這樣在勞累的餐廳工作，同時還可以存大錢的人會多嗎？祕訣是什麼呢？

大　嬸：祕訣嘛……有什麼呢？我即使收集到一萬元這種小錢，也馬上去銀行存錢。想做什麼就去做的話，存錢會比較困難。

詹姆斯：是，存起來的錢讓三名子女都讀到大學畢業，真是太厲害了！聽說最近也替家庭情況困難的學生繳學費嗎？

大　嬸：現在自己的子女都已受教育了，我應該像從其他人身上得到很多幫忙一樣，也幫助比我窮困的人。

8-2

理　惠：最近開始新的工作，聽說很忙？

民　哲：是的，我的事業是替來韓國的外國留學生出借需要的東西。理惠如果也有需要的東西，請順便去我的網站看看吧。

理　惠：要做那樣的事業，需要很多錢，您是如何籌備到這筆資金的？

民　哲：那段時間一邊上班一邊存起來的錢，拿了一些去用。存起來的錢有一半投資股票，一半拿去創業。

理　惠：投資股票或事業，風險負擔不多嗎？不管怎樣在銀行儲蓄好像是存錢最好的方法。

民　哲：銀行儲蓄也是儲蓄沒錯，有優點，但就像投資股票或事業一樣，短期是很難獲利的。

8-3

理　惠：昨天約會玩得開心嗎？

民　哲：別說了，白白讓心情不好，我去了旅館的餐廳，因為我的信用卡不能結帳，害我不知道有多慌張。

理　惠：不是啊，為什麼不能結帳呢？

民　哲：我最近花錢有點沒節制，所以我的信用卡使用額度超過了，沒辦法刷。

理　惠：我也怕那樣，所以常常會即時寫下使用信用卡的金額，這樣我花費多少就能知道了。

民　哲：我如果也那麼做，昨天就不會發生一樣的事了。不管怎樣這次的事件對我而言是非常好的教訓。

8-4

美　善：弟弟最近吵著要買新推出的遊戲機，不知道有多煩人一直糾纏。向媽媽說卻買不成，所以每天打電話給我。

理　惠：他那麼想要，可以的話何不買給他？

美　善：現在家裡沒在玩的遊戲機有那麼多，電視如果出現遊戲廣告的話，他每次都吵得亂七八糟。

理　惠：那麼何不讓他明白好好教導呢？

美　善：有沒有教導都一樣，根本是對牛彈琴。

理　惠：還沒有判斷力的小孩，看到廣告的話當然會產生想買的心情，所以對吵著要東西的小孩責罵是沒有用的。以廣告刺激小孩的大人才更有問題。

8-5

❖ 閱讀

　　大家都叫我小氣鬼，也叫我吝嗇鬼，說我不太花錢，過度節省，但我並不討厭聽到別人這麼說，最近像我這樣不亂花錢，為了未來投資的人越來越多，這樣精明生活、節省的人，就稱為「精打細算族」。

　　我能節省的地方是抱著要徹底節省的原則去消費，為了這樣有以下的方法：第一，善用折價券或打折卡。生日或特別的日子找家庭式餐廳前，使用折價券和打折卡，少的話 10%，多的話可以便宜 30% 的價格吃到一餐，再加上免費提供 2、3 次的麵包，可以重複拿，飲料點個 2、3 杯，不斷續杯的話，實際上花費的錢也不多。所以大家都說我們是「Coupon族」、「Repeat 族」。第二，享受信用卡多樣的優惠。因為是精打細算族，所以不需要只用一張信用卡而已，每個信用卡公司都會推出特別優惠的卡片，優惠各不相同，因此只要花費到能收到優惠的最低金額，即可享有卡片的優惠。如果像這樣使用各種不同的卡片，咖啡店、餐廳折扣、遊樂園免費入場、手機費折扣、加油費積點等各式各樣的優惠都可以省錢。第三，使用記帳本。我也是一開始很不習慣，覺得容易遺忘或嫌麻煩，但持續寫下去，卻發現許多優點。如果在記帳本詳細記錄收入和支出明細，便可能達到有計畫性且均衡的支出。使用記帳本並非只是單純寫收入、支出明細而已，使用網路記帳本的情況，不僅可以記錄人的生日或興趣，管理自己的人際關係，也可當作是日記本使用，已非一石二鳥而是「一石二鳥」了。不僅如此，網路記帳本可自動輸入銀行帳戶的收支金額明細，可讓記帳本使用上更便利。最近精打細算族也因為開車搭配行車記帳本、信用卡費用搭配信用卡記帳本等，達到生活上明智消費。除此之外，運用各式各樣的方法，如：需要的東西選擇可重複利用的，書本和朋友互相傳閱等，不停過著精打細算的生活。

　　我這麼省吃儉用，並不是因為討厭花費，只是能省則省，再大膽投入我真的喜歡做的事情。最近因為愛上攝影，對相機十分感興趣，因為興趣開始學習攝影後，為了拍攝到更好的相片，不僅買了內行人使用的鏡頭，也買了相機包等，當然也是在網路上仔細研究使用心得或購買方式才慎重買下來的。作為新進社員，用我的月薪將這些都買下來確實很辛苦，所以能省的地方盡我所能地節省，才能投入我的興趣生活。我的消費習慣是減少不需要的花費，想投資的地方勇敢投資，比起不管怎樣都很節儉的人，或是熱愛高價名牌的名牌族來說，我覺得更合理、實用。

❖ 第九課

9-1

瑪麗亞：你過年要怎麼度過？家裡有什麼活動？

民　哲：我爸爸是長孫，所以親戚同聚於長孫家中，舉行「茶禮儀式」，之後，向長輩拜年，一起吃年糕湯，人家都說吃年糕湯會增長一歲。

瑪麗亞：那麼我過年的時候，別吃年糕湯才對，我討厭增長歲數。但是拜年是任何人都會做的嗎？

民　哲：一般拜年是晚輩向長輩做的事。而且收到拜年的大人要先說「福運長存」的吉祥話。

瑪麗亞：我們常常和家族、親戚一起分享食物，
　　　　玩遊戲也好，聊聊關心的事也好，或
　　　　者一起看電視上轉播的運動比賽。
民　哲：我們也是常在下午家族同聚，一起玩
　　　　或看電視。

9-2

朋　友：交通太阻塞了，比起一般週末更堵塞
　　　　的樣子。
美　善：節日時，不分你我都要回到故鄉與家
　　　　人團聚，，所以高速公路怎能不堵塞？
　　　　中秋節因為返鄉潮，高速公路常常很
　　　　擁擠。
朋　友：到家鄉大概要花多少時間呢？
美　善：以現在行徑的速度來看，到我們家鄉
　　　　應該要超過五個小時。不過在泰國，
　　　　有和中秋節一樣的節日嗎？
朋　友：我們國家沒有和中秋節一樣的節日。
　　　　可能我們國家是熱帶區域，一年都可
　　　　耕種，所以似乎沒有那樣的節日。
美　善：是喔？這我還不知道呢！看了其他國
　　　　家的節日，可以知道那個國家的文化，
　　　　在理解上幫助很大。

9-3

英　秀：你上個週末怎麼度過呢？
瑪麗亞：我去了在江陵舉行的端午祭，觀賞了
　　　　非常有趣的參觀，對我的學習幫助也
　　　　很大。
英　秀：不久前端午祭被指定為聯合國教科文
　　　　組織的世界文化遺產，我也很想去看
　　　　看，親臨現場的感覺如何？
瑪麗亞：可以參觀的東西非常多，超過 12 點
　　　　都還可以觀賞。而且這次初次體驗了
　　　　溫鞦韆。
英　秀：啊！真的嗎？溫鞦韆比想像還不容
　　　　易，感覺如何？

瑪麗亞：親自體驗後非常可怕。還有假面
　　　　劇也看到了，非常有趣。

9-4

詹姆斯：明天我想去買父母的禮物，要不
　　　　要幫忙一起去挑選禮物？
美　善：當然，不過是什麼日子？
詹姆斯：我想事先寄送禮物給在故鄉的父
　　　　母。下個月有母親節，6 月有父親
　　　　節，韓國是什麼時候呢？
美　善：在韓國母親節、父親節沒有分開，
　　　　叫作「雙親節」，是 5 月 8 日。
詹姆斯：這麼看來在韓國 5 月很多紀念日
　　　　的樣子，也有兒童節，您的姪子
　　　　（女）也很多，都要準備禮物很辛
　　　　苦吧！
美　善：就算是這樣不準備也不行吧？即
　　　　使是小禮物也好。5 月也有勞動
　　　　節、教師節等紀念日。

9-5

❖ 閱讀

冰凍世界釣銀色小精靈

　　全世界被雪和冰覆蓋的一月末，300 萬
坪一望無際的溜冰場，在江原道麟蹄郡昭陽
湖，以冰魚、冰、雪為素材為麟蹄冰魚節拉
開序幕。冰魚節已延續十餘年，已是江原道
的代表性冬季慶典。為了隨心所欲盡情度過
冬季，在寬廣的銀色世界聚集的人群，忘卻
了寒冷，沉醉在釣冰魚與冬季遊戲中。

　　冰魚節以四個主題組成，可以體驗釣冰
魚和冰魚料理的冰魚天國，享受開心的冬季
遊戲的遊戲天國，展現雪和冰築成的冰凍世
界的冰凍天國，以及和內雪岳一起生活的
人，學習、感受他們文化的山村天國。

　　不管怎麼說冰魚節的亮點可以說就是釣冰魚。像冰凍一樣透明又乾淨而冠名的冰魚，為了在非常寒冷的冬天下蛋，而找尋昭陽湖的上游。大家在厚實的冰層上挖洞，往洞中丟下釣竿，等待著銀色小精靈。釣冰魚的要領就是上下拍打釣魚竿引誘冰魚上鉤，這樣抓到的冰魚，可當場完整地在人們的口中消失。如果生冰魚沾醋辣醬往嘴裡吞，因為冰魚的晃動，醋辣醬汁常常在口中四處爆裂開來，每到這個時候，冰層到處可聽到驚叫聲，但大家又好像早已料想到似的，也是一種愉快的神情。釣魚是很有趣，但因為吃的趣味而喜歡釣冰魚的人也不少。

　　如果釣魚是免費的話，去遊戲天國如何？你我都可像回到小時候一樣開心搭雪橇，除此之外，還有冰足球、雪橇、人間冰壺、冰上保齡球、冰上競走大賽、冰層拔河等遊戲，在這之中特別是冰足球，是玩的人、看的人在這個愉快的慶典中不可或缺的活動。在光滑的溜冰場中，追趕球的選手們滑稽的走路姿勢或跌倒的樣子，大家看著他們總是一邊焦急，一邊開心地捧腹大笑。

　　如果想享受安靜的約會，去冰凍王國徘徊在冰雕和雪花林，觀賞冬天的風景也很好。在旁邊的山村天國，可體驗住在這個地區的人們的生活方式、飲食、娛樂活動等。

　　參加慶典時，冰魚釣魚竿和釣魚椅等需各自準備，特別是在寒冷的地方，因為要長時間待著，要穿溫暖的衣服，準備膝蓋毯等也好，煮菜因為只能在指定的地點，想料理食物的話，盡量先了解指定地點的狀況。

　　如果時間充裕的話，在鄰近的百潭寺體驗寺院寄宿或拜訪寒溪嶺等，這樣的行程安排也很好。

❖ 第十課

10-1

前　輩：今天有約嗎？聊天時看你常常在看手錶。

王　偉：對不起，大概是生活總是很忙碌，不急的時候也養成會一直看手錶的習慣。

前　輩：剛好最近看到你，也很像被時間追趕的人，最近沒有人是不忙的，但好好休息一下吧！

王　偉：但是要做的事情很多，心情也急迫，看到累積的事情就會感到不安，壓力很大。

前　輩：我非常能理解，但就算這樣也要有意地為了休息而努力吧！沒有從容的心情，事情也不會做得好。

王　偉：沒錯，最近突然會意到我到底為何而活，感到非常鬱卒。今天該早點回家好好休息了。

10-2

美　善：不久前姪女在班上得到第一名，我打電話道賀，姪女問說有什麼獎勵，害我非常慌張。

理　惠：就我在補習班教導小孩的經驗來看，也感受到最近小孩不管什麼都想以錢來補償。

美　善：所有東西都能以錢解決的金錢萬能主義雖不是一兩天的事，但最近似乎更嚴重的樣子，真令人擔心。

理　惠：因為有對小孩說：「讀書好的話，買手機給你」、「考試好的話，給多少錢」的父母，孩子們不也會那樣去思考嗎？

美　善：嗯，結果大人就把小孩培養成那樣的。

理　惠：都說心意比任何事情還重要，但事實卻不那麼認為，從很多人認為「感謝的禮物，貴的比較好。」來看。

10-3

貞　熙：您肚子痛去看醫生了嗎？

王　偉：馬上去看了，醫生說胃有點發炎，吃幾天藥就好，但我想再去檢查一次。

貞　熙：醫生如果說沒事，應該就不需要堅決再次做檢查。在我看來，您好像有點過度關心健康了，營養劑也每天吃五六粒，補藥也一定會吃。

王　偉：我的健康要我自己照顧才行啊！如果要一生健康地活著，對健康好的食物要好好攝取，運動也要勤奮地做才行。

貞　熙：是那樣沒錯，但像您這樣他人說對健康好的食物就去吃，好像不是守護健康的方法。為了沒有病痛長久生活，少量飲食，心平氣和地活著不是最好的嗎？

王　偉：應該是費心經營，健康長久地生活才對。

10-4

主持人：最近社會上因為溝通的隔閡，出現很多問題，今天我們一起就這樣的問題提出見解吧！

學生1：最近自殺人數增加，這樣的人身旁如果有可以一起解悶的人，也許就不會選擇自殺了。

學生2：就是啊！而且依據網路等科技的普及，人們見面的時間應該會變多，但比起以前，深度見面變少也是溝通變得困難的原因。

學生1：沒錯，我認識的人很多，但真的有什麼苦悶時，可以吐露真言的人不多。

主持人：所以現代人漸漸感到孤單，而且家族間的溝通隔閡問題也十分嚴重。

學生1：我也不知道何時曾和爸爸說過話，因為通常傍晚，爸爸到房間裡看報紙，媽媽在客廳看連續劇，我和弟弟(妹妹)各自在房裡上網。

10-5

❖ 閱讀

金記者：請問您從小就夢想當律師嗎？

朴律師：我父母叫我去讀鐵道高中，不僅就業順利，戴帽子的鐵道專務也令人羨慕。但是在鄉下，功課稍微好一點，周邊的人就會奉勸做法官和檢察官，象徵權利和身分的上升。辛苦地進入首爾大學法律系沒多久，我參加學生示威被學校退學，甚至入獄，但是在大學沒辦法學習的很多事情，都在監獄裡學到了，在感化所裡和被告人見犯人，看到他們的人性，並了解他們的處境。

金記者：有沒有改變自己人生的大事情或人，或是平常尊敬的人？請說說看。

朴律師：監獄裡閱讀的書當中，有為我考試讀書訂製的書，我雖然聽身旁人的話就讀法律系，但說真的我內心仍懷疑法官和檢察官是不是我的人生道路。但是當我在監獄看了一本由德國法哲學家「耶林」撰寫的書『為了權力鬥爭』，讓我感到法律家的道路深具意義。「法律的目的是和平，到達和平的過程就是鬥爭。」、「在權力之上睡覺的人無法接受保護。」等名言就是這本書裡涵蓋的內容。世界上沒有什麼是可以免費獲得的，努力多少就得到多少，我透過這樣理所當然的話，理解法律的社會變化而感到關心。

金記者：對於拋棄保證成功的律師道路，選擇公民運動家的道路，家人怎麼想呢？

朴律師：因為完全辭掉收入好的律師工作，家裡的經濟狀況越來越差，小孩和老婆累積很多不滿的情緒。但是我堅信做對的工作，致力於良善的事，所有事情都會變得順利。老婆因為我無法賺錢，必須去工作，因為這樣開始了稍嫌晚的新學習，結果成為室內裝潢設計師。雖然有點辛苦，但對於擁有自己的新世界感到非常幸福。孩子們也漸漸長大，了解爸爸的工作，漸漸理解為什麼爸爸會變得貧窮，為了社會做了什麼事。原來感到不滿的孩子們，現在轉而鼓勵、支持我。

金記者：大多數的人認為錢和權力是幸福的必須條件，但是老師則是致力於尋找市民的權利等，看起來和錢或權力無關的事，老師所想的幸福美好人生，條件是什麼呢？

朴律師：人並不只是為了錢或權力而活的，而是為了價值。有時候也有為了沒錢而感到痛苦的事情，但那並不是什麼大問題，我現在很幸福。即使我有點辛苦，但對比幫助困難的人的快樂，是無法相比的。集結每個人的力量創造新的法案，達成社會變革時，那樣的快樂是其他人無法了解的。和為了讓世界更好而奉獻的年輕人一起工作，也是另一種幸福。

金記者：如果有什麼話想對正在尋找自己前途的學生們，請說出來吧。

朴律師：世界上有許多道路，有像高速公路一樣很多人走的路，也有一般人幾乎不走的小路。比起高速公路，我選擇走小路。方便的道路雖然安全，但會感到厭倦。我相信年輕時期應該選擇這樣艱難的道路，累積人生的經驗，享受冒險才對，因為那樣的路為人生帶來更多意義和價值。

듣기 지문

1과 3항 과제 1

남자 　저는 무계획이 가장 좋은 계획이라고 생각합니다. 매일 매일 계획을 세운다는 건 피곤한 일이니까요. 우리의 인생이 항상 계획대로만 되는 것은 아니잖아요. 언제 어떤 일이 일어날지 모르는 게 인생이죠. 그러니까 계획을 세운다는 건 오히려 시간 낭비예요. 계획을 세울 시간에 무슨 일이든 하는 게 더 좋을 거라고 생각합니다. 그리고 저는 계획을 세웠다가 계획대로 일이 이루어지지 않으면 더 스트레스를 받습니다. 가끔 계획에 없었던 여유를 가지는 것도 얼마나 좋은지 모릅니다.

여자 　저는 항상 계획을 세우고 삽니다. 계획을 세우면 인생의 목적이 분명해지거든요. 계획 없이 인생을 산다는 것은 지도 없이 여행을 하는 것과 같습니다. 정해진 일을 좀 더 효율적으로 빨리 하려면 계획을 세워서 하는 게 좋지요. 지키기 어려운 계획이라도 계획표가 책상에 붙어 있으면 그 일을 해야겠다는 생각을 하게 되고 그래서 결국은 그 일을 하게 되지요. 그리고 계획을 세우면 우리에게 주어진 똑같은 시간에 더 많은 일을 하게 해 줍니다.

1과 4항 과제 2

사회자 　오늘 인터뷰의 주인공은 일본에서 오신 하나코 씨와 박영재 씨 부부입니다. 안녕하세요?

하나코,
박영재 　안녕하세요?

사회자 　박영재 씨는 한국분이시죠?

박영재 　네.

사회자 　그런데 머리 스타일이나 외모가 일본 분 같으세요.

박영재 　가끔 그런 얘기를 듣습니다. 부부는 닮는다고 하잖아요.

사회자 　네, 두 분은 만남부터가 특별했다는데 어디에서 처음 만나셨어요?

하나코 　스페인에서 만났어요. 그때 저는 대학을 졸업하고 스페인의 한 호텔 영업부에 근무하고 있었어요.

사회자 　박영재 씨는 왜 그 먼 나라까지 가셨나요?

박영재 　저는 경제적으로 어려워서 일본에 가서 10년 동안 집짓는 공사장에서 일을 했어요. 그리고 일본 생활을 마치고 잠시 스페인에 갔다가 하나코가

	일하던 호텔에 묵게 되었어요. 그곳에서 하나코를 만났는데 5일이라는 짧은 기간이지만 우리는 사랑에 빠졌어요. 그리고 결혼을 하기로 했지요.
사회자	정말 드라마 같은 사랑이네요. 그런데 하나코 씨 아버지께서는 현재 프랑스 주재 일본 대사관에 근무하신다는데 맞아요?
하나코	네, 아버지께서는 30년간 외교관 생활을 하셨어요.
사회자	그렇다면 한국인 남편과 결혼해서 한국에서 산다고 했을 때 부모님께서 반대하지 않으셨어요?
하나코	처음에는 많이 반대하셨어요. 다시는 제 얼굴을 보고 싶지 않다고 하셨지요.
사회자	그런데 어떻게 결혼을 허락하셨죠?
박영재	결혼 전에 장모님께서 저에게 전화를 하셨는데 그때 제가 용기를 내서 하나코를 저에게 시집보내 주시면 제가 하나코를 세상 누구보다 행복하게 해 주겠다고 말씀드렸어요. 그 후에 허락해 주시더군요.
사회자	아, 그랬군요. 사랑의 힘으로 부모님의 반대를 이기셨군요. 하나코 씨는 혹시 이 기회를 통해 부모님께 하고 싶은 말은 없으세요?
하나코	결혼하기 전 아버지께서 스스로의 선택에 후회하지 않도록 열심히 살아야 한다고 하셨어요. 그래서 매일 매일 부모님을 생각하며 열심히 살고 있으니까 앞으로도 저희들을 계속 지켜봐 주세요.
사회자	네, 오늘은 부모님의 반대를 이겨내고 사랑을 이룬 박영재 씨와 하나코 씨 부부의 이야기였습니다. 지금까지 함께 해 주신 두 분께 진심으로 감사드리며 오늘 인터뷰는 여기서 마치겠습니다. 여러분 안녕히 계십시오.

2과 4항 과세 2

[1] 최근 미국 시카고 대학이 소극적인 쥐와 적극적인 쥐를 대상으로 성격과 암과의 관계를 연구했습니다. 그 결과, 어려서부터 새로운 것을 두려워하던 쥐의 경우 모험심이 강한 쥐에 비해 암이 생길 위험이 2배 이상 높았습니다. 이렇게 성격이 정신건강은 물론이고 몸 건강에까지도 영향을 줄 수 있다고 합니다.

[2] 성격이 너무 외향적이거나 예민한 사람들이 암에 잘 걸린다는 일부 학자들의 말이 사실이 아닌 것으로 밝혀졌습니다. 덴마크의 한 암 연구소의 조사 결과에 따르면, 외향적이거나 예민한 성격의 사람들이 다른 사람에 비해 암이 더 잘 생기지는 않았다고 합니다.

[3] 평소 수줍음을 잘 타는 남자는 심장마비와 뇌졸중의 위험이 높다는 연구 결과가 나왔습니다. 미국의 한 대학 연구팀의 조사 결과에 따르면, 수줍음이 많아 사람들과 잘 어울리지 않는 남성은 외향적이고 사교성이 좋은 남성에 비해 심장마비나 뇌졸중의 위험이 더 높은 것으로 나타났습니다. 수줍음이 많은 성격은 낯선 상황에서 다른 사람보다 스트레스를 많이 받고, 모임에도 잘 나가지 않아서 몸을 움직이지 않고 집에서 보내는 시간이 많기 때문이라고 합니다.

[4] 우리는 보통 꼼꼼한 성격이 암에 더 잘 걸린다고 생각해 왔지요? 그러나 유방 암을 가지고 조사를 해 보니 암과 성격은 아무 관계가 없다는 연구 결과가 나왔습니다. 네덜란드의 한 병원 연구팀 조사 결과에 따르면, 우울증이나 불안증이 있다고 해서 유방암이 생길 위험이 더 높지는 않은 것으로 나타났습니다.

[5] 보통 느긋하고 낙천적인 사람들 중에는 살찐 사람이 많고, 예민한 사람들 중에는 마른 사람이 많다고 말하지요. 이 이야기가 과학적으로도 사실인 것으로 나타났습니다. 일본의 한 대학 연구팀 조사 결과에 따르면, 외향적인 사람이 내성적인 사람보다 살찔 가능성이 거의 두 배 정도 높았다고 합니다.

3과 4항 과제 2

[1]

남자　지난 토요일에 새 하숙집으로 이사한다고 했는데 이사는 잘 했어? 못 도와 줘서 미안해.

여자　아니야, 괜찮아. 너 바쁜 것 다 아는데 뭐. 다른 친구들이 도와줘서 편하게 이사했어.

남자　새로 이사 간 집은 어때? 지난 번 하숙집보다 좋아?

여자　글쎄, 아직 며칠 안 돼서 잘 모르겠지만, 하숙집 근처에 술집이 많아서 그런지 밤에 너무 시끄러워.

남자　그래서 내가 아무리 바빠도 집을 구할 때는 직접 그 집에 가서 방은 어둡지 않은지, 혹시 부서진 곳은 없는지, 집 주변은 어떤지 꼭 살펴봐야 한다고 했잖아.

여자　그러게 말이야. 바빠서 직접 가 보지 않고 계약한 게 정말 후회가 돼.

[2]

남자　이사한 지 얼마 안 됐는데 다른 오피스텔로 또 이사하기로 했다면서요?

여자　네, 다니던 회사가 강남으로 이사를 가게 돼서 그 근처로 옮기려고요.

남자　그러세요? 그럼, 언제 이사하시는데요?

여자　아직 그걸 잘 모르겠어요. 지난번에 살던 오피스텔 집주인과 집세 문제로 다투고 있어서 아직 이사 날짜를 못 잡고 있어요.

남자　무슨 문제인데요?

여자　저는 집세를 밀린 적이 없는데 집주인은 두 달 치가 밀렸다는 거예요. 그래서 제가 집세를 넣는 통장을 확인해 봤는데 정말 두 달이 비어 있더군요. 가만히 생각해 보니까 제가 그 때 통장으로 돈을 넣지 않고 집 주인에게 직접 주었던 거예요.

남자　그럼, 집 주인에게 집세를 주면서 영수증 같은 것을 안 받아 놓았어요?

여자　안 받았지요. 집 주인이 아주 친절하고 동네에서도 자주 만나니까 믿었지요. 정말 어떻게 하지요?

[3]

여자   혹시 잘 아는 변호사 있어요?

남자   아니, 왜요? 무슨 문제라도 생겼어요?

여자   네, 제가 얼마 전에 오피스텔로 이사를 갔는데 이사 간 지 한 달도 안 돼서 웬 사람이 저희 집으로 이사를 온다는 거예요.

남자   무슨 말이에요? 살고 있는 사람이 있는데 또 다른 사람이 들어오다니요?

여자   저도 놀라서 이게 어찌된 일이냐고 하니까 그 사람이 자기가 얼마 전에 집주인하고 오피스텔 월세 계약을 했다는 거예요. 그러면서 저한테 계약서도 보여주더군요.

남자   그럼, 집 주인이 이중 계약을 한 거예요?

여자   저도 처음엔 그런 줄 알았어요. 그래서 부동산 중개업소에 전화를 했지요. 그런데 전화를 안 받아요.

남자   전화를 안 받다니요?

여자   부동산 중개인이 집 주인 대신 저와 계약하고는 제 전세금을 갖고 도망간 거예요. 피해를 본 사람이 저 뿐만이 아니더군요.

남자   집 주인과 직접 계약하지 않으셨어요?

여자   네, 부동산 중개인이 어디론가 전화를 하더니 오늘 집 주인이 바쁘다고 하니까 자기가 대신 계약을 하겠대요. 그러면서 주인 도장이랑 서류를 다 꺼내 놓는 거예요. 그래서 그렇게 하자고 했지요. 저 정말 바보 같죠? 이제 어떻게 하면 좋아요?

한국남자 오늘은 여러 나라의 음식 문화에 대해 이야기해 보려고 합니다. 음식의 재료나 조리법이 나라마다 다르지요? 한국은 떡이나 국수, 두부, 식혜 등 곡물을 이용한 조리법이 많이 발달했습니다. 그리고 된장과 간장 같은 저장식품이 발달했지요. 한약에서 약의 재료로 사용하는 것을 음식에 이용해서 건강을 생각하기도 하고요. 일본은 음식 재료나 요리 방식이 한국과 많이 다릅니까?

일본여자 비슷한 부분도 있고 다른 부분도 있어요. 일본 요리는 다시마나 맛술 등 천연 조미료로 맛을 내지요. 그리고 음식 재료의 자연 그대로의 모양과 색을 살려서 요리하려고 해요.

중국남자 중국은 녹말을 사용해서 요리하는 음식이 많고 대부분이 기름에 튀기거나 볶는 음식입니다. 그리고 조리 기구도 간단하지요. 하지만 여러 가지 재료를 함께 사용하고 장식을 하기 때문에 시각적으로 아주 화려해요.

프랑스 여자 프랑스는 소스의 종류가 다양하고 포도주하고 치즈, 빵 등이 발달했어요. 그리고 지방에 따라 특색이 있는 요리를 발전시켰지요. 프랑스 요리도 시각적 효과를 중요하게 생각해요.

4과 2항 과제 2의 2)

한국남자 그럼, 다음으로 각 나라의 음식 문화와 식사 예절에 대해 얘기해 보도록 하겠습니다. 한국은 음식이 처음부터 다 한 상에 차려져 나옵니다. 요즘은 가족들이 식사하면서 대화를 하지만 전통적으로 식사 시간에 큰 소리로 얘기를 하거나 시끄럽게 하지 않았습니다. 그리고 아침을 중요하게 생각해서 잘 먹어야 한다고 했습니다. 일본은 어때요?

일본여자 한국에서는 밥그릇이나 국그릇을 들고 먹으면 안 되지만, 일본에서는 밥그릇은 왼손에 들고 젓가락으로 밥을 먹고, 국그릇은 양손으로 들어서 입에 대고 국물을 마셔요. 또 일본은 생선을 많이 먹는데 생선을 먹을 때는 머리 쪽에서 꼬리 쪽으로 먹어야 해요.

중국남자 중국은 큰 접시에 나온 음식을 여러 사람이 나눠 먹습니다. 숟가락은 국물이 있는 탕을 먹을 때 사용하고 다른 음식이나 밥, 국수를 먹을 때는 젓가락을 사용합니다. 손님을 초대했을 경우에는 그 날의 가장 중요한 손님을 안쪽에 앉히고 주인은 문 쪽에 앉는 것이 예의입니다.

프랑스 여자 프랑스에서는 식사 시간을 중요하게 생각해서 한국과 달리 대화를 많이 하면서 식사를 즐기지요. 그리고 아침은 간단히 먹지만 점심과 저녁을 중요하게 생각해요. 그래서 공식적으로 점심시간이 12시부터 2시까지예요.

4과 4항 과제 2

[1] 저는 보통 주말에 평소에 만날 수 없었던 사람들을 만나며 시간을 보냅니다. 저는 단독 주택에 사는데 주말에 자주 바비큐 파티를 열지요. 초대받은 사람들이 손님을 더 데려와서 보통 10명 정도 모여요. 파티 비용은 참석자들끼리 각자 나눠 내고요. 집에서 이런 모임을 열면 처음 만난 사이라도 금방 친해지고 깊은 얘기를 나누게 됩니다. 밖에서 만나는 것과 느낌이 다르니까요. 직장에서 날마다 똑같은 사람들과 똑같은 일만 하다가 이런 파티를 통해 여러 사람들을 만나면 스트레스가 많이 풀려요.

[2] 저는 고객들을 많이 만나야 하는 직업이라서 주말에는 오히려 저 자신만을 위한 시간을 가지려고 노력하는 편입니다. 오전에는 서점에 가서 책을 둘러보고 오후에는 1년 전부터 드럼을 배우고 있어요. 악기를 연주하면서 집중하다 보면 주중에 회사에서 있었던 마음 불편했던 일들을 잊어버리게 됩니다.

[3] 저는 재테크에 관심이 많아서 주말마다 백화점 문화센터에 가서 투자 관련 강좌를 들어요. 주말은 자기 계발을 할 수 있는 소중한 시간이라고 생각해요. 주말에 집에서 휴식을 취하는 것도 재충전을 위해 좋겠지만 저는 그보다 자신의 능력을 좀 더 계발시키기 위해 주말 시간을 활용하는 것이 좋다고 생각합니다.

[4] 저는 운동을 아주 좋아해서 철인 3종 경기를 하고 있습니다. 아시겠지만 이 운동은 수영과 사이클, 그리고 마라톤까지 해야 하는 운동이라서 좀 힘들지요. 하지만 경기를 다 끝냈을 때의 기쁨은 뭐라고 말할 수 없을 정도로 큽니다. 그리고 운동은 체력 관리까지 할 수 있어서 건강을 챙길 수 있으니까 좋습니다.

● 5과 3항 과제 2

사회자 요즘 길에 다니다 보면 무인 감시 카메라가 많이 설치되어 있는 것을 볼 수 있습니다. 오늘은 무인 감시 카메라 설치에 대한 찬반 토론을 하도록 하겠습니다. 먼저 무인 감시 카메라 설치에 찬성하시는 쪽의 의견부터 듣겠습니다.

남자 저는 무인 감시 카메라 설치에 찬성합니다. 무인 감시 카메라는 무엇보다도 범죄 예방에 아주 효과적이라고 생각합니다.

사회자 그럼, 반대하시는 쪽의 의견을 들어 보죠.

여자 앞서 말씀하신 것처럼 무인 감시 카메라의 목적이 범죄 예방에 있기 때문에 범죄를 줄일 수는 있을 거예요. 하지만 그로 인한 사생활 침해는 어떻게 해야 합니까? 무인 감시 카메라는 우리의 행동 하나 하나를 감시합니다. 만약 엘리베이터에서 거울을 보고 화장을 고치거나 머리를 다듬고 있는데 누군가 그 모습을 보고 있다면 얼마나 기분이 나쁘겠습니까?

남자 그렇긴 하지만 목숨이나 재산이 중요한지 아니면 인권 침해가 중요한지 생각해 봐야 할 겁니다. 물론 저는 인권 침해보다는 목숨이 더 중요하다고 생각합니다. 생명이나 재산을 잃은 후에 인권을 지켜봐야 무슨 소용이 있겠습니까?

여자 감시 카메라가 실제로 범죄 예방에 효과가 있는지는 아직 의문이 있습니다.

남자 아닙니다. 지난 번 경기도 여성 납치 살인 사건의 범인을 잡은 것도 감시 카메라 덕분이었습니다. 감시 카메라가 범인을 잡고 범죄를 예방할 수 있다는 것은 부인할 수 없는 사실이지요.

여자 하지만 감시 카메라가 지나치게 많은 건 문제가 있습니다. 세계에서 감시 카메라가 가장 많은 영국 런던에서는 시민들이 하루에 200번에서 300번씩 감시 카메라에 찍힌다고 합니다. 그래서야 어디 자유롭게 다닐 수 있겠습니까? 그리고 감시 카메라가 본래의 목적과 다르게 악용되는 것도 큰 문제지요.

남자 맞습니다. 하지만 감시 카메라가 본래의 목적과 다르게 악용된다고 해서 감시 카메라를 설치하는 것에 반대할 수는 없습니다. 그 문제는 관리의 문제라고 봅니다. 다시 말해서 감시 카메라 녹화 화면이 본래의 목적이 아닌 다른 목적으로 악용되지 않도록 관리하고 그걸 어기는 사람을 처벌한다면 그런 경우가 줄 거라고 생각합니다.

사회자 아, 네. 두 분의 의견 잘 들었습니다. 그러면 다른 분들은 어떻게 생각하십니까?

6과 1항 과제 2

[가] 저는 요즘 피부가 안 좋아져서 인터넷에서 정보를 찾아 그대로 해 봤다가 부작용 때문에 고생을 했습니다. 얼굴이 빨갛게 부어오르고 너무 가려워서 아무일도 할 수 없었지요. 치료를 받으러 병원에 갔더니 제 피부에 맞지 않는 재료를 사용해서 그렇게 됐다고 하더군요. 그 이후 2주일 이상 병원에서 치료를 받았어요. 저는 이 일로 인터넷에서 나온 정보를 무조건 믿으면 안 된다는 사실을 깨닫게 되었습니다.

[나] 이웃사람이 건강보조식품을 먹으면서 건강이 좋아졌다기에 저도 인터넷에서 그 약의 효능을 알아보고 구입해서 먹기 시작했습니다. 그런데 그 약을 먹은 지 두 달이 지나면서부터 가슴이 뛰고 어지럼증이 심해졌습니다. 그렇지만 보통 때도 가끔 어지럼증이 있었기 때문에 심각하게 생각하지 않고 계속해서 그 약을 먹었지요. 그러다가 어느 날 갑자기 쓰러져서 병원에 입원을 하게 되었는데 의사 선생님 말씀이 그 약이 제 몸에 맞지 않고 오히려 독이 된다고 했습니다.

[다] 저는 가끔 허리와 다리가 많이 아파서 병원에 가 봐야겠다는 생각을 하고 있었습니다. 그러다가 인터넷에서 이런 증상을 가진 사람들이 운동을 해서 나았다는 정보를 얻게 되었습니다. 그래서 인터넷에서 알려 준 대로 운동을 해 보기로 했지요. 전에는 전혀 운동을 하지 않았던 제가 약보다 운동으로 고칠 수 있으면 좋겠다는 생각에 한 달 이상 꾸준히 운동을 했습니다. 그런데 언제부터인가 증상이 더 심해져서 걷기가 힘들어졌습니다. 그래서 병원에 갔더니 의사 선생님께서 운동 방법이 잘못되어 몸에 무리가 온 거라고 하더군요.

7과 2항 과제 2

사회자 나라마다 선물을 줄 때 피해야 할 것이 있다고 들었습니다. 예를 들면 한국에서는 병문안을 갈 때 하얀 꽃을 안 가지고 가고, 말레이시아에서는 강아지나 개 그림이 있는 것을 선물하지 않는다고 합니다.
오늘은 선물을 줄 때 조심해야 할 금기에 대해 이야기해 보겠습니다. 먼저, 일본에서 오신 다카하시 씨, 일본에서는 선물을 할 때 어떤 점을 조심해야 하나요?

다카하시 일본에서는 흰색 꽃이나 칼을 선물하면 안 됩니다. 왜냐하면 흰색은 죽음을 뜻하고 칼은 그동안의 관계를 끊는다는 걸 의미하기 때문입니다. 또 일본에서는 짝수로는 선물을 하지 않습니다. 따라서 꽃도 여섯 송이 여덟 송이 등 짝수로는 선물하지 않아요.

사회자 아, 그렇군요. 슈테파니 씨, 독일은 어떻습니까?

슈테파니 독일에서도 꽃을 선물할 때 짝수가 아닌 홀수로 선물하는데 열 세 송이는 선물하지 않습니다. 그리고 독일인들은 포장한 꽃을 좋아하지 않으니까 꽃을 선물할 때 포장지에 싸서 주지 마세요.

사회자 브루노 씨, 프랑스는 어떻습니까? 프랑스에서도 꽃을 선물할 때 주의해야 할 게 있나요?

브루노 네, 프랑스에서는 빨간 장미를 아무에게나 선물하면 큰일 납니다. 왜냐하면 빨간 장미는 '사랑 고백'을 뜻하기 때문에 연인 사이에서만 주고받습니다.

사회자 오이슈텡 씨, 말레이시아에도 이런 꽃에 대한 금기가 있나요?

오이슈텡 말레이시아는 아니고 멕시코 친구한테서 들었는데, 멕시코에서는 연인에게 노란색 꽃은 선물하지 않는다고 해요. 왜냐하면 노란색은 죽음을 의미하기 때문이래요. 그리고 우리 말레이시아는 이슬람 국가이기 때문에 선물할 때 다른 주의해야 할 것들이 있어요. 우리나라에서는 돼지고기와 술은 절대로 선물해서는 안 돼요. 돼지가죽으로 된 물건이나 알코올이 들어간 향수도 역시 안 되고요. 그리고 선물은 반드시 오른손으로 주고 받아야 해요.

사회자 아, 그렇군요. 나라마다 여러 가지 금기가 있을 거라고 생각했지만 선물을 줄 때도 이렇게 금기가 많을 줄은 몰랐습니다. 우리가 이런 것들을 잘 알아 두어서 앞으로 다른 나라를 여행할 때나 다른 나라 친구들을 사귈 때 주의하도록 해야겠습니다.

여자 저는 물건을 살 때는 될 수 있는 대로 현금을 사용합니다. 그것이 돈을 좀 더 합리적으로 쓰는 방법이죠. 여러분도 아마 대형 할인점에 갔다가 물건값이 싸서 계획했던 것보다 더 많은 물건을 사게 되어 신용카드로 계산을 했던 경험이 있을 거예요. 그런데, 만일 신용카드가 없이 현금만 있다면 가지고 있는 돈에 맞게 처음 계획된 것만큼만 사게 됐을 겁니다. 현금을 쓰면 어떤 가게에서는 값을 깎아 주기도 하고 서비스도 더 좋아요. 신용 카드로는 필요한 큰 물건을 무이자로 살 수 있으니 얼마나 좋으냐고 하는 사람도 있긴 합니다. 하지만 그렇다고 해도 물건 값이 더 싸진 것은 아니잖아요? 그래서 저도 예전에는 신용카드를 사용했는데 지금은 사용하지 않아요. 그랬더니 경제적으로 더 넉넉해졌어요. 그리고 정신적으로도 여유가 생겼고요. 이제는 이번 달 카드 금액이 얼마나 많이 나올까 걱정하지 않아도 되고, 카드 금액을 다 내지 못할까 봐 걱정하지 않아도 되니까요.

남자 신용카드에 대해서 이런 저런 말들이 많은 건 사실입니다. 하지만 저는 신용카드의 장점을 최대한 이용하는 것이 현대를 지혜롭게 살아가는 방법이라고 생각합니다. 신용카드의 장점으로는 먼저, 현금이 없어도 신용카드만 있으면 거의 모든 곳에서 계산을 할 수 있다는 거예요. 갑자기 돈을 써야 할 때 은행이 근처에 없다면 어떻게 돈을 준비하시겠습니까? 그리고 매달 신용카드 회사로부터 여러분의 지출 목록을 상세히 알려 주는 명세서도 받게 되는데, 이 명세서로 여러분은 다음 달 계획을 세울 때 아주 유용하게 사용할 수 있을 겁니다. 또 필요한 고가의 물건을 큰돈을 들이지 않고 나눠 지불할 수 있게 합니다. 필요하지만 비싸서 사지 못하던 것을 살 수 있게 된다는 것은 얼마나 좋은 일입니까? 그리고 신용카드마다 다양한 서비스가 있습니다. 물건 값을 깎아준다거나 포인트 같은 것으로 내가 쓴 금액 중 일부를 돌려받기도 합니다.

9과 4항 과제 2

사회자 여러분은 요즘 청소년들 사이에서 점점 확산되어 가고 있는 기념일 문화에 대해 어떻게 생각하십니까? 예를 들면 밸런타인 데이나 화이트 데이에 초콜릿이나 사탕을 선물하는 것 말입니다.

오늘 우리는 이런 기념일 문화에 대해 토론을 하겠습니다. 이 자리에 참석하신 분들은 활발한 토론이 되도록 충분히 의견을 내 주시기 바랍니다. 그럼 기념일 문화에 대한 여러분의 생각을 먼저 말씀해 주십시오.

여자1 요즘의 기념일 문화는 상업적인 목적을 위해 생긴 문화일 뿐입니다. 대부분의 학생들은 광고의 영향으로 초콜릿이나 사탕을 산다고 합니다. 이런 걸 보면 기념일 문화는 결국 광고 때문이라는 걸 알 수 있어요.

남자1 상업적이라고 해서 다 나쁜 것은 아니지요. 우리는 자본주의 사회에 살고있기 때문에 어쩔 수 없이 상업성을 가질 수밖에 없다고 봅니다. 그리고 바쁜 생활 속에서 점점 이기적이 되어 가는 사람들이 가까운 연인이나 친구에게 선물을 하는 것은 좋은 거 아닙니까?

남자2 그렇기는 한데 어디서 어떻게 생겨났는지도 모르는 외국의 문화를 비판 없이 따라한다는 것은 문제가 있다고 봅니다.

여자2 그렇지만 외국에서 들어왔다고 해서 무조건 나쁜 것은 아니지요. 저는 이런 새로운 문화를 받아들여 건전한 방향으로 발전시켜 가야 한다고 생각해요. 그렇게 해야 문화도 발전하고 새로운 문화를 발견하는 재미도 있지요.

남자2 맞아요. 그러니까 이런 문화를 우리의 의식이 들어 있는 문화로 바꿔 나가야 합니다. 그리고 우리의 전통 문화 속에서 이런 기념일과 비슷한 것을 찾아 지켜 가는 노력도 필요합니다.

사회자 말씀 잘 들었습니다. 새로운 문화를 받아들이려면 비판도 필요하고 그것을 건전한 방향으로 발전시켜 나가야 한다는 의견이었습니다. 그럼 다른 분들의 의견도 더 듣도록 하겠습니다.

10과 1항 과제 2

남자   요즘 동료들은 여름휴가에 대한 이야기를 많이 합니다. 그런데 저는 휴가가 별로 기대되지 않습니다. 이 회사로 옮긴 지 3개월도 되지 않았고 할 일도 많아서 휴가 가는 게 부담이 됩니다. 가족들이 기대를 하니까 가긴 가야겠지만 휴가 기간인 8월 초에는 지금보다 더 덥고 교통도 복잡할 텐데 걱정입니다. 아내는 쉬면서 재충전할 줄도 알아야 한다고 합니다. 그리고 저보고 일중독자라고 하지만 제 자신은 문제가 없다고 생각해 왔습니다. 저 같은 직장인도 꽤 많지 않습니까?

여자   저는 개인적인 사업을 하고 있는 주부입니다. 결혼 초에는 집안 살림만 했는데, 둘째아이가 어느 정도 큰 다음에 조금이라도 살림에 보탬이 될까 해서 작은 가게를 시작하게 됐습니다. 그런데 그 가게가 아주 잘 돼서 이제는 가맹점까지 모집하게 됐어요. 처음에는 부업으로 시작했지만 이제는 일이 제 인생이 되었습니다. 사업을 좀 더 본격적으로 해 보기 위해 요즘은 야간 대학원에서 경영학도 공부하고 있어요. 그리고 휴일에는 봉사활동도 하고요. 그런데 남편은 제가 너무 사업에만 매달리고 가정에는 신경을 쓰지 않는다고 매일 불평을 해요. 제가 놀러 다니는 것도 아닌데 이해를 못해 주는 남편이 섭섭하기만 합니다.

10과 4항 과제 1

[1]   저는 다음 달 졸업을 앞두고 있는데 지금까지 제 지도교수님이 누군지 몰랐어요. 최근에 취직을 하려고 추천서를 받아야 할 일이 생겨서 지도교수님을 찾아갔는데 추천서가 아니었다면 끝까지 지도교수님이 누군지도 모른 채 졸업할 뻔했어요. 저는 강의 시간 외에 교수님과 만날 일이 없었거든요. 그래서 교수님들을 만나도 스승과 제자 관계라는 느낌이 별로 들지 않았어요. 다른 친구들도 저와 비슷해서 강의 시간 외에 교수님과 대화를 나눠 본 친구는 몇 명 안 되는 것 같아요.

[2] 저는 사회적으로 존경받는 경영자입니다. 하지만 집에만 들어가면 외로움을 느낍니다. 아내는 저보다 아이들에게 더 관심이 많고 가끔 보는 아이들도 밥만 먹으면 자기 방으로 들어가 버립니다. 그래서 요즘은 아내와 아이들이 낯설게 느껴지기도 합니다. 처음에는 회사일 때문에 술집에 자주 갔지만 지금은 외롭고 심심해서 술집에 가게 됩니다.

[3] 요즘 우리 부서에서 저는 '왕따 부장'인 것 같습니다. 저는 가끔 분위기를 즐겁게 하려고 농담을 하는데 부하 직원들은 재미가 없는지 아무도 웃지 않습니다. 그리고 자기들끼리 인터넷으로 대화를 하는데 저는 거기에 낄 수가 없습니다. 그리고 예전에는 상사에게 감히 할 수 없었던 말과 행동을 요즘 부하 직원들은 거리낌 없이 하니까 가끔은 당황스럽기도 하고 화가 나기도 합니다. 그래서 제가 화를 내면 부하 직원들은 저를 '이상한 사람'처럼 쳐다봅니다. 요즘 같아선 회사 다닐 맛이 안 납니다.

본책은

- 곰비 책임 -
- 아흔 책임 -

문법색인

어휘 색인

YONSEI KOREAN 4

Linking Korean

最權威的延世大學韓國語 4 課本

2015年3月初版   定價：新臺幣750元

有著作權・翻印必究

Printed in Taiwan.

著　者：延世大學韓國語學堂
　　　　Yonsei University Korean Language Institute

發　行　人　林　　載　　爵

出　　版　　者	聯經出版事業股份有限公司	叢書主編	李　　　　芃
地　　　　　址	台北市基隆路一段180號4樓	文字編輯	陳　怡　均
編輯部地址	台北市基隆路一段180號4樓	內文排版	楊　佩　菱
叢書主編電話	(02)87876242轉226	封面設計	賴　雅　莉
台北聯經書房	台北市新生南路三段94號	錄音後製	純粹錄音後製公司
電　　　　話	(02)23620308		
台中分公司	台中市北區崇德路一段198號		
暨門市電話	(04)22312023		
台中電子信箱	e-mail：linking2@ms42.hinet.net		
郵政劃撥帳戶第0100559-3號			
郵撥電話 (02)23620308			
印　　刷　　者	文聯彩色製版印刷有限公司		
總　　經　　銷	聯合發行股份有限公司		
發　　行　　所	新北市新店區寶橋路235巷6弄6號2樓		
電　　　　話	(02)29178022		

行政院新聞局出版事業登記證局版臺業字第0130號

本書如有缺頁，破損，倒裝請寄回台北聯經書房更換。   ISBN　978-957-08-4531-0 (平裝)
聯經網址：www.linkingbooks.com.tw
電子信箱：linking@udngroup.com

國家圖書館出版品預行編目資料

最權威的延世大學韓國語 4 課本/
延世大學韓國語學堂著 . 初版 . 臺北市 . 聯經 .
2015年3月（民104年）. 472面 . 19×26公分
（Linking Korean）
ISBN　978-957-08-4531-0（第4冊：平裝附光碟）

1.韓語　2.讀本

803.28　　　　　　　　　　　　　104002337